Larissa Ione, vétéran de l'Air Force, a également exercé les professions de météorologiste, médecin urgentiste et dresseuse de chiens. Cependant, elle n'a jamais cessé d'écrire, et elle a désormais la chance de pouvoir consacrer tout son temps à cette activité. Elle a adopté un style de vie nomade, qu'elle partage avec son époux garde-côte et son fils. Amoureuse des animaux, elle adopte tous ceux qu'elle trouve. Il n'est donc pas surprenant d'en rencontrer souvent dans ses romans.

Du même auteur, aux éditions Bragelonne,
en grand format :

Les Cavaliers de l'Apocalypse :
1. *Guerre*
2. *Famine*
3. *Mort*
4. *Pestilence*

Chez Milady, en poche :

Demonica :
1. *Plaisir déchaîné*
2. *Désir déchaîné*
3. *Passion déchaînée*
4. *Extase révélée*
5. *Péché absolu*

Les Cavaliers de l'Apocalypse :
1. *Guerre*
2. *Famine*
3. *Mort*

Vampire Nation :
1. *Riker*
2. *Hunter*

CE LIVRE EST ÉGALEMENT DISPONIBLE
AU FORMAT NUMÉRIQUE

www.milady.fr

Larissa Ione

Riker

Vampire Nation – 1

Traduit de l'anglais (États-Unis) par Zeynep Diker

Milady

Milady est un label des éditions Bragelonne

Titre original : *Bound by Night*

Ouvrage originellement publié par Pocket Books,
une division de Simon & Schuster, Inc.

ISBN : 978-2-8112-1370-1
ISBN : 978-2-8112-1741-9

Bragelonne – Milady
60-62, rue d'Hauteville – 75010 Paris

E-mail : info@milady.fr
Site Internet : www.milady.fr

À ma mère.
Avec ce livre, j'ai enfin l'occasion d'explorer notre héritage amérindien. J'espère que tu en seras fière. Je t'aime.

Remerciements

Il y a toujours beaucoup de personnes à remercier à la fin de l'écriture d'un roman, et *Riker* ne fait pas exception à la règle. Je remercie infiniment mon incroyable éditrice, Lauren McKenna, dont le génie et la confiance ont fait de l'écriture de ce livre une partie de plaisir. Un grand merci à toute l'équipe de Pocket Books, pas seulement pour la fabuleuse couverture, mais pour votre soutien et votre travail acharné. Merci encore à Kimberly Whalen… Tout s'est parfaitement goupillé pour nous, n'est-ce pas ? Je dois également envoyer d'énormes câlins à Michelle Willingham et Stephanie Tyler, parce que sans vous, les filles, je n'arriverai jamais à rien ! Vos noms devraient figurer sur la couverture ! Je vous aime !

Prologue

Les vampires se comportaient bizarrement. Nicole eut beau le signaler à tout le monde, personne ne la crut. Non, les adultes se contentèrent de sourire, lui tapotèrent la tête et lui dirent de monter jouer à l'étage en attendant que son grand frère rentre pour l'emmener au zoo.

Demi-frère, rectifia-t-elle, mais, là encore, ils sourirent et la congédièrent gentiment. Nicole ne rappelait jamais ce détail à sa mère cependant. En effet, Chuck était né d'une autre femme, et, même si Nicole ne comprenait pas ce que le terme « aventure » signifiait, parler de lui amenait ses parents à employer ce mot et à se disputer.

L'un des vampires de la maisonnée, Anthony, sourit de toutes ses dents lorsqu'il passa à côté d'elle dans le hall, un généreux plateau de hors-d'œuvre à la main, mais son expression donna la chair de poule à Nicole. Comme tous les serviteurs, il gardait toujours les yeux baissés – vissés au sol, comme disait son père – en présence des humains, mais pas cette fois. Cette fois, il la reluqua comme son père lorgnait la dinde de Noël.

Pieds nus et vêtue de la robe de princesse rose qu'elle n'était pas censée porter à l'extérieur, elle sortit à toute allure par la porte de derrière réservée aux domestiques et courut, à en perdre haleine, serrant les paupières à cause du lumineux soleil estival. Elle se faufila ni vu ni connu en direction du bar et des tables chargées de victuailles, entre la foule des invités qui festoyaient autour de la piscine, jusqu'à ce qu'elle atteigne les haies qui dissimulaient l'abri de jardin et les outils. Les éclats de rire et le cliquètement des verres la suivirent à travers les broussailles. Elle fila comme un petit animal, faisant fi des branches qui l'égratignaient et s'accrochaient à son jupon.

À bout de souffle, elle s'accroupit à l'endroit où, à peine six mois plus tôt, sa nourrice vampire était morte, avec l'enfant qu'elle portait dans le ventre. Nicole frissonna à ce souvenir. Elle avait été si excitée par l'arrivée de ce bébé. Terese était la meilleure nourrice qu'elle avait eue. Elle lui apprenait sans cesse de nouvelles choses, lui lisait des histoires, lui demandait son avis sur tout comme si Nicole était une adulte. Elle aurait été une maman formidable. En secret, Nicole regrettait parfois que Terese ne soit pas sa mère.

Les larmes lui brûlèrent les yeux tandis qu'elle enroulait son collier autour de ses doigts et portait à ses lèvres l'anneau que lui avait donné Terese.

« C*'est une bague* à *mystères*, lui avait-elle dit en la glissant dans sa main minuscule. *Tu peux y cacher des choses. Je veux que tu l'aies. Et, rappelle-toi, sois une gentille petite fille et une bonne personne. Un jour, tu détiendras un grand pouvoir. Sers-t'en à bon escient. Je t'aime, Nikki.* »

Terese avait été tuée une demi-heure plus tard… par son propre compagnon.

Riker.

Son nom suffisait à instiller la peur dans le cœur de Nicole. Terese l'avait aimé, lui avait fait confiance. Et il avait plongé une lame dans sa gorge.

Nicole n'oublierait jamais la voix brisée de Terese pendant qu'elle l'implorait. Tout comme elle n'oublierait jamais le visage de Riker. Ses yeux argentés qui étincelaient. Ses cheveux couleur sable dont Terese disait qu'ils étaient doux comme de la soie. Ses crocs, bien plus longs que les doigts de Nicole.

Ces images hantaient ses cauchemars.

— Nicole Michelle !

Nicole sursauta lorsqu'elle entendit la voix fâchée de son père. Il se tenait à un mètre d'elle dans l'ombre tachetée de l'immense chêne, les lèvres pincées en une ligne sévère.

— Combien de fois t'ai-je ordonné de ne pas t'approcher de l'abri ? Ce n'est pas sain pour toi d'errer ici comme un satané chien pleurant son maître. Terese n'était qu'une vampire. Nous t'avons offert un hamster et une nouvelle nourrice. Il faut tourner la page, maintenant.

— Mais je n'aime pas ma nouvelle nourrice ! Chelsea est grincheuse, et elle ne me lit pas d'histoire avant que j'aille me coucher…

— Nous ne l'avons pas achetée pour qu'elle soit ta meilleure amie, lui rétorqua-t-il sur un ton cassant. Et regarde ce que tu as fait à ta robe ! Ta mère va devoir demander à Chelsea de te fesser.

Terese n'aurait jamais frappé Nicole. Les mains tremblantes, la fillette chercha instinctivement le réconfort de la bague qu'elle lui avait donnée, mais son père empoigna la chaîne et tira d'un coup sec, lui arrachant le collier tandis que l'anneau tombait dans l'herbe.

— Assez avec cette breloque ! Tu étais censée la jeter. C'est indigne de toi de porter le bijou d'une esclave. Et, pour être honnête, c'est perturbant. (Il lança la chaîne cassée dans les buissons.) Va dans ta chambre et…

Un cri perçant l'interrompit. C'était peut-être bizarre, mais la première pensée qui lui vint à l'esprit fut : *Papa déteste être interrompu.* Le responsable encourait de gros ennuis.

Son père fit volte-face alors qu'un deuxième cri se joignait au premier. Puis un troisième. Et un quatrième, jusqu'à ce que, soudain, Nicole n'entende plus que des appels à l'aide désespérés et des hurlements de terreur.

— Ne bouge pas, Nicole.

Son père se tourna vers elle mais, dans ce court laps de temps, Nicole discerna sur son visage une expression qu'elle n'avait encore jamais vue : la peur.

— Cache-toi, ajouta-t-il. Quoi qu'il arrive, ne sors pas de ta cachette.

Elle hocha la tête, mais il était déjà parti, et fonçait vers la demeure principale. Terrifiée et perdue, elle se cala entre l'abri de jardin et un buisson, et écouta les cris et les suppliques, les gémissements et les sons ignobles de succion et d'os brisés ponctués de rires hystériques. Au sol, au milieu de l'herbe piétinée, elle vit la bague que lui avait donnée Terese. Nicole se rendit compte qu'en se concentrant sur le rubis ovale rutilant elle pouvait faire comme si les bruits alentour n'étaient pas réels.

Soudain, un énorme pied se posa sur l'anneau. Pétrifiée, Nicole ne put que haleter lorsque deux mains massives la tirèrent de sa cachette pour la lancer contre la cabane. Elle s'écroula, une douleur lancinante lui parcourant la colonne vertébrale, les hanches et la jambe droite. Elle essaya de se relever, mais son corps ne fonctionnait plus normalement.

Tremblant de la tête aux pieds, elle étouffa un sanglot, et baissa les yeux sur sa cuisse et l'extrémité ensanglantée d'un os qui pointait de sa chair lacérée. Sa robe de princesse était maculée de sang et de traces d'herbe. Malgré la souffrance et la terreur inimaginables, une seule pensée à peu près lucide lui vint à l'esprit : elle allait se faire gronder pour avoir saccagé ses vêtements.

— Je te cherchais, Nicole.

La vue brouillée par l'angoisse et les larmes, elle leva les yeux vers le vampire qui la surplombait.

— B... Boris ?

Elle hurla tandis que le cuisinier des Martin la soulevait et la cognait de nouveau contre l'abri, la clouant cette fois au panneau de bois.

— Où est mon papa ? Je veux ma maman. Maman !

— Appelle-la tant que tu veux, dit Boris. Elle ne viendra pas. (Du doigt, il lui toucha la joue, et une peur glacée lui transperça le cœur.) Je t'ai nourrie depuis que tu es en âge de manger des aliments solides, petite humaine pourrie gâtée. Maintenant, à ton tour. (Il inspira profondément, comme s'il la reniflait.) On m'a toujours dit que les enfants avaient meilleur goût que les adultes. Plus doux. Plus pur. Je vais enfin pouvoir le découvrir par moi-même. (Il arbora un sourire carnassier.) Ça va faire mal, vu que je n'ai plus mes crocs.

Nicole tenta de se débattre. De le frapper, de le gifler, de hurler. Mais Boris était fort, et elle n'était qu'une fillette de huit ans tétanisée, avec une jambe cassée. Les dents émoussées du vampire s'enfoncèrent dans sa peau. Des bruits de broyage mêlé à un grincement sinistre accompagnèrent un ouragan de douleur tandis qu'il lui mâchouillait la gorge. Un liquide chaud ruissela sur son cou, et, quand elle essaya de crier, seule une espèce de borborygme sortit de sa bouche.

Pourquoi faisait-il ça ? Pourquoi quelqu'un qui lui avait préparé des cookies pour le goûter et des gâteaux à la fraise pour ses anniversaires voulait-il la faire souffrir ainsi ?

« *Tu peux domestiquer les animaux, mais tu ne peux pas leur faire confiance ni avoir la certitude qu'ils ne mordront pas. L'instinct est plus fort que tout*, lui avait dit son père un jour. *Les vampires sont des animaux qui doivent toujours être tenus en laisse. Ne l'oublie jamais, Nicole.* »

Elle ne l'avait pas cru. Mais, alors que son corps s'engourdissait enfin et qu'elle cessait de lutter, elle se rappela ce que son père lui avait répondu quand elle avait affirmé que leurs vampires domestiques, comme Terese et Boris, étaient bons et loyaux.

« *Même de mignons petits lapins peuvent mordre.* »

Les ténèbres l'enveloppèrent, et, une seconde avant de sombrer dans l'inconscience, Nicole se demanda si les morsures de lapins faisaient aussi mal que les morsures de vampires.

Chapitre premier

— Va te faire foutre.

Hunter, chef du clan MoonBound, se cala dans son fauteuil et regarda Riker comme s'il attendait la suite.

— Va te faire foutre… (Il lui fit signe de s'approcher.) Termine ta phrase.

Riker leva les yeux au ciel.

— Va te faire foutre… chef.

Acquiesçant de la tête avec satisfaction, Hunter posa ses pieds bottés sur la table de conférence en chêne éraflé.

— Voilà qui est mieux.

Il entrelaça les doigts sur ses abdominaux, sa peau bronzée faisant ressortir la blancheur immaculée de son tee-shirt.

— Bien, reprit-il, comme je le disais avant de me faire allégrement insulter, si on attaque la résidence des Martin avec suffisamment de guerriers, on pourra prendre des otages. Les humains n'auront d'autre choix que de nous rendre Neriya.

L'un des guerriers assis avec eux, Baddon, lança un stylo au plafond.

— Pourquoi ne pas obliger ShadowSpawn à nous prêter main-forte ? (Sans regarder, il rattrapa le stylo au vol.) C'est leur femelle qu'on s'échine à sauver après tout.

—J'ai déjà essayé, répondit Hunter sur un ton sinistre. Ils maintiennent que Neriya a été capturée alors qu'elle se trouvait sous notre protection et qu'il nous incombe de la ramener. Sinon, ils nous déclareront la guerre à la veille de la nouvelle lune.

Katina, l'unique femelle du clan à occuper un poste de guerrière haut placé dans la hiérarchie, poussa un sifflement de colère.

—Cela va à l'encontre de toutes nos coutumes ainsi que du protocole. On ne déclare pas la guerre si près de la fièvre lunaire.

Elle posa les coudes sur la table et se pencha en avant, comme si elle s'apprêtait à se jeter sur le premier qui oserait la contredire. Ce ne serait sans doute pas la première fois. Cette table avait été témoin d'un paquet de bagarres au fil des ans. Certaines entailles étaient même l'œuvre de Riker.

—Ils ne feraient jamais ça à la veille de la pleine lune! ajouta-t-elle. Quand ce sont les mâles qui ont besoin de bouffer.

—Aucun clan ne s'y risquerait, renchérit Baddon. Mais, pour ShadowSpawn, les femelles ne servent qu'à enfanter. Ils se foutent pas mal qu'elles ne puissent pas se repaître.

—Qu'ils aillent se faire mettre, feula Katina. Qu'ils viennent! Nos guerriers sont bien entraînés et puissants. On leur réservera la bataille de leurs vies!

Riker aurait voulu lui donner raison, mais l'ennemi avait l'avantage. Non seulement ShadowSpawn comptait trois fois plus de guerriers que MoonBound, mais le clan ne suivait aucun code moral et ne faisait aucune distinction quand il s'agissait de tuer. Riker avait beau être impitoyable et stoïque, il s'imposait tout de même des limites, et jamais il n'assassinerait des femmes et des enfants qui ne combattaient pas.

— Le mythe du wendigo est fondé sur ShadowSpawn, leur rappela Hunter. Ce sont des tueurs, des cannibales qui ont anéanti des clans entiers tout le long de la côte Ouest. Neriya a disparu alors qu'elle était notre invitée. Si nous ne la rendons pas à ShadowSpawn, nous n'échapperons pas à leur courroux, vous pouvez en être assurés. Ils sont prêts à tout pour la récupérer.

Compréhensible. Le taux de mortalité des vampires durant l'accouchement était dangereusement élevé, et le talent rare de Neriya à mettre au monde des bébés sans incident en faisait un membre précieux de sa communauté. C'était d'ailleurs à cause de son don qu'elle se trouvait au sein de MoonBound. ShadowSpawn la leur avait prêtée pour une naissance en échange d'armes et d'une caisse de poches de sang humain que Baddon avait volé dans un camion de livraison.

— Ils ne me font pas peur. (Katina changea de position, et sa veste en cuir crissa contre le dossier de sa chaise.) Riker nous a préparés à cette éventualité. On peut les vaincre, même si on doit se disperser dans la forêt et combattre comme des guérilleros jusqu'à la fin des temps.

— Peut-être.

Hunter braqua le regard sur le mur à l'autre bout de la salle de conférences ; un tableau représentant une bataille sanglante entre deux clans de vampires était suspendu à côté d'œuvres d'art vampires et amérindiennes.

— Mais nos femelles et nos enfants seront morts, ajouta-t-il. Qu'aurons-nous gagné ?

Ayant perdu une compagne et un enfant, Riker connaissait la réponse.

Il aurait préféré l'ignorer.

Hunter fit signe à l'une des jeunes filles du clan, qui leur apporta un plateau muni d'une gourde en cuir, de lunettes, et d'une pipe cérémonielle. Hunter attendit qu'elle ait quitté la pièce pour poursuivre :

— Maintenant, parlons de paix.

De paix ? Riker n'était absolument pas d'humeur à trinquer à une « chasse fructueuse » ou à fumer le calumet en priant pour que « le sang coule à flots ». Le péril les guettait, menacé par un clan rival dont les membres étaient des bêtes sauvages. Jusqu'à ce que le danger soit levé, il n'avait nullement l'intention de céder ou de la jouer cool. Pas même avec le mâle qui dirigeait MoonBound depuis près de deux siècles.

— Tu ne m'as pas entendu ou quoi ? (Riker tira un poignard de son étui et le planta dans la table, où il vibra aussi violemment que la colère battait dans ses veines.) Je n'en ai rien à foutre que tu sois l'alpha suprême, empereur de toute la galaxie. Tu vas m'écouter !

Hunter arqua un sourcil ébène, et les trois autres guerriers s'immobilisèrent et retinrent leur souffle. À l'exception de Baddon. Il suivit du doigt le contour de l'un des tatouages de tête de mort sur son avant-bras et poussa un long sifflement.

— Il y en a qui ont mangé du lion aujourd'hui. (Hunter croisa les bras sur son large torse et étudia Riker, ses yeux mi-clos aussi noirs que ses cheveux, son expression faussement détendue.) Et si tu m'y obligeais ? Ensuite, tu m'expliqueras ce qui me retient de virer mon commandant en second et de le jeter au trou pendant un mois.

Faisant appel à son entraînement militaire de tireur d'élite, Riker prit une profonde inspiration et s'octroya quelques précieuses secondes pour affûter sa prochaine réplique. Il avait dépassé les bornes en manquant de respect à Hunter devant les guerriers aînés, et il subirait son châtiment comme un bon petit vampire plus tard. Pour l'heure, il devait faire entendre raison à son chef de clan buté.

— Tu es un grand dirigeant, Hunter, déclara Riker avec calme. Mais les batailles urbaines et les opérations secrètes sont ma spécialité et, dans ce cas précis, je peux t'affirmer qu'une frappe chirurgicale furtive sera bien plus efficace qu'une attaque en force. Si mon plan pour secourir Neriya ne fonctionne pas, tu pourras rallier le clan en vue d'un un assaut massif, mais tu dois d'abord me laisser essayer. Tu m'as accordé ta confiance il y a plus de trente ans pour mener nos troupes, ne m'en prive pas maintenant. Je peux enlever Neriya aux humains qui l'ont capturée. Nous la rendrons à ShadowSpawn avant qu'ils aient l'occasion de se lancer à nos trousses. (Riker délogea son poignard de la table et le glissa dans son étui.) Et tu ne tiens pas à me virer, car tu te retrouverais à gérer Myne tout seul. C'est également pour ça que tu ne devrais pas me jeter au trou.

Hunter sembla considérer ces propos. Riker ne plaisantait qu'à moitié au sujet des raisons pour lesquelles Hunter devrait s'abstenir de le renvoyer ou de le balancer dans la fosse utilisée pour les punitions non mortelles, mais il n'avait pas tout à fait tort. Myne et Hunter, les seuls vampires mâles pur-sang du clan en dehors de Baddon, s'entendaient comme chien et chat, et ils ne reconnaîtraient jamais qu'ils avaient besoin l'un de l'autre.

— Où est cet enfoiré, d'ailleurs ? demanda Hunter et Riker haussa les épaules.

Myne n'était pas du genre à faire part de ses projets.

— En patrouille, sans doute. Ce n'est pas mon tour de le surveiller.

Jaggar, qui avait travaillé pour la CIA avant de se faire vampiriser cinquante ans plus tôt, se racla la gorge.

— Riker a raison au sujet de la discrétion. Je me sentirais mieux si on envoyait une équipe entière secourir Neriya, mais, jusqu'à ce qu'on ait plus d'infos sur sa situation, il serait plus sage que Riker procède à sa façon.

— Surtout avec tous ces tueurs et ces braconniers qui rôdent dans les bois ces derniers temps. (Katina grogna, et ses crocs immaculés étincelèrent, contrastant avec sa peau cuivrée.) Un groupe de vampires se dirigeant vers le quartier des milliardaires de Seattle est bien plus susceptible d'attirer leur attention qu'un ou deux d'entre nous.

Mis à part le « tic-tac » du coucou derrière Katina, le silence régnait dans la pièce tandis que Hunter les regardait dans les yeux tour à tour. Puis, tel un félin en pleine jungle sortant de sa torpeur, il laissa retomber les pieds sur le parquet et se redressa de toute sa hauteur. Les vampires de naissance étaient souvent plus grands que leurs congénères créés ainsi que la plupart des humains. Hunter, lui, mesurait deux mètres cinq. Leurs iris conservaient également leur couleur originelle, contrairement aux vampires créés dont les prunelles prenaient une teinte argentée dès que poussaient leurs crocs.

— J'autoriserai Riker à tenter le coup. (Il tourna la tête vers la porte.) Dehors ! Tous sauf Riker. Informez les aînés. Nous aviserons les autres guerriers de nos agissements en temps et en heure.

— Et pour le reste du clan ? demanda Baddon. Tout le monde est sur les nerfs.

— Je ferai un discours pendant le dîner. Je leur assurerai qu'il n'y a pas de quoi s'inquiéter pour l'instant. (Hunter leur désigna de nouveau la sortie.) Du balai !

Jaggar, Baddon et Katina s'éclipsèrent, lançant chacun à Riker un regard empreint de sympathie. Dès que la porte fut fermée, ce dernier se leva et s'éloigna de la table, attendant que Hunter lui souffle dans les bronches.

Ce dernier lui décocha une droite en plein visage.

Riker heurta le mur assez fort pour faire trembler les cadres des tableaux.

— Ne me manque plus jamais de respect devant les autres, compris ? (Hunter étudia ses jointures.) Ma parole, ton visage est aussi dur que ta tête.

Personne ne passait de furibond à joueur en un quart de seconde comme le faisait Hunter.

Goûtant son propre sang, Riker palpa sa mâchoire. Rien de cassé ni de démis, mais elle l'élancerait pendant un moment.

— Tu ne l'as pas appris les dix premières fois où tu m'as cogné ?

En vérité, Hunter s'était retenu. Riker n'avait jamais expérimenté en personne la colère à l'état brut de son chef, mais il en avait été témoin. Si Hunter l'avait voulu, il aurait pu lui briser tous les os du crâne d'un seul coup de poing.

Hunter haussa les épaules avec nonchalance.

— Il faut croire que je suis lent à comprendre.

C'était un ramassis de conneries. Le vieux vampire passait pour un type décontracté, un paresseux désinvolte amateur de jeux vidéo, de magazines avec de jolies filles en bikini et de grosses cylindrées, mais il était bien plus futé que le pensaient ceux qui ne le connaissaient pas. Il possédait un esprit calculateur des plus aiguisés, il souriait souvent, et était d'un naturel affable et calme, en apparence, du moins. Il n'avait jamais gouverné d'une main de fer, il n'en avait pas besoin. Le respect qu'il inspirait aux siens assurait le bon fonctionnement du clan.

— Tu ne le regretteras pas, lui promit Riker. J'en suis capable.

Le doute émana presque en volutes des pores de Hunter tandis qu'il soulevait la pipe cérémonielle du plateau.

— S'il était question de n'importe quelle autre mission, je ne m'en ferais pas. Tu le sais.

— C'est vrai, reconnut Riker, mais tu sais que j'ai raison sur ce coup. Je connais bien la demeure des Martin. J'ai mémorisé les plans des souterrains. J'ai étudié leur système de sécurité en détail, aussi bien à l'intérieur qu'à l'extérieur de la maison.

— Étudié ?

— OK, espionné. Ce que je veux dire, c'est que…

— Je sais très bien ce que tu veux dire. Et je sais à quel point ta haine pour les Martin te ronge. La haine a tendance à nous rendre négligents. À trop se concentrer sur notre vengeance, on en devient aveugle aux dangers qui nous entourent. On…

— La haine me motive à réussir.

Hunter s'adossa au mur et y appuya un pied, adoptant une posture détendue et une expression sérieuse que Riker voyait pour la première fois.

— Ta compagne était une esclave dans la demeure des Martin. Es-tu vraiment sûr de pouvoir faire le nécessaire sans que le passé vienne fausser tes actions ? Un ours en rogne foncerait tête baissée sur un chasseur armé d'un fusil.

— Oui, parce qu'il s'agit de ma maison, répondit Riker en regardant son chef droit dans les yeux. Il s'agit de ma famille. Et si je chie dans la colle, je perdrai tout. (Il jeta un coup d'œil au tableau représentant la bataille entre MoonBound et le clan CloudStrike aujourd'hui éteint.) Nous perdrions tout.

CHAPITRE 2

Deux jours après avoir persuadé Hunter de le laisser agir à sa guise, Riker se trouvait sur une crête dans la banlieue de Seattle, le dos face au cimetière et un macchabée à ses pieds, ce qui était fort à propos.

Il était mort, mais il ne saignait pas.

Riker l'avait drainé jusqu'à la dernière goutte ; c'était un excellent cru, un chasseur de vampire âgé d'environ vingt-cinq ans.

Une soudaine euphorie gagna Riker, car il n'y avait rien de plus excitant que de tuer un chasseur ou un braconnier. Tous deux étaient des ordures, mais d'espèces différentes.

Des ordures savoureuses.

Du bout de la langue, il effleura un croc tout en contemplant les lumières de la ville qui avait propulsé l'esclavage des vampires, un phénomène somme toute local, au rang de passion mondiale. Jadis, la vie nocturne de Seattle, qui avait explosé avec la population au cours des vingt dernières années, l'attirait : une métropole florissante offrait tellement de loisirs… Mais il ne vivait plus pour s'amuser. Il ne se rappelait même pas la dernière fois que cela lui était arrivé.

Non, sa vie à présent tournait autour de la vengeance, exactement comme l'avait dit Hunter.

En tant que vampire, Riker mangeait tous les jours, il buvait du sang quand il le fallait, et parfois, comme cette nuit-là, même quand il n'en avait pas besoin.

— Hé, vieux, tu es prêt à rentrer ?

— Pas encore. (Riker jeta un coup d'œil au vampire debout à son côté.) Il est l'heure.

L'épaisse crinière noire de Myne lui fouetta les tempes lorsqu'il secoua la tête.

— Tu sais que je suis partant pour tailler les humains en deux comme un tomahawk fendrait la neige, mais…

— Mais tu penses que je suis stupide.

Le lent roulement d'épaules de Myne signifiait clairement : « Et comment ! »

— Les humains t'ont torturé pendant des années. Ils t'ont arraché les crocs. Ils comptaient te castrer, putain !

Riker regarda avec admiration l'un des rares vampires qui avaient échappé à l'esclavage. Les humains avaient découvert l'existence des vampires quatre-vingts ans plus tôt. Il leur avait fallu vingt ans pour les réduire en esclavage, et, dans l'intervalle, seule une poignée de chanceux avaient recouvré la liberté avant que le grand soulèvement, qui avait eu lieu vingt ans plus tôt, ne conduise à des régulations encore plus strictes. Myne était l'un des seuls à avoir réussi à s'évader.

— Tu as massacré plus d'humains en vingt-quatre heures que moi au cours de ma vie. Tu tues des gens à la moindre occasion. Alors, dis-moi, en quoi suis-je stupide ?

— Mec, je n'ai pas assez de doigts pour t'énumérer les raisons.

— Connard ! grommela Riker.

Myne regarda la ligne des immeubles qui scintillaient au loin, les flashs des phares sur l'autoroute.

— Tu es stupide parce que tu veux la jouer solo. Je n'en reviens pas que Hunter t'ait donné son feu vert. C'est de la folie ! (Il braqua ses yeux moka sur Riker.) Dire que pour une fois je partage son avis ! On nage en plein délire. On pense tous les deux que tu es un abruti. Tu dois y réfléchir à deux fois.

— Je ne renoncerai pas à cette mission. Si on procède à ma manière, il y aura moins de risques d'exposer le clan entier.

Si Riker agissait seul, les autorités perdraient leur temps à ratisser les bas-fonds de la ville pour le retrouver parmi les nombreux vampires solitaires qui y vivaient tels des cafards. Or plus il enrôlait de personnes, plus il y avait de chances que les autorités en question se rendent compte qu'elles avaient affaire à un groupe organisé. Et il n'en faudrait guère plus pour que la forêt, dont le gouvernement ne s'approchait pas d'ordinaire, grouille non seulement de chasseurs, mais aussi d'agents de la Force de frappe antivampires, chargée de faire exécuter la loi et de tuer ou capturer tous les vampires non esclaves de la planète.

Si la FFAV intervenait, quelqu'un de MoonBound se ferait attraper et torturer pour révéler l'emplacement du clan. Même si les entrées étaient dissimulées par un camouflage physique et magique, mis en place par le gardien mystique du clan, Riker savait que la sécurité absolue n'existait pas. Il y avait toujours un moyen de percer un mur, de pénétrer un bastion ennemi et de déterrer ce qui était caché. Il suffisait d'un indice anodin pour mener la FFAV à la deuxième plus importante population de vampires libres du Nord-Ouest pacifique.

Dans le lointain, un coyote hurla et Myne l'écouta, comme s'il comprenait la créature. Ce qui était sans doute le cas. Myne avait vécu au sein de sa tribu, les Nez-Percés, jusqu'à l'adolescence, et ensuite il avait davantage côtoyé les animaux que les humains.

— Et si tu échoues ?

— On passera au plan B, répondit Riker. La proposition de Hunter.

Qui impliquait davantage de personnes, de coordination et de risques.

— Merde ! (Myne frappa dans un caillou qui dévala la crête et le regarda dégringoler le flanc rocheux.) Laisse-moi t'aider. Avec moi, ton plan foireux aura peut-être une chance de réussite.

Riker sourit de toutes ses dents.

— Je savais que tu ne résisterais pas à l'appel du défi.

— Ah ! tu espérais que je te propose mon aide ?

— Ouais.

— Il te suffisait de demander, tu sais.

Riker ricana

— Tu m'as pris pour une gonzesse ?

Riker ne prêta pas attention à la bordée de jurons de Myne et continua de s'avancer vers le talus, s'approchant du manoir qu'il épiait depuis une semaine. Son ami le suivit, à pas légers comme ceux d'un chat malgré son imposante stature. Myne, un vampire de naissance qui mesurait un mètre quatre-vingt-dix-huit, était l'un des plus grands mâles du clan, Hunter mis à part. Riker n'était pas petit non plus, mais Myne semblait prendre un malin plaisir à exhiber ses sept centimètres et neuf kilos supplémentaires.

Riker se contentait de sourire et lui rétorquait qu'il avait plus de matière grise ainsi que quelques centimètres de plus à une autre partie de son anatomie.

—Alors, quel sera mon boulot ? (Myne porta la main au poignard sur sa hanche et en effleura la poignée du pouce.) J'espère qu'il y aura de la castagne.

—Oui.

—On pourra manger ?

—Si tu veux.

Riker s'accroupit derrière un sapin pour éviter d'être balayé par l'éclairage de sécurité fixé au sommet du mur nord du manoir.

—Et baiser ?

Par-dessus l'épaule, Riker lui décocha un coup d'œil excédé.

—Même si on avait le temps pour ça, je croyais que tu n'aimais pas les humaines.

—Quand tu es en manque, vieux, tu ne fais pas la fine bouche.

Myne le menait en bateau. Il avait beau être en perpétuelle pénurie de sexe, Riker savait qu'il n'aimait que les vampires. Il avait couché avec suffisamment d'humaines par le passé. Si Riker le savait, c'était uniquement parce que Myne avait été tellement éméché un soir qu'il lui avait tout raconté. Le jour suivant, il était hors de lui à cause de ses révélations, alors Riker lui avait menti et lui avait assuré que tout ce qu'il pensait avoir dit n'était que le fruit de son imagination d'ivrogne. Et il leur avait sans doute sauvé la vie à tous les deux.

Dieu merci ! Riker n'était pas sûr que Myne l'emporte dans un combat à mains nues, mais dans une bataille de crocs, c'était une autre histoire.

Ses chicots en titane étaient capables d'arracher des membres et de séparer une tête d'un tronc avec la facilité d'une tronçonneuse.

— Bien.

Myne caressa la poignée de sa dague du bout des doigts. Il l'avait façonnée lui-même dans le fémur d'un braconnier plusieurs décennies plus tôt. À force de contact, elle était devenue si lisse qu'elle brillait presque au clair de lune.

— Par quoi on commence ? s'enquit-il.

Riker bondit sans effort au sommet de la barrière de pierre de trois mètres de haut qui encerclait le manoir et le terrain alentour.

— Tu vois le coin de la clôture nord-ouest ? où la roche et l'arbre s'imbriquent ? (Riker zyeuta entre les branches.) C'est un poste de sniper. Construit après la mort de ma compagne. On doit abattre le tireur d'élite ou il nous dézinguera avant qu'on ait parcouru la moitié de la pelouse.

— Cool.

Myne avait toujours préféré une attaque homicide furtive à une mêlée sanglante. D'après lui, c'était un gage de talent et de patience et une façon bien plus honorable de traquer l'ennemi. Pour Riker, tuer revenait à tuer, mais peu importe.

— Tu crois vraiment que ce Charles va nous livrer un prisonnier parce qu'on le lui demande ?

— Charles ? répéta Riker. Non. C'est pour ça qu'on ne perdra pas notre temps avec ce trou de balle.

Il balaya la propriété du regard, notant une dernière fois la disposition des caméras, des chiens et les détails de sécurité qu'il connaissait depuis une vingtaine d'années.

— Je m'intéresse à une proie bien plus… sensible.

Myne s'accroupit à son côté avec la légèreté d'une plume.

— Qui ça ?

Au loin, à travers l'une des vitres géantes du manoir, une silhouette bougea. Une femme aux cheveux roux. Grande. Pulpeuse.

L'ennemie.

— Le docteur Nicole Martin.

Riker sentit les yeux de Myne le transpercer.

— Elle est en vie ?

— Apparemment.

Un frisson de haine parcourut Riker. Jusqu'à la semaine dernière, avant qu'il ne tombe sur un article encensant le retour de l'héritière Martin, il pensait que seul un membre de la famille immédiate, Charles, était encore en vie.

— Après le massacre des Martin lors de la rébellion, elle avait été envoyée à Paris auprès de parents de sa mère jusqu'à ce qu'elle soit en âge de travailler dans la division française de Daedalus en tant que spécialiste en physiologie vampirique.

À la mention de la tristement célèbre « Rébellion de Seattle », la voix de Myne devint aussi rocailleuse que le gravier.

— Et elle est ici, maintenant ?

Riker désigna de la tête la femme derrière la fenêtre.

— Sous nos yeux, et adulte. Et si tu as fini de branler ton poignard, on pourrait aller lui toucher deux mots.

— Tu crois qu'elle coopérera ?

Jamais de la vie ! C'était une Martin, après tout, la présidente-directrice générale en exercice de la société qui avait révolutionné l'esclavage des vampires et qui utilisait ces derniers comme des rats de laboratoires pour faire avancer la médecine humaine. Daedalus traitait les vampires comme les abattoirs traitaient le bétail, et Riker doutait que l'entreprise respecte le moindre standard « humain ».

— Pour son bien, dit Riker tout bas, je l'espère.

Chapitre 3

Nicole Martin n'aurait jamais dû quitter Paris. Elle détestait le climat de Seattle. Le manoir familial.

Ainsi que les vampires.

Elle ne se serait jamais doutée que le problème pouvait être si différent dans cette ville.

Elle jeta une boîte de plat chinois à la poubelle si vivement que des grains de riz volèrent aux quatre coins de la pièce, puis elle se tourna vers l'écran de vidéoconférence sur le comptoir de la cuisine en granit noir et or au luxe ostentatoire. Son demi-frère blond comme les blés, Charles, la dévisagea depuis son bureau situé au quartier général de Daedalus Corporation.

— Tu vas bien ? demanda-t-il en désignant la poubelle. Quelle cruauté envers ce pauvre plat à emporter !

— Non, ça ne va pas. Paris me manque.

Là. C'était dit. Faire semblant d'être heureuse de se trouver de nouveau dans la demeure de son enfance était officiellement un gros mensonge.

— Mon labo de recherche me manque. Ainsi que mes amis.

Certes, elle avait entretenu des rapports détachés avec la plupart d'entre eux, les riches et les puissants du Vieux Continent qui désiraient uniquement ce qu'elle et sa société pouvaient leur offrir. Pour autant, elle avait réellement apprécié certains de ses collègues. Sans compter que s'entourer en permanence l'occupait et lui permettait de refouler les souvenirs de son enfance.

— Tu t'en feras d'autres, lui assura Chuck.

— Vraiment ? (Elle ricana.) J'ai plutôt l'impression qu'après-demain je deviendrai un paria que personne ne voudra regarder, et encore moins inviter à un cocktail.

— Ne t'en fais pas pour la réunion.

Comme Nicole, Charles avait hérité des yeux verts de leur père, et son expression s'adoucit lorsqu'il croisa ceux de sa sœur.

— Nos associés tireront au clair ce qui s'est passé dans le complexe Minot.

Elle ressentit une douleur dans sa lèvre inférieure et se rendit compte qu'elle était en train de la mordre. Une mauvaise habitude, qu'elle essayait de rompre depuis des années. « *Une dame ne gigote pas* », lui répétait sa mère. Plus tard, en privé, sa nourrice, Terese, lui rappelait qu'elle n'était qu'une petite fille, et que gigoter était l'apanage des enfants. Le secret, ajoutait-elle, était de gigoter intelligemment.

Nicole tendit le bras vers ses flacons de médicaments derrière lesquels se trouvait une pile de papiers qui diminuait à vue d'œil. Elle en avait disséminé un peu partout dans la maison.

— Ils se fichent de la vérité, Chuck. Ils cherchent un bouc émissaire. (Elle plia le coin d'une feuille et la lissa avec soin.) Une trentaine de vampires de Minot sont morts. En fin de compte, je suis responsable des agissements de mon entreprise, et cet incident va me valoir d'être expédiée en Sibérie.

Avec un peu de chance, ils l'enverraient dans l'antenne sibérienne de Daedalus. L'alternative, à savoir les poursuites pénales, restait une possibilité grâce à l'action de groupes tels que le Cercle humaniste pour les vampires et Les Humains pour l'avancement des entités vampiriques qui, au cours des cinq dernières années, avaient réussi à imposer le traitement et l'élimination éthiques des vampires domestiques.

— Ne pense pas à des choses pareilles. Tu as préparé ta défense. (Chuck griffonna quelque chose sur le bloc-notes devant lui.) Quand tu énonceras tes preuves, le conseil d'administration n'aura d'autre choix que de te laisser le bénéfice du doute.

Mais oui, bien sûr. Le conseil d'administration cherchait le moyen de l'évincer de l'entreprise depuis des années. Sa mère et son père avaient été les muscles et le cerveau de la société qu'ils avaient fondée à partir de zéro ; Nicole, elle, avait simplement hérité du poste.

Même Chuck, qui à cause de son illégitimité ne s'était pas vu octroyer une place réservée dans l'empire paternel, avait dû gravir lentement les échelons, de coursier à président, puis, enfin, sept ans plus tôt, à P.-D.G. Une position temporaire jusqu'à ce que Nicole soit prête à assurer la relève, mais elle avait été ravie de lui confier les rênes. Alors il était resté et elle s'était concentrée sur la recherche médicale.

Jusqu'à ce que deux mois plus tôt, quand elle eut atteint vingt-huit ans, les dispositions légales du testament de ses parents entrent en vigueur, requérant qu'elle dirige l'empire ou perde tout. Elle n'avait pas voulu traîner le nom de ses parents dans la boue, c'est pourquoi elle ne l'avait pas contesté et avait regagné Seattle, à contrecœur.

Naturellement, de nombreuses personnes envieuses et amères siégeaient désormais au conseil d'administration. Chuck, au moins, avait compris la situation, et il était gracieusement retourné à son ancien poste de président.

Nicole plia la feuille de papier plusieurs fois de suite, et un oiseau commença à prendre forme.

— J'aurais dû demander de l'aide quand j'ai pris la relève en tant que P.-D.G. Daedalus est immense, et on ne peut pas dire que mes propositions de tout vendre à l'exception des divisions médicales et scientifiques aient été populaires.

Chuck lui lança un regard lourd de sens. *Sans déconner ?*

— C'est parce que tu veux conserver les branches les moins rentables et te débarrasser de celles sur lesquelles notre père a fondé l'entreprise. (Il remua dans son fauteuil en cuir, le faisant crisser.) Acquérir, former, et vendre des serviteurs vampires constitue la pierre angulaire de Daedalus. Fournir au public des vampires et tous les accessoires adéquats nous permet d'engranger des milliards.

Nicole s'efforça de ne pas lever les yeux au ciel.

— Oh, je t'en prie ! nos découvertes scientifiques nous rapportent tout autant. À moins que tu n'aies pas remarqué que les gens étaient prêts à vendre leur âme pour rester jeunes cinquante ans de plus, ou se remettre de blessures graves plus vite, ou guérir du cancer. Nous devons nous focaliser sur les avancées médicales. Que quelqu'un d'autre gère les tâches qui nous portent préjudice.

— Comme ?

— Comme drainer des humains récemment décédés pour empaqueter et distribuer leur sang aux magasins alimentaires pour vampires. Comme conditionner et transformer les spécimens fraîchement capturés avant de les envoyer dans un camp de formation.

Nicole avait beau détester les vampires, les castrer, leur ôter les crocs et les torturer jusqu'à les briser lui déplaisait.

— Écoute, Nicole, dit Chuck dans un profond soupir, s'évertuant à faire preuve de patience. Je comprends pourquoi tu veux concentrer les efforts de l'entreprise sur la recherche. Je sais à quel point il est difficile pour toi de vivre avec ta maladie.

L'intonation de son frère, destinée à l'apaiser, la fit grincer des dents. Ses idées concernant Daedalus n'avaient rien à voir avec ses problèmes médicaux. Elle voulait aider les gens tout en s'éloignant de ce commerce abject.

— Mais ?

Chuck appuya les avant-bras sur son bureau et se pencha vers l'écran, le visage barré par l'inquiétude.

— Mais certains de nos employés pensent que tu as ordonné l'exécution de tous ces vampires exprès. Pour saboter l'entreprise.

— Quoi ? (Elle en resta bouche bée.) Tu te fiches de moi ?

— Allez, sœurette ! comme si c'était ridicule ! Tu hais les vampires.

— Et c'est une raison suffisante pour saborder l'entreprise ? Tu crois sincèrement que je ferais une chose pareille ?

— Bien sûr que non. (Il passa les doigts dans ses cheveux, dépeignant sa coupe à deux cents dollars.) Je ne fais que te rapporter ce qui se dit dans les couloirs.

L'interphone sonna, et la voix monocorde du gardien leur parvint.

— Monsieur Altrough est là.

Merde !

— Faites-le entrer.

Elle allait avoir besoin de plus de papier.

Chuck tapota le bloc-notes avec son stylo hors de prix. Il n'avait jamais su se tenir tranquille. Non pas que Nicole soit en position de juger. Sa maison et son bureau étaient remplis d'origamis qui en disaient long sur son incapacité à se détendre.

— Tu as décidé de laisser une chance à Roland ? s'enquit-il.

Encore irritée par le fait que certains la croyaient capable d'un acte aussi méprisable, comme venait de le lui révéler Chuck, elle répondit sur un ton sec :

— Jamais de la vie. Mais il s'obstine, alors...

Nicole doutait que Roland Altrough, vice-président exécutif, à la tête de la division chargée de l'approvisionnement en sang de Daedalus – l'une des branches qu'elle souhaitait abandonner – cesse un jour de la poursuivre de ses assiduités. Du moins, tant qu'elle dirigerait Daedalus. Il n'y avait peut-être pas que des inconvénients à se faire virer de l'entreprise.

— Alors pourquoi sors-tu avec lui ce soir ?

— Parce qu'à part toi c'est le seul à être de mon côté dans tout ce bazar.

Chuck arqua un sourcil.

— Tu penses qu'en couchant avec lui il continuera à te soutenir ?

— Je ne couche pas avec lui. C'est un macho de première.

Certes séduisant, mais il n'en restait pas moins un ignoble misogyne.

Chuck arbora un grand sourire.

— C'est tout à ton honneur.

Derrière lui, une ombre approcha et le cœur de Nicole bondit dans sa poitrine. Ce n'était que Jonathan, le serviteur de longue date de Chuck, mais elle réagissait toujours de la même manière. Vingt ans s'étaient écoulés depuis l'agression, mais elle ne pouvait s'empêcher de sursauter à la vue d'un vampire.

Tandis que Jonathan plaçait un verre de bourbon sur le bureau, Nicole retint son souffle. Chuck bougea au moment où le vampire retirait la main, et le verre se renversa, répandant le liquide ambré sur les papiers.

Avec un grognement, Chuck se leva de son fauteuil et gifla Jonathan du revers de la main assez fort pour projeter le vampire sans crocs contre le mur.

— Espèce d'empaffé !

Quand Jonathan se précipita pour nettoyer, Chuck le frappa de nouveau, et Nicole resta assise, en état de choc. Chuck était d'un naturel irascible, mais elle ne l'avait jamais vu se défouler sur quelqu'un de la sorte. Il est vrai qu'ils avaient vécu séparés par un océan pendant vingt ans, et les choses pouvaient avoir changé… mais à ce point ? Il s'était toujours montré bienveillant envers les serviteurs de la famille, en particulier Terese, à qui il achetait parfois un supplément de sang en guise de cadeau.

— Fous le camp. Tu peux oublier ta ration cette semaine.

Les yeux argentés du vampire étincelèrent, mais Nicole n'aurait su dire si c'était de déception ou de rage. Après que Jonathan se fut éclipsé de la pièce, elle retrouva sa voix.

— Tu y es allé un peu fort, tu ne crois pas ?

Chuck la dévisagea comme si elle était une extraterrestre.

— Ce n'est qu'un vampire.

— Il a juste renversé un verre, répliqua-t-elle sur un ton sec, effaré par cette nouvelle facette de son frère. (Comment pouvait-il être la même personne qui apportait du chocolat en douce à Terese pour son anniversaire ?) Ne crains-tu pas de le pousser dans ses retranchements ?

— C'est absurde. Ce qui t'est arrivé – ce qui nous est arrivé à tous – ne se reproduira pas. Aujourd'hui, nous possédons de meilleurs dispositifs de sécurité.

Chuck lui coula un regard dégoulinant de compassion, le genre que l'on réserve aux gens atteints d'une phobie que tout le monde jugeait stupide.

— C'était il y a longtemps, ajouta-t-il. Tu dois tourner la page.

Tourner la page. Ce n'était pas lui qui avait survécu de justesse à une agression des plus violentes qui avait tué presque tous ceux qu'elle aimait et l'avait laissée avec une condition médicale rare qui lui serait fatale. Pour le moment, les médicaments mis au point par les scientifiques de Daedalus évitaient que la maladie ne ravage ses organes, mais elle finirait par développer une résistance. Et alors, elle devrait supporter des mois de torture avant de mourir dans d'atroces souffrances.

Par conséquent, « tourner la page » n'était pas une option.

— Il arrive encore que les humains se fassent attaquer par leurs serviteurs, lui fit-elle remarquer, même si, il est vrai, les rébellions n'étaient guère fréquentes.

L'implant de micropuces que l'on pouvait activer grâce à un bracelet-télécommande terrifiait les vampires, qui craignaient pour leur santé, et ils étaient bien plus efficaces que les anciens colliers, qui empêchaient simplement ces derniers de franchir des barrières.

Cependant, si le Cercle humaniste pour les vampires avait son mot à dire, ces nouveaux appareils seraient bientôt interdits. Nicole frissonna, regrettant une fois encore de ne plus se trouver à Paris, où les groupes tels que le CHV n'étaient guère tolérés et les esclaves vampires restaient un luxe réservé uniquement à quelques nantis.

— Ne t'inquiète pas, Nikki. Mes serviteurs n'oseraient pas lever la main sur moi ou ma famille.

Le père de Nicole avait dû en être persuadé lui aussi jusqu'à ce qu'un vampire le décapite et plante sa tête sur un piquet à un mètre à peine de l'endroit où se tenait à présent Nicole.

Tu pensais que Terese ne te ferait jamais de mal.

Nicole le pensait toujours. Terese avait été comme une grande sœur pour elle. Elle passait du temps avec Nicole quand sa mère n'était pas disponible, lui apprenait des choses que ses précepteurs refusaient de lui enseigner. Quand elle avait besoin de se rappeler que tous les vampires n'étaient pas des monstres, Nicole se raccrochait à la gentillesse de Terese et à la bague qu'elle portait désormais à l'annulaire droit.

Puis elle se souvenait que Terese était morte entre les mains d'un autre vampire. Un vampire auquel elle faisait confiance de tout son cœur. Nicole n'avait pas vu grand-chose ce jour-là, mais ce qu'elle avait vu – une lame dans la gorge de Terese, plantée par son compagnon tandis qu'elle l'implorait – était gravé dans sa mémoire au fer rouge. Terese, aussi frêle et fragile qu'un moineau, n'avait pas fait le poids face à l'énorme mâle dont le grognement l'avait tellement effrayée qu'elle s'était oubliée.

Cette scène hantait les cauchemars de Nicole nuit après nuit. Parfois, dans ces rêves, elle essayait de maîtriser Riker et de sauver Terese. Parfois, elle parvenait à hurler, ce qu'elle n'avait pas réussi à faire dans la vraie vie. Mais le résultat final demeurait inchangé. Terese mourait puis, le plus souvent, Riker tuait Nicole.

Avec ses dents.

Nicole déglutit pour chasser ces images sanglantes et ces souvenirs bien trop vivaces encore, et effleura le bouton « terminer » du visiophone.

— Il faut que je file, Chuck. Roland va m'aider à revoir mon exposé pour le conseil d'administration.

Chuck acquiesça de la tête.

— Ne veille pas trop tard. Repose-toi. Et, pour l'amour du ciel, sois à l'heure demain. La moindre minute compte, car le conseil d'administration tient à se prononcer à 13 heures tapantes, que tu sois présente ou non.

Comme si elle avait besoin qu'on lui rappelle que la trajectoire de toute sa carrière serait déterminée une heure après le déjeuner, quand tous les membres du conseil auraient mangé et bu à s'en faire exploser la panse. *Seigneur!* Elle allait au-delà d'une catastrophe absolue. Elle n'aurait jamais choisi d'exercer ce poste-là. Surtout pas après s'être appliquée à devenir une experte en physiologie vampirique. Mais elle avait hérité de ce devoir, en quelque sorte imposé, et elle s'était toujours targuée d'être la meilleure dans tout ce qu'elle entreprenait. Même si ce n'était pas ce dont elle avait envie.

Faillir à la société de ses parents, en particulier après la tragédie qui leur avait coûté la vie, serait dévastateur.

— Bonne nuit, Chuck.

Nicole mit fin à la communication et se dirigea vers le spacieux salon. Elle vivait là depuis près de deux mois, mais elle continuait de prendre le chemin le plus long, évitant la salle à manger où sa mère était « décédée ».

Décédée. Les mots que tout le monde à l'exception de Nicole employait pour qualifier ce qui était arrivé sonnaient tellement... civilisés, alors que cela n'avait rien eu de civilisé. Élise Martin avait eu la gorge déchiquetée, mais seulement après avoir enduré des sévices innommables aux mains de ses agresseurs.

La porte s'ouvrit dans un grincement, et Nicole nota mentalement de rappeler à Roland qu'elle n'appréciait guère sa façon de s'introduire chez elle comme en terrain conquis. Elle n'avait rien dit jusqu'à aujourd'hui, car il avait officié comme gardien des lieux de nombreuses années pendant que Nicole était en France, mais, à présent qu'elle était de retour, il devait apprendre à frapper.

— Une minute, Roland, lança-t-elle.

— Non, Nicole…

La voix étranglée de Roland se brisa, et un sinistre pressentiment noua soudain les entrailles de la jeune femme.

Elle tourna au coin de la pièce, et s'arrêta brusquement, en état de choc. Une boule se forma dans sa gorge, l'empêchant de respirer, étouffant son cri dans sa gorge.

Un mâle aux cheveux noirs – manifestement un vampire, muni de crocs métalliques étincelants – tenait Roland contre son torse, un bras robuste enroulé autour de son cou. L'humain arborait une expression farouche et se débattait, en vain, à tel point que cela en devenait comique.

Cependant, ce n'est pas lui qui avait cloué Nicole sur place. Non, ce qui lui avait glacé les sangs, c'était le monstre debout à côté de lui.

Bizarrement, ce n'était pas Boris qui reprenait vie lors de ses pires terreurs nocturnes. Non, le titre de « roi du cauchemar » revenait à l'individu qui se dressait devant elle telle une sentence de mort sous les traits d'un magnifique vampire aux cheveux sable vêtu d'un jean usé maculé de sang et d'une ceinture chargée d'armes sous son pardessus en cuir. Un mâle nommé Riker qui, vingt ans plus tôt, avait tué Terese.

Sa propre compagne.

Son regard argenté meurtrier indiquait à Nicole qu'il lui réservait le même sort.

Un frisson de peur la parcourut, anéantissant vingt ans de thérapie en à peine quelques secondes.

— Putain d'animaux ! haleta Roland d'une voix râpeuse. Votre race immonde mérite bien pire que l'esclavage.

Le vampire aux crocs longs comme des poignards arbora un sourire carnassier, et Nicole le contempla, pétrifiée, tandis que, d'un mouvement de la tête et dans un jet de sang, il déchiquetait la gorge de Roland avec ses dents.

Oh, Seigneur, je vous en prie, non ! Ça *ne va pas recommencer !* Un cri sourd lui échappa des lèvres alors qu'elle faisait volte-face. La terreur fit ressortir sa maladresse, et elle se cogna la hanche dans une frêle console élisabéthaine, renversant par terre un bol de la dynastie Tang hors de prix rempli de fleurs en origami confectionnées par ses soins. Elle n'avait pas fait quatre pas qu'un corps massif la heurta comme un camion et l'envoya s'étaler au sol. Le violent impact vida l'air de ses poumons, lui infligeant une douleur atroce.

— Ne la mords pas !

La voix masculine résonna dans la pièce comme le tonnerre, et le vampire qui surplombait Nicole jura tandis qu'il déchiquetait son col roulé avec les dents.

— Oh, allez, Riker !

Le souvenir de ne pas avoir été mordue mais mâchouillée fit trembler Nicole comme une feuille pendant qu'une paire de crocs frôlait les cicatrices que Boris avait laissées sur son cou.

— Je ne comptais pas la tuer, reprit le vampire. Seulement la goûter.

— Pas maintenant.

Riker aboya quelque chose qui sonna comme « elle est à moi », et le mâle qui se dressait au-dessus de Nicole jura de plus belle.

— Tu as droit à un sursis, humaine, lui murmura à l'oreille le vampire à dents de sabre, mais ses paroles étaient encore plus menaçantes que s'il les avait grognées. Un sursis temporaire.

Avec une lenteur insoutenable, il recula. Avant même que l'idée de fuir de nouveau ait pu traverser l'esprit de Nicole, une main s'abattit sur son poignet et l'obligea à se relever. Elle essaya de se libérer mais, d'une seule main, Riker la maintenait immobile.

— Rendez-moi la vampire Neriya et je vous laisserai la vie sauve.

Neriya ?

Riker balança son corps puissant contre le sien et la secoua comme un prunier.

— Vous m'avez entendu ? Donnez-moi la femelle !

Dents de Sabre se glissa en silence vers la fenêtre, mais Nicole resta focalisée sur le vampire qui la retenait avec fermeté.

— Je ne sais pas de quoi vous parlez, coassa-t-elle.

Les yeux argentés de Riker, qui indiquaient qu'il était un vampire créé et non un vampire de naissance, bien plus rare, étincelèrent comme des lames de rasoir.

— Daedalus l'a capturée il y a quinze jours. Je la veux. Tout de suite !

Sa voix, voilée par la rage, lui liquéfia les entrailles. Même s'il avait affirmé le contraire, Nicole savait qu'il la tuerait quoi qu'il arrive. Elle ne se faisait aucune illusion à ce sujet.

Cependant, elle n'avait toujours pas la moindre idée de ce dont il parlait.

— J'ignore où elle est. (Sa voix tremblait tout autant qu'elle.) Comment savez-vous que Daedalus la retient captive ?

— Peu importe.

Sa fureur satura l'air tout autour d'eux, et elle se prépara à recevoir un coup. Au lieu de quoi, Riker gronda :

— Trouvez-la.

— Que je la trouve ?

Et comment ? À sa connaissance, tout vampire sauvage capturé se voyait octroyer une nouvelle désignation, par conséquent le prénom « Neriya » ne figurerait pas sur les registres. La localiser prendrait du temps, ce dont Nicole doutait de disposer.

— Oui, répondit-il lentement, comme s'il s'adressait à une enfant. Trouvez-la.

— Pourquoi ? Qui est-ce ? Votre nouvelle compagne ? Allez-vous la tuer elle aussi ? lâcha Nicole, incapable de retenir sans langue.

Elle avait la fâcheuse habitude de parler sans réfléchir quand elle était effrayée ou nerveuse.

Riker cligna les yeux comme s'il était déconcerté, mais il retrouva vite ses esprits et son visage se ferma.

— Pourquoi voudrais-je secourir une vampire pour la tuer, bordel ? Et pourquoi toutes ces questions ? Je vous ai dit quoi faire. Alors, faites-le.

Bluffe.

— Il fait que j'aille dans mon bureau. Pour accéder aux fichiers informatiques.

— Vous nous prenez pour des demeurés ou quoi ? Vos bureaux grouillent de gardes. (Riker lui serra le bras jusqu'à chevaucher la ligne ténue entre inconfort et douleur.) Faites-le d'ici.

L'indignation suscitée par ses ordres finit par percer la bulle de peur, et elle bomba la poitrine dans une posture de défi.

— Je ne négocie pas avec les vampires qui violent mon domicile et tuent mes amis.

Riker sourit. Elle n'avait jamais vu de sourire aussi froid, et ce n'était pas peu dire car, en tant que P.-D.G. d'une multinationale, elle nageait avec des requins tous les jours.

— C'est justement là que vous vous fourrez le doigt dans l'œil. Il ne s'agit pas d'une négociation. Vous coopérez ou vous crevez. C'est aussi simple que ça.

L'autre vampire apparut à côté de Riker.

— Si tu prévois de la torturer jusqu'à ce qu'elle nous donne ce qu'on veut, je te conseille de le faire ailleurs. Nous sommes découverts. Deux mâles armés approchent à dix heures.

— Ils ne sont sûrement pas seuls, répondit Riker.

Les doigts effilés de Myne trouvèrent la poignée de la dague fixée à sa hanche, et un grondement rauque s'éleva des profondeurs de sa poitrine, encore humide du sang de Roland.

— Qu'ils viennent !

Il s'en délectait. Quel infâme salopard ! Et qu'est-ce qui clochait avec ses crocs, bon Dieu ?

— Mes crocs ? s'enquit Dents de Sabre, et Nicole se rendit compte qu'elle avait parlé à voix haute. Quoi ? J'ai quelque chose de coincé entre les dents ? Yo, Rike ! j'ai un morceau de ce Roland dans les chicots ?

Assaillie par une rage stupide, Nicole se jeta sur lui, mais Riker l'attrapa avant qu'elle ait pu frapper Dents de Sabre sur la bouche.

— Dernière chance, Nicole, l'avertit-il. Rappelez vos gardes et passez ces coups de fil, ou on vous emmène.

Comme si son corps se rappelait soudain qu'elle courait un grave danger, un frisson d'effroi la secoua douloureusement. Ses options étaient limitées, et celles qu'elle avait étaient vraiment risquées. Si elle suivait Riker et Dents de Sabre, elle mourrait sûrement. Cela dit, si elle assurait aux gardes que tout allait bien, Riker et son acolyte la tueraient sans doute quand même une fois qu'elle aurait passé les coups de fil nécessaires.

Elle avait donc le choix entre la mort… et la mort.

Ce qui lui laissait à choisir la date de son trépas et, peut-être, la façon dont elle périrait. Les vampires l'abattraient dès qu'elle aurait fini de téléphoner mais, si elle les accompagnait, elle pourrait mettre à profit le temps du voyage pour trouver le moyen d'envoyer des signaux de détresse ou se débrouiller pour utiliser la seule arme qui lui permettrait de s'enfuir.

Riker écarquilla les yeux alors que le goût du sang gagnait la bouche de Nicole. Merde, voilà qu'elle se mordait de nouveau la lèvre ! Devant un vampire. Autant sonner la cloche pour annoncer l'heure du dîner !

— Humaine, tonna Riker. Rappelez vos gardes.

— Allez au diable ! répondit-elle avec un calme qu'elle ne ressentait guère.

Puisque la mort l'attendait, elle mourrait en se battant jusqu'au bout, comme elle n'avait pas pu le faire quand elle était enfant.

— Vous d'abord.

Il lui empoigna le menton et lui maintint la tête pour l'obliger à le regarder dans les yeux. Et là…

Elle sombra dans l'obscurité.

Chapitre 4

Merde!

Le juron favori de Riker n'avait jamais été aussi pertinent. Parce que, merde! ils étaient dans la merde.

Il rattrapa Nicole qui s'effondrait sur lui, victime de ses talents d'hypnotiseur. Elle était tellement terrorisée qu'il s'était attendu qu'elle cède à ses requêtes et lui facilite la tâche. Mais non, rien ne pouvait jamais être facile pour lui!

— Putain, ce que j'aimerais posséder tes facultés! dit Myne tandis qu'il se glissait vers l'une des fenêtres. Pratique pour se nourrir.

Riker éclata de rire.

— Tu ne t'en servirais pas! Tu aimes que ta bouffe se débatte.

— L'adrénaline donne au sang une agréable note piquante, répondit Myne avec un détestable accent précieux digne d'un critique gastronomique décrivant un plat succulent de son restaurant préféré. Et six types arrivent par la grande porte.

Myne fit volte-face; sa vélocité tournait en dérision les mouvements pourtant très rapides de la plupart de ses congénères. Être un vampire de naissance allait de pair avec une tonne d'avantages.

— On peut fuir par-derrière. Il y a une rangée de haies qui nous maintiendra dans l'ombre.

Riker avait souvent exploité la zone, conçue de sorte à dissimuler l'équipement du jardinier, quand il se faufilait dans la propriété pour rendre visite à sa compagne.

Myne fusilla du regard la jeune femme dans les bras de Riker.

—Je n'aime pas ça. Elle va nous ralentir. (Il marqua une pause, entendant sans doute les cris des gardes dehors.) Laisse-la. On n'a qu'à cuisiner l'autre Martin.

Mauvaise idée. Dès qu'il aurait vent de leur intrusion, Charles Martin accroîtrait les mesures de sécurité et prendrait toutes les précautions pour éviter un incident similaire. Non, c'était Nicole ou rien.

—On ne parviendra jamais à approcher ce fils de pute.

Riker hissa Nicole solidement contre son épaule tandis que Myne dégainait de leurs fourreaux deux épées longues fixées à son dos.

—Ça aurait été beaucoup plus simple qu'elle coopère, maugréa Myne en s'adossant à un mur pour jeter un coup d'œil entre les lamelles d'un store.

Ce n'est pas Riker qui le contredirait. À présent, ils devaient échapper aux autorités tout en transportant une humaine inconsciente dans la forêt. À supposer qu'ils ne se fassent pas pourchasser et exécuter devant les caméras de télévision, il leur restait à emmener la jeune femme au quartier général du clan. Si tout s'était déroulé comme prévu et que Nicole avait collaboré, la FFAV aurait quand même été missionnée pour retrouver les individus qui s'étaient introduits dans le manoir des Martin, mais l'enlèvement de l'une des personnes les plus importantes de la planète pousserait la milice antivampires dans une chasse des plus effrénées.

— On n'a pas le choix, dit Riker. Si on ne ramène pas Neriya…

— On n'a qu'à prendre ShadowSpawn d'assaut avant qu'ils n'apprennent qu'on a échoué et se lancent à nos trousses.

Attaquer ShadowSpawn à l'improviste conférerait à MoonBound un avantage considérable mais, au bout du compte, la supériorité numérique de l'ennemi combinée à leur absence totale d'éthique provoquerait la destruction de MoonBound. Riker refusait de courir un tel risque.

Non, Nicole était la clé de la survie de MoonBound et, par conséquent, elle irait avec Riker et Myne. Un humain de moins sur la Terre, un Martin de surcroît, cela ne pouvait être qu'une bonne chose.

Myne fermait le cortège tandis que Riker se hâtait de rejoindre l'arrière du manoir pour emprunter l'ancienne galerie des domestiques menant à l'entrée sud. La poussière sur le parquet éraflé indiquait que le passage n'avait pas servi depuis des mois, si ce n'est des années, et la porte à travers laquelle Riker avait vu sa compagne disparaître bien trop de fois avait été condamnée de l'intérieur à l'aide de chaînes. Myne tira sur le cadenas. Il se cassa dans un craquement sonore, et ils s'esquivèrent dans la nuit.

Les haies étaient parfaitement taillées, comme figées dans le temps. Les souvenirs écorchèrent Riker tandis qu'ils se faufilaient entre les buissons, et il prit soin de ne pas regarder l'endroit où Terese avait rendu son dernier souffle. Le lieu avait été trop bien préservé, et, même s'il savait que c'était impossible, il ne voulait pas risquer de voir le sang de sa compagne maculer les feuilles ou former une flaque sur l'herbe.

À la faveur du paysage et des ombres, ils atteignirent l'enceinte en pierre. Les trois rottweilers qui montaient la garde se contentèrent d'observer Riker et Myne tandis qu'ils quittaient les haies et traversaient la pelouse dégagée au pas de course. Riker les avait hypnotisés à l'aller. À présent, ils l'aimeraient pour toute la vie. Cool, car Riker adorait les chiens.

À mi-chemin, près d'une dizaine d'humains en uniforme noir et rouge de la FFAV les encadrèrent. Riker jaugea rapidement l'ennemi, et, à en juger par son sourire oblique, Myne venait également de le faire. Ces hommes étaient les premiers intervenants, leurs armes étaient mortelles mais moyennes.

— Reposez l'humaine !

Un homme blond avec une coupe à la brosse qui lui faisait une tête de balai à chiottes se détacha du groupe et s'avança vers eux en se ramassant sur lui-même.

— Obéissez ou je vous fais sauter la cervelle ! ajouta-t-il.

Riker obtempéra et déposa lentement Nicole sur le sol. Alors qu'il se redressait, il jeta un regard complice à Myne. *C'est parti !* En un instant, ce dernier se mit en mouvement. Il terrassa Balai à Chiottes et l'un de ses potes avant même que Riker ait pu passer à l'action.

Oh ! mais quand son poing s'encastra dans la mâchoire de l'ennemi, entendre ses os se briser lui fit l'effet d'un bourbon bien tassé. L'agent de la FFAV se retrouva projeté en arrière, et son arme virevolta dans les airs. Riker l'attrapa au vol et tournoya sur lui-même avant d'enfoncer la crosse du fusil dans le ventre du connard qui avait commis l'erreur de l'attaquer avec un bâton à impulsion électrique.

Faisant volte-face, il en assomma un deuxième d'un coup de botte dans la poitrine mais, alors qu'il reposait le pied par terre, Riker reçut un coup au niveau du rein suivi d'un autre à l'arrière du genou. Il grogna en tombant au sol, évitant de justesse un tir d'AK-47, l'arme de prédilection de la FFAV. Une seule de ces balles, conçues par Daedalus, suffisait à infliger à la victime des heures de torture tandis que le projectile délivrait dans son corps une série de puissants chocs électriques, lui carbonisant les organes et la chair. Les vampires avaient cinquante pour cent de chances de s'en sortir. Les humains, aucune.

Riker enfonça la paume dans la gorge de son assaillant et regarda avec satisfaction l'humain s'effondrer, cherchant désespérément à respirer malgré sa trachée défoncée. Un jet de sang aspergea soudain la pelouse. Riker jeta un coup d'œil par-dessus son épaule et aperçut Myne qui surplombait le cadavre décapité d'un des agents tout en plantant profondément les crocs dans la carotide d'un autre.

Les humains restants étaient morts ou en piteux état, ils ne récupéreraient pas de sitôt.

— Dépêchons. (Riker scruta l'horizon, mais il n'y avait plus d'humains en vue. Pour le moment.) La prochaine vague ne devrait pas tarder à arriver.

Et ces soldats-là seraient plus nombreux, mieux entraînés et munis d'armes encore plus meurtrières.

Nicole gisait là où il l'avait posée. Elle n'avait pas repris connaissance. Ses longues boucles blondes s'épandaient sur l'herbe comme du sang, et sa lèvre inférieure était enflée à force d'avoir été mordue. Riker la prit dans ses bras, conscient que c'était la première fois qu'il touchait une femme ainsi depuis la disparition de sa compagne. Terese, cependant, avait été plus menue. Plus légère. Bien plus fragile. Un parfum d'eau de rose lui avait toujours collé à la peau alors que celle de Nicole, plus chaude, exhalait des effluves de poire fraîche.

Putain de bordel! Pourquoi diable était-il en train de les comparer ? Elles étaient à l'opposé l'une de l'autre ! Humaine et vampire. Grande et petite. Cruelle esclavagiste et innocente victime.

— Hunter va te tuer, dit Myne en s'accroupissant à côté de Riker.

— Tu sais bien que non.

— Mais tu vas avoir droit à un sermon truffé de « hunterismes ». « Un buffle mort ne peut pas traverser les plaines » ou une connerie dans le genre. Autant crever. (Myne essuya l'une de ses lames sur son pantalon avant de la ranger dans son fourreau.) Tu connais les règles. Pas d'humain au QG, à part si c'est de la bouffe.

— Qui dit qu'on ne la mangera pas ? (Riker lui coula un regard oblique.) Et depuis quand te soucies-tu des lois vampires ?

Myne scruta Nicole avec insistance, ses yeux étincelant de mépris et de faim.

— Depuis que j'ai décidé que je ne tenais pas à ce que tu perdes la vie pour une racaille humaine. (Riker arqua un sourcil et Myne ricana.) Du calme, ce n'était pas une déclaration d'amour ! Le clan a besoin de toi. Tu es l'un de leurs meilleurs guerriers.

Leurs meilleurs guerriers. La façon qu'avait Myne de ne pas s'inclure dans le clan, même après avoir vécu et combattu des décennies parmi eux, n'échappa pas à Riker.

La jeune femme poussa un gémissement, un son délicat qui aurait dû toucher la corde sensible de Riker. Certes, elle était effilochée, prête à se rompre, mais elle vibrait parfois avec compassion, renvoyant un faible écho des temps passés.

À l'époque où il avait une compagne, un enfant en route, et l'espoir d'un futur.

Mais, grâce à la famille de Nicole, il ne lui restait plus rien. Alors, elle pouvait geindre tant qu'elle voulait, elle ne parviendrait pas à l'émouvoir.

Il lâcha un grognement enragé et bondit sur la clôture. Nicole remua, et enfouit le visage dans le creux de sa nuque, pressant son nez froid contre sa peau. Normal qu'elle soit frigorifiée : il l'avait arrachée à la chaleur de son foyer pour la traîner dehors en plein automne, par des températures glaciales, alors qu'elle ne portait qu'un col roulé beige, un pantalon gris et des bottines à gros talons. Non pas qu'il éprouve de la culpabilité. Nicole Martin représentait tout ce qu'il haïssait chez les humains. Vu son apparence juvénile, elle devait sans doute utiliser l'un des produits de son entreprise, un sérum anti-âge appelé « essence de vampire » que ses chercheurs avaient développé afin d'accroître l'espérance de vie des humains.

Au détriment, malheureusement, de celle des vampires.

Combien avaient péri pendant l'extraction de leur « essence » ? Sans mentionner les décennies d'expérimentations avant que le traitement anti-âge ne soit perfectionné.

Riker sentit sa rage redoubler de nouveau. Il abhorrait les humains. À la mort de son frère, dix ans plus tôt, à l'âge de vingt-six ans, il avait perdu l'ultime lien qui le rattachait à son humanité. Et la race humaine avait perdu leur dernier membre décent.

Cependant, s'il devait être honnête avec lui-même, il devait admettre que ses congénères n'étaient pas non plus des enfants de chœur.

Il s'autorisa un sourire sinistre tandis qu'il conduisait Nicole dans la forêt : elle qui s'intéressait tant à ce miraculeux élixir, elle allait enfin comprendre ce que cela faisait de se faire extraire sa substance vitale.

Chapitre 5

Les gueules de bois, quelle plaie !

Nicole se tourna sur le dos en gémissant. Elle n'essaya même pas de réprimer une grimace : ses articulations la faisaient terriblement souffrir et elle avait l'impression d'avoir un marteau-piqueur dans le crâne. Il était peut-être temps de faire une croix sur le gin-tonic. Elle ne buvait pas souvent mais, quand ça lui arrivait, elle avait tendance à oublier que deux verres pouvaient suffire à la mettre sur les rotules.

Une lourde main se posa sur son épaule, et elle gémit de nouveau. La dernière fois qu'elle s'était sentie aussi mal – après la fête organisée en son honneur par l'entreprise pour célébrer son retour aux États-Unis –, c'était Chuck qui l'avait retrouvée. Et asticotée des semaines durant, sans relâche.

— Debout, marmotte.

— Fous-moi la paix.

Elle se libéra de sa prise, serrant les paupières pour bloquer la lumière qui l'aurait propulsée droit à Migraineville. Chuck avait jugé malin d'allumer toutes les lampes de la maison avant de la tirer de son sommeil de plomb.

Une effroyable pensée s'insinua dans son cerveau, perçant le brouillard de son ébriété : il avait amené l'un de ses serviteurs. Chuck n'allait nulle part sans un vampire aux petits soins pour lui.

Chiotte! Elle s'était juré de ne plus jamais se trouver en position vulnérable en compagnie d'un vampire. Elle lui avait d'ailleurs dit que ces derniers étaient interdits chez elle, et que, s'il ne respectait pas sa volonté, elle l'enverrait à l'autre bout du monde, dans l'un de leurs bureaux de vente à unique employé.

À condition, bien entendu, que le conseil d'administration de Daedalus ne la livre pas aux autorités ou n'échafaude un plan pour l'éjecter de la société.

— J'espère que tu n'es pas venu accompagné d'un foutu vampire, grommela-t-elle.

Il lui sembla que la température de la pièce avait chuté de dix degrés.

— Chérie, roucoula une sensuelle voix féminine teintée par un accent du Sud, j'ai toute une armée de vampires avec moi.

Sa douleur oubliée, Nicole ouvrit brusquement les yeux. Et vit les contours flous d'un visage de femme devant le sien. Elle leva la tête, et remarqua que des points lumineux scintillaient sur un plafond composé de pierre et… de racines? Elle cligna les paupières, fixant le regard sur son interlocutrice. Cette dernière la jaugea avec attention, sa peau foncée formant des lignes vagues dans l'arrière-plan, très nettement constitué de pierre, de racines et, semblait-il, de terre compactée.

Peut-être rêvait-elle.

Le caillou qui s'enfonçait dans son dos lui signifia le contraire. Mais comment diable avait-elle atterri ici?

Riker.

Les images précises, en trois dimensions, de l'intrusion dans son manoir lui revinrent en mémoire. Elle se rappela la terreur qu'elle avait éprouvée à la vue de Riker, les crocs de Dents de Sabre lui éraflant le cou, et l'odeur virile, fumée, de Riker.

— Où… (Elle déglutit, grimaçant au son de sa voix enrouée.) Où suis-je ? Qui êtes-vous ?

L'étrangère arqua un sourcil ébène.

— Oh, tu n'es pas capable de le deviner ? (Elle arbora un sourire qui allait de pair avec son expression amusée.) Tu es dans un bastion vampire. Et je suis une vampire. En gros, espèce de vermine humaine, ajouta-t-elle en souriant de plus belle, révélant deux crocs étincelants, acérés et mortels, bienvenue dans ton pire cauchemar.

Le hurlement perçant surprit Nicole, lui transperçant le crâne avec l'intensité d'un laser si bien qu'elle eut l'impression que son cerveau allait exploser. Lorsque la vampire la frappa assez fort pour la faire rouler sur le flanc, elle se rendit compte que le cri provenait de sa propre gorge.

La femme se pencha plus près, ses yeux scintillant tels des leurres argentés à la lumière du soleil.

— Je souffre d'une étrange affliction qui me donne des envies de meurtre dès que j'entends crier, murmura-t-elle. Alors, abstiens-toi.

Nicole hocha la tête, ravalant le cri qui prenait naissance dans ses poumons.

— Katina. (Au son de cette voix masculine familière, Nicole se figea.) Je te remplace.

L'intéressée inclina vivement la tête avant de se relever avec une grâce féline.

— Elle est tout à toi, Rike. (Katina cloua Nicole d'un regard si affamé qu'elle aurait pu être en train de saliver.) Mais quand ce sera l'heure de manger, partage le butin. La roulure a l'air d'avoir le sang riche.

La roulure ? Nicole planta les paumes sur le sol en terre battue et se redressa.

— Tu ignores à quel point, pétasse.

Ce n'était sans doute pas la chose la plus intelligente à dire dans de telles circonstances, mais il est vrai qu'elle était incapable de faire preuve de tact, comme Chuck prenait un malin plaisir à le souligner.

Riker s'accroupit devant elle et le cœur de Nicole s'affola. Il était aussi imposant que dans le manoir et aussi grand qu'elle se le rappelait. Chaque fois qu'elle repensait à lui, elle se demandait si sa mémoire lui jouait des tours, si son regard de petite fille n'avait pas biaisé la vision qu'elle avait de lui.

Mais non, Riker était plus impressionnant encore que dans son souvenir, une silhouette intimidante, vêtue d'un jean, d'un tee-shirt et d'un blouson de cuir noir qui ne suffisait pas à dissimuler l'attirail qu'il portait. Pire, il était encore plus séduisant ! Bon sang, comment pouvait-elle trouver ce salopard attirant ? Avait-elle perdu la tête ? C'était un vampire. Qui avait tué sa propre compagne !

Pour autant, elle ne pouvait contester sa beauté sauvage, ses pommettes ciselées et ses lèvres écarlates ourlées. Ses prunelles argentées bordées de cils touffus, quelques teintes plus foncées que ses cheveux blonds en bataille. Sa mâchoire aussi puissante et aussi tranchante qu'une lame… ou qu'un croc de vampire.

— Si j'étais vous, je veillerais à ne pas balancer des insultes à tout-va, dit-il. La plupart peuvent vous être renvoyées en pleine figure.

Démon suceur de sang. Monstre à crocs. Pire cauchemar d'un dentiste. En voilà au moins trois ! Néanmoins, il valait sans doute mieux faire preuve de tact, pour changer. Chuck serait fier d'elle.

— Où sommes-nous ? (Elle détacha les yeux de Riker assez longtemps pour balayer les alentours du regard.) Quel est cet endroit ?

À présent qu'elle était assise et que sa vision n'était plus brouillée, elle pouvait affirmer que sa première impression avait été correcte. Elle se trouvait dans une espèce de pièce souterraine. Une lueur ténue filtrait par la minuscule lucarne barrée de la porte, lui offrant une vue sinistre sur les chaînes fixées aux dalles de pierre. Mais ce qui l'effraya réellement, c'était les rangées de crânes, d'humains comme de vampires, empilés sur l'un des murs.

— Vous êtes dans le quartier général de mon clan. (Riker passa la langue sur son croc et arbora un grand sourire lorsqu'elle sursauta malgré elle.) Dans ce que nous nommons affectueusement « la chambre à proie ».

La terreur lui étreignit la poitrine comme une bande d'acier. Respirer devint un luxe tandis que la peur lui serrait les poumons et prenait ses souvenirs en otage. Elle avait l'impression d'être plongée dans un film d'horreur, et, même si cela ne l'étonnait guère de la part des vampires, en être directement témoin lui glaça les os.

Calmez-vous. Rappelez-vous qu'ils ont peur de vous autant que vous avez peur d'eux. Les paroles de sa thérapeute lui revinrent subitement en mémoire, apaisant quelque peu son anxiété. Riker quant à lui ne lui semblait guère effrayé. Cela dit, elle avait voué sa vie à étudier la physiologie des vampires et non leur psyché, par conséquent, elle ferait sans doute mieux de se fier aux dires de sa psychiatre. D'instiller le doute dans son esprit. La crainte. Alors, peut-être parviendrait-elle à regagner une once de maîtrise.

Et si le pire devait arriver, elle avait une arme.

Elle se racla la gorge, et se leva. Riker l'imita, avec bien plus de grâce.

— Je pense que vous ignorez qui je suis.

— Vraiment ? (Il croisa ses bras musclés.) Éclairez donc ma lanterne.

Elle redressa le menton pour le regarder droit dans les yeux.

— Puisque vous vous êtes introduits chez moi, vous devez savoir que j'appartiens à l'une des familles les plus influentes du monde.

L'expression de Riker demeura impassible, mais Nicole tint bon. Avant de reprendre le flambeau à Daedalus, elle avait œuvré au sein de l'entreprise et fait ses preuves dans des salles de conférences remplies de directeurs au visage de marbre et d'avocats aux yeux de requin.

— Mais vous avez commis une erreur fatale, poursuivit-elle, car je suis également P.-D.G. de Daedalus Corporation. Si la police n'a pas été prévenue de mon enlèvement, cela ne saurait tarder, et je vous garantis que sous peu toutes les autorités répressives du pays seront à vos trousses. Et je ne mentionne même pas la FFAV et, sans doute, tous les chasseurs de prime privés que mon frère pourra engager.

Riker paraissait ennuyé au possible, il aurait carrément pu bâiller.

— J'en tremble dans mes bottes en peau d'humain.

Bordel de… il avait bien dit en peau d'humain ? Elle baissa les yeux sur ses bottes en cuir marron.

— Sont-elles vraiment…

Elle ne parvint pas à finir sa phrase.

— Confectionnées dans la peau douce et souple d'un orphelin que j'aurai arraché aux bras de sa nourrice ? (Comme elle hocha la tête, il rit.) Que vous nous preniez pour de tels monstres en dit long sur vous.

Ouais. Parce que le fait que son pote et lui se soient introduits chez elle, aient assassiné son collègue et l'aient kidnappée n'accréditait guère cette « légende ».

— Prouvez-moi le contraire. Laissez-moi partir.

— Une fois que vous aurez arrangé la libération de Neriya.

— Traitez-moi de sceptique, mais je doute que vous me relâchiez comme ça dans la nature. (L'air de rien, elle frotta sa bague en rubis contre sa cuisse, puisant du réconfort dans son poids… et l'arme dissimulée à l'intérieur.) Et je peux vous jurer que je ne cède pas facilement.

Il baissa les yeux sur sa gorge. Machinalement, elle y porta la main, comme si se couvrir le cou empêcherait Riker d'y planter les crocs.

— Peut-être que j'aime les défis, répondit-il d'une voix traînante.

— Donnez-moi l'une des lames fixées à votre torse et je vous montrerai ce qu'est un défi.

Une lueur meurtrière illumina son regard, et un sourire sinistre lui retroussa les lèvres.

— Faites de votre mieux, humaine. (Il retira une dague de son fourreau et la posa dans sa paume.) Ça promet d'être marrant.

— Marrant ? (Ses jambes chancelantes la supportèrent à peine tandis qu'elle s'éloignait de lui à reculons.) Je n'ai pas la moindre chance contre vous.

— Dans ce cas, pourquoi avoir demandé le poignard ?

Avec une satisfaction macabre, elle le pressa contre sa gorge, sur la cicatrice que lui avait infligée Boris en lui mâchouillant la chair.

— Parce que je préfère mourir plutôt que de laisser l'un de vous me toucher.

Cela avait beau être la vérité, elle ne plongerait une lame dans sa propre carotide qu'en dernier recours. Elle avait simplement besoin de l'arme pour se défendre contre les autres vampires une fois qu'elle aurait neutralisé Riker.

Toute trace d'amusement quitta son visage et il aboya un juron.

— Stop. Ne faites pas ça !

— Pourquoi pas ? Vous allez me tuer de toute façon, non ?

Elle ne mourrait pas aux mains d'un vampire. Ils avaient déjà essayé de la tuer par le passé ; ils ne réussiraient pas cette fois.

Riker lui tendit la main.

— Donnez-moi ce poignard. Tout de suite.

Il n'avait pas répondu à sa question. Une fois de plus. Et, une fois de plus, elle lui suggéra un lieu de villégiature pour les vacances.

— Allez au diable.

— Je peux vous l'arracher avant que vous n'ayez pu dire « ouf », femelle.

Elle se pencha jusqu'à ce qu'elle ressente une piqûre et comprenne qu'elle s'était percé la peau. Une goutte de sang chaud roula sur son cou mais, bizarrement, ce pincement persistant lui procura de l'énergie. Pour la première fois depuis son kidnapping, elle détenait une once de pouvoir, même si celui-ci s'exerçait uniquement sur sa propre douleur.

Ou sur sa propre vie.

Riker se tendit : une indication subtile qu'elle ne saisit que trop tard. Il se rua sur elle, et empoigna la lame. Nicole sursauta, et en enfonça la pointe un peu plus dans sa gorge.

— Stupide humaine !

Avec un grognement, Riker retira l'arme et plaqua Nicole au mur. La dague tomba au sol, mais les crocs qui saillaient des gencives de Riker étaient tout aussi aiguisés et sûrement bien plus mortels.

Le docteur Bhatia se fourrait le doigt dans l'œil si elle pensait que les vampires avaient bien plus peur des humains que l'inverse. Nicole devait vraiment changer de psychiatre !

Riker abaissa le regard. Sur son cou.

Puis il abaissa la bouche. Sur son cou.

Le visage de Boris apparut soudain devant ses yeux, et la panique lui étreignit le cœur tel un poing glacé. Comme des années auparavant, elle essaya de se débattre, mais Riker l'immobilisait sans peine, la clouant au mur de tout son poids. Alors qu'il refermait les lèvres sur sa peau, elle cessa de respirer et attendit que les dents du vampire la transpercent.

Au lieu de quoi, elle ne sentit que sa langue chaude, accompagnée d'une sensation agréable des plus bizarres et fort perturbante.

Les vampires pouvaient libérer une substance chimique dans leur salive et procurer un sentiment d'euphorie à leurs victimes, mais elle doutait que Riker le fasse pour elle. Et quand bien même, vu ses antécédents, comment pouvait-elle éprouver le moindre plaisir ? Le dégoût s'empara d'elle, la submergeant comme un tsunami.

Cependant, la répulsion ne l'empêcha pas de ressentir un étrange picotement qui se répandait de l'endroit où Riker avait soulagé sa coupure à toutes les zones où leurs corps se touchaient. On racontait que les vampires étaient des créatures intrinsèquement sexuelles, dangereusement séduisantes même quand elles ne cherchaient pas à l'être. Il existait même un marché spécial pour les esclaves de sexe, ce qui avait toujours dépassé Nicole.

Jusqu'à aujourd'hui.

À présent, elle comprenait. Et elle aurait préféré rester dans l'ignorance.

Sur ses poignets, les doigts de Riker étaient calleux, sa peau chaude. La température corporelle des vampires était supérieure de trois à cinq degrés à celle des humains, un écart qu'elle sentait à chacun de ses coups de langue brûlants et chaque fois qu'ils se frôlaient.

Pourquoi se montrait-il si… « Prévenant » n'était pas le terme tout à fait adéquat, mais il aurait pu la tourmenter davantage.

« Les vampires sont rusés. Ce sont des prédateurs qui jouent avec leur nourriture. Ils se repaissent de sang, de souffrance et de peur. »

L'un des innombrables sermons de son père résonna dans ses oreilles et elle se mit à trembler. Riker ne lui faisait pas de mal pour le moment, mais il y viendrait. Tout comme Boris, qui n'avait pas hésité à l'attaquer après avoir été gentil avec elle pendant des années.

L'anxiété la gagna peu à peu, menaçant de l'étouffer. Elle prit une profonde inspiration, essayant désespérément de garder les idées claires.

Réfléchis. Difficile à faire alors qu'un vampire lui léchait le cou.

Réfléchis. Sa lèvre inférieure la picota. Elle la mordillait de nouveau.

Réfléchis, Bon Dieu ! Il lui fallait une arme, une… *Oh putain !* la bague. Comment avait-elle pu perdre la tête à ce point ? Si on mettait de côté le fait qu'un vampire était en train de la lécher. Sans oublier le fourmillement dans ses seins et une étrange tension qui prenait naissance dans son bas-ventre.

Seigneur ! si Riker se faisait capturer par des chasseurs, il atterrirait sur le marché du sexe, elle n'en doutait pas une seconde. Dommage qu'il ne se soit pas fait attraper des années plus tôt. Si cela avait été le cas, peut-être Terese serait-elle encore en vie.

À cette pensée, Nicole retrouva aussitôt la raison, et, alors qu'elle passait le pouce sur le métal froid, elle songea à l'ironie de la situation : Riker allait se faire neutraliser grâce à la bague de sa propre compagne.

Arborant un sourire, Nicole enfonça l'ongle sous le rubis.

Pour toi, Terese.

Chapitre 6

Soixante secondes plus tôt, la rage et la peine avaient assailli Riker. Elles étaient si entremêlées qu'il n'était pas en mesure de les dissocier. La stupide humaine avait menacé de se trancher la gorge. Pourquoi cela continuait-il de lui arriver ? Pourquoi les femmes tenaient-elles tellement à se tuer en sa présence ?

Que le diable l'emporte, celle-ci ne mourrait pas ! Pas avant qu'il ne soit prêt.

Alors, il avait posé la bouche sur la cicatrice de son cou avec la noble intention de refermer la plaie. Mais, dès qu'il l'eut goûtée, une ardente bouffée d'euphorie se répandit jusqu'à son entrecuisse.

Stop.

Se nourrir ne lui avait pas procuré d'émoi sexuel depuis des décennies ; se repaître d'une femelle qu'il méprisait, encore moins. Une humaine, de surcroît.

Il se figea, le corps aussi tendu qu'un fil, mais son cœur tambourinait dans sa poitrine. Ses crocs vibraient au rythme des pulsations de sa queue turgescente tandis que ces deux parties de son anatomie indiquaient clairement leur désir de s'abîmer dans la chair chaude et moite.

—Arrêtez, lui murmura Nicole à l'oreille. Je vous en prie, arrêtez ! l'implora-t-elle d'une voix tremblante et la honte lui noua l'estomac.

Il ne s'était jamais préoccupé de ses victimes auparavant, mais il est vrai qu'il se hâtait de tuer ses proies, se glorifiant d'une mise à mort rapide et silencieuse dont peu de ses congénères étaient capables. Un talent inhérent aux forces spéciales hérité de ses années passées au sein de l'armée et amplifié par la célérité, la force et les sens supra-aiguisés propres aux vampires.

Ses proies avaient rarement le temps de connaître le goût aigre de l'effroi. Et, quand ils en avaient l'occasion, c'était uniquement parce que Riker le voulait.

Là, c'était différent. Nicole se trouvait dans un état de terreur prolongé et elle y resterait jusqu'à ce qu'ils aient retrouvé Neriya. Elle avait beau être P.-D.G. de la société la plus répréhensible de la planète et complice de crimes à l'encontre du peuple de Riker, la peur d'une femme ne l'avait jamais réjoui.

Même si elle était méritée.

Il recula avec un sang-froid calculé et délibéré, comme si cela avait été entièrement son idée. Les grands yeux péridot de Nicole lui firent l'effet d'un coup dans le ventre, mais il s'arma de courage, invoquant son guerrier endurci intérieur.

Il n'eut pas à le chercher très loin.

— Voilà. Vous êtes soignée. Inutile de me remercier.

Il se lécha les lèvres, savourant l'ultime perle de sang riche et suave. Agrémenté d'une pointe de vin rouge, il respirait la santé, contrairement à celui de la plupart des humains dont il se repaissait. Il en voulait plus.

— N'essayez plus jamais de faire ça. Vous mourrez quand je l'aurai décidé. Aidez-nous et vous éviterez ce sort.

— Vous serez pendu et empalé pour ça.

De ses doigts tremblotants, elle effleura son cou, marqué par une abominable blessure, et suivit la fine ligne écarlate qui saignait encore quelques secondes plus tôt.

— Vous êtes un vrai rayon de soleil, ma parole ! (Il inspira à pleins poumons pour mesurer sa peur. Elle était effrayée, mais pas autant qu'il l'aurait cru.) Qu'est-il arrivé à votre cou ?

La panique conféra une note d'acidité à son odeur.

— En quoi ça vous intéresse ?

Des étincelles vermillon firent chatoyer la bague qu'elle portait à la main droite lorsqu'elle couvrit sa cicatrice avec sa paume. Oubliant sa question, Riker lui empoigna la main et la souleva – ainsi que le rubis qui ornait son annulaire – si près de son nez qu'il huma l'effluve métallique de l'or.

— Lâchez-moi.

Nicole se débattit, mais Riker lui serrait le poignet aussi fort que l'étau qui lui comprimait les poumons. Il respirait avec difficulté, parvenant à peine à parler.

— Où l'avez-vous trouvée ?

— C'est la mienne.

La rage fit bouillonner son sang qui palpitait déjà, excité par cet élan de passion non désiré.

— D'où vient-elle ?

Une lueur de haine pure, authentique, scintilla dans les yeux de Nicole.

— De votre compagne.

Elle lui lança ces mots au visage, et, telle une tireuse d'élite accomplie, elle toucha chacune de ses zones vulnérables avec une irréprochable précision.

Poussant un grognement, Riker enroula les doigts autour du cou qu'il venait de soigner.

— La lui avez-vous volée alors qu'elle était en vie ou l'avez-vous arrachée à son cadavre ? (La fureur fit trembler sa voix, décuplant sa colère.) Avez-vous au moins attendu que son corps refroidisse avant de la dépouiller de tout ce qu'elle aimait ?

— Comment osez-vous ! Comment pouvez-vous parler d'amour alors que c'est vous qui l'avez tuée ?

Il n'en croyait pas ses oreilles.

— Comment j'ose ? Votre famille l'a tuée le jour où elle lui a passé ces chaînes et l'a forcée à contenter vos moindres caprices.

— Et voilà pourquoi, répliqua-t-elle, je ne crois pas une seconde que vous me relâcherez. Vous prévoyez de vous venger sur moi, n'est-ce pas ?

Le timbre de la jeune femme était aussi monocorde que celui de Riker était enragé. Cela aurait dû le mettre sur la voie. Il n'aurait pas dû être surpris quand elle souleva le clapet de la bague et tendit la main devant son nez.

Quand elle souffla une substance poudreuse sur son visage, il proféra un juron avant de suffoquer et de vaciller en arrière, s'emmêlant les pieds avec maladresse.

— Ça, c'est pour Terese, espèce d'assassin !

Pour sa compagne ? Pourquoi ? Malgré sa vision brouillée, il vit Nicole ramasser le poignard et le glisser sous sa ceinture.

— Qu'est-ce que…

Il inspira, toussa, se plia en deux, en proie à une vive agonie. Le feu avait remplacé l'oxygène. Bordel, c'était comme respirer du napalm !

— Qu'avez… vous… fait ?

— Acide borique.

La réponse lui parvint étouffée. Ou peut-être le bourdonnement dans ses oreilles atténuait-il les sons alentour.

— Pétasse.

Il s'écroula comme un sac de pierre, ses poumons lui brûlaient, des points lumineux tournoyaient devant ses yeux tandis qu'elle s'accroupissait à son côté.

— Je n'ai pas fini. Voyez-vous, l'acide borique est fatal aux vampires. Un fait que ma société, celle que vous haïssez tant, a découvert. Que j'ai découvert après avoir étudié pourquoi votre espèce ne pouvait pas utiliser d'armes à feu. Vous savez, j'en suis sûre, que les résidus de poudre et les agents propulseurs détruisent vos poumons. Cela m'a amenée à me demander quoi d'autre pouvait avoir le même effet. (Bon sang, on aurait juré qu'elle prenait son pied !) Nous commençons à mettre sur le marché des appareils spécifiques de sorte que, bientôt, les humains partout dans le monde disposent de leur propre spray antivampires. (Elle se pencha vers lui, si près qu'il sentit son souffle chaud lui caresser le lobe de l'oreille.) Dans quarante-huit heures, vous serez mort, et c'est tout ce que vous méritez.

Il aurait ri si ses poumons ne le brûlaient pas comme de la lave en fusion. Quarante-huit heures ? Ce n'était rien. Cela faisait vingt ans qu'il était mort.

La demeure du clan de Riker ressemblait à un labyrinthe. Ou, plus précisément, à un dédale souterrain. Une suite de galeries et de grottes mal éclairées bordait ce qui se présentait comme un important ensemble d'habitations toutes creusées dans la terre, la roche et un réseau de racines. Plus Nicole approchait de ce qui devait être le centre, plus les tunnels étaient finis, propres et lumineux.

Comment avaient-ils construit tout ça ? Comment s'étaient-ils raccordés à l'électricité ? Ils avaient même décoré les lieux. Les chemins qu'elle avait suivis après s'être échappée de sa cellule étaient nus, composés uniquement de terre et de pierre grossièrement taillée. Mais, à mesure qu'elle avançait, la pierre devenait plus lisse, les murs s'ornaient d'œuvres d'art en bois ou en cuir, ou de peintures de styles divers, amérindien en particulier. Le sol en terre battue se parait de pavés, et, lorsque Nicole jeta un coup d'œil par-dessus une rampe en bois taillé, elle aperçut une sale commune, élégante bien que basique, aux tommettes colorées qui formaient un attrape-rêve géant.

Le raffinement des lieux lui coupa le souffle. À en croire la plupart des récits, les vampires étaient des créatures d'instinct, dépourvues de morale, qui, sans l'assistance et l'éducation dispensée par les humains, vivaient comme des animaux. Nicole n'avait jamais été convaincue que les vampires étaient si primitifs, mais les arguments qu'elle avait énoncés à ses professeurs, collègues et pairs avaient été reçus avec dérision et sarcasme, quand ils ne l'avaient pas accusée d'être une « ignoble sympathisante ».

Elle avait hâte de leur mettre le nez dedans. À condition qu'elle parvienne à sortir de là vivante, bien entendu. Elle espérait que l'effet étourdissant de l'acide borique ne se dissipe pas avant une demi-heure au moins. Déjà qu'elle avait de grandes chances de se faire attraper, si Riker sortait de sa stupeur avant qu'elle ait réussi à fuir, elle pouvait préparer ses funérailles.

Elle fit de son mieux pour longer les ombres et les fissures, empruntant automatiquement les chemins qui montaient. Elle resta loin des quelques vampires qu'elle aperçut et évita de croiser leur regard. Même s'ils ne flairaient pas qu'elle était humaine, Nicole avait le pressentiment que tout le monde connaissait tout le monde au sein de cette communauté. Une étrangère serait repérée *illico*.

Le cœur battant si fort que tous les vampires des lieux devaient l'entendre, elle suivit un courant d'air frais jusqu'à l'angle d'une galerie et heurta quelqu'un si violemment qu'elle poussa un soupir de douleur et percuta le mur en terre. La victime de la collision, une femme menue vêtue d'un minishort en jean et d'un pull en laine orange, se cogna contre une poutre. Le craquement de son crâne contre le bois massif résonna dans tout le tunnel.

Nicole regarda, horrifiée, la jeune fille s'écrouler au sol, le sang ruisselant de sa tempe.

— Merde ! haleta Nicole.

Elle se précipita vers la jeune fille et s'accroupit à son côté.

— Ça va ? (Elle fouilla dans ses poches à la recherche d'un mouchoir.) Ne bougez pas, et laissez-moi appuyer sur la plaie.

Pendant une seconde qui sembla durer une éternité, la jeune fille, de seize ans tout au plus, resta immobile, les paupières serrées. Et l'espace de ce court instant, tandis que Nicole pressait le mouchoir contre la blessure, elle se rendit compte qu'elle essayait d'aider une vampire. Alors même qu'elle cherchait à fuir lesdits vampires.

Imbécile !

La jeune fille ouvrit brusquement les yeux. La confusion hantait ces deux abîmes argentés. Puis, en battant des membres comme une forcenée, elle se redressa et observa Nicole comme un chat reluquerait une souris.

Oh, Seigneur ! Elle était morte.

Tout doucement, les pieds enracinés dans le sol comme si elle faisait partie de la structure du labyrinthe, Nicole se leva. Les doigts tremblants, elle tendit l'air de rien le bras en arrière pour attraper le poignard subtilisé à Riker.

— Humaine ? (La jeune fille se planta sous le nez de Nicole, faisant peu cas du mouchoir collé à sa tempe.) Tu as des bonbons ?

La main de Nicole se figea sur la poignée de la dague.

— Je… Quoi ?

Le large sourire de la vampire révéla une paire de crocs étincelants.

— J'adore le chocolat. Et les berlingots. Riker me rapporte des bonbons, parfois. Tu connais Riker ? Il aime le chocolat, lui aussi.

Dans un brusque changement d'humeur, elle enroula sa queue-de-cheval brune zébrée d'orange autour de son poing et arbora une moue boudeuse.

— Hunter dit que, les bonbons, c'est mauvais pour mes dents, ajouta-t-elle. C'est toujours le sang, le sang, le sang. Du sang, tout le temps ! (Elle frappa le sol de son pied nu comme une gamine irascible.) Je déteste le sang !

C'était une bonne nouvelle.

— Alors ? questionna la vampire, affichant une mine enjouée. Tu as des bonbons pour Lucy ?

De toute évidence, la jeune vampire n'avait pas toute sa tête, mais cela ne signifiait pas pour autant qu'elle était moins dangereuse qu'un vampire sain d'esprit. Il valait mieux que Nicole se montre gentille et voie ce qu'elle pouvait en tirer.

— Lucy ? C'est ton prénom ?

Lucy acquiesça.

— Qui es-tu ? Les humains n'ont pas le droit d'entrer ici. C'est interdit. (Elle sembla réfléchir à ce qu'elle venait de dire.) Enfin, sauf pour servir de nourriture. (Elle grimaça.) Du sang. Beurk ! Tu as des bonbons ?

D'accord… Bon, elle pouvait commencer par là.

— Je suis navrée, Lucy, je n'ai pas de bonbons. Mais je peux t'en rapporter si tu me dis comment sortir d'ici.

Lucy fronça les sourcils.

— Tu essaies de me piéger ? Les humains ne sont pas autorisés à partir.

Des éclats de voix s'élevèrent du dédale de tunnels, et le pouls de Nicole s'affola.

— Je ne peux pas te rapporter de bonbons si je suis coincée ici.

— Les humains ne sont pas autorisés à partir, répéta-t-elle avec une telle conviction que le cœur de Nicole se serra. Hunter les tuera. Mais tu m'as aidée. Alors, je peux t'aider à trouver des bonbons. (Lucy frappa les mains l'une contre l'autre, et, devant la joie pure et extatique de la jeune fille, la culpabilité picota la conscience de Nicole.) Je peux t'indiquer une issue.

— Lucy, je ne veux pas qu'on me voie partir. C'est possible ?

— Mmh-mmh. (Elle inclina la tête pour étudier Nicole pendant un moment.) Je ne veux pas que Hunter te tue. Je vais te montrer mon entrée secrète.

Le sourire aux lèvres, Nicole ôta délicatement le mouchoir de la tempe de Lucy.

— Ça me ferait très plaisir. Je ne veux pas que Hunter me tue non plus.

Lucy fonça aussitôt vers un couloir sombre et poussiéreux, et guida Nicole à travers une série de tunnels qui s'étrécissaient au fur et à mesure et semblaient de moins en moins utilisés, si bien que Nicole se sentit comme Alice dans le terrier du lapin blanc. Une chance qu'elle ne soit pas claustrophobe, car au bout du compte elles se retrouvèrent à ramper dans l'obscurité la plus totale. Les cailloux lui éraflaient les genoux, et ses cheveux s'accrochaient aux stalactites de racines, mais elles finirent par sortir de la galerie pour déboucher sur un épais massif de buissons épineux.

Nicole se leva et huma avec gratitude l'air frais – mais glacé – et le faible soleil de l'après-midi qui filtrait à travers la canopée au-dessus de leurs têtes. Elle était restée dans le camp des vampires toute la nuit et une partie de la journée. Bon sang ! elle allait bientôt avoir besoin de nourriture et de médicaments.

Lucy se redressa à côté d'elle.

— Tu m'apportes des bonbons maintenant ?

— Je vais faire de mon mieux.

Une bourrasque froissa les branches et perça la fine matière du col roulé lacéré de Nicole. Secouée de frissons, elle sonda l'horizon du regard.

— Lucy, sais-tu de quel côté je dois me diriger pour rejoindre la ville la plus proche ?

Lucy lui désigna une pile de rochers au loin.

— Suis le fleuve.

— C'est très gentil à toi.

Nicole effleura le bras de la vampire, en partie pour la remercier, en partie pour s'excuser de lui avoir menti au sujet des bonbons.

Lucy bondit sur elle et, avant que Nicole ait pu ouvrir la bouche pour hurler, la jeune fille la serrait dans une chaleureuse étreinte.

— J'aime aider les autres. On m'y autorise rarement parce que je fais toujours tout foirer.

Elle se recula, et son corps élancé se figea. La vigilance qui suintait de tous ses pores rappela à Nicole que Lucy, même si elle avait l'esprit d'une enfant, demeurait une vampire capable de choses dont les humains pouvaient seulement rêver.

— Tu ferais mieux de partir, chuchota-t-elle. Et je te conseille de te dépêcher.

Oh, merde !

— Pourquoi ?

— Parce que j'entends venir les ennuis. (L'inquiétude assombrit le visage de Lucy.) Des cris. L'ordre de capturer l'humaine. Ils sont à tes trousses, Dame aux Bonbons. Cours ! (Lucy poussa Nicole dans la direction qu'elle lui avait indiquée.) Cours le plus vite possible ! Je déteste le sang.

Chapitre 7

Riker surgit de l'entrée principale du clan, Hunter et Myne sur ses talons.

— Elle est à moi, grogna-t-il. Dès qu'on l'aura chopée, je tiens à m'en charger personnellement.

Il prit une inspiration qui le brûla, mais c'était sans commune mesure avec ce qu'il avait ressenti dans la chambre à proie. Mais combien de temps cela durerait-il ? Devait-il s'attendre à souffrir le martyre pendant quarante-huit heures ? Et comment diable la bague de Terese s'était-elle retrouvée entre les mains de Nicole ?

Myne renifla l'air à la manière d'un limier.

— Je ne flaire pas son odeur.

La frustration transparaissait de son intonation. Myne avait horreur d'échouer dans une tâche qu'il considérait comme le b.a.-ba du vampire de naissance.

— De quel côté veux-tu que j'aille ? demanda-t-il.

— Vers le sud, répondit Riker. Si elle cherche un parcours facile, c'est par là qu'elle ira.

Foutaises ! Certes, un coureur préférerait la forêt, qui s'éclaircissait vers le sud, mais la ville se trouvait à l'ouest, et, si Nicole avait un tant soit peu le sens de l'orientation, c'est par là qu'elle se dirigerait. Par conséquent, personne d'autre que Riker n'emprunterait ce chemin.

— J'irai vers l'ouest.

Hunter prit la parole.

— Tu es sûr que ça va ? Avoir l'avantage sur toi relève de l'exploit.

— Merci de me le rappeler, chef, je ne me sentais pas assez humilié comme ça, grommela Riker, mais oui, ça va.

Si Hunter savait que Nicole avait administré une substance mortelle à Riker, il le traînerait chez Grant, le scientifique fou qui leur faisait office de médecin, faute de mieux, et n'hésiterait pas à l'enchaîner si nécessaire. Tout ce que Hunter et Myne savaient, c'était que Nicole avait réussi à l'assommer, et ils n'en sauraient pas plus.

Le bobard de Riker n'avait sans doute pas échappé à Hunter, mais ce dernier fit comme si de rien n'était.

— Je chargerai quelques-unes de tes équipes de fouiller toute la zone, et demanderai au clan de ratisser le souterrain.

Il y avait des kilomètres de tunnels dans lesquels Nicole pouvait se cacher, mais l'instinct de Riker lui disait qu'elle se trouvait dans les bois.

— Elle est dehors.

Les yeux obsidiennes de Hunter se réduisirent à deux fentes.

— Tu t'es repu d'elle ? Tu peux la traquer ?

L'enivrant arôme de vin de Nicole lui chatouilla la langue, mais il fallait ingérer un important volume de sang pour être capable de pister le donneur.

— Je ne m'en suis pas repu, mais je l'ai goûtée. Assez pour capter son énergie.

Le lien de cuir autour des tempes de Hunter empêchait ses cheveux de jais de lui retomber sur le visage, soulignant son héritage cherokee lorsqu'il inclina la tête pour acquiescer.

— Bonne chasse.

Riker s'en alla, l'adrénaline bouillonnant dans ses veines comme de la lave en fusion. Il n'y avait rien de tel qu'une bonne partie de chasse et de mise à terre, et celle-ci s'annonçait particulièrement gratifiante.

Il flaira Nicole avant de la voir, à trois kilomètres du quartier général. Son parfum de poire au gingembre le fit saliver... jusqu'à ce qu'il perçoive d'autres odeurs. Des humains. Des mâles. Au moins dix. Et, à en juger par la puanteur qui empestait l'air, il s'agissait de braconniers, la pire espèce de racailles tueuse de vampires.

Il s'élança comme une flèche, franchissant les rondins et s'appuyant sur les arbres pour prendre les virages. Nicole courait au loin, et faisait assez de bruit pour alerter un sourd de sa présence. Un éclair de cheveux blonds entre deux sapins signala à Riker qu'il se trouvait à une trentaine de mètres de sa proie. Cependant, la puanteur des braconniers lui parvenait de moins de cent mètres. Ils étaient proches. Trop proches.

Il piqua un sprint, rattrapant Nicole alors qu'elle essayait de traverser une rigole bordée par des fougères touffues et des ronces noueuses.

— Riker !

Elle haleta lorsqu'il la souleva de terre et la mena dans la forêt de l'autre côté du ravin.

— Déçue de me voir en vie ? (Il roula avec elle, la poussant sous lui tandis qu'une balle survolait leurs têtes.) Votre souhait pourrait s'exaucer d'ici peu.

— Qu'est-ce que...

— Des braconniers. (Une lueur d'espoir brilla dans ses grands yeux céladon, mais Riker était sur le point de le briser.) Ne vous emballez pas, ma jolie. Ce n'est que moi qu'ils débiteront en morceaux. Si j'ai de la chance, je serai mort quand ils commenceront. Mais vous ? il s'écoulera un moment avant qu'ils vous achèvent.

— Mais je suis humaine. (Elle déglutit, la gorge sèche, et la plaie que Riker avait cicatrisée se tordit.) Je leur dirai qui je suis. Ils recevront une grosse récompense s'ils me restituent à ma famille.

— Vous pouvez essayer cette tactique. (Il la hissa sur ses pieds sans ménagement et la traîna derrière un énorme arbre.) Mais il est bien plus probable qu'ils prétendent vous avoir trouvée morte et exigent une rançon en échange de votre dépouille. Ce qu'ils font est illégal, et ils n'ont aucune envie que vous alliez raconter ce qu'ils vous ont fait ni ce qu'ils fichaient dans les bois.

— Je ne vous crois pas, répliqua-t-elle entre ses dents.

Deux coups de feu résonnèrent au moment où trois hommes en tenue de camouflage surgissaient des buissons. Nicole, la petite maligne, sauta sur l'occasion et s'arracha à la prise de Riker pour foncer vers eux.

— Nicole, non !

Riker échappa à une machette, et manqua de peu de se faire assommer par un coup de batte derrière la nuque. Elle lui heurta les lombaires, et il perdit l'équilibre. Serrant les dents pour passer outre à la douleur, il empoigna deux dagues et se rua sur le braconnier le plus proche, le lacérant des omoplates au bas de la colonne vertébrale dans un fatal enchaînement droite-gauche. Alors que le corps de l'humain secoué de spasmes touchait le sol, Riker esquiva de nouveaux coups de feu en cherchant à attraper Nicole, qui avait trébuché et essayait péniblement de se redresser.

— À l'aide !

Elle appela un type costaud à barbe noire qui brandissait une hache comme un bûcheron.

L'homme arbora un sourire de psychopathe, comme s'il venait de trouver de l'or et allait dézinguer tous ceux qui en avaient connaissance. Il tendit la main… et enfonça le poing dans le visage de Nicole.

Riker grogna, transporté d'une rage folle et sanguinaire. Dans un rugissement, il se jeta sur le bûcheron sans se soucier que plusieurs de ses acolytes soient en train d'approcher. Son champ de vision s'était étréci pour se concentrer sur un point à peine plus gros qu'une tête d'épingle et seule la mort sanglante du braconnier pouvait y mettre un terme.

Ce dernier poussa un grognement en tombant à terre. Sur lui, Riker abattit le poing dans sa gorge, mais, alors qu'il prenait de l'élan pour lui délivrer le coup fatal, une vive douleur lui transperça la poitrine. Presque aussi intense que celle qu'il avait ressentie au QG. Il expira en lâchant un juron, et baissa les yeux sur la poignée d'un couteau planté entre ses côtes.

Riker jeta un coup d'œil au lanceur et évalua qu'il constituait une menace moins sérieuse que le bûcheron qu'il s'apprêtait à achever. Avec agilité et puissance, il plongea le poing dans la cage thoracique de ce dernier et lui arracha le cœur.

— Riker !

L'appel à l'aide pantelant de Nicole lui parvint de loin. Il bondit sur ses pieds, évitant de justesse un carreau d'arbalète qui visait sa tête ainsi qu'un deuxième coup de machette.

— Assez avec cette putain de machette !

D'une torsion, il arracha l'arme des mains de son assaillant et fit volte-face, se servant de la machette pour tailler en morceaux les deux hommes. Tous deux s'écroulèrent. L'un ne se relèverait plus. L'autre pourrait s'estimer chanceux s'il mangeait de nouveau de la nourriture solide.

Se maintenant les côtes, Riker s'élança dans la direction de Nicole. Ralenti par sa blessure, mais toujours plus rapide que les humains, il galopa à travers bois. Lorsqu'il s'approcha du salopard qui pourchassait Nicole, il empoigna de ses doigts ensanglantés le couteau planté dans sa poitrine et le retira d'un geste sec. Le braconnier allait attraper Nicole quand Riker lança la lame dans le dos de l'enfoiré, qui tomba comme une masse.

Riker n'eut pas le temps de s'arrêter. Une pluie de balles s'abattit sur eux, perforant les feuilles, les troncs d'arbres et les mottes de terre.

— Bordel de… (Il agrippa Nicole par la main.) Venez !

Il la traîna autant qu'il la porta à travers la forêt, fonçant à une vitesse folle en direction de leur unique espoir : les grottes.

Il existait un réseau de souterrains qui menaient vers le nord, construits puis abandonnés par l'une des premières colonies de vampires des environs. À présent, ils servaient à la fois de tanières couvertes de mauvaises herbes aux animaux sauvages et de cachettes temporaires aux vampires qui cherchaient à fuir l'ennemi, qu'il s'agisse d'humains ou de clans rivaux.

— Vous aviez raison, dit Nicole, le souffle entrecoupé. Ils ne m'auraient pas aidée.

Elle semblait si surprise ! Ça devait faire mal au cul d'apprendre que certains humains étaient bien pires que les vampires.

— Sans déconner !

Une balle explosa contre un arbre à quelques centimètres de la tête de Riker. Une demi-seconde plus tard, une autre pulvérisa une branche et des éclats de bois lui écorchèrent la mâchoire et la nuque.

Il se jeta sur Nicole et ils dévalèrent un talus, glissant sur les feuilles mortes et heurtant des branches et des rochers moussus. Une fois en bas, il la hissa sur ses pieds, haïssant la peur qu'il lisait dans ses yeux.

— On va s'en sortir, lui murmura-t-il. Je vous le promets.

Il ne s'arrêta pas pour penser qu'ils se trouvaient dans cette situation par sa faute. Il se contenta de traverser la forêt avec elle en toute hâte, tendant l'oreille au bruit des chasseurs qui se repliaient jusqu'à quitter leur piste. Ces enfoirés étaient tenaces, cela dit, et ils continueraient de les pourchasser, appelleraient des renforts et formeraient un filet pour les capturer.

— Où allons-nous ? s'enquit Nicole d'une voix étouffée, saccadée par la fatigue.

— En lieu sûr.

Il décida de marquer une pause pour lui permettre de reprendre son souffle. Et se permettre de contenir la brûlure dans ses membres supérieurs. Il n'aurait su dire si la lave en fusion qui s'écoulait dans sa cavité thoracique résultait de sa blessure ou de l'acide que lui avait administré Nicole mais, quoi qu'il en soit, son état s'aggravait. Ils devaient rejoindre les grottes avant qu'il ne s'évanouisse et facilite la tâche aux braconniers qui n'attendaient que de le détailler en pièces. — Je vais vous porter.

Devant son air soupçonneux, il ajouta :

— Ceux qui nous pourchassent sont experts en la matière. Et ils recherchent deux séries de pas. (Il jeta un coup d'œil au paysage, élaborant une carte dans sa tête.) Sans compter que je me déplace plus vite que vous, même si je dois supporter votre poids.

Elle le fusilla du regard.

— Dites tout de suite que je pèse une tonne !

Non, elle ne pesait assurément pas autant. Elle était grande et athlétique, sans doute un brin complexée par son gabarit, mais Riker avait toujours préféré les femmes robustes aux brindilles qu'une bourrasque menaçait de briser en deux… comme sa défunte compagne.

—Allons-y.

Il la prit sur ses épaules, sans ménagement, et franchit d'un bond un ravin de quatre mètres avant d'atterrir, aussi léger qu'une plume, sur un rondin.

Nicole poussa un couinement de surprise, mais elle eut la sagesse de se taire lorsqu'il se fraya un chemin à travers les bois sauvages. Il usa des techniques apprises au sein de l'armée et de son expérience de vampire pour camoufler autant que possible leur passage, mais il dut perdre un temps précieux pour s'assurer que son sang n'avait pas laissé de traces. Ils avancèrent moins vite qu'il ne l'avait espéré, et, lorsqu'ils atteignirent le réseau de galeries, ses diverses coupures et égratignures s'étaient refermées, mais ses poumons et ses côtes hurlaient de douleur.

Il escalada une crête rocheuse et se faufila dans la bouche étroite d'une caverne dissimulée par des rochers et des broussailles. Une fois à l'intérieur de la grotte sombre, froide et humide, il reposa Nicole sur le sol, la rattrapant quand elle vacilla en arrière sur ses jambes chancelantes.

—Ça va?

Une vilaine contusion s'étendait de sa joue à sa tempe. Riker fronça les sourcils et posa les doigts sur la chair tuméfiée autour de son œil, espérant qu'elle n'ait rien de cassé.

Elle eut un brusque mouvement de recul.

—J'aurais un œil au beurre noir, mais ça aurait pu être pire.

Il laissa tomber sa main, étrangement vexé par sa réaction, même s'il ne s'était attendu à rien d'autre de sa part.

— Ouais. Vous auriez pu vous faire empoisonner à l'acide borique et poignarder.

Silence glaçant. Elle n'avait pas dû remarquer qu'il pouvait la voir malgré l'obscurité totale, et la soudaine culpabilité qu'il lut dans son expression le surprit au plus haut point. Elle n'avait sûrement pas pensé qu'elle assisterait à la mort de sa victime.

— Écoutez, dit-elle enfin. Qu'auriez-vous fait si on vous avait kidnappé, enfermé dans une cellule et menacé de vous torturer et de vous tuer ?

— Vous vous entendez ? C'est ce que les humains infligent aux vampires depuis des décennies !

Il ne prit pas la peine d'attendre sa réponse.

Il arpenta les ténèbres sans difficulté, comme si l'endroit était inondé de lumière, et poussa sur le côté un rocher aussi gros qu'un fauteuil inclinable qui dissimulait un renfoncement rempli de provisions. Ses bras tremblèrent sous le coup de l'effort ; cela lui avait demandé bien trop de force à son goût. Ses blessures le drainaient. Beaucoup trop vite.

— Que faites-vous ?

Il tira un sac en toile de jute du trou et retourna auprès de Nicole, faiblissant sur le dernier mètre. Ce qui n'augurait rien de bon.

— Il est possible qu'on soit coincés ici pendant un moment.

Il sortit des allumettes et des bougies du sac et en alluma une. Nicole balaya la grotte du regard, clignant des yeux à mesure qu'elle s'habituait à la lueur vacillante.

— Vous restez ici souvent ?

— Disons simplement que nous possédons de nombreuses cachettes. (Il attrapa une trousse de secours.) On ne sait jamais quand on tombera sur un connard décidé à nous chasser ou à nous réduire en esclavage.

Nicole devint cramoisie.

— Je ne m'étais pas aperçue que…

Elle s'interrompit, et se frotta les bras.

— Vous ne vous étiez pas aperçue de quoi ? Que nous passions notre vie à regarder par-dessus notre épaule ? ou que nous étions assez intelligents pour être parés contre l'éventualité que les humains nous chassent ? ou que vos précieux congénères étaient loin d'être toujours gentils ? (Il lui lança une couverture ainsi qu'une bouteille d'eau, puis sortit un rouleau de gaze de la boîte.) Ne tentez rien de stupide. Ça doit grouiller de braconniers là-dehors.

— Alors on va rester assis là ? Pendant combien de temps ?

— Jusqu'à ce que je dise que le danger est passé ou que je sois mort. On verra ce qui viendra le plus vite. (Il se débarrassa de son manteau d'un haussement d'épaules, s'efforçant de ne pas grimacer de douleur.) Je présume qu'il n'existe pas d'antidote contre le poison que vous m'avez administré ?

— Il est disponible dans nos labos. Si vous me conduisez au centre de recherches de Norwalk, à l'ouest de Seattle…

— Vous me sauverez ? (Il ricana avec mépris. Ce qui vexa Nicole.) Je pense plutôt que je serais capturé et servirais de cobaye. À moins de me faire castrer, arracher les crocs, et transformer en esclave. Le vôtre, probablement.

Ses doigts trouvèrent la boucle de sa ceinture d'armes, mais son bras droit ne fonctionnait pas correctement. Au moindre mouvement, la douleur l'élançait du biceps jusqu'aux phalanges et, à sa grande humiliation, il continua de triturer la lanière de cuir et la boucle. Puis, quand ses muscles se furent complètement liquéfiés, il laissa tomber les mains, se haïssant d'admettre sa défaite.

Et là, Nicole le frappa de stupeur en se penchant pour défaire sa ceinture. Ses mains puissantes et graciles desserrèrent les sangles fixées aux épaules de Riker dont les joues s'empourprèrent lorsqu'elle l'aida à retirer son tee-shirt ensanglanté. Avoir besoin de son aide ne lui plaisait guère, mais il n'était pas bouffi d'orgueil au point de la refuser.

— Je ne possède pas de serviteurs vampires, dit-elle tout bas.

— Vraiment ? (Elle détourna le regard, et Riker remarqua quelque chose.) Ce n'est pas parce que vous estimez que l'esclavage est inhumain, n'est-ce pas ? Si vous n'en avez pas, c'est uniquement parce que vous haïssez les vampires.

— J'avoue que je ne les porte pas dans mon cœur. (Elle lui tendit le rouleau de gaze qu'il avait sorti de la trousse de secours.) Mais je n'ai jamais soutenu l'esclavage. Croyez-le ou non, certains luttent pour mettre un terme à la possession de vampires.

La possession de vampires. Cela sonnait tellement… plaisant. Il aurait ri, mais respirer lui demandait déjà assez d'efforts.

— Vous plaisantez ? Ces gens veulent en finir avec l'esclavage, mais ils tiennent également à s'assurer que tous les vampires soient confinés dans des cellules à défaut d'être éliminés. L'esclavage, c'est mal, mais les vampires sont trop dangereux pour être lâchés dans la nature, je me trompe ?

Il arracha une bande de gaze et pansa sa blessure. Pourquoi saignait-il encore abondamment ? Il devrait être en train de cicatriser à l'heure qu'il était !

— Mais même eux sont minoritaires, reprit-il. Vous autres, humains, adorez l'esclavage.

— Comment pouvez-vous dire une chose pareille ? (Nicole se rapprocha et fouilla dans la trousse de secours.) Vous mettez tout le monde dans le même sac !

— Les humains sont obsédés par l'esclavage depuis la nuit des temps, répondit-il avec lassitude. Tout groupe qu'une majorité considère comme inférieur – animaux, humains d'ethnies, de sexe, ou de religion différents – a soit été persécuté, pourchassé, exploité ou transformé en bêtes de somme. Découvrir notre existence – rendez-vous compte, des non-humains capables de fonctionner comme des humains ! – vous a permis de créer vos esclaves rêvés sans la moindre culpabilité.

— Peut-être.

De ses longs doigts graciles, elle mesura une longueur de ruban adhésif médical, et une image soudaine, non désirée, de la jeune femme en train d'user de ces doigts sur des zones sensibles de son anatomie surgit dans l'esprit de Riker. À l'évidence, il avait perdu trop de sang et commençait à délirer.

— Mais certains d'entre nous ont toujours combattu pour les droits de l'homme ainsi que ceux des animaux… et des vampires.

— Et vous, qu'avez-vous fait ?

La phrase de Riker resta en suspens, sa vue se brouilla, et un léger vertige affecta sa concentration. De quoi parlaient-ils ? La gaze qui pressait contre sa poitrine devint collante et humide. À chaque inspiration, il avait l'impression de respirer de l'eau.

— Merde ! (Nicole franchit la distance qui les séparait d'un bond et ôta la paume de Riker de sa plaie.) Riker, il va falloir vous allonger.

Quelle voix empreinte d'autorité ! Quelle force ! Il aurait trouvé ça canon s'il ne la détestait pas autant. Et s'il n'était pas sur le point de se vider de son fluide vital.

Comme si son corps était en accord avec ses pensées, l'odeur de son propre sang devint accablante et un filet brûlant commença à ruisseler sur son torse.

— Sachez ceci, humaine. Je mourrai avant de me laisser prendre. (Soudain, la moindre bouffée d'air le rongea de l'intérieur comme de l'acide. Il haleta, s'étouffa avec son propre sang.) On dirait que… je n'en ai plus… pour très longtemps.

— Vous n'allez pas mourir.

Cela ne suffit pas à le convaincre. Cette femme n'hésiterait pas à lui trancher la gorge à la seconde où il aurait perdu connaissance !

Il s'écroula contre elle, sentit qu'elle le tirait doucement vers l'arrière.

— Si les braconniers nous tombent dessus…

Il prit une inspiration rauque, s'efforçant de trouver les mots pour lui révéler l'existence du tunnel qui menait à une autre issue à l'arrière de la grotte. Mais une douleur innommable le transperça.

Il sentit les mains de Nicole sur ses épaules.

— Riker ! restez éveillé !

Ouais, qu'elle n'y compte pas trop.

— Je sais… que vous me haïssez.

Au désespoir de lui faire comprendre l'urgence de la situation, il chercha sa main à tâtons. Quand il l'eut trouvée, il la serra, et, l'espace d'un bref instant, il se laissa réconforter par le fait qu'elle en fit de même.

— Mais je vous en prie, poursuivit-il, une fois rentrée… libérez Neriya.

Puis la douleur l'emporta.

Chapitre 8

La poitrine de Nicole se serra quand Riker s'avachit avant de perdre connaissance. Il souffrait apparemment d'une profonde perforation entre la quatrième et la cinquième côte, mais il en fallait bien plus pour terrasser un vampire. Le problème ne pouvait pas venir de l'acide borique ; elle avait menti à ce sujet. Bien sûr, elle lui en avait administré, et cette substance était fatale pour les vampires, mais elle lui en avait donné juste assez pour le clouer au lit pendant quelques jours.

La condition médicale de Riker ne la concernait pas. Son seul souci était de rentrer chez elle en vie, et, à présent que son ravisseur était hors d'état de nuire, elle en avait enfin l'occasion.

Elle fonça vers l'entrée de la grotte, et s'arrêta dans les ombres vespérales que projetaient les arbres et les rochers alentour. Jusqu'où serait-elle capable d'aller dans le noir, sans vêtements appropriés ? Et même si elle ne mourait pas de froid, la nuit était le domaine des vampires, et à l'évidence ils fourmillaient dans ces bois. Quand ce n'était pas eux, c'était les chasseurs et les braconniers.

Au souvenir de s'être fait pourchasser par ces individus, dont certains portaient des crocs et d'autres membres autour du cou ainsi qu'à leurs ceintures, un frisson la parcourut.

« Ce n'est que moi qu'ils débiteront en morceaux. Si j'ai de la chance, je serai mort quand ils commenceront. Mais toi? Il s'écoul*era un moment avant qu'ils ne t'achèvent. »*

Les paroles factuelles de Riker tempérèrent son enthousiasme. Peut-être vaudrait-il mieux qu'elle attende le lendemain matin pour partir.

Elle jeta un regard hésitant par-dessus son épaule. Riker gisait au sol dans une mare écarlate, baigné par l'obscurité. Les vampires pouvaient perdre bien plus de sang que les humains et y survivre mais, d'ordinaire, une telle hémorragie ne pouvait résulter que d'un important traumatisme. Vu la rapidité avec laquelle leur sang coagulait et leurs blessures se refermaient, la section d'un membre ou d'une artère entraînait rarement la mort. Or celui de Riker ne coagulait pas.

Et alors ? Il t'a kidnappée, a menacé de te tuer et… t'a sauvée des braconniers.

Elle ricana. Il l'avait sauvée afin de pouvoir l'achever de ses mains une fois qu'il aurait obtenu ce qu'il voulait.

Neriya.

Qui était-elle ? Pourquoi Riker tenait-il à la récupérer au point de supplier Nicole de la libérer s'il venait à décéder ? Le désespoir l'avait même poussé à lui dire « s'il te plaît ». Elle ne put s'empêcher de se demander combien cela lui avait été difficile.

Un hurlement retentit dans le lointain. Un loup, peut-être ? Un deuxième cri se joignit au premier, celui-ci bien plus proche, et le cœur de Nicole s'affola. Déjà qu'elle était coincée en pleine forêt avec des vampires et des braconniers, il ne manquait plus que des bêtes affamées rôdent autour de sa cachette !

Et si ce n'était pas des loups ? Et si c'était le mode de communication des braconniers ? Un autre hurlement, cette fois si proche qu'elle sursauta, s'éleva des bois. Oh, Seigneur ! elle n'aurait pas parcouru un kilomètre avant que quelqu'un ou quelque chose ne l'attrape.

À contrecœur, elle se retourna vers Riker. Même étendu au sol, inconscient, un filet de sang au coin des lèvres, il la terrorisait, mais, sans lui, elle n'avait pas la moindre chance.

Sans en revenir elle-même, elle franchit la distance qui les séparait et s'accroupit pour allumer une deuxième bougie. À la lueur de la flamme vacillante, elle déplia la gaze trempée recouvrant la blessure de Riker. À chaque pénible respiration, le sang et l'air étaient aspirés par la perforation avant d'écumer à sa surface. La situation était sérieuse, et le devint davantage quand Nicole leva les yeux vers le vampire. Sa trachée était déformée, flanquée de part et d'autre par des veines distendues qui saillaient de sa peau. Elle posa l'oreille sur son torse, et lâcha un juron. Le râle sibilant émanant de son poumon droit confirma ses soupçons.

Pneumothorax suffocant.

Ses études en physiologie vampirique comprenaient des cours de médecine, et les signes et symptômes que présentait Riker relevaient d'un traumatisme somme toute banal. En des circonstances normales, un vampire pouvait survivre. Or les circonstances n'avaient rien de normal, surtout quand les facultés régénératrices de Riker étaient compromises par l'acide qu'elle lui avait administré.

Elle fouilla hâtivement dans le kit de secours, blasphémant devant son contenu. Elle ne possédait pas de diplôme de médecine mais, grâce à sa connaissance de l'anatomie des vampires, elle s'estimait capable de réaliser une opération mineure en cas de besoin.

Mais pas sans gaze ni ciseaux ni pince.

Elle poussa la trousse à pharmacie de côté et fourragea dans le sac à provisions. De l'eau, des barres protéinées, un bloc de Post-it, des bougies et une couverture qui pourrait s'avérer utile plus tard, mais aucun de ces objets ne l'aiderait à juguler l'hémorragie incontrôlable de Riker.

Ce qui ne lui laissait d'autre choix que d'enrayer son empoisonnement à l'acide borique.

Fermant les yeux, elle parcourut mentalement les dossiers médicaux relatifs à la conception de la poudre antivampires – du gaz lacrymogène pour les créatures à crocs, en somme – et de son antidote. Même si la poudre d'acide borique hautement concentrée servait désormais à la fois aux citoyens lambda et aux forces de l'ordre, Nicole venait tout juste d'autoriser la production de masse du contrepoison destiné à être commercialisé.

Elle se rappelait ce jour sans peine. En effet, à peine quelques heures après, on l'avait informée que des dizaines de vampires avaient été exécutés au sein du laboratoire où l'antidote avait été développé, prétendument sur ses instructions.

Le soleil brillait dehors. Elle préparait la fête de Noël de l'entreprise, même si décembre était encore loin. Elle avait même confectionné un sapin de Noël en origami.

C'est là que Chuck avait fait irruption dans son bureau pour lui montrer la vidéo des vampires intoxiqués à l'acide borique dans leurs cellules, abandonnés à une mort lente et douloureuse.

Nicole avait rendu son déjeuner dans la corbeille à papier. Quand elle eut fini de vomir, elle avait pété les plombs et avait, entre autres, renvoyé la quasi-totalité des employés du laboratoire Minot. Puis elle avait été obligée de les réembaucher après que Chuck lui eut mis sous le nez l'ordre d'exécution.

Avec sa signature. Elle eut beau jurer ne pas l'avoir signé, rien n'y fit. Pour la première fois, elle se trouva confrontée à une vérité qu'elle avait toujours préféré fuir. Combien de vampires cobayes avaient été torturés lors des expérimentations de Daedalus afin que sa société puisse exploiter l'arme qu'elle avait utilisée sur Riker ? Combien avaient péri dans d'atroces et insoutenables souffrances ?

Nicole avait consacré sa vie à sauver l'humanité du fléau vampirique. Mais à cet instant, alors qu'elle regardait Riker, gisant sans défense, et pensait à Lucy, qui aimait les bonbons et détestait le sang, Nicole fut incapable de tirer la moindre fierté de ses actes.

Riker haleta, crachant du sang sur le sol de la grotte, et Nicole rangea sa honte de côté pour l'explorer plus tard. Elle ne saurait être tenue responsable de sa mort. Et sûrement pas avec une arme de Daedalus.

Donc, l'antidote… Elle se mordit la lèvre, son cerveau carburant à cent à l'heure. Le remède était composé en grande partie de carbonate de calcium, un agent neutralisant, fréquemment utilisé dans les antiacides. Un frisson d'espoir la parcourut, et elle fouilla de nouveau dans la trousse de secours, priant de tout cœur pour que les vampires consomment des antiacides.

Rien. *Merde !* Elle observa les bougies tandis qu'elle réfléchissait à toute allure. Derrière elle, le souffle de Riker se fit plus pénible. Il ne lui restait que quelques heures, au mieux.

L'une des flammes vacilla, et une goutte de cire coula à côté du pilier blanc.

De la cendre.

Eurêka!

— Tenez bon, vampire.

Elle se précipita vers l'entrée de la caverne, après une seconde d'hésitation pour écouter les braconniers, et rampa dehors dans la pénombre afin de ramasser une brassée de brindilles, de branches et de bois pourri.

Elle fonça à l'intérieur, mais son cœur sombra au son de la respiration irrégulière de Riker qui emplissait la grotte d'un râle d'agonie funeste. Ses heures étaient comptées.

Les mains tremblantes sous l'effet de l'adrénaline et de la peur, elle essaya, à l'aide du bois et d'une bougie, d'allumer un feu à peine plus grand que la tête d'une allumette.

— Allez!

Elle pressa la minuscule flamme, mais le feu semblait décidé à prendre son temps.

Bon sang! Dans n'importe quelle autre situation, elle aurait également brûlé les Post-it. Mais les vampires étaient si sensibles aux émanations chimiques que même une infime quantité des produits utilisés pour la fabrication du papier risquait d'endommager davantage les poumons défaillants de Riker.

S'efforçant de garder une attitude positive, elle se tourna vers Riker pour vérifier son état alors qu'il sifflait de douleur, les lèvres retroussées derrière des crocs marbrés de son propre sang. Sa bouche se déforma en un grognement muet, et Nicole bondit machinalement en arrière, le cœur battant à toute allure. *Seigneur!* Même aux portes de la mort il restait terrifiant.

Cependant, il était bel et bien aux portes de la mort, et, tandis qu'il s'immobilisait dans un geignement étouffé, Nicole se ressaisit.

Inutile de s'angoisser. Riker avait beau être un vampire, pour l'heure, il avait besoin d'aide. Elle s'approcha de lui, remuant les doigts comme si elle était impatiente de le toucher. Il s'était montré bourru avec elle, menaçant, un peu dur même. Mais il ne lui avait fait aucun mal… pour le moment. Elle ne pouvait s'empêcher de se demander pourquoi, étant donné qu'il semblait déterminé à lui reprocher tous les crimes perpétrés à l'encontre des siens, y compris le décès de sa compagne.

Et d'où lui venait une telle idée, d'ailleurs ? Pourquoi blâmait-il sa famille pour cet incident alors que c'était lui qui avait plongé le poignard dans la gorge de Terese ?

Cette histoire n'était pas claire, et Nicole détestait les secrets, les non-dits. Enfant, elle cherchait des réponses à tout, adorait *Le Club des Cinq* et voulait devenir détective privée.

La mort de Terese et la révolte des esclaves avaient bouleversé ses plans.

Riker gémit et des tremblements secouèrent son corps. Son tourment l'écorcha vive. Peu importe ce qu'il était ou ce qu'il avait fait. Il souffrait, et elle était responsable. Une étrange sensation, qu'elle n'avait pas ressentie depuis vingt ans, lui parcourut les veines et l'atteignit en plein cœur : de l'authentique compassion pour un vampire.

— Soyez maudit, grommela-t-elle. Je suis sûre que vous me boufferez dès que vous aurez ouvert les yeux, et moi je suis là, à m'apitoyer sur votre sort.

Délicatement, elle plaça la paume sur son sternum et sentit sa cage thoracique s'élever et s'abaisser à un rythme haché. Son cœur battait fort, mais sa peau était crayeuse et brûlante. Elle posa les doigts sur son cou et son pouls agité la fit grimacer. Un gémissement plaintif remonta le long de son bras et s'insinua, une fois de plus, jusque dans sa poitrine.

Elle jeta un coup d'œil au feu minuscule.

— Je reviens tout de suite.

Elle ignorait s'il pouvait l'entendre ou s'il se souciait qu'elle revienne mais, pour une raison absurde, elle tenait à lui faire savoir qu'il n'était pas seul.

Elle jura, se traitant de folle sur le point de sauver la vie de son propre assassin, puis ouvrit un paquet de tampons alcoolisés et en vida le contenu. Le feu n'avait pas brûlé tout le petit bois, loin de là, mais à l'aide d'une branche elle essaya de recueillir dans le sachet en aluminium le peu de cendres récoltées. Ensuite, elle épousseta un gros galet et y versa les cendres chaudes. Avec un autre caillou, elle broya le remède de fortune en une poussière fine.

Elle retourna auprès de Riker, la cendre pulvérisée dans le creux de la paume.

— Me revoilà. (Elle s'accroupit à côté de lui et lui souleva la tête.) Vous allez devoir renifler ça.

Il se débattit, lui frappant le bras et faisant tomber la moitié de la précieuse poudre par terre. Nicole ne se démonta pas, mais sa nouvelle tentative obtint un résultat similaire. Sans compter qu'elle aurait une contracture au niveau du coude plus tard.

— Il va falloir employer la manière forte, marmonna-t-elle.

Elle s'assit à califourchon sur son torse et se servit de ses cuisses pour le maintenir immobile. Dès qu'il expira, elle lui agrippa l'arrière du crâne et le tira vers elle jusqu'à ce que le nez de Riker frôle sa paume. Quand il essaya de reculer, elle resserra sa prise.

— Riker, restez tranquille, d'accord ? J'ai besoin que vous inhaliez.

Elle n'était pas sûre qu'il ait entendu, mais il inspira à pleins poumons, comme s'il retenait son souffle sous l'eau depuis plusieurs heures. La cendre entra par sa bouche et ses narines, puis il se mit à tousser, à convulser contre elle et à se griffer le cou. Pendant un quart de seconde, ses yeux s'ouvrirent. La peine et le reproche tournoyèrent dans leurs profondeurs argentées, transperçant Nicole.

— Du calme, vampire.

Elle lui saisit les mains et les maintint contre son torse. C'était sans compter sur la force de Riker, et elle dut plaquer le corps contre lui pour l'empêcher de bouger et de se déchiqueter la peau.

— Je sais que ça fait mal, mais ça fonctionne, ajouta-t-elle.

Elle l'espérait. Seigneur, elle l'espérait ! Si elle avait empiré son état, elle ne se le pardonnerait jamais.

Peu à peu, il cessa de lutter, mais il ne la lâcha pas, même quand elle essaya de se libérer. Elle sentit sa chaleur et sa large carrure entre ses cuisses, et imagina les tiraillements qu'elle ressentirait le lendemain matin.

Doux Jésus ! comment devait se passer le sexe avec lui si le simple fait de le maintenir immobile suffisait à lui froisser des muscles ? Et pourquoi diable son esprit prenait-il de telles directions ?

Peut-être parce que toutes ces rumeurs sur les créatures super sensuelles qu'étaient les vampires n'étaient pas dénuées de fondement. Une de ses amies lui avait dit un jour que l'homme le plus laid de la planète serait canon s'il avait des crocs. Ainsi que le physique athlétique propre à tous les vampires. Daedalus cherchait à comprendre les phénomènes biologiques expliquant cette spécificité.

Riker avait-il toujours été taillé dans l'étoffe d'un superhéros – ou d'un « super méchant » – ou le processus de transformation l'avait-il ainsi façonné ?

Quoi qu'il en soit, Supervampire se trouvait sous elle, son torse dénudé sous ses paumes… quand à peine quelques heures plus tôt il avait voulu la tuer. Et qu'elle-même était presque parvenue à en faire autant quant à lui.

Avec délicatesse et hésitation, elle effleura ses abdominaux d'acier et remonta jusqu'à ses épaules, se convainquant que cela faisait partie de l'examen médical, mais, lorsqu'elle atteignit son biceps droit et tomba sur son tatouage, elle ne put continuer à faire semblant. Ce corps l'intriguait. Certes, elle avait étudié les vampires en cours et dans ses labos de recherche mais, cette fois, son intérêt était plus personnel. Cette fois, elle voulait en apprendre davantage sur ce spécimen en particulier, et non pas sur l'espèce dans son ensemble.

Sous ses doigts, le dessin sembla palpiter tandis qu'elle suivait les courbes du croissant de lune oblique encerclé par un serpent. Le motif était simple mais élégant, et Nicole se demanda quel en était le sens.

— MoonBound, dit Riker d'une voix râpeuse. C'est notre symbole.

Surprise, elle sursauta comme si elle s'était brûlée et le regarda dans les yeux. La couleur argentée morne, ternie, de ses iris lui rappela qu'il avait frôlé la mort.

— Dieu merci ! haleta-t-elle. Vous allez bien.

— Comment ?

— J'ai neutralisé les effets de l'acide borique avec du carbonate de calcium. De la cendre, expliqua-t-elle. Maintenant que votre organisme n'a plus à combattre les toxines, il peut se régénérer. (Elle tira une bouteille d'eau du sac de provisions à côté d'elle et la porta à ses lèvres.) Buvez.

Il but de longues gorgées avides, vidant la bouteille en quelques secondes. Quand il eut terminé, il ferma les paupières, de soulagement peut-être. Il saisit la main de Nicole et la serra… avec gratitude ? Troublée, elle resta figée, même quand il glissa la sienne vers sa cuisse. Il semblait respirer sans peine à présent, son torse s'élevait à un rythme régulier. Nicole, cependant, avait cessé de respirer dès qu'il lui avait touché la jambe.

Elle lutta pour reprendre son souffle tandis qu'il remontait doucement vers sa hanche. Puis plus haut, le long de sa taille et de sa poitrine. Et, quand il effleura du pouce le flanc de son sein, elle avala une goulée d'air frais, comme si elle craignait de suffoquer.

Riker laissa courir ses doigts sur ses clavicules, jusqu'à sa gorge. Lorsque, de la pulpe de l'index, il frôla ses cicatrices, elle tressaillit sans le vouloir. Riker ouvrit brusquement les yeux. Le voile terne avait disparu, ils brillaient désormais d'une lumière inquiétante, telle une pierre tombale en marbre sous la pleine lune.

Pendant un moment qui lui sembla durer des heures, elle l'observa, hypnotisée. Quand elle essaya enfin de déglutir – sans y parvenir –, elle se rendit compte qu'il lui avait empoigné le cou et le serrait comme dans un étau.

Avec fermeté mais prévenance, il l'attira contre lui, si près que la chaleur de son souffle lui balaya les joues.

— Pourquoi ? gronda-t-il. Pourquoi m'avez-vous sauvé ?

Elle commençait à se poser la même question.

— Parce que je ne suis pas une meurtrière, même si vous en êtes persuadé.

Et que si j'ai la moindre chance de survivre à ces braconniers, c'est avec vous.

En un instant, il la retourna, la plaquant au sol avant de s'allonger sur elle, le corps pressé contre le sien, la main toujours autour de son cou, les hanches appuyant contre son entrecuisse.

— Ce que je pense, dit-il d'une voix profonde, gutturale, c'est que vous allez regretter de ne pas m'avoir laissé mourir.

Chapitre 9

Entre les longues jambes de Nicole… c'était le dernier endroit où Riker aurait pensé se trouver. Bien sûr, il n'aurait jamais pensé non plus se faire empoisonner, poignarder ou tirer dessus. Cette journée était riche en surprises, et la nuit tombait à peine. Il était encore possible qu'une météorite le percute ou une connerie dans le genre.

Nicole était couchée sous lui, et il sentait sa gorge palpiter sous sa paume. Elle ne paniquait pas, ce qui était tout à son honneur. Son expression dénotait davantage l'agacement.

— Eh bien ? demanda-t-il.

— Eh bien, quoi ? Est-ce que je regrette de ne pas vous avoir laissé mourir ? Vous adoreriez que je réponde « oui », n'est-ce pas ? Tous vos préjugés à mon égard seraient confirmés.

La mine renfrognée, elle posa les mains à plat sur son torse et poussa.

Amusé par ses efforts pathétiques pour se libérer, il arbora un sourire hilare.

— Loin de là, ma chère. J'ai énormément d'idées préconçues à votre sujet. Dont très peu sont flatteuses.

— Vous êtes vraiment un sale con.

Elle se débattit tel un lapin pris dans un filet, mais il la maîtrisa sans peine, l'écrasant un peu plus de son poids.

Grossière erreur. Il avait beau ne pas l'aimer, il ne s'était pas trouvé dans cette position avec une femme depuis des décennies, et son corps se fichait pas mal des sentiments qu'il pouvait éprouver. Seules lui importaient la façon dont les courbes de Nicole épousaient ses muscles robustes et la manière dont son bassin remuait contre le sien. Il appréciait beaucoup, également, le frottement de ses seins sublimes contre son torse nu.

Il lui empoigna les fesses pour l'immobiliser, ce qui eut pour unique résultat d'appuyer son sexe contre le sien. Il découvrit à cette occasion que le postérieur de Nicole était ferme et joliment rebondi.

— Arrêtez ça, grommela-t-il entre ses dents.

— Allez vous faire foutre !

Elle se cambra de plus belle, et Riker siffla devant ce mouvement ouvertement sexuel. Derrière sa braguette, son pénis turgescent frotta contre le pantalon soyeux de Nicole et cette brûlante friction l'enivra de désir.

— Je suis sérieux, Nicole. (Sa voix déformée par la concupiscence était rocailleuse, comme rouillée.) Cessez de vous débattre.

Elle enfonça les ongles dans son torse et essaya de le repousser à nouveau, mais ces légères griffures ne firent qu'accroître le plaisir de Riker tandis qu'un élan de passion, violent et ardent, l'emportait.

— Sinon quoi ?

Alors que les mots sortaient de sa bouche, elle comprit ce qui se passait. Riker le vit au changement de son expression et au voile qui lui colora les joues. Il le sentit à la soudaine crispation de ses muscles.

— Oh ! hoqueta-t-elle.

Seigneur ! elle était un modèle de perfection féminine avec sa chevelure qui s'épandait négligemment sur le sol, son souffle haletant, ses lèvres charnues entrouvertes et humides. L'image d'une femme qui avait besoin d'un matelas, de beaucoup moins de vêtements, et d'un mâle disposé à déployer des trésors d'ingéniosité pour la remplir d'extase.

Il prit appui sur un coude et laissa sa main remonter jusqu'à sa nuque gracile, à l'endroit où sa colonne vertébrale rencontrait son crâne. D'un agile mouvement de doigts, il pouvait la tuer avant même qu'elle ait compris ce qui se passait.

Ou il pouvait caresser sa peau satinée et glisser les doigts dans ses cheveux soyeux.

C'était stupide. C'était insensé et totalement inapproprié que son corps réagisse ainsi à Nicole ! Sans même mentionner cette puissante vague de désir qui le poussait à baisser la tête vers cette bouche parfaite. Il se demanda quel goût elle pouvait avoir et si ses baisers étaient aussi doux que le voluptueux nectar qui coulait dans ses veines. Cette pensée suffit à l'enflammer.

Sans réfléchir, il l'effleura du bout des lèvres. Sous lui, Nicole se raidit et quand il recommença, cette fois avec encore plus de délicatesse, elle laissa échapper un cri étouffé. Sous son pouce, Riker sentit son pouls s'affoler, et une pointe subtile d'excitation se mêla à l'odeur de sa colère et de sa peur.

Aussitôt, Riker s'embrasa. Il lui en fallait plus. Bien plus.

Il plaqua la bouche sur la sienne, et gémit en goûtant à une femme pour la première fois depuis la mort de Terese. Nicole entrouvrit légèrement les lèvres, et l'attira dans les profondeurs de sa bouche chaude et humide. Son corps charnu demeurait ferme là où il le fallait, et Riker sut d'instinct qu'elle était capable de le supporter dans ses phases les plus brutales. Les plus sauvages.

Il frissonna devant la direction que prenaient ses pensées. Ils ne pouvaient pas faire ça. Il n'avait jamais été du genre à coucher avec une femme qu'il n'appréciait pas, même si elle était canon ou qu'elle le chauffait comme une diablesse.

Il grogna de frustration et l'embrassa plus fort, ce qui n'avait aucun sens et il le savait. Ou peut-être que si. Son baiser n'avait rien de tendre ; on aurait dit, au contraire, qu'il cherchait à la punir, parce que, bordel ! c'était sa faute s'il se retrouvait entre ses jambes.

Les seins de Nicole pressèrent contre son torse nu lorsqu'il remua contre elle avec une ardeur primitive qui les fit gémir en chœur.

Encore. Il lui empoigna la hanche et la serra davantage contre lui.

Encore. Il fit courir la bouche le long de sa mâchoire. Elle sentait si bon, la quintessence même de la féminité. Il s'aventura vers son cou, et aussitôt elle se figea et eut un mouvement de recul.

Exact. Il était un vampire. Il valait autant qu'un chien errant. Un chien errant qui se branlait contre sa jambe. Elle devait être mortifiée.

Putain, quelle humiliation ! Il se redressa brusquement, détournant le regard afin de lui cacher ses iris qui avaient changé de couleur, signe de son excitation. Elle était suffisamment consciente de son désir comme ça, et il avait été idiot de ne pas s'être ressaisi plus tôt.

Lâchant un juron, il attrapa son tee-shirt abîmé. Maculé de sang, sale et complètement déchiqueté, il était immettable, mais Riker en fit bon usage en attendant de retrouver le rythme cardiaque et respiratoire qu'il avait avant de vouloir sauter l'ennemi.

Il l'aspergea avec la bouteille d'eau, et essuya le sang séché sur son torse. Sa blessure s'était presque refermée. Dans deux jours, la cicatrice aurait disparu.

Le claquement des talons hauts de Nicole résonna dans la grotte quand elle se leva.

— Euh… (Elle s'éclaircit la voix. Quoi de plus normal étant donné l'embarras de la situation ?) Avez-vous besoin de sang ? Comme vous en avez perdu pas mal…

Ouais, il en avait besoin. Il fonctionnait à demi-régime pour le moment, mais il gèlerait en enfer avant qu'il le reconnaisse devant Nicole.

— Ne vous en faites pas, princesse. Je ne plongerai pas mes vilains crocs dans votre belle petite gorge. (Il enfila son harnais d'armes.) Pas avant que vous me rameniez Neriya, du moins.

Il commençait à se lasser de cette rengaine, mais l'important pour l'heure était de retrouver un cerveau opérationnel, et par conséquent de penser à autre chose qu'à enfoncer une partie de son anatomie dans une de celles de Nicole.

Le soupir excédé de la jeune femme lui indiqua qu'elle était tout aussi lassée par cette épée de Damoclès qui pendait au-dessus de sa tête.

— Pourquoi compte-t-elle tellement pour vous ? Qui est-elle ?

Riker ne lui devait aucune explication, mais qu'importe ! Ils n'avaient rien d'autre à faire pendant qu'ils se terraient dans cette grotte si ce n'est parler. Et puis, si elle comprenait pourquoi il était capital de libérer Neriya, Nicole se montrerait peut-être plus encline à coopérer.

— Vous savez, j'en suis sûr, que notre race souffre d'une faible natalité, et, même quand une femelle tombe enceinte, la naissance peut être extrêmement compliquée et dangereuse.

Nicole s'avança vers lui. Il aurait préféré qu'elle n'en fasse rien. Même si elle triturait ses boucles sauvages dans l'espoir de les démêler, elle avait l'air d'une femme tout juste sortie du lit après des cabrioles avec son amant, et Riker n'avait aucunement besoin de l'imaginer sur un matelas. Ou dans les bras d'un homme.

Ou les siens.

— Un accouchement sur quatre se solde par la mort de la mère, de l'enfant ou des deux, déclara-t-elle comme si elle lisait un paragraphe des *Vampires pour les nuls*. Je sais, oui.

— Sachez, mademoiselle Je-sais-tout, que tous les vampires développent des facultés particulières au cours de leur existence, selon qu'ils sont de naissance ou créés. L'une des plus rares est également la plus précieuse. Nous l'appelons l'*usdida*.

Il s'accroupit pour rassembler le matériel de premiers secours et essayer de recaser le tout dans la boîte. Les instruments semblaient s'être multipliés.

— En gros, poursuivit-il, les vampires dotés de ce don sont capables de rendre le travail moins douloureux et de mettre au monde des bébés sans risque. On ignore comment cela fonctionne, mais il est très rare que l'enfant ou la mère décède quand une sage-femme qui possède l'*usdida* pratique l'accouchement.

Sans déconner, les bandages s'étaient reproduits entre eux ou quoi ? Frustré, il força le couvercle pour le refermer.

— Neriya est une sage-femme d'un autre clan. On s'est arrangés pour qu'elle soit présente pour une naissance mais, alors qu'on la ramenait chez elle, notre équipe a été attaquée par des chasseurs, et Neriya a été enlevée.

— Qu'est-ce qui vous fait croire que ma société la détient ? s'enquit Nicole.

Riker leva les yeux vers elle, un brin surpris qu'elle ne soit pas plus sur la défensive.

— Parce que l'un des guerriers ayant survécu à l'assaut a entendu les chasseurs mentionner qu'un acheteur les attendait à Daedalus.

Il y eut un long silence, comme si Nicole rassemblait ses pensées. Elle finit par secouer la tête.

— C'est impossible. Nous ne payons pas les gens pour qu'ils harponnent des vampires pour notre compte. La capture des vampires sauvages est interdite. Seuls les chasseurs agréés par le gouvernement fédéral y sont autorisés.

Les vampires sauvages. Par opposition aux vampires esclaves domestiqués, supposa Riker.

— Vous affirmez que mon guerrier ment.

— Je pense simplement qu'il s'est trompé, répondit-elle en parfaite petite diplomate.

Riker serra les dents si fort que sa mâchoire l'élança.

— Baddon ne se trompe jamais.

— Je vois.

Un courant d'air glacé sembla tournoyer autour d'elle. Nicole ne le croyait pas et elle était persuadée que sa fabuleuse société demeurait incomprise.

— Quoi qu'il en soit, ajouta-t-elle, je peux comprendre que vous teniez tellement à récupérer Neriya.

— Vous n'avez pas idée ! (Il se dressa sur ses pieds avec un peu plus de force que nécessaire.) Son clan, ShadowSpawn, nous a donné jusqu'à la nouvelle lune. Si on ne la leur ramène pas d'ici là, ils nous détruiront tous jusqu'au dernier enfant.

Nicole ouvrit la bouche. La referma. L'ouvrit de nouveau. Puis elle finit par lui tourner le dos.

— Il y a tant de choses que les gens ignorent sur votre peuple.

— C'est fou, hein ? On a des sentiments, des familles et on célèbre même certaines fêtes !

Il aurait voulu qu'elle se retourne afin qu'il puisse jauger sa réaction, mais il allait devoir se contenter d'écouter les battements de son cœur qui accélérait ou ralentissait… ou s'arrêtait l'espace d'une nanoseconde, comme il venait de le faire à l'instant.

— Mais savez-vous ce qui anéantit nos familles ? poursuivit-il. Ce qui gâche nos vacances ? (Il laissa sa réponse voler comme un crochet du droit.) Votre famille et leurs semblables.

Nicole fit volte-face si brusquement que Riker recula d'un pas.

— Je ne défends pas ce que les humains vous ont infligé, répliqua-t-elle avec férocité. Mais ma famille s'est toujours montrée bienveillante envers nos domestiques.

— Domestiques ? Ma compagne n'était pas une domestique. C'était une esclave. Vous êtes incapable de le dire, n'est-ce pas ?

Le dégoût l'envahit, une haine brute et viscérale attisée par vingt ans de douleur qui resurgissait d'un coup, aussi vive qu'au premier jour.

— Votre famille l'a arrachée à son foyer et en a fait une foutue nounou pour une morveuse qui, une fois adulte, s'est mise à détester les vampires, gronda-t-il.

— J'aimais Terese ! (Nicole s'avança vers lui avec agressivité, les poings serrés.) Elle était comme une sœur pour moi. Je comptais pour elle.

— Elle comptait pour moi ! Vous me l'avez enlevée ! Vous l'avez volée aux gens qu'elle aimait.

— Oui, répondit-elle sur un ton aussi caustique que l'acide avec lequel elle avait failli le tuer. Votre compagne vous aimait tellement qu'elle a essayé d'avorter de votre enfant. À deux reprises.

Cela faisait longtemps – des décennies à dire vrai – que Riker n'avait pas été sonné. Tout lui revenait à présent… la confusion, l'hébétement, la douleur étourdissante, le manque soudain d'air qui lui comprimait les poumons pour ne laisser que deux enveloppes flétries.

Avec quelques paroles sorties de nulle part, Nicole l'avait mis KO comme aucun coup n'y était encore parvenu. Il ne pouvait plus réfléchir. Ne pouvait plus parler.

Il ne pouvait que marcher, tel un zombie, dans la nuit noire.

Chapitre 10

Nicole avait l'impression d'être une odieuse garce. Elle commençait à comprendre le ressentiment que nourrissait Riker contre elle et sa famille, ainsi que contre l'humanité en général. Cependant, elle s'était toujours montrée très protectrice envers Terese, et Riker refusait de prendre au sérieux les sentiments qu'elle avait éprouvés pour elle.

De plus, elle ignorait ce qui était vraiment arrivé la nuit où Terese était morte. Tout ce qu'elle savait, c'est qu'elle avait entendu la voix de Riker, vibrante de colère, et l'avait vu plaquer un couteau contre le cou de sa compagne tandis qu'elle l'implorait. Le souvenir était aussi douloureux qu'au premier jour, et il détenait, aujourd'hui encore, le pouvoir de la faire fondre en larmes.

—Je t'en prie, Riker. Ne fais pas ça, je t'en prie!

Le vampire mâle avait coincé Terese contre l'abri, sa main recouvrait la sienne, et leurs doigts étaient enroulés autour de la poignée de la dague qui s'enfonçait dans la gorge de Terese. Les larmes ruisselaient sur ses joues tandis qu'elle le suppliait. Une goutte de sang perla sur sa peau à l'endroit où la lame était appuyée.

Nicole sonda son esprit à la recherche d'un moyen pour empêcher ce vampire de faire du mal à Terese, mais elle était si petite, et lui était si… énorme. Elle essaya de hurler, mais ne parvint qu'à pousser un couinement, et, l'espace d'un instant terrifiant, Riker porta le regard dans sa direction. La panique la pétrifia. Pouvait-il la voir ?

Elle était incapable de bouger. De respirer. Quand Riker se tourna de nouveau vers Terese, Nicole réussit enfin à quitter sa cachette dans les buissons pour courir jusqu'aux écuries. Elle cavala aussi vite que le lui permettaient ses jambes et fit irruption dans la grange, où son oncle Paul était occupé à seller un poney de polo pour son cousin Ted.

— À l'*aide, oncle Paul ! (Elle marqua une pause pour reprendre son souffle.) Un vampire sauvage ! À l'abri ! Il va tuer Terese. Aide-la !*

Oncle Paul déclencha l'alarme sur le mur. Une sirène se mit à hurler et les chevaux s'affolèrent.

— Ne bougez pas d'ici, ordonna-t-il à Nicole et Ted.

Il attrapa une fourche et fonça hors de la grange.

*C'*était la dernière fois qu'*elle le voyait vivant.*

Des heures plus tard, son père *la retrouva. Ted et elle s'*étaient *ramassés sur eux-mêmes dans le grenier à foin. Quelqu'un vint chercher Ted, mais le* père *de Nicole resta avec elle et lui annonça, en la serrant contre son torse, qu'oncle Paul avait été tué, ainsi que Terese. Le vampire qui les avait assassinés tous les deux s'était enfui.*

Le cœur de Nicole cogna douloureusement contre ses côtes à ce souvenir, et une étourdissante vague de nausée la fit chanceler. Elle avait voulu se venger de Riker depuis si longtemps, et, alors qu'elle s'était trouvée à deux doigts d'y parvenir, elle lui avait sauvé la vie. Puis elle avait affûté la colère emmagasinée en elle pendant toutes ces années et avait plongé cette lame verbale acérée aussi profondément que possible dans son cœur.

La souffrance dans les yeux du vampire quand elle lui avait révélé ces avortements ratés avait été brute et réelle, et elle était intimement convaincue que la mort de Terese le hantait tout autant qu'elle, même s'il en était responsable.

À présent, elle devait remédier au désordre qu'elle avait causé. Elle avait encore un peu le vertige lorsqu'elle sortit de la grotte, et accueillit avec gratitude l'air frais et vivifiant qui lui fouetta le visage. Une légère bruine tombait d'une couche de nuage bas et diffus qui avalait la cime des arbres, mais Riker ne semblait pas remarquer les gouttelettes d'eau qui s'accrochaient à ses cheveux et à sa peau. Il était accroupi sur les talons, les avant-bras repliés sur les genoux, la tête penchée.

— Riker…

— C'était vrai, ce que vous avez dit ? Terese a essayé d'avorter du bébé ?

Elle ferma les yeux, mais cela n'enleva rien à sa honte.

— Je ne crois pas…

— La vérité !

Sa voix gronda comme le tonnerre, et elle comprit qu'il ne servirait à rien de discuter.

— Oui, répondit-elle avec douceur.

— Comment ?

— Est-ce important ? murmura-t-elle, se haïssant d'avoir abordé le sujet la première. Pourquoi vous torturez-vous ainsi ?

— Peut-être que je suis maso. (Il parlait entre ses dents, et les muscles de ses mâchoires tressaillaient quand il serrait ses molaires l'une contre l'autre.) Comment ?

Le vent faisait battre les cheveux de Nicole contre ses joues glacées, mais cette piqûre n'avait rien de comparable à ce que devait ressentir Riker.

— La première fois, elle a bu une infusion de tanaisie et d'huile de menthe pouliot. Mon père était furieux.

Nicole l'avait supplié de ne pas faire de mal à Terese, mais ce dernier avait eu d'autres intentions. Il avait enchaîné la servante à un lit jusqu'à ce qu'elle promette de bien se conduire. Terese avait tenu parole… pendant trois semaines.

— La deuxième, elle s'est jetée du haut d'une volée de marches.

Nicole en avait été témoin, mais elle avait menti à son père, lui assurant qu'il s'agissait d'un accident.

Riker se passa les mains sur le visage avant de presser les paumes contre ses yeux et de s'immobiliser.

— Je suis vraiment désolée, murmura-t-elle. C'était cruel de ma part d'en parler. Je n'aurais jamais dû mentionner ça.

Très lentement, Riker leva la tête, mais ne regarda pas dans sa direction. Il ne détacha pas les yeux de l'horizon.

— C'est une blague ?

— Quoi donc ?

— Vos excuses. Les humains se fichent pas mal d'être cruels envers les vampires.

Aïe !

— Je pourrais en dire de même sur les vampires et leur cruauté envers les humains, riposta-t-elle, résistant à l'envie impérieuse d'effleurer la cicatrice sur son cou, mais je sais que Terese se souciait de moi. Mes excuses sont sincères, Riker. J'ignore ce qui s'est passé entre vous le jour de sa mort, mais je crois que vous l'aimiez et je suis désolée d'avoir dit ce que j'ai dit.

— Vraiment ? répliqua-t-il d'une voix dégoulinante de mépris. Et qu'est-ce qui vous fait croire que je l'aimais ?

Ses joues s'empourprèrent à ce souvenir.

— Je vous ai surpris, avoua-t-elle tout bas. Parfois, quand vous vous glissiez en douce dans la propriété pour être avec elle… je vous voyais.

Oh, Seigneur! *voilà qui était embarrassant.*

— Euh… enfin… à cette époque, bredouilla-t-elle, je n'étais qu'une enfant…

— Quoi ? aboya-t-il. Qu'avez-vous vu ?

Votre bouche sur la sienne. Vos mains qui effleuraient tendrement ses bras, son ventre, ses seins.

Ces images avaient hanté Nicole, prenant plus de sens à mesure qu'elle gagnait en maturité. Riker avait toujours été si prévenant avec Terese, et c'était bien pour cette raison que sa mort avait été un tel choc, un tel mystère.

— Vos caresses, vos baisers. Rien de plus, répondit-elle d'une voix de fillette essoufflée. Et seulement une fois.

Après ce jour-là, Terese avait été enceinte, et, chaque fois que Nicole les avait vus ensemble, les moments volés avec Riker avaient été tendus.

Nicole se mordilla la lèvre inférieure, désireuse de lui poser la question qui la démangeait depuis vingt ans. Or, à présent qu'elle le pouvait, elle craignait que la réponse l'anéantisse plus qu'autre chose. Elle cracha le morceau avant de changer d'avis.

— Comment est-elle morte, Riker ? Qu'est-il arrivé ce jour-là ?

Comme si son fusible venait de sauter, il bondit sur ses pieds, les crocs dénudés.

— C'était une putain d'esclave ! Voilà ce qui s'est passé ! Elle était si malheureuse qu'elle a voulu en finir. C'est ce que vous vouliez savoir ? Je suis venu ce jour-là pour l'arracher à cet enfer, mais elle a refusé de me suivre.

Nicole le dévisagea, interdite, incapable de donner un sens à ses paroles.

— Je ne comprends pas, dit-elle en secouant la tête. Si vous étiez là pour la sauver, pourquoi s'est-elle tuée ?

— Parce que votre famille l'a détruite, Nicole. Tout ce qu'elle souhaitait à la fin, c'était mourir.

— Mais pourquoi a-t-elle refusé de vous suivre ? (C'était de la folie. Il mentait.) Elle aurait pu vivre avec vous et le bébé.

Il déglutit, les tendons de son cou saillant sous sa peau, puis il lui tourna le dos.

— Elle haïssait le bébé et elle ne voyait aucun futur pour nous.

— Pourquoi ?

— Parce qu'il n'était pas de moi. (Ses paroles, acérées et affûtées par la haine, la transpercèrent comme une lame glacée.) Il appartenait à votre père.

Chapitre 11

— Espèce de menteur ! (Le visage déformé et pâle comme celui d'un cadavre, Nicole s'éloigna de Riker, les jambes chancelantes.) J'ignore à quel jeu vous jouez, mais je sais très bien que les humains et les vampires ne peuvent pas procréer.

Riker plongea la main dans ses cheveux humides.

— Je n'ai jamais affirmé que votre père était le géniteur de ce bébé. J'ai seulement dit qu'il lui appartenait. Il l'a créé de toutes pièces. Il le voulait pour ses expériences ou un programme de reproduction. Ou une autre saloperie du genre. Je n'en sais foutre rien !

— Des expériences. Un programme de reproduction. (La voix de Nicole était complètement monocorde. Dénuée de toute émotion, si ce n'est le doute.) Vous voulez dire que Terese a été fécondée en laboratoire ?

— « Fécondée » est une façon polie, clinique, d'appeler ça.

Riker balaya la forêt du regard, priant pour qu'il n'y ait pas de chasseurs dans les parages, mais, au point où il en était, il se sentait enclin à l'imprudence et espérait même que l'occasion de relâcher la pression avec un bon combat se présente. Terese n'avait jamais été très forte, et avoir été vendue comme esclave l'avait encore plus affaiblie. Puis elle avait disparu pendant huit mois… Huit mois pendant lesquels Riker avait cru devenir fou à essayer de retrouver sa trace, de découvrir si elle avait été achetée par une autre famille, si elle avait été tuée. Personne n'en savait rien.

Puis, un jour, elle était revenue au manoir, enceinte jusqu'aux yeux. Au début, il avait été enthousiasmé, supposant que cela était arrivé pendant l'un de leurs rares rendez-vous galants. Un garçon, lui avait-elle annoncé. Mais l'excitation était retombée quand il s'était aperçu que « sa » Terese n'était plus. Deux humeurs caractérisaient la nouvelle Terese : colère et impassibilité.

La bonne nouvelle, cependant, c'était que les Martin avaient remplacé le collier mortel qui servait à l'empêcher de franchir la barrière invisible de la propriété par un autre qui ne lui infligeait qu'une légère décharge électrique et lui faisait perdre connaissance. Le moyen de la tirer de ce cauchemar sans la tuer s'offrait enfin à Riker.

— Je te ramène à la maison aujourd'hui. Myne, Baddon et Katina attendent derrière le mur.

— C'est trop risqué. Je ne veux pas que tu fasses ça. (Terese glissa les mains sous sa veste.) Je refuse que tu meures pour moi.

Elle porta à sa gorge le poignard qu'elle venait de lui subtiliser.

Le guerrier en lui, le mâle qui méprisait la faiblesse et ne cessait jamais de se battre, éprouva une colère folle.

— Bon sang, Terese, que fais-tu ? (Il serra les doigts autour de sa main.) Je n'ai pas peur du danger, et je n'ai pas l'intention de crever. Je t'emmène, point final.

Une goutte de sang perla à l'endroit où la lame s'enfonçait dans sa peau diaphane.

— Je t'en prie, Riker. Ne fais pas ça. Je t'en supplie.

— On a pensé à tout, Terese. On peut y arriver. Il le faut. Tu risques d'accoucher d'un moment à l'autre, et je ne laisserai pas notre fils naître ici.

Terese fixa sur lui un regard morne.

— Ce n'est pas ton bébé, Rike.

Ses mots étaient dénués d'émotion. Comme si elle lisait les pages d'un livre qu'elle n'aimait pas.

Ce fut au tour de Riker de la dévisager. Son cerveau avait du mal à assimiler les dernières paroles de sa compagne. Enfin, d'une voix étranglée, il parvint à prononcer quelques mots.

— Pas le mien ? Celui de qui, alors ?

— Je ne connais pas son nom.

Riker secoua la tête, encore incapable de démêler cette toile d'araignée.

— Tu t'es envoyé en l'air avec un autre ? C'est là que tu étais tout ce temps ? Avec lui ?

*— J'*étais enfermée dans l'*un des labos de Daedalus. (Son regard se perdit dans le lointain, si loin qu'il ne put le suivre, et il n'était même pas sûr de le vouloir.) Il y avait un mâle dans une cellule. Ils m'ont mise dedans avec lui.*

Il sentit la brûlure prendre lentement naissance dans ses entrailles.

— Et tu…

— J'étais ligotée.

*Ses émotions le consumaient… La rage devant le viol de Terese, la haine qu'il éprouvait envers lui-même pour ne pas avoir été fichu de la protéger, et le chagrin, car l'enfant tant désiré n'*était *pas de lui.*

La confession de Terese clarifiait quelque peu la situation, et, tandis qu'il regardait son ventre gonflé, il comprit qu'une terrifiante explosion de fureur était la dernière chose dont elle avait besoin dans son état. Elle avait besoin d'être réconfortée et rassurée, et il avait besoin que Terese et le bébé–son bébé, bon Dieu!–se portent bien.

—Écoute-moi, Terese. Tout se passera bien. Je te le promets. Nous l'élèverons comme s'il était de moi. Je serai son père et personne n'aura à connaître la vérité.

—Je ne peux pas! s'écria-t-*elle. Ne vois-tu pas que* j'*en suis incapable? Je ne veux pas de ce monstre en moi! Je ne veux pas de ces souvenirs dans ma tête! (Elle ébaucha un sourire triste qui lui glaça les sangs pour une raison qu'il n'aurait su expliquer.) Je n'ai jamais été forte, pas comme toi. Tu mérites mieux que d'être coincé avec moi. Tu as toujours mérité mieux.*

—Ce n'est pas vrai, protesta-t-il d'une voix éraillée. Notre union nous a été imposée, mais je ne l'ai jamais regretté.

—Parce que tu es un homme de bien qui ne revient jamais sur sa parole. Tu as pris un engagement et tu l'as tenu. Mais je t'en libère aujourd'hui. (Elle enfonça davantage la pointe de la lame dans sa peau.) Je t'en prie. Fais-le pour moi.

—Non! Comment peux-tu me demander une chose pareille? (Il lui serra la main dans l'intention d'éloigner le couteau, mais Terese ne bougea pas.) Bon sang, Terese, on peut y arriver! Je te sortirai d'ici! De retour à la maison, tu verras que tout peut fonctionner.

C'est là qu'il le vit dans ses yeux, c'était là depuis des semaines, mais il s'était évertué à le nier. L'atonie. Terese avait perdu le goût de vivre. Elle était morte avant même qu'il ne pénètre dans la propriété des Martin.

—Riker? (Nicole posa la main sur son bras. Il voulut la déloger d'un haussement d'épaules, mais son corps ne lui obéissait plus.) Ce jour-là… le jour de sa mort… je l'ai entendue vous implorer.

L'amertume le submergea, lui brûlant la gorge et conférant à ses paroles une inflexion caustique.

— Elle m'a supplié de ne pas risquer ma vie pour la sauver. Puis elle m'a supplié de la tuer. (La faiblesse de Terese l'avait mis en rage, et à présent le remords menaçait de le dévorer tout cru. Il aurait pu gérer la situation autrement.) Comme j'ai refusé, elle l'a fait elle-même. Je pense que j'aurais pu l'en dissuader ou la maîtriser, mais une alarme s'est déclenchée.

Paniquée par le bruit de la sirène et les éclats de voix, Terese avait profité de la distraction de Riker pour plonger la lame dans son cou.

Il ne vit pas Nicole se raidir, mais il le sentit.

— Ce n'était pas votre faute.

Si, bien au contraire, mais Riker n'avait nullement l'intention d'endosser toute la responsabilité.

— Non, c'était la vôtre.

Nicole laissa échapper un étrange son peiné.

— Je… Pourquoi dites-vous ça ?

— Parce qu'elle n'aurait pas éprouvé le besoin de se tuer si votre famille ne l'avait pas réduite en esclavage, traitée comme un rat de laboratoire et engrossée de force.

Silence. Puis il l'entendit remuer. Après plusieurs minutes, Nicole pressa quelque chose contre la paume de Riker.

— Je sais que vous ne me croyez pas, mais j'aimais Terese et je sais qu'elle m'aimait aussi. Elle m'a donné ça le jour où elle est morte, mais je pense… je pense qu'elle vous revient.

Nicole se dirigea vers l'entrée de la grotte, ses cheveux humides retombant sur sa nuque et ses épaules voûtées. Elle paraissait aussi abattue qu'il l'était.

Il expira en lâchant un juron et baissa les yeux sur sa main. Dans sa paume se trouvait la bague de Terese.

Nicole tremblait si fort qu'elle trébucha en approchant de la bouche de la grotte. Avant qu'elle ne s'écroule par terre, Riker la rattrapa par la taille pour la hisser sur ses pieds. Elle retrouva l'équilibre, mais Riker ne la relâcha pas, la maintenant d'une main ferme, mais étonnamment – incroyablement – tendre.

— Ça va ? s'enquit-il sur un ton bourru.

Pour une raison qu'elle ignorait, aucun son ne sortit de sa bouche, et elle dut se contenter de hocher la tête. Comme s'il ne la croyait pas, il recula d'un pas et la jaugea de la tête aux pieds, s'attardant un peu trop longtemps sur sa gorge. Se maudissant elle-même ainsi que ses complexes, elle s'empressa de couvrir sa cicatrice.

Riker posa la main sur la sienne et la repoussa délicatement.

— Que s'est-il passé ?

Un frisson la parcourut. La première fois qu'il le lui avait demandé, elle n'avait pas répondu. Elle n'avait toujours aucune envie d'en parler, mais Riker venait de se confier au sujet de Terese, de lui faire part d'un traumatisme sans nul doute pire que le sien.

— Un vampire, murmura-t-il.

Fronçant les sourcils, il effleura son cou du bout du doigt et une sensation inopinée, mais fort plaisante, l'envahit.

— Il a causé beaucoup de dégâts.

— C'était…

Elle allait dire que Boris était un domestique, mais Riker avait raison. Boris était un esclave. Pour autant, elle était incapable de prononcer ce mot.

— On lui avait arraché les crocs, termina-t-elle.

Riker écarquilla les yeux, et elle s'attendit à une nouvelle explosion d'amertume.

— Ça a dû être brutal.

Comme elle ne répondait pas, parce qu'aucun terme n'aurait pu décrire la brutalité de ce moment, il lui demanda :

— C'est arrivé durant la grande rébellion ?

— Oui. (Le souvenir, combiné à ses crampes d'estomac qui ne faisaient qu'empirer, éveilla soudain sa colère.) Vous devez regretter que je n'y sois pas restée.

— Vous n'étiez qu'une fillette. Vous ne méritiez pas de subir ça. (Du doigt, il effleura la peau de son cou.) Mon clan a adopté des règles d'engagement il y a longtemps, et tuer les enfants va à l'encontre de chacune d'entre elles.

Sa fureur s'apaisa, et elle regarda au loin, submergée par tout ce qui s'était passé depuis que Riker l'avait kidnappée. Elle en avait appris plus sur les vampires au cours des vingt-quatre dernières heures qu'en ses vingt-huit ans d'existence. Et pourtant on la considérait comme experte dans le domaine.

Quelle sinistre plaisanterie !

— Quel est le problème ? (Comme elle ne dit rien, il lui redressa le menton, la forçant à croiser son regard.) Vous ne me croyez pas ?

— Ce n'est pas ça. (Elle prit une profonde inspiration, mais ne put s'empêcher de trembler.) C'est juste…

— Juste quoi ?

— On m'a toujours enseigné que les vampires étaient des monstres sans âme. Des créatures tuant tout ce qui se trouvait à leur portée, qu'il fallait maîtriser et surveiller de près. Ensuite, on m'a raconté que vous aviez assassiné Terese et mon oncle Paul, et, après ça, la rébellion des esclaves a éclaté.

Le souvenir de son agression se mêlait au toucher de Riker, et son cœur tressaillit comme s'il hésitait entre fuir ou riposter. Quelqu'un devrait songer à ajouter « se figer » à la liste des réactions instinctives au stress. Riposter, fuir ou se figer.

— Vous avez dit que vous aimiez Terese.

— Oui. Et c'est le plus triste dans cette histoire. Je croyais qu'elle était une exception. Une espèce d'anomalie comme le chat qui aimait les souris. (Elle déglutit.) Et maintenant…

Elle voyait la vie du côté opposé. Son éducation, et surtout la révolte des esclaves qui avait coûté la vie à ses parents, ses cousins, ses amis et qui avait failli la tuer, l'avait dotée de sacrées œillères.

À présent, elles lui avaient été arrachées, et ses expériences et connaissances nouvelles lui faisaient tourner la tête.

Une vague de nausée la submergea de nouveau et elle chancela. Peut-être que le vertige n'était pas uniquement dû à une surcharge émotionnelle. Au stress, à la fatigue ou à la peur. Elle avait besoin de ses médicaments. Riker la rattrapa encore, mais, cette fois, il la souleva et la porta jusque dans la grotte.

— Que se passe-t-il, Nicole ?

Elle se dit que la vérité ne ferait pas de mal, et, au point où elle en était, nier la ferait passer pour une imbécile.

— Je souffre d'une condition médicale qui cause un déséquilibre des taux de fer et de sucre dans le sang.

Il la reposa mais, quand les pieds de Nicole touchèrent le sol, ses jambes ne supportèrent pas son poids. Avec une infinie précaution, il l'assit par terre.

Puis il la surprit au plus haut point en se baissant devant elle. Il s'accroupit confortablement et enroula le bras autour de son genou, comme s'ils s'apprêtaient à pique-niquer.

— Vous avez besoin de manger ?

— Ça m'aiderait, mais ce qu'il me faut, surtout, c'est mon traitement.

Ou une transfusion sanguine, mais cela constituait une mesure temporaire qui ne ferait que retarder l'inévitable.

Il l'observa, et elle se tortilla presque sous le faisceau de ses yeux étincelants, reflet de sa réflexion.

— Que je devine… (Ses mots dégoulinaient de scepticisme.) Vos cachets se trouvent chez vous, et, si vous ne les prenez pas, vous mourrez.

— Oui. Pas tout de suite. Mais au bout du compte, oui.

— De l'insuline ?

Elle secoua la tête.

— Un antiviral conçu spécialement pour moi. Cela dit, il existe d'autres cas connus de *vampiridae* traités avec la même substance.

— *Vampiridae* ?

— J'ai contracté le virus du vampirisme quand j'ai été mordue.

— Dans ce cas, pourquoi n'êtes-vous pas une vampire ?

Elle tourna sa paume gauche vers le ciel, révélant la petite cicatrice en forme de cercle sur son poignet.

— Parce que j'ai été vaccinée contre la forme orale du virus.

Les vampires étaient porteurs des deux virus, mais les humains étaient seulement immunisés contre le type transmis par la salive. Aucune société n'avait encore mis au point une molécule offrant une protection contre la souche sanguine, plus virulente. Daedalus y travaillait, et, d'après Chuck, ils étaient près d'y arriver, mais jusque-là les essais cliniques n'étaient pas aussi satisfaisants que le souhaitait l'Agence américaine des produits alimentaires et médicamenteux.

— L'immunisation a inhibé la transformation, mais elle n'a pas empêché le virus d'attaquer mon organisme. (Elle ferma les yeux et s'adossa à la paroi de la grotte.) Personne ne sait pourquoi, mais, dans les cas comme le mien, le virus entraîne une dangereuse augmentation du taux de fer dans le sang, ce qui conduit à l'arrêt des fonctions du pancréas avant de s'étendre aux autres organes.

Il jura.

— Je peux faire quelque chose ?

— Si vous avez de l'eau et à manger…

— Une seconde. (Elle ne s'était pas attendue que Riker fasse réellement quelque chose, mais il revint avec le sac de provisions.) Tenez, dit-il en lui tendant une barre hyperprotéinée. Ce n'est pas un repas chaud, mais c'est mieux que rien.

— Merci.

Elle accepta avec gratitude la nourriture qu'il lui offrait. Tant qu'elle s'hydratait suffisamment et veillait à garder un taux de glycémie aussi normal que possible, elle pouvait se passer de son traitement pendant deux semaines, jusqu'à ce que le fer dans son sang et ses organes atteigne des taux mortels.

Inutile de t'inquiéter, songea-t-elle. Elle serait sans doute morte depuis longtemps avant que l'occasion de décéder des suites de sa maladie se présente. Un certain vampire la débarrasserait de son surplus de fer. Et du sang dans ses veines.

Elle mordit une bouchée et essaya de faire comme si la barre n'avait pas un goût de foin. Sans réfléchir, elle en proposa à Riker qui cligna des yeux, étonné.

— C'est pour vous, dit-il en secouant la tête.

— Vous devez savoir le goût qu'elles ont, maugréa-t-elle.

— Hé, lui lança-il d'un ton enjoué, presque taquin, je vous ai donné le meilleur des deux arômes. (Du pouce, il lui désigna le kit de survie.) L'autre, c'est « sciure au beurre de cacahouètes ».

Elle rit, ravie de ce moment de légèreté, si bref fût-il.

— Mangez. (Il se dirigea vers l'entrée de la grotte.) Il reste de l'eau dans le sac.

— Où allez-vous ?

Elle maudit son intonation paniquée, et se détesta encore plus de s'être détendue parce qu'il s'était arrêté pour lui jeter un regard bienveillant.

— Je vais patrouiller le secteur. Je veux m'assurer que personne ne rôde dans les parages. (Il poursuivit d'une voix plus basse, apaisante.) Je n'irai pas loin et je ne serai pas long.

La veille, ses paroles auraient été menaçantes. À présent, elles étaient réconfortantes. Tout cela était absurde. Voilà qu'elle était soulagée que son kidnappeur revienne ! Pire, il prévoyait sûrement de la ramener dans son clan pour la torturer.

Nicole n'avait plus faim, mais elle se força à avaler le reste de la barre protéinée. Comme Riker n'était toujours pas de retour quand elle eut terminé, elle but une bouteille d'eau et sortit le bloc de Post-it du sac. Même si ses yeux la piquaient à cause du manque de sommeil, elle fit un petit oiseau ainsi qu'une fleur en origami. Elle venait d'en commencer une deuxième lorsque Riker pénétra dans la grotte. Quand elle le vit approcher d'un pas leste et assuré, son harnais d'armes épousant parfaitement son musculeux torse nu, elle ressentit de la gêne mêlée à une vague torride d'euphorie toute féminine la submerger. Il pouvait la tuer comme la protéger.

La blesser comme l'embrasser.

La mordre comme la caresser.

Soudain, une intense chaleur sembla se diffuser dans la caverne glacée.

Tandis que Riker s'avançait vers elle, la chaleur la gagna davantage.

— Que faites-vous ?

— Pardon ?

Il lui montra du geste les silhouettes en papier. Troublée et embarrassée, elle essaya de ranger ses créations dans le sac, mais il s'accroupit et s'empara d'un oiseau.

— C'est des trucs idiots que je fais parfois, avoua-t-elle avec un dédaigneux haussement d'épaules. C'est Terese qui m'a appris.

— Terese vous a appris à faire des origamis ?

— Elle m'a appris à canaliser mon anxiété.

Riker étudia le petit volatile dans sa paume.

— Vous faites ça quand vous êtes nerveuse ?

« Nerveuse » relevait de l'euphémisme. Stressée à mort ? Plutôt, oui.

— Vous n'avez jamais été nerveux de votre vie, je présume ?

— Les vampires peuvent éprouver de la nervosité. Et de la peur.

Il s'assit à côté d'elle et effleura la tête angulaire de l'oiseau, presque comme s'il était en vie. Voir un si robuste guerrier caresser délicatement un objet si fragile l'emplit d'une étrange sensation de chaleur, comme si quelque chose en elle fondait.

— Et je n'ai pas toujours été un vampire, vous savez, ajouta-t-il.

— Vos yeux vous trahissent, en effet.

Elle lui glissa un regard discret, se demandant de quelle couleur ils étaient avant sa transformation.

— Bleus, murmura-t-il.

— Je croirais presque que vous êtes télépathe.

La moue amusée de Riker attira son attention. Il avait vraiment des lèvres parfaites, charnues, faites pour combler une femme, et celles de Nicole la picotèrent au souvenir du baiser qu'ils avaient échangé. Elle n'arrivait toujours pas à croire que ça s'était produit. Elle avait lu un jour que des situations extrêmes amenaient les êtres à se rapprocher plus vite et à se comporter de manière peu habituelle, et, bien qu'elle ne fût pas sûre d'avoir noué un quelconque lien affectif avec Riker, le reste était plus que flagrant.

Parce que jamais, au grand jamais, elle n'aurait pensé embrasser un jour un vampire.

— Je connais les gens, répondit Riker. Vous avez dit que vous étiez une scientifique. Par conséquent, vous êtes curieuse. Donc... bleus.

Qu'un vampire ait lu aussi facilement en elle ne lui plut guère. Tout comme le fait qu'elle savait désormais quelle couleur prendrait ses iris dans les moments d'intense excitation sexuelle, les seuls où les prunelles des vampires créés retrouvaient leur teinte naturelle. Mais, même alors, celle-ci serait sublimée par un ardent éclat érotique, supposé subjuguer le sexe opposé.

— Mais... alors... pourquoi quand vous étiez sur moi...

Elle marqua une pause, cherchant désespérément ses mots pour rendre la situation moins embarrassante, mais elle était trop obnubilée par son visage cramoisi pour réfléchir.

— Pourquoi n'ont-ils pas changé de couleur ? (Il braqua les yeux sur elle, une lueur cruelle se reflétant sur leur surface argentée. Soudain, le froid envahit de nouveau la grotte.) Je ne devais pas être si excité que ça.

Elle était à la fois soulagée et insultée. Assurément irritée. Elle lui arracha l'oiseau en papier des mains et le fourra dans le sac.

— Est-ce que j'ai le temps de me reposer ?

— Vous avez toute la nuit.

Elle bâilla et s'adossa à la paroi en pierre. Elle n'avait pas besoin de toute la nuit. Quelques minutes de sommeil suffiraient…

— Nicole.

Le chuchotis de Riker perça l'obscurité.

— Nicole.

Elle sentit qu'on la secouait.

— Il faut y aller. Quelqu'un approche de l'accès de derrière.

Étourdie, désorientée, elle ouvrit les yeux.

— Quoi ?

— Vous vous êtes assoupie. Vous dormez depuis des heures.

Il n'attendit pas qu'elle se réveille. En un instant, elle se retrouva dans ses bras, et ils filèrent vers l'entrée de la grotte éclairée par l'aube naissante.

Elle lui enlaça le cou, s'y cramponnant de toutes ses forces tandis qu'il sautait par-dessus la corniche et poursuivait sa course effrénée. Il se déplaçait en silence, ses foulées puissantes touchant à peine le sol. Les branches les fouettèrent mais, la plupart du temps, le paysage défilait trop vite pour Nicole jusqu'à ce que, des kilomètres plus loin, Riker s'arrête brusquement et la repose par terre.

— Vous avez entendu ?

— Non, murmura-t-elle d'une voix qui sonna comme étranglée à ses propres oreilles. Des braconniers ?

Le mot suffit à lui nouer les entrailles.

— Si seulement.

Des vampires surgirent de la forêt, et, à en juger par l'expression de Riker, ils n'avaient rien d'enfants de chœur.

Chapitre 12

Six imposants vampires encerclèrent Riker et Nicole, le corps lesté de vingt kilos d'armes chacun. Du sang à différentes phases de séchage maculait leurs tenues de type camouflage, et la puanteur de la mort leur collait à la peau. Ils avaient l'air affamés, mais ils n'avaient pas faim de nourriture.

Ils voulaient tuer.

Dans ce genre de cas, Riker regrettait de ne pas sentir l'acier froid contre sa paume, la courbe sensuelle d'une détente sous son index, le poids d'un pistolet automatique qui dégommerait ces salopards jusqu'au dernier en à peine quelques secondes. Être un humain ne lui manquait pas mais, les armes à feu, c'était une autre histoire.

Il jeta un coup d'œil à Nicole, maudissant secrètement l'affolement qui lui rougit les joues. D'un point de vue stratégique, montrer sa peur devant des guerriers de ShadowSpawn, c'était comme se taillader les veines alors qu'on nageait avec un banc de requins.

D'un point de vue personnel, Riker n'aimait pas voir Nicole effrayée. Et il n'avait aucune envie de s'attarder sur le sujet.

— Fane.

Riker s'avança vers celui qui dirigeait l'escouade de nouveaux venus, un vampire créé qui parlait avec un fort accent du New Jersey, avait une bonne dizaine de piercings et portait une crête iroquoise blonde, délavée par endroits.

Fane s'éloigna du groupe pour venir à sa rencontre.

— Vermisseau.

Riker s'arrêta à trente centimètres du vampire.

— J'oublie toujours à quel point je hais ces connards de ShadowSpawn jusqu'à ce que j'en croise un.

— Et moi, j'oublie toujours à quel point MoonBound est inutile à la nation vampire jusqu'à ce que je croise l'un des vôtres, gronda Fane.

— Maintenant qu'on s'est salués, reprit Riker, si tu me disais pourquoi vous êtes là ?

Les yeux argentés de Fane étincelèrent lorsqu'ils se posèrent sur Nicole, et Riker se crispa.

— D'abord, dis-nous qui est ta petite humaine.

Riker se campa entre Fane et Nicole.

— Ce ne sont pas tes oignons.

— Tu connais la loi, répliqua Fane comme si Riker était un pauvre néophyte qui avait besoin de leçons sur les traités et directives interclans. À moins que tu ne la revendiques au titre d'*apish-wa*, elle est une cible légitime pour tous les vampires.

Un puissant instinct, qui lui était étranger, s'empara soudain de Riker, terrassant toute pensée rationnelle. Imaginer Fane – ou n'importe lequel de ses congénères – plonger ses crocs et sa queue dans la tendre chair de Nicole lui échauffa le sang. Puis son fluide vital faillit jaillir de ses veines, comme de la lave en fusion, quand Fane s'approcha de Nicole, les yeux aussi brillants que ceux d'un chat s'apprêtant à bondir sur une souris.

— L'humaine est *apish-wa*. Mienne.

Riker prit Nicole par le bras et la serra contre lui. Il sentit qu'elle le regardait avec nervosité, et il espéra qu'elle était assez futée pour jouer le jeu.

—Touche-la, ajouta Riker, et je t'étranglerai avec tes intestins.

—Compris.

Fane inclina poliment la tête. Ces salauds de ShadowSpawn n'avaient aucun problème à massacrer femmes et enfants en temps de guerre, mais ils respectaient la propriété. Comme la plupart des vampires. Sans doute parce qu'ils possédaient si peu.

Satisfait que Nicole soit en sécurité–pour le moment, du moins–, Riker la relâcha. Mais il resta si près d'elle que sa chaleur corporelle lui réchauffa la peau.

—Maintenant, dis-moi ce que vous faites ici.

—Nous sommes venus voir si vous aviez récupéré Neriya. (Otto, un guerrier de ShadowSpawn couvert de tatouages de gangs et de prison, vestiges de sa vie humaine, s'avança.) Des braconniers nous ont tendu une embuscade à mi-chemin environ de votre quartier général.

—Une embuscade ? (Riker ricana.) Eh ben ! la furtivité de ShadowSpawn n'est plus ce qu'elle était.

—Va te faire foutre ! cracha Fane. On les a butés. Et on a même eu un bonus.

Otto désigna la forêt de la tête.

—Les braconniers avaient ligoté l'une de vos femelles. Elle n'arrêtait pas de se débattre et de se disloquer des membres.

Oh, merde !

—Qui ?

—Votre simple d'esprit.

Riker sentit son estomac se nouer.

— Lucy ?

À son côté, Nicole hoqueta.

— Y a-t-il tellement de simplets dans ton clan pour que tu poses la question ?

Les guerriers de Fane s'esclaffèrent.

— Ce serait plus facile de demander qui n'est pas complètement attardé chez eux, lança l'un d'eux.

— Assez ! tonna Riker. Où est Lucy ?

Fane retroussa la lèvre supérieure, et Riker espéra que son piercing lui fasse mal.

— Avec nous. Dis à Hunter qu'on la retiendra jusqu'à ce que vous nous rendiez Neriya.

— On a dit qu'on vous la ramènerait, répliqua Riker non sans agacement. Vous n'avez pas besoin d'un otage. On vous a donné notre parole.

— La parole d'un guerrier de MoonBound a autant de valeur que celle d'un humain, répondit Fane.

— Attention, l'avertit Riker. Tu traites de menteur un chef et un vampire de sang pur.

La honte assombrit soudain l'expression de Fane, mais fut vite remplacée par un rictus de mépris.

— Je connais des vampires créés qui valent dix vampires de naissance.

— Et moi je sais que Hunter vaut plus que vous tous réunis. (Riker se planta devant Fane.) On vous rendra Neriya dans le délai qui nous est imparti, et si je remarque la moindre égratignure sur le corps de Lucy, tes éclaireurs le paieront cher.

Fane afficha une mine hilare, lui tourna le dos et s'éloigna. Ses guerriers l'imitèrent, et ils se fondirent dans la forêt.

À côté de Riker, Nicole laissa échapper un soupir de soulagement. Il fit volte-face, s'attendant à voir un reste de terreur dans ses yeux. Au lieu de quoi, elle regardait fixement le chemin emprunté par Fane.

— Ce vampire, déclara-t-elle avec fermeté, est un crétin fini.

Il explosa de rire.

— Ça alors ! lança-t-il en prenant la direction opposée. On est enfin d'accord sur quelque chose.

Au bout de dix bonnes minutes à crapahuter dans les bois, Nicole avait suffisamment rassemblé ses idées pour aborder d'autres sujets de conversation que la stupidité de Fane.

— C'est quoi, *apish-wa* ? demanda-t-elle.

— Une putain de sang. (Nicole manqua de trébucher sur une branche que Riker avait évitée avec agilité.) Faites attention ! l'admonesta-t-il, comme si elle s'évertuait à tomber la tête la première.

— Vous m'avez traitée de putain de sang ?

— Pas une banale putain de sang. (Il semblait légèrement vexé.) Ma putain de sang privée dont personne ne peut boire sans ma permission, selon les termes des lois vampires.

— Oh, répliqua-t-elle avec ironie. C'est beaucoup mieux !

— Vous auriez préféré que je partage avec eux ? (Il poursuivit sa route, se frayant un chemin à travers les épais fourrés.) Si on crie, ils doivent être assez près pour nous entendre.

Elle lui emboîta le pas, le fusillant du regard, et décida de ne pas répondre à ses sarcasmes.

— Où allons-nous ?

— Auprès de mon clan.

Voilà qui ne la surprit guère. Qu'était-elle censée faire ? Le suivre ou essayer de s'enfuir ? Elle n'irait pas bien loin. Même si elle parvenait à dépasser les chasseurs et les braconniers, Riker finirait par la rattraper.

De plus, après la nuit dans la grotte, la haine qu'elle lui portait avait commencé à diminuer. Elle ne lui faisait pas confiance, ça non. Mais, à présent, elle le comprenait et saisissait pourquoi son clan et lui se donnaient tant de mal pour sauver Neriya. N'en ferait-elle pas de même si les rôles étaient inversés et que MoonBound avait capturé une personne qui lui était chère ?

N'empêche… songer qu'ils étaient en route vers le QG du clan lui plombait le cœur.

— Retour dans la chambre à proie, murmura-t-elle pour elle-même, mais Riker fit halte, faisant crisser des aiguilles de pin sous ses bottes.

— Je vous emmène dans notre labo. Vous pourrez rester avec Grant. C'est notre scientifique. Un peu siphonné, mais inoffensif. Vu vos antécédents, je pense que vous serez plus à votre aise là-bas.

Stupéfaite, elle s'apprêtait à le remercier, mais il l'arrêta d'un geste de la main. Mis à part ses narines gonflées, il s'était complètement figé et un frisson glacé parcourut Nicole. Quoi encore ? Un autre clan rival ? D'autres braconniers ? Un ours ?

Au point où elle en était, elle serait ravie de voir un ours ! Elle n'avait pas mis longtemps à apprendre que les quadrupèdes étaient bien moins effrayants que les bipèdes.

Lentement, Riker leva la tête. Nicole l'imita et réprima à peine un couinement de surprise. Au-dessus d'eux, accroupie sur une épaisse branche, se trouvait une femme. Son arbalète était pointée sur Riker, mais elle regardait ailleurs.

Où ? Nicole l'ignorait. Ses yeux étaient dissimulés derrière de grosses lunettes de soleil. Leur monture aux motifs camouflage s'accordait avec son costume moulant, la rendant presque invisible dans cet arrière-plan d'arbres et de mousse.

La femme ne bougea pas d'un iota avant que Riker recommence à marcher. Et, même là, elle n'inclina la tête que d'un centimètre, ce qui suffit à Nicole pour entrapercevoir une mèche de cheveux platine coincés sous un bonnet de laine noir.

Une fois hors de sa ligne de mire – du moins, c'est ce qu'elle espérait –, Nicole tapota l'épaule de Riker. C'était comme toucher une statue de marbre.

— Qui était-ce ?

— Sabbat. Une tueuse.

Elle l'observa, sceptique.

— Vous me semblez bien insouciant au sujet d'une femme qui pourchasse vos congénères.

Riker la souleva pour traverser un cours d'eau étroit mais profond.

— Si c'était nous qu'elle chassait, on serait morts avant même de l'avoir vue.

— C'est rassurant !

Ce qui l'était, en revanche, c'était le contact de ses mains sur sa taille, la maintenant immobile tandis qu'il la reposait sans effort de l'autre côté du courant. Quand il la relâcha, son toucher continua de lui chauffer la peau comme s'il l'avait marquée au fer rouge, et elle réprima avec peine le besoin d'effleurer du doigt cette sensation de fourmillement.

Nicole Martin, tu es une imbécile.

Les lèvres de Riker se retroussèrent en un subtil semblant de sourire.

— Sabbat n'élimine que les vampires problématiques.

— Problématiques ?

Riker se baissa pour éviter une branche, puis la bloqua le temps que Nicole passe dessous. Il se montrait bien plus galant que la veille.

— Les vampires contre lesquels votre gouvernement a donné un ordre d'exécution.

Une semaine plus tôt, une chaîne d'information locale avait rapporté que des tueurs recherchaient un vampire qui avait cédé à la furie sanguinaire. Nicole se demanda si Sabbat faisait partie de ceux qui avaient été engagés pour gérer la situation.

— Et vous n'y trouvez rien à redire ?

Il haussa les épaules, faisant rouler les muscles de son dos nu sous son harnais d'armes. Nicole n'avait jamais été séduite par le type guerrier, et encore moins quand il s'agissait de vampires, mais Riker possédait un je-ne-sais-quoi qui avait complètement chamboulé ses goûts en matière d'homme.

— Si un vampire est incontrôlable et qu'il attire l'attention sur toute la communauté, on veut qu'il dégage, répondit-il en haussant de nouveau ses sublimes épaules. On l'éliminerait nous-mêmes si on le pouvait ! Sabbat traque les pires enflures et, tant que ça en reste là, on la laisse faire son boulot.

— Ouais, ben, d'après moi, c'est ce crétin de Fane qu'elle devrait traquer, marmonna Nicole en enlevant une aiguille de pin de sa joue.

— Je paierai pour voir ça.

La tête de Riker se balançait d'avant en arrière tandis qu'ils cheminaient, rien ne semblant échapper à ses yeux perçants. Nicole essaya de l'imiter mais, si elle cessait de regarder le sol trois secondes, elle trébuchait. Riker soupira, sans se retourner.

— Vous avez du mal à marcher ?

De ses ongles, elle délogea la toile d'araignée prise dans ses cheveux.

— Désolée de ne pas posséder vos réflexes de supervampire !

— Ce ne sont pas juste des réflexes de vampire. J'ai passé plusieurs années dans l'armée.

Intéressant.

— Quand ça ?

— Vous voulez savoir l'âge que j'ai ? s'enquit-il, l'amusement faisant baisser sa voix grave d'une octave.

— Peut-être bien.

Il lui jeta un regard par-dessus l'épaule. Seigneur ! il était à tomber quand il ne la dévisageait pas avec hostilité, et Nicole frissonna d'un plaisir tout féminin.

— Quel âge me donneriez-vous ?

Les vampires créés vieillissaient lentement, dix fois moins vite ou presque que les humains. Les vampires de naissance vieillissaient comme les humains jusqu'à ce qu'ils aient atteint leur maturité, puis ils vieillissaient encore moins vite que les vampires créés. Dans les deux cas, déterminer leur âge était quasi impossible.

— Si vous étiez humain, je vous donnerais entre vingt-cinq et trente ans.

— J'en avais vingt-neuf quand j'ai été vampirisé il y a soixante ans.

— Waouh ! vous êtes un vieux schnock ! (Devant son regard noir, elle cessa de sourire.) Comment est-ce arrivé ?

Une tension soudaine transforma les muscles souples de son dos en ciment.

— Mon unité avait été dépêchée à Spokane pour une opération conjointe avec l'Air Force. Enfin, c'est ce qu'on pensait. Nous avons découvert bien trop tard que le but de l'intervention était de nous transformer en vampires.

Nicole se prit les pieds dans une racine. Seuls les réflexes félins de Riker l'empêchèrent de tomber face contre terre. Alors qu'il la soulevait par les avant-bras, l'immobilisant contre lui, elle déglutit. Elle avait déjà entendu ce récit pendant ses cours d'histoire.

— C'est à partir de là que l'utilisation des vampires à des fins militaires a été interdite, dit-elle. Il y a eu un accident. Le commandant de la base et plusieurs membres de son équipe ont été tués par des vampires enragés et…

— Pas enragés ! l'interrompit-elle avec colère. Créés ! Nous avons été créés et nous nous sommes libérés ! L'histoire qu'on vous a enseignée, c'est de la pure fiction. (Ses yeux n'étaient plus que deux lasers perçants qui la mettaient au défi de contredire sa version des faits.) L'armée voulait des supersoldats. Ils se sont retrouvés avec une bande de soldats vampires furieux qui savaient exactement comment répliquer.

Il ne l'avait toujours pas relâchée, mais elle ne se débattit pas, tâchant de parler à voix basse et sur un ton pacifique.

— Combien d'entre vous ont réussi à s'échapper ?

— Nous étions trente ; à ma connaissance, seuls sept s'en sont sortis vivants. Mes deux meilleurs amis sont morts. Le premier n'a pas survécu à la transition. Le deuxième s'est enfui avec moi. Nous avons gagné Seattle où MoonBound nous a trouvés, mais Steve… Il n'a plus jamais été le même. Il était violent. Fou. Vers la fin, il ne me reconnaissait même plus.

Un vampire sur cent changeait de comportement à l'issue de la transition mais, jusqu'à présent, la communauté scientifique n'était pas parvenue à déterminer la raison de cette altération.

De la paume, elle toucha la joue de Riker; c'était une réaction instinctive qu'elle ne s'expliquait pas, mais aucun des deux ne la combattit. Ce contact, si hésitant fût-il, les ancra dans le présent, repoussant le passé là où il devait être.

— Je suis vraiment désolée, Riker. (Elle effleura du pouce le contour anguleux de sa pommette. Il l'observa avec méfiance, les narines gonflées.) Et, avant que vous m'accusiez de mentir, je tiens à ce que vous sachiez que je suis également navrée pour Lucy.

— Vous la connaissez ? (Il paraissait toujours aussi soupçonneux mais, au moins, il n'était plus fâché.) Comment ?

Nicole marqua une pause. Elle ne voulait pas mettre Lucy dans une situation délicate mais, si elle voulait gagner la confiance de Riker, elle ne pouvait se permettre de lui cacher la vérité.

— Elle m'a aidée à m'évader.

— Laissez-moi deviner. Un passage secret ? (Comme elle ne répondit pas, il jura et recula d'un pas.) Je pensais qu'on les avait tous trouvés. C'est une vraie taupe, ma parole !

Un aigle les survola. Riker l'observa, attendant qu'il ait disparu entre les cimes des arbres pour demander à Nicole :

— Pourquoi vous a-t-elle aidée ?

— Je l'ai assommée. C'était un accident ! s'empressa-t-elle d'ajouter quand Riker lui jeta un regard ennuyé. Elle saignait, je l'ai aidée.

Elle repensa à la requête de Lucy et espéra que les vampires qui l'avaient kidnappée lui offriraient une sucrerie ou deux.

— Disons simplement que je lui dois du chocolat, conclut-elle.

Elle fut surprise de voir un sourire sincère et attendri, presque paternel, se dessiner sur les lèvres de Riker.

— Elle est douée pour obtenir ce qu'elle veut.

— A-t-elle toujours été…

— … simple d'esprit ?

Déconcertée par son intonation cassante et agressive, elle marqua une pause avant de répondre :

— J'allais vous demander si elle avait toujours eu un penchant pour les confiseries.

— Désolé. (Riker se frotta le visage.) Je suis un peu protecteur avec elle. Nous le sommes tous.

— Depuis combien de temps vit-elle au sein du clan ?

— Près de dix ans.

Il recommença à marcher, arpentant le sol à longues foulées, obligeant presque Nicole à courir pour le rattraper.

— Katina l'a trouvée dans une ruelle, expliqua-t-il. Elle vivait comme un rat dans les égouts, s'efforçant d'éviter les humains. Elle se repaissait de clochards et de toxicomanes. On ignore comment elle est arrivée ici, de quand date sa vampirisation, l'âge qu'elle a… On ne sait rien. Elle refuse de parler de son passé.

Quelle horreur !

— Qui veille sur elle ?

Il lui jeta un coup d'œil par-dessus son épaule comme si elle venait de poser la question la plus idiote au monde.

— Nous tous.

Bien entendu. À en juger par ce qu'elle avait vu jusqu'à présent, tous les membres de MoonBound faisaient partie d'une grande famille. En toute honnêteté, elle ne percevait aucune différence avec le mode de vie des humains.

À l'exception du régime alimentaire. Ce qui était non négligeable.

N'empêche qu'ils prenaient soin des leurs et étaient capables de témoigner de la compassion vis-à-vis des enfants des adultes qu'ils détestaient. Terese s'était occupée de Nicole comme si cette dernière était sa propre fille. Elle avait été aux petits soins pour cette dernière, faisant bien plus que ce qui était attendu d'elle, en dépit de toutes les atrocités que les humains lui avaient infligées.

À présent, il était temps que Nicole rende ce qu'elle avait reçu, qu'elle emploie la compassion que lui avait enseignée sa nourrice pour aider les gens qui avaient compté pour Terese.

— Riker ?

Elle l'attrapa par le poignet et l'obligea à s'arrêter. Il fit volte-face, le regard voilé. Insondable. Tant de méfiance ! Et elle ne pouvait même pas lui en vouloir.

— Ouais ?

Redressant les épaules, elle déclara avec fermeté :

— Emmenez-moi au sein de votre clan. Allons récupérer Neriya et Lucy.

Chapitre 13

Hunter devait prendre le taureau par les cornes. Du moins, c'était ce que lui disaient les deux sœurs canon, Danneca et Tena. Le problème ? Il était incapable de se concentrer sur les deux femelles nues, peu importe qu'elles le comblent de caresses ou se caressent entre elles. Il avait tout simplement la tête ailleurs.

Non, en ce moment, la seule chose qui l'obnubilait était la partie de poker qui se jouait avec ShadowSpawn, et, s'il ne se montrait pas vigilant, ces derniers ne tarderaient pas à s'apercevoir que MoonBound avait une main foireuse.

—Allez, Hunter…

Tena s'assit sur la couche, laissant tomber le luxueux couvre-lit en fourrure sur ses hanches. Sa poitrine ferme, haute, à l'opposé de celle de sa sœur, plus généreuse et plus lourde, rappelait à Hunter la raison de sa présence.

Il ne s'agissait pas de s'envoyer en l'air pour prendre du plaisir, mais de procréer. Danneca avait accouché trois ans plus tôt, mais le garçon était décédé deux jours après son premier anniversaire. Danneca en avait eu le cœur brisé et le clan entier avait été attristé. Les bébés étaient rares chez les vampires, d'autant plus si le mâle n'était pas un vampire de naissance ou s'il n'avait pas imprégné la femelle. Et c'était un euphémisme ! Hunter répandait sa semence depuis plus de deux siècles, et seules trois femelles étaient tombées enceintes.

Deux étaient mortes en couches, son fils et sa fille avec elle. La troisième avait survécu, mais pas l'enfant, un garçon. Depuis, Hunter s'était juré d'avoir toujours une sage-femme à disposition, quitte à l'emprunter à un autre clan, car ces enfoirés de braconniers avaient tué celle de MoonBound.

À ce souvenir, Hunter laissa échapper un grognement guttural. Il avait retrouvé ces immondices et leur avait réglé leur compte. Ensuite, il avait brûlé leurs trophées : des crocs, des organes, du sang et des os de vampires destinés à être vendus au marché noir.

Espèces de raclures humaines !

Danneca jeta les jambes par-dessus le matelas et se leva, sa voluptueuse anatomie attirant le regard de Hunter. Elle était moins jolie que sa sœur, mais ses courbes sensuelles et son esprit vif rééquilibraient la donne.

— Viens te coucher, dit-elle en lui tendant la main. On t'aidera même à enlever ce jean.

Il baissa les yeux sur sa braguette boutonnée derrière laquelle se trouvait un outil qu'il utilisait souvent, mais qui n'avait pas envie de jouer aujourd'hui. Son cerveau était tellement accaparé par d'autres problèmes qu'il n'en ressentait aucune humiliation, et, quand un coup sur la porte amena les deux femelles à se cacher sous les couvertures, il poussa un soupir de soulagement.

— Hunt. (La voix caverneuse de Riker retentit derrière la porte en chêne massif.) On a un souci.

— Tu parles d'une nouvelle ! grommela-t-il. (Il ramassa les tuniques des deux sœurs et les jeta sur le lit.) Désolée, les filles, il va falloir remettre ça à plus tard. Je vous laisse sortir par la porte de derrière.

Hunter ouvrit celle de sa chambre, sans prendre la peine d'enfiler une chemise ou des chaussures. Riker se trouvait dans le bureau, torse nu, le corps maculé de terre, son jean déchiré et taché de sang. Rien d'inhabituel, en somme, pour un type qui se frittait avec des braconniers et des chasseurs à la moindre occasion. Ce qui l'était bien plus, en revanche, c'était de le voir verser du whisky dans deux grands verres. Riker était plutôt du genre à boire de la bière.

— Je t'en prie, lui lança Hunter avec ironie, fais comme chez toi.

Riker vida son verre d'un trait et s'en servit un autre.

— Merci.

Hunter s'avança tranquillement vers lui et s'empara du deuxième verre. Il avait comme l'impression qu'il en aurait besoin.

— Eh bien, quel est le problème ? (Il fit tourner le liquide ambré, laissant les enivrantes vapeurs couvrir le parfum persistant, plus doux, des femelles.) Dis-moi que tu as attrapé l'humaine.

— Évidemment. (Riker se passa la main dans les cheveux.) Et j'ai croisé un groupe de sentinelles de ShadowSpawn. Ils détiennent Lucy.

Une rage instantanée, bouillonnante, brûla les veines de Hunter. Lucy avait beau avoir le corps d'une adolescente et assez d'années au compteur pour être une adulte centenaire, elle avait l'esprit et l'innocence d'une enfant. Il serra le verre si fort dans sa paume qu'il le fissura. Hunter écorcherait le salopard qui oserait toucher à Lucy et offrirait sa dépouille aux charognards.

— Et ? demanda-t-il entre ses dents.

— Et ils refusent de nous la rendre tant que leur sage-femme ne leur a pas été retournée.

— Putain de… merde !

Hunter lança son verre contre le mur, le brisant en mille morceaux qui tintèrent en tombant sur le sol. Il compta jusqu'à trois pour se calmer et cesser de gaspiller son énergie à écumer vainement de colère. Il était chef de clan, et, que cela lui plaise ou non, il se devait d'agir comme tel.

— L'humaine t'a-t-elle donné du fil à retordre ? s'enquit-il.

— Rien que je ne puisse gérer, et j'ai réussi à obtenir des informations intéressantes. Une nouvelle arme antivampires à base d'acide borique. Si on la respire, nos entrailles fondent et on explose.

Hunter le dévisagea.

— Tu es sérieux ?

— Non, répondit Riker avec un haussement d'épaules. Mais c'est l'impression que ça fait. C'est meurtrier et, fais-moi confiance, c'est une vraie saloperie.

Et Hunter qui pensait que les humains ne pouvaient pas tomber plus bas ! Il devait cesser de sous-estimer leur penchant pour la cruauté.

— Je vais rassembler les guerriers expérimentés. Tu pourras nous exposer tout ça pendant la réunion. Où est l'humaine en ce moment ?

— Au labo avec Grant. Elle possède un doctorat en physiologie vampirique. Je me suis dit que Grant aimerait trifouiller dans son cerveau.

— Quand il aura fini, je la veux, déclara Hunter, qui n'apprécia guère la façon dont Riker se crispa à ces paroles. Ne t'attache pas, Rike. Dès qu'on aura obtenu ce qu'on veut, tu devras t'en débarrasser.

— Tu veux dire la tuer.

— Nous n'avons pas pour habitude d'épargner les humains. Elle en a trop vu. Tu le sais. (Il ne lui laissa pas l'occasion de discuter ni d'acquiescer.) J'ai changé d'avis. Prends dix minutes pour te rafraîchir et emmène-moi tout de suite auprès de ta petite experte.

— Saviez-vous que le noyer noir était la seule plante à cannibaliser les autres plantes ?

Nicole observa avec stupeur le vampire qui se tenait derrière le plan de travail.

— Euh… non.

— C'est parce que ce n'est pas vrai.

L'homme aux cheveux poivre et sel que Riker lui avait présenté comme Grant abaissa la tête et examina à travers la lentille du microscope une goutte de liquide doré.

— Ils peuvent tuer de nombreuses espèces végétales mesurant jusqu'à vingt-cinq mètres, mais ils ne les dévorent pas.

Nicole se frotta les bras et se demanda où était le thermostat. Il gelait dans ce laboratoire étonnamment sophistiqué.

— Pourquoi l'avoir dit dans ce cas ?

— Dit quoi ?

— Ce que vous venez de dire sur le noyer.

Grant leva les yeux vers elle, l'incompréhension lisible dans son regard d'étain.

— Je n'ai jamais parlé de noyer.

Comment ce type pouvait-il diriger un labo ? Riker l'avait prévenue, mais n'empêche !

— Riker m'a dit que vous étiez microbiologiste avant d'être vampirisé.

— Oui.

Il s'avança vers l'analyseur d'hématologie et lut le résultat. Comment les vampires pouvaient-ils s'offrir de tels équipements ? Il portait même une blouse blanche de laborantin, dont l'apparence professionnelle était ruinée par le débardeur écarlate qui moulait ses abdominaux d'acier et le pantalon de survêtement orange et noir de l'université de l'Oregon qui faisait ressortir ses fesses musclées. À la fac, il devait être une pub vivante pour les geeks sexy.

— Et c'était un noyer noir, d'abord.

Grant était certes beau comme un dieu, mais discuter avec lui n'était pas chose aisée.

— Où travailliez-vous ?

— Chez Daedalus. Dans leurs bureaux d'Albuquerque.

Elle inspira brusquement. Savait-il que Daedalus lui appartenait ?

— C'est l'usine principale qui s'occupe du conditionnement du sang.

Le consensus au sein de Daedalus voulait que seuls les barjos et les employés indésirables y travaillent. L'usine, surnommée « McDracula », réceptionnait le sang, tiré de cadavres humains, avant de le traiter et de le mettre en bouteilles à destination des vampires.

La loi exigeait que tous les citoyens humains des États-Unis donnent leur sang à leur mort. Le don d'organes, lui, restait toujours une affaire de choix. Nicole trouvait étrange que les humains soient obligés de nourrir les vampires, mais pas de sauver la vie de leurs congénères.

Grant lui jeta un coup d'œil par-dessus l'épaule.

— Vous connaissez le McDracula ?

Étroitement.

— Je… euh… je travaille pour Daedalus moi aussi.

— Ah ! Des gens horribles.

Voilà qui était embarrassant.

— Pensiez-vous qu'ils étaient horribles quand vous étiez humain et que vous travailliez pour eux ?

Il arbora un sourire aussi froid que la pièce et bien trop carnassier à son goût. Aucun rapport avec celui de Riker. Ses crocs à lui étaient plutôt… *Ne le pense pas. Ne le pense pas !* Non, les crocs de Riker n'étaient pas sexy !

— Bien sûr que non ! J'étais un imbécile endoctriné qui possédait son propre esclave.

Grant mesura au compte-gouttes une petite quantité de liquide rougeâtre et l'ajouta à un tube à essai contenant une poudre blanche.

— J'ai rencontré le P.-D.G. un jour. William Martin. Je lui ai léché les pompes comme s'il était une star de rock ou de cinéma. J'étais aussi excité qu'un chiot accueillant son maître à la maison. Aujourd'hui, j'aimerais lui arracher le cœur avec les dents.

— Quelqu'un a été plus rapide que vous, dit-elle, priant pour que Grant n'ait pas remarqué l'inflexion de sa voix.

— Il est décédé ? Ah ! oui, je m'en souviens maintenant. Lui et toute sa famille. (Il haussa les épaules.) J'espère qu'ils sont morts dans d'atroces souffrances.

Salaud !

— J'en mettrai ma main à couper.

Grant arbora un immense sourire. Les fossettes de ses joues lui donnaient une expression enfantine et adoucissaient sa mâchoire anguleuse.

— Vous croyez ? (Au bout d'un moment, il fronça légèrement les sourcils.) Cela dit, il me semble que quelqu'un avait mentionné une fille qui aurait survécu. Il reste encore de l'espoir pour que l'un des nôtres la tue.

Nicole avait l'impression d'être une souris dans le terrarium d'un python.

— On a tous besoin de rêver, je présume.

— Je vous le concède ! (Il rayonnait littéralement.) D'ordinaire, les humains ne valent guère plus que le prix de leur sang. Mais je vous aime bien.

— Euh… merci ?

Elle regarda les instruments déployés devant lui tandis qu'il versait un quart de liquide bleu dans une fiole à moitié remplie de liquide rose.

— Qu'est-ce que vous faites ? finit-elle par demander.

Il leva la mixture à présent violette à la lumière.

— Je mélange des parfums de sirop pour trouver la combinaison qui a le meilleur goût.

Nicole arqua un sourcil. Du sirop ? De toute évidence, les neurones de ce type ne fonctionnaient plus à plein régime. Son clan l'avait-il enfermé dans ce laboratoire pour s'en débarrasser ? Elle arpenta la pièce et s'arrêta devant un panneau de liège couvert d'articles sur la physiologie des vampires et d'équations griffonnées sur des fiches signalétiques ainsi que d'une photo représentant deux vampires, l'un blond et adossé à un arbre, l'autre appuyé contre lui, ses cheveux auburn tombant vers l'avant pour leur encadrer le visage tandis que leurs fronts se touchaient.

L'intimité qui se dégageait de l'image lui coupa le souffle. Elle n'avait jamais été dans une telle position avec un homme, n'avait jamais partagé un moment secret qui définissait la relation comme un trésor à chérir. Elle avait eu des amants, mais elle n'avait jamais aimé. De cette façon, du moins.

— Qui est-ce ?

Grant s'avança vers elle.

— Ah ! Takis et Aiden. (Il posa le doigt sur le papier glacé.) Ils sont homos.

— Oui, j'avais deviné.

Il soupira.

— Une fois par mois, ils doivent se repaître de femelles. Vous le savez, je présume ?

— Bien sûr. La veille de chaque pleine lune, les mâles doivent se repaître des femelles, et, à la nouvelle lune, c'est l'inverse qui se produit.

— Exactement. J'essaie de trouver un moyen pour qu'ils puissent contourner le problème.

Elle n'avait jamais songé aux difficultés que pouvaient rencontrer les vampires homosexuels.

— J'avais supposé que l'alimentation constituait un impératif biologique, comme les cycles de chaleur pour les deux sexes. La conception chez les vampires étant rare et compliquée, cela permet d'assurer un rapprochement entre mâles et femelles.

Il acquiesça.

— La plupart des vampires s'accouplent en même temps qu'ils se nourrissent. Le sang du sexe opposé agit comme un aphrodisiaque. Aiden et Takis préféreraient passer les nuits de pleine lune ensemble plutôt qu'avec des femelles.

— La solution la plus évidente serait d'empaqueter le sang des femelles pour qu'ils puissent le boire lors de la pleine lune.

Grant grimaça de dégoût.

— De la même façon que les humains nourrissent leurs esclaves ?

La situation pouvait, certes, devenir plus bizarre encore, mais Nicole ne voyait pas comment.

— Oui, voilà.

Il siffla entre ses dents.

— C'est humiliant. Personne ne se repaît ainsi par choix. Des poches de sang humain, c'est une chose. Du sang de vampire préemballé, c'en est une autre. (Il se tourna vers elle, ses yeux enfoncés assombris par l'irritation.) Avez-vous déjà vu des vampires après qu'ils ont bu du sang lunaire conditionné dans des satanées briques de jus de fruits ? Avez-vous été témoins de la souffrance qui s'ensuit systématiquement à cause de la privation de sexe ? La masturbation ne fonctionne que jusqu'à un certain point.

Oui, elle en avait été témoin. Et c'est pourquoi Daedalus recommandait désormais la possession de deux vampires minimum, un de chaque sexe, ou préconisait aux propriétaires de fournir à leur unique esclave un partenaire une fois par mois. Le sang de vampire préempaqueté les maintenait en bonne santé mais, sans partenaire sexuel, ils se rétablissaient moins vite.

L'image de Riker en train de se repaître d'une vampire surgit soudain dans l'esprit de Nicole. Il était nu, son corps musculeux remuait contre la femelle en de puissantes poussées. Avait-il une partenaire régulière ou en changeait-il au gré de ses envies ? Et pourquoi diable s'en souciait-elle, d'abord ?

Elle se racla la gorge.

— Nous avons découvert qu'il se produisait une réaction biologique lors des repas de pleine et nouvelle lune qui, combinée à un rapport sexuel, provoquait une légère modification chimique dans l'organisme du mâle comme de la femelle, rendant la conception bien plus probable qu'à n'importe quel autre moment du mois.

— Oui ! Enfin quelqu'un qui comprend ! (Grant leva les mains.) Je suis parvenu à la même conclusion. La clé, d'après moi, ce sont les hormones et les phéromones. C'est pourquoi, même si un vampire se repaît d'un vampire du sexe opposé lors d'une phase lunaire, puis couche avec un humain, sa douleur ne s'en trouve pas complètement soulagée.

Nicole examina le tableau.

— Avez-vous essayé d'isoler l'enzyme VR-2 ? Certains résultats préliminaires obtenus lors de tests *in vitro* suggèrent qu'administrer une dose supplémentaire de VR-2 pendant un repas lunaire permet de réduire l'inconfort chez les mâles.

— Déjà fait. (Grant soupira.) Mais les quantités nécessaires pour diminuer l'inconfort, ne serait-ce que de moitié, entraînent des effets indésirables.

— Tels que ?

— Rage incontrôlable et furie sanguinaire. Aiden a failli tuer Takis après une forte dose.

Intéressant. Deux ans plus tôt, elle avait écrit un article sur les causes de furie sanguinaire irréversible chez les vampires, et avait théorisé sur le fait que l'enzyme VR-2 pouvait en être responsable, même si la raison exacte lui échappait. À présent, elle se demandait si, peut-être, une accumulation artificielle provoquée par l'alimentation pouvait jouer un rôle.

— Ça vous dérangerait que je jette un coup d'œil à vos notes un de ces jours ? s'enquit-elle avant de s'admonester mentalement pour être aussi stupide.

Grant et elle n'étaient pas collègues. Elle ne travaillait pas ni ne vivait dans son laboratoire, sans compter qu'il souhaitait la mort de Nicole Martin.

— Seulement si vous partagez certaines de vos connaissances avec moi, répondit Grant.

— Marché conclu, dit-elle, même si elle doutait fort que l'une ou l'autre de ces occasions se présentent à eux.

L'enzyme VR-2 pourrait-elle avoir un rapport avec la folie qui frappe certains vampires à l'issue de la transition ?

Grant l'observa, un air étrange sur le visage.

— Certaines choses ne peuvent pas être expliquées par la science.

— Je suis surpris de vous entendre dire ça, alors que vous êtes un scientifique.

Il enfonça les mains dans les poches de sa blouse blanche.

— Une vingtaine d'années plus tôt, j'aurais été d'accord avec vous. Mais, depuis ma vampirisation, j'ai vu des choses qui défient la science.

Elle ne pouvait se prononcer sur ce sujet mais, depuis qu'elle avait été kidnappée par Riker, elle avait vécu des choses qui défiaient l'entendement. Embrasser un vampire, par exemple, celui-là même qui hantait ses cauchemars depuis des années. Pire, au fond d'elle, quelque chose la poussait à recommencer, pour voir si la deuxième fois serait aussi agréable que la première.

Ouais. Un défi à l'entendement.

Elle s'ébroua mentalement et se plongea de nouveau dans la conversation.

— Ce qui nous aiderait, ce serait de connaître l'origine exacte de l'espèce vampirique. Nous pensons que le premier cas de vampirisme est apparu il y a quatre cents ans sur le territoire américain, mais nous ignorons la provenance du virus, s'il se propageait initialement par voie aérienne…

Grant but une gorgée de son breuvage violet et grimaça.

— Vous connaissez la légende de l'origine des vampires, n'est-ce pas ?

— Oui, mais elle est grotesque.

— Vraiment ?

Il devait plaisanter.

— Deux chefs de tribus amérindiennes s'entre-tuent, puis un corbeau et une corneille s'affrontent au-dessus de leurs cadavres, versant leur propre sang sur les hommes qui reviennent à eux cette nuit-là en tant que morts-vivants ? Je confirme. C'est ridicule.

— Certains vampires partagent votre avis. Principalement les vampires créés. D'autres chuchotent que des démons auraient engendré les tout premiers vampires mais, si on le murmure entre ces murs, Hunter nous rabattra le clapet et pas de la manière la plus stoïque qui soit.

Elle sourit poliment.

— Le jour où je verrai de l'ADN de démon, j'y croirai. Jusqu'alors, je m'en tiens à la théorie du virus. Si la cause du vampirisme était surnaturelle, nous verrions des spécimens dotés de facultés inexpliquées. Au lieu de capacités naturelles améliorées, comme la vitesse surhumaine, nous aurions des cas de pyrokinésie, de téléportation, de télékinésie. De métamorphose.

— Ah ! mais combien de vampires de naissance avez-vous étudiés ? Ils possèdent des talents plus rares et plus puissants que les vampires créés. Imaginez quels dons doivent renfermer les spécimens les plus anciens et les plus purs ! Sans compter qu'il a toujours circulé des rumeurs au sujet de vampires capables de faire toutes les choses que vous venez de mentionner.

— Des rumeurs, oui. Certaines personnes continuent de croire que la Terre est plate. Les gens croiront toujours à des choses insensées. (Elle effleura le microscope du bout des doigts comme s'il s'agissait d'un vieil ami.) Et la science permet également d'expliquer pourquoi.

— Vous me faites beaucoup penser à moi. (Il soupira.) J'espère que Hunter ne vous tuera pas.

Euh… ouais. Elle aussi.

La porte fut ouverte à la volée et son cœur s'affola lorsque Riker entra en compagnie d'un autre vampire.

Ce dernier, un mâle grand et baraqué doté d'une impressionnante crinière bleu-noir, s'avança lentement vers elle. Il était habillé comme Riker, en jean et tee-shirt, mais la ressemblance s'arrêtait là.

Ses yeux de jais indiquaient que c'était un vampire de naissance, et, comme chez la plupart de ses congénères, sa peau cuivrée et sa structure osseuse puissante et ciselée, caractéristique des tribus des Plaines, dénotaient son indéniable ascendance amérindienne. Une aura d'énergie séculaire vibrait autour de lui, et Nicole était prête à parier sa société qu'il était un vampire originel, c'est-à-dire l'un des premiers humains à avoir contracté le virus, ou un spécimen issu d'une union de la première ou de la deuxième génération. Seigneur, elle aimerait tant l'étudier ! L'interroger. En apprendre davantage sur ces mystérieuses origines qui laissaient les scientifiques perplexes depuis qu'ils avaient découvert l'existence de l'espèce.

Le récit du corbeau et de la corneille était tout bonnement absurde. Presque aussi absurde que la théorie démoniaque.

— Vous êtes le docteur Nicole Martin.

Ce n'était pas une question. Mince, ça sonnait carrément comme une menace. Comment était-ce possible ? Il n'avait fait que prononcer son nom, et pourtant il lui semblait avoir entendu « vous êtes morte ».

L'angoisse lui assécha la bouche.

— En effet. Oui, je suis Nicole.

Waouh ! cesse de bafouiller !

Grant s'avança vers elle, renversant des tubes de sirop sur le comptoir et sur le sol.

— Putain ! vous êtes une Martin ?

Elle se rapprocha, l'air de rien, de Riker.

— Je suis la fille survivante que vous voulez tuer.

— Ah !

Grant retourna à ses occupations, redressant ses tubes à essai et essuyant le liquide renversé.

OK... Voilà une réaction à laquelle elle ne s'était pas attendue. C'était vraiment la personne la plus imprévisible qu'il lui avait été donné de rencontrer.

— Si vous m'aviez dit ça, gronda le nouveau venu, vous auriez eu une réponse très différente. (Il sourit, révélant des crocs deux fois plus gros que ceux de Riker. Ces machins devaient faire un mal de chien.) Nous devons discuter.

— Qui êtes-vous ?

Elle jeta un coup d'œil à Riker, cherchant son aide, mais le vampire qui s'était confié à elle au sujet de sa compagne et de son enfant, qui l'avait sauvée des braconniers et l'avait traitée avec bienveillance avait disparu. À sa place se dressait une statue de marbre au regard dur et froid.

— C'est notre chef, répondit Riker sur un ton des plus formels, et Nicole ne put contenir sa déception.

Elle voulait le Riker d'avant. Avec lui, elle s'était sentie à l'aise. À présent, il l'effrayait presque autant que le jour où il l'avait kidnappée.

— Il s'appelle Hunter, ajouta-t-il.

L'intéressé s'avança, si près qu'elle flaira le whiskey dans son haleine et la panique lui noua les entrailles. Il l'empêchait de voir Riker, se servant de sa stature pour l'intimider. Et ça fonctionnait. Elle avait l'impression d'être minuscule. Piégée. Et ô combien consciente d'être sale et complètement débraillée !

— Riker vous a expliqué pourquoi nous avions besoin de vous ?

Ce type n'était pas du genre à plaisanter, cela sautait aux yeux. D'ailleurs, Nicole ne se faisait aucune illusion : le semblant de sympathie qui avait pu la rapprocher de Riker ne s'étendrait pas jusqu'au chef de clan. Elle devait se montrer prudente si elle voulait s'en sortir vivante.

Se dévissant le cou, elle croisa son regard d'airain.

— J'ai accepté de faire tout ce qui était en mon pouvoir pour retrouver et libérer la femelle que, d'après vous, mon entreprise détiendrait.

— Nous savons que Daedalus la retient, gronda Hunter.

Non, ils devaient se tromper. C'était sans doute stupide de sa part, mais elle continuait de se raccrocher à ce frêle espoir. Elle ne pouvait croire que Daedalus avait contourné la loi pendant toutes ces années afin d'acquérir des vampires.

— J'ai dit que je vous aiderai, répéta-t-elle.

— Elle l'a déjà fait, déclara Grant sur un ton enjoué. Il semblerait qu'elle possède des connaissances pratiques avancées sur notre biologie. Je pourrais l'avoir quand vous aurez fini ? On n'est pas obligés de la tuer tout de suite, si ?

Elle laissa échapper un couinement ridicule au possible.

— Pourriez-vous avoir l'obligeance de ne pas discuter de ma mort devant moi ?

Riker pénétra dans son champ de vision, et elle n'eut pas honte de reconnaître qu'elle était soulagée.

— Personne ne va mourir.

Hunter et Riker échangèrent un regard insondable, et soudain la tension dans l'air devint palpable.

— Écoutez, s'empressa-t-elle de répliquer avant que la situation s'envenime. Je veux récupérer Neriya et secourir Lucy. Je ferai tout ce qu'il faudra, je le promets.

Songeant qu'elle n'avait plus rien à perdre, elle ajouta de sa meilleure voix de P.-D.G. :

— Mais, voyez-vous, vous avez besoin de moi, alors vous devez me fournir l'assurance que vous me relâcherez une fois qu'on en aura terminé.

Nicole était presque sûre que Hunter refuserait. C'est pourquoi elle faillit tomber à la renverse, quand il recula d'un pas et déclara :

— Vous avez ma parole. Riker s'occupera de vous. À ce propos, Rike, pendant que tu te douchais, j'ai veillé à ce qu'on lui prépare une chambre. Au bout du couloir, en face de la tienne.

L'espace d'un glorieux moment, le soulagement redonna vie à Nicole. Avec un peu de chance, une chambre individuelle signifiait une salle de bains et un lit.

Puis elle jeta un coup d'œil à Riker.

Il semblait à la fois soucieux et furieux, et, de nouveau, elle se demanda combien de temps il lui restait à vivre.

Chapitre 14

« *Riker s'occupera de vous.* »

Ouais, Riker avait très bien compris ce que Hunter entendait par là. « S'occuper des humains » n'avait jamais été un problème auparavant. Et cela ne devrait pas en être un à présent. Mais, putain ! Nicole l'obsédait !

Elle lui avait sauvé la vie, elle avait fait preuve de vulnérabilité et de remords au sujet de la mort de Terese, et elle l'avait charmé avec ses origamis, une bien étrange habitude. Et en retour, comme un crétin, il lui avait raconté des choses qu'il n'avait jamais révélées à personne. Son clan ignorait qu'il n'était pas le père du bébé de Terese. Et personne ne savait qu'elle s'était donné la mort.

En dépit de toutes les difficultés que Nicole lui avait posées, il s'était confié à elle. Il avait ri avec elle. Et il commençait à en pincer pour elle.

— On a fini ? demanda-t-il à Hunter.

D'un hochement de tête à peine perceptible, Hunter acquiesça avant de se tourner vers Grant, signifiant à Riker qu'il pouvait disposer.

— Nicole ! lança-t-il après coup d'une voix si enjouée que Riker en eut la chair de poule. Il me tarde de mener… une discussion approfondie avec vous.

Avant qu'elle ait pu répondre, Riker la prit par le bras et l'entraîna hors de la pièce. Elle se laissa faire sans broncher. Pressée de sortir

— Merci. (Les bottes de Nicole martelèrent doucement le sol en pierre tandis qu'ils arpentaient le couloir, ses jambes élancées suivant le rythme des longues foulées de Riker.) C'était un peu tendu là-dedans.

Un peu ? Riker n'avait jamais vu Hunter d'aussi mauvaise humeur. Certes, il l'avait vu bien plus en colère, en proie à des accès de rage terribles. Or, là, Hunter était au pire – ou au mieux, ça restait une question de point de vue – de ses capacités. La fureur glacée qui s'était emparée de lui après le rapt de Neriya n'avait fait que redoubler lorsque Lucy s'était fait enlever et menaçait d'éclater. Elle était du genre à tout détruire sur son passage, y compris les personnes qui lui étaient chères.

Et Riker n'avait aucune envie de se trouver sur son chemin.

Ni de continuer à parler de son chef de clan. Il détourna la conversation.

— Grant vous a-t-il ennuyée ?

— Pas vraiment. Vous aviez raison à son sujet, des moments de confusion ponctués par des éclairs de lucidité.

Ses cheveux ondulés balayèrent son col roulé déchiré lorsqu'elle secoua la tête. Le carré déstructuré, ébouriffé par le vent, lui seyait à merveille. Bien mieux que la coupe sévère, rigide, amidonnée à la laque, qu'elle portait quand il l'avait kidnappée.

— Votre chef est un sacré personnage, ajouta-t-elle.

Au temps pour sa tentative de ne pas discuter de Hunter.

— Des moments de confusion ponctués par des éclairs de lucidité…

— Vous plaisantez ?

Elle se frotta les bras, et il nota dans un coin de sa tête de lui apporter des vêtements plus chauds. Ainsi que de cesser de lui reluquer les seins quand elle faisait ça.

— Il est instable, lui aussi ? s'enquit-elle.

Il attendit qu'un trio de femelles ait fini de traverser le couloir pour répondre.

— Certains pourraient le dire, mais, non, c'est le type le plus sain d'esprit que je connaisse. Il a simplement tendance à prendre à la légère des choses que d'autres considèrent comme sérieuses.

— D'autres… comme vous ?

Elle avait mis dans le mille. Pour une humaine, elle était plutôt perspicace. Il ne lui répondit pas, cependant. Les affaires du clan ne la regardaient pas.

— Comment vous sentez-vous ? (Elle était toujours pâlotte depuis qu'elle s'était trouvée mal dans la grotte, et il n'aimait pas ça.) Puis-je vous apporter de la nourriture ou des boissons spécifiques susceptibles d'améliorer votre condition ?

— Oh… euh… oui.

Elle se rapprocha de lui pour éviter de se faire aplatir par deux hommes qui couraient dans le couloir en se lançant un ballon de football américain.

— Hé, connards ! aboya Riker. On a une salle commune pour ça ! Sans parler d'un million d'hectares de forêt ! (Tandis que les fautifs présentaient honteusement leurs excuses, Riker se tourna de nouveau vers Nicole.) Je vous écoute. Qu'est-ce qui vous ferait plaisir ?

— Des aliments pauvres en fer et en glucides. Quand le taux de fer augmente dans mon sang, mon pancréas commence à faire n'importe quoi à cause de l'excédent d'insuline. (Elle se mordilla la lèvre inférieure.) Mon traitement permet de juguler d'autres problèmes, mais ils ne me seront pas fatals dans l'immédiat.

Voilà une complication dont ils se seraient volontiers passés. Plus tôt ils récupéreraient Neriya, plus tôt… quoi ? Plus tôt Nicole serait relâchée afin d'utiliser les connaissances acquises à leurs côtés pour les détruire ? ou plus tôt ils la tueraient pour se protéger ?

Merde ! C'était une situation perdant-perdant. Il songea à ses années dans l'armée et à toutes les situations sans issue dans lesquelles on l'avait fourré. Il avait réussi à s'en sortir vivant. Mais c'était loin d'être le cas de tout le monde. Les situations sans issue entraînaient toujours la mort.

Comme celle de Jesse et Steve, dont il avait été proche dès les premiers jours. Ils étaient entrés ensemble dans le bâtiment situé dans la base Fairchild de l'Air Force pour une réunion préparatoire. Du moins, c'est ce qu'il avait pensé. Au lieu de quoi, on leur avait administré un sédatif dilué dans de l'eau avant de les livrer en pâture aux vampires. Riker n'oublierait jamais les quinze jours de torture qui s'en étaient suivis alors que son corps se transformait, que ses muscles, ses os et ses organes se modifiaient péniblement vite. Une faim insatiable avait menacé de le mettre en charpie tandis qu'il rendait tout ce qu'on lui avait donné à manger. La première poche de sang qu'on avait jetée dans sa cellule était la meilleure chose qu'il avait goûtée.

Jusqu'à ce qu'il la vomisse aussi.

Mais le pire… le pire avait été de trouver Jesse mort, sur le sol, son cadavre froid tordu de douleur. Il avait succombé à la transition, et le chagrin de Riker avait été magnifié par le fait que Steve, lui, y avait survécu, mais qu'il n'était pas lui-même. Cruel et plein de colère, Steve avait été incontrôlable, comme s'il avait été bourré de stéroïdes.

Un an plus tard, il était mort, lui aussi.

De la main de Riker.

— Riker ? (Nicole lui tapota l'épaule.) Tout va bien ?

Ouais. C'est vrai qu'ils discutaient de son régime alimentaire.

— Je vais passer la commande à l'un de nos cuisiniers, répondit-il brusquement.

— Vous avez des cuisiniers ?

— Tout le monde a un boulot ici. Exactement comme chez les humains. Et on mange de la nourriture normale. Exactement comme les humains. (Faisant fi de son regard surpris devant sa remarque abrupte, il la guida vers ses appartements et poussa la porte en bois massif.) Bienvenue dans mon antre.

Il se demanda pourquoi il l'invitait à entrer de la sorte, comme une conquête qu'il venait de ramener chez lui. Aucune femme n'avait mis les pieds dans cette pièce depuis que sa compagne était décédée, excepté lors de la pleine lune. Et, même ces nuits-là, il les renvoyait dès qu'il s'en était repu, et affrontait, seul, l'insoutenable douleur induite par la privation de sexe. Sa partenaire de sang régulière, Benet, ne cachait pas son désir de coucher avec lui mais, chaque fois qu'il pensait être capable d'y arriver, son intérêt, comme sa queue, flanchait à peine touchait-elle ses parties intimes.

Un accès d'irritation qu'il n'aurait su expliquer lui fit serrer les molaires tandis qu'il franchissait le seuil, puis se tournait vers Nicole, qui était restée dans le couloir, la lèvre inférieure coincée entre les dents.

— Vous espérez un autre genre d'invitation ? Parce qu'elles seront moins polies.

Nicole entra avec prudence, comme si elle craignait de marcher dans un piège à ours.

— C'est chez vous ?

Elle balaya les lieux du regard, observant avec attention le mobilier rustique, le canapé et la table artisanaux, la petite cuisine sur sa droite et l'étroit passage qui menait à la chambre.

— Je ne m'attendais pas à… comment dire… un vrai foyer.

L'agacement se mua en colère.

— Vous pensiez sans doute que nous vivions dans des terriers jonchés de feuilles, comme des bêtes sauvages.

Elle inspira brusquement.

— Pas du tout. Je suis surprise de trouver un tel confort moderne, voilà tout.

— Ah oui ? On vous apprend quoi pendant vos cours sur les vampires ? Qu'on cuisine sur des feux allumés en frottant des branches l'une contre l'autre ? Qu'on utilise de la vaisselle faite en os d'humains ?

Un voile rose pâle lui colora les joues lorsqu'elle se détourna. Ouais, il avait vu juste. Pour sa défense, il existait des clans comme ça. Certains, grâce à l'aide de sympathisants humains, avaient construit des habitats permanents, des villages tels que celui-ci, avec toutes les commodités de la société contemporaine, y compris l'électricité, le téléphone et même des voitures. D'autres, en revanche, s'accrochaient aux traditions ancestrales, et préféraient vivre dans les forêts ou les égouts, sans véritable lien avec un territoire en particulier. D'autres encore étaient des solitaires qui vivotaient comme et où ils pouvaient.

Nicole baissa les yeux comme si elle était mortifiée mais, quand elle les leva de nouveau, ses iris émeraude flamboyaient.

— Je suis désolée d'avoir une vision erronée de votre mode de vie. Je suis désolée de m'attendre systématiquement au pire venant de vous. Mais, vous savez, vous en faites de même avec moi.

Il avait beau apprécier la façon dont le tempérament de Nicole embrasait son sang, ces paroles ne lui plurent guère. Elle se trompait complètement.

— Non, ça n'a rien à voir. (Il ôta sa veste et la lança sur le dossier d'une chaise.) Votre famille possède mon espèce. Votre famille a créé une multinationale grâce à l'exploitation de notre sang et a développé une industrie fondée sur les vampires. Vous êtes la P.-D.G. d'une entreprise qui est responsable de la mort de bien plus de vampires que toutes les autres réunies. Une entreprise qui a tué ma compagne. Alors, non, ce n'est pas la même chose du tout.

Au lieu de lui répondre, elle arpenta la pièce, touchant les photographies d'avions ainsi que les armes à feu suspendues aux murs. Il ne pouvait plus les utiliser, mais il restait un tireur d'élite dans l'âme, et il doutait que cela change un jour.

Nicole effleura le canon de son M-16 et, soudain, le corps de Riker se raidit et sa peau devint moite. Sa queue tressauta lorsqu'elle caressa l'acier froid qu'il avait lui-même manipulé avec le plus grand soin, et il se retint de gémir quand elle prit la détente entre le pouce et l'index, en testant la courbe délicate. Seigneur, quelle image excitante ! Terese ne s'approchait jamais de sa collection d'armes.

Il s'avança, attiré par la curiosité de Nicole, sa force, sa beauté et l'éclat vital dont elle rayonnait. Quoi qu'il puisse penser d'elle, c'était une survivante, ce qui en soi était un putain d'aphrodisiaque.

— Quand j'étais petite, murmura-t-elle, j'ai entendu l'un de nos serviteurs parler de sa maison. À l'époque, je n'y ai prêté aucune attention, mais à présent je comprends ce qu'il voulait dire. Il vivait comme vous, je présume.

Elle se dirigea vers la chambre à coucher, et, aussi sec, la concupiscence de Riker céda la place à la panique.

Il bondit devant elle et claqua violemment la porte. Comme elle cligna des yeux avec surprise, il grommela :

— Cette pièce est interdite.

Elle renifla.

— J'en suis bien plus heureuse que vous ne pouvez l'imaginer. (Elle se rembrunit et croisa les bras, se fermant à lui. Cela l'agaça, mais il ignorait pourquoi.) Que faisons-nous ici, d'ailleurs ?

Il jura et s'empara de son téléphone portable.

— Vous allez appeler votre bureau et arranger un échange d'otages. Neriya contre vous.

— Avec joie.

Elle lui arracha l'appareil des mains, et il se demanda si elle le soupçonnait un tant soit peu de mentir.

Chapitre 15

Les doigts tremblants, Nicole composa le numéro de Chuck. Son frère la tirerait de ce pétrin, et si elle pouvait seulement à expliquer au conseil d'administration pourquoi elle avait manqué la réunion…

— Charles Martin à l'appareil.

— Chuck !

Nicole se détourna de Riker, qui l'observait, tel un aigle sa proie. Une comparaison pertinente étant donné que tous deux étaient remarquables. Impressionnants. Et mortels.

— Oh, Seigneur, c'est si bon de t'entendre ! s'écria-t-elle.

— Nicole ?

Un bruit sourd suivi d'un juron lui parvint à l'autre bout de la ligne. Sans doute Chuck avait-il bondi de son fauteuil et renversé des trucs par terre.

— Merde, Nicole, c'est vraiment toi ? Où es-tu ? Tu vas bien ? Roland est mort, mais il n'y avait aucun signe de toi. Où es-tu ? répéta-t-il, à l'évidence bouleversé.

Elle inspira profondément pour se calmer. La voix de son frère agissait comme un baume sur ses nerfs sérieusement à vif.

— Je vais bien. Je suis retenue…

Riker lui saisit le bras et le serra brutalement en secouant la tête : un avertissement la sommant de ne révéler aucun indice sur sa localisation. Elle se libéra de sa prise. Elle n'avait pas la moindre idée de l'endroit où elle se trouvait, de toute manière.

— Je suis détenue par des vampires.

— Tu es quoi ? rugit Chuck. Où ?

Elle glissa un regard discret à Riker.

— Je n'en sais rien. (Elle s'était complètement perdue dans les bois, et n'aurait jamais été capable de retrouver son chemin jusqu'au bastion du clan.) J'ai besoin que tu t'occupes de la libération d'une femelle nommée Neriya. Des chasseurs de prime l'ont attrapée dans la forêt qui borde Seattle il y a deux semaines.

— Tu sais bien que c'est illégal pour des individus ou des sociétés de capturer des vampires sauvages, répondit Chuck d'une voix monocorde, éteinte, lourde de culpabilité.

Chuck avait conscience que Daedalus avait violé la loi afin d'acquérir des vampires. Cela leur permettait d'aller plus vite et de payer moins cher, tout en contournant la réglementation relative au nombre de vampires autorisés dans des espaces spécifiques, sans même mentionner les directives concernant leur traitement.

— Oui, dit-elle, non sans dégoût. (La déception qu'elle éprouvait envers son frère lui avait noué l'estomac.) Je le sais. Mais il semblerait que Daedalus l'ignore.

Elle pouvait presque le sentir bouillonner de colère.

— Comment sais-tu que nous la détenons ?

— Parce que l'un des vampires qui l'accompagnait a entendu un chasseur déclarer qu'un acheteur de chez Daedalus attendait la marchandise. Alors, elle doit se trouver dans l'un de nos complexes.

— Oh ! je t'en prie, répliqua-t-il avec dérision. Tu ne crois tout de même pas une putain d'ordure de vampire ? Tu es plus maligne que ça.

Les paroles cruelles et l'intonation condescendante de son frère la crispèrent.

— J'ai mes raisons de le croire, alors, s'il te plaît, tu veux bien vérifier ?

Il jura dans sa barbe.

— Ne quitte pas.

Elle patienta, écoutant Chuck qui pianotait comme un fou furieux sur son clavier.

— Ça y est ! L'indomptée matricule 8-2-6 a été envoyée au labo B de Seattle sud.

Elle se renfrogna. En plus des bureaux de la maison mère situés au cœur de Seattle, il y avait près d'une dizaine de sociétés appartenant à Daedalus disséminées tout autour de la ville, des laboratoires et centres d'entraînement aux usines de fabrication et aux chenils pour vampires, mais Nicole ignorait l'existence d'un laboratoire dans le district sud.

— Le labo B ? Qu'est-ce que c'est ?

Il y eut un long silence, et plus elle attendait, plus son estomac se nouait. Et plus Riker s'agitait. Elle l'entendit mettre un glaçon dans un verre, puis verser du liquide par-dessus.

— Nicole, tu as été absente longtemps…

— Je t'ai demandé ce que c'était.

Chuck poursuivit d'une voix basse, proche du chuchotement.

— Un centre de recherches. Ultrasecret. Seule une poignée de gens en ont connaissance.

— Et pourquoi ça ?

Il marqua encore une pause, et elle répéta la question, cette fois sur un ton plus ferme.

— Oh, allez, Nikki ! tu sais comment peuvent être ces abrutis de sympathisants. On n'a vraiment pas besoin qu'ils nous harcèlent parce que les cellules de ces pauvres vampires sans défense ne sont pas munies d'une télé avec les chaînes du câble !

Elle n'en croyait pas ses oreilles.

— Foutaises ! C'est parce que le centre de recherches ne respecte pas les limites prévues par la loi, n'est-ce pas ? (Elle jura devant son absence de réponse. Qui en vérité en était une.) Pourquoi n'ai-je pas été mise au courant ?

Les pauses de Chuck commençaient vraiment à lui taper sur les nerfs. Il finit par lâcher :

— Déni plausible.

Seigneur ! Que pouvaient-ils bien trafiquer dans cet endroit ?

— Tu dois absolument récupérer Neriya.

Elle jeta un coup d'œil à Riker, qui l'observait comme s'il craignait qu'elle glisse des indices sur son emplacement ou hurle simplement à l'aide.

— Sur-le-champ, ajouta-t-elle.

— Nicole… ça ne va pas être possible.

— Pourquoi ça ?

— Les partenaires s'y opposeront, répondit Chuck, l'impatience perceptible dans sa voix.

Oh, oui, elle lui demandait vraiment la lune ! Relâcher un vampire obtenu de manière illégale ? Quelle idée !

— Comment ça, « ils s'y opposeront » ? répliqua-t-elle d'un ton sec. Ils n'ont pas le choix. C'est un ordre.

— C'est bien ça, le problème. Tu ne donnes plus d'ordres dorénavant. Tu as raté la réunion, Nicole.

Incroyable !

— J'ai raté la réunion parce que j'ai été kidnappée. Étant donné les circonstances, je pense qu'on peut fermer les yeux sur mon incapacité à assister à une réunion du conseil d'administration.

— C'est trop tard. Ils ont promulgué l'article 12.2-9 des statuts de la société.

Elle déglutit. Avec difficulté. Le père de Nicole s'était assuré qu'en cas de décès sa progéniture détienne le contrôle absolu… à moins que ladite progéniture s'avère incompétente ou incapable de remplir son rôle de P.-D.G. Auquel cas, à l'issue d'une réunion du conseil, le P.-D.G. pourrait se voir démis de ses fonctions, et ses actions reviendraient au deuxième héritier.

À savoir Chuck.

— Alors… c'est toi le chef maintenant.

Il prit son temps pour répondre.

— Oui.

Le sang de Nicole ne fit qu'un tour, mais pour l'heure sa survie la concernait davantage que son entreprise.

— Dans ce cas, tu peux faire sortir le vampire du bâtiment toi-même et procéder à l'échange.

— Je suis navré, Nicole. C'est impossible.

Impossible ? Elle devait halluciner. Tout cela n'avait aucun sens.

— Tu diriges Daedalus. Tu peux faire ce qui te chante !

— C'est là que tu te trompes. Il s'agit d'une affaire juridique désormais. Si je t'aide, je risque l'avenir de la société ainsi que la prison.

Elle sentit ses jambes céder, et elle s'effondra sur le canapé de Riker.

— Je ne comprends pas. Pourquoi est-ce une affaire juridique ?

Une fois de plus, un long silence tendu. Puis Chuck finit par déclarer sur un ton ferme :

— Parce que le CHV a réussi à se procurer la vidéo illustrant la mise à mort des vampires que tu as autorisée.

Elle tourne en boucle sur toutes les chaînes d'info du monde, suscitant l'indignation publique. Ça reste une petite minorité, mais ils font du bruit. Ils exigent ton arrestation pour cruauté et exécution inappropriée. (Elle entendit des glaçons s'entrechoquer dans un verre, et de nouveau le murmure du liquide versé dessus.) Je suis sûr que ça va se tasser. La majorité de la population se fout pas mal du décès d'une vingtaine de suceurs de sang. Tant que tu n'es plus à la tête de la société, le conseil estime que le CHV sera satisfait. Mais cela signifie que tu dois garder tes distances. Du moins, jusqu'à ce qu'on annonce ton enlèvement.

Ils ne l'avaient pas encore fait ?

— Tu n'es pas sérieux ! Chuck, tu dois me tirer de là !

— Nikki, je suis désolé. Ça me tue, mais je ne vois pas ce que je peux faire. La plupart des membres du conseil ignorent tout de l'existence du labo, sans même parler de nos méthodes d'acquisition de vampires. S'ils les découvrent…

— L'entreprise sera en danger et toutes les personnes impliquées, toi y compris, iront en prison.

— Oui, murmura-t-il.

Le désespoir gagna Nicole. Seigneur ! elle était foutue. Chuck allait la laisser aux mains des vampires.

— Fais quelque chose, bon sang ! Il doit bien y avoir…

Riker lui arracha le téléphone.

— Écoute-moi bien, espèce de raclure humaine. Tu as douze heures pour nous ramener Neriya ou on bute ta sœur.

Nicole inspira brusquement. Elle était bouleversée et son cœur se serra douloureusement. Elle savait bien qu'elle n'était pas vraiment une invitée en ces lieux, mais elle pensait que Riker et elle avaient passé un accord et qu'il hésiterait, au moins un minimum, à la tuer.

Il n'eut même pas la courtoisie de la regarder dans les yeux tandis qu'il attendait la réponse de son frère. Au bout d'un long moment, il raccrocha sans faire de bruit.

— Eh bien ? Qu'a-t-il dit ?

— Il a dit qu'il vous aimait. (Riker jura et le cœur de Nicole cessa de battre.) Et qu'il était désolé.

Charles Martin était un enfoiré de première. Il affirmait aimer Nicole. Il prétendait être désolé.

Ce n'était que des foutaises. S'il s'était trouvé à sa place, Riker n'aurait reculé devant rien pour sauver une personne qui lui était chère. Après qu'elle avait été capturée, il avait essayé de retrouver Terese des mois durant. Une fois qu'il l'avait localisée dans la propriété des Martin, il avait planifié sa libération pendant des mois. Puis il avait passé huit autres mois à la chercher encore lorsqu'elle avait disparu pour revenir enceinte.

Les paroles de Chuck étaient vaines, et Nicole le savait aussi.

Elle restait assise là, le regard braqué sur le téléphone dans la main de Riker. Son expression anéantie, ses joues marbrées et ses yeux larmoyants le déstabilisèrent.

— Il gagnait du temps, dit-elle. C'est la seule explication. Il trouvera une solution. (Elle regarda Riker comme pour le convaincre que son frère n'était pas un salaud.) Il le fera. C'est ce que je ferai. Je ferai mon possible pour le sauver, quitte à atterrir en prison. Je ne le laisserai pas mourir. Il ne me laissera pas mourir…

— Hé. (Il l'interrompit avant que ses divagations ne dégénèrent en bonne grosse crise de panique.) Vous n'allez pas mourir. Je bluffais, Nicole. Il se peut que votre frère bluffe aussi, ajouta-t-il même s'il en doutait fortement.

Elle se frotta encore les bras et il se sentit vraiment couillon de la laisser geler comme ça.

— Mais s'il ne change pas d'avis, je suis foutue. On est foutus.

Cette affirmation lui déplut. D'une part, parce que cela signifiait que Neriya était en danger. Ensuite, parce que cela impliquait qu'ils étaient dans cette galère ensemble. Ce qui, supposa-t-il, devait être le cas. Mais cela ne l'enchantait guère.

— Ce n'est pas fini. (Il s'empara du sweat-shirt noir à capuche suspendu à côté de la porte.) C'est votre entreprise. Si Chuck ne peut pas vous aider, vous avez toujours le pouvoir.

— J'ai été renvoyée, annonça-t-elle d'une voix tellement dénuée d'émotions qu'il ne parvint pas à deviner ce qu'elle pensait. Il semblerait que Daedalus ne soit plus mon entreprise.

— Renvoyée ?

Il enveloppa les épaules de Nicole et libéra avec délicatesse les cheveux blond vénitien coincés sous le col du sweat-shirt. Sa main s'attarda un peu plus longtemps que ce qui était approprié, mais, bon sang, ses cheveux étaient si doux, si soyeux, et si beaux contre le cuir noir. Elle le gratifia d'un sourire timide mais reconnaissant, et il le lui rendit, comme un gamin énamouré. Son cœur se mit même à battre la chamade. Quel crétin ! Il était un gros crétin de vampire.

— Renvoyée pour quoi ? demanda-t-il.

Elle frissonna comme s'il venait de lui retirer des vêtements au lieu de lui en apporter, et baissa les yeux sur ses genoux.

— Pour avoir massacré des dizaines de vampires dans un labo.

Le cœur de Riker s'emballa, cette fois, pour une tout autre raison. Juste quand il commençait à se dire que Nicole n'était pas une Martin comme les autres – ni une humaine comme les autres –, voilà ce qu'elle lui lançait au visage.

— Et vous les avez tués... pourquoi ?

Il parlait les dents serrées.

— Je n'ai rien fait, s'empressa-t-elle de répondre. Oui, les vampires sont morts, mais ce n'est pas moi qui ai ordonné leur exécution.

— Alors pourquoi vous accusent-ils ?

— Parce que ma signature figure sur l'ordre d'exécution.

Elle leva les yeux, la lueur de provocation qu'ils contenaient le mettant au défi de contester sa logique pour avoir signé un tel document.

Et c'est ainsi qu'il devina qu'elle ne lui disait pas toute l'histoire. À peine quarante-huit heures plus tôt, il n'aurait pas hésité à croire qu'elle avait assassiné des dizaines de vampires avec autant d'états d'âme qu'un boucher en avait pour une vache. À présent, il n'en était plus aussi sûr. Non, en fait, il l'était. La Nicole qui avait conservé la bague de Terese et qui avait été outrée par la capture de Lucy n'enverrait pas nonchalamment des dizaines de vampires à la mort.

— Que disait l'ordre d'exécution ?

Réprimant son sergent instructeur intérieur, il s'assit sur le bras du fauteuil inclinable, s'efforçant de paraître le moins menaçant possible. Pour l'instant, il avait besoin de la coopération de Nicole, et son connard de frère, sans le vouloir, venait de lui offrir l'occasion en or d'entrer en scène pour jouer les types bien.

— Pourquoi ont-ils été tués ? s'enquit-il.

— Apparemment, il ne restait plus de place dans le labo où ils étaient détenus.

— Ils ont été assassinés parce que les demeurés qui bossent pour vous ne sont pas foutus de compter ?

— C'est à peu près ça, oui.

Elle se leva du canapé et regarda fixement le mur, comme si elle était aussi perdue dans les appartements de Riker qu'elle l'avait été dans les bois.

Il se demanda comment elle réagirait s'il se glissait derrière elle pour la serrer dans ses bras. Son désir de la réconforter devenait un peu trop fréquent, non ? Quelle était donc cette expression que Myne aimait tant employer ? *« Si tu endosses le paletot de la sensibilité, c'est foutu pour ta pomme. »*

— Nicole ?

— Hmm ?

— Pourquoi avez-vous signé l'ordre d'exécution ?

— Je ne l'ai pas signé. (Maintenant les pans du sweat-shirt rabattus contre elle d'une main, elle se mit à arpenter la pièce.) Ma signature figure sur le document, mais j'ignore comment elle s'y est retrouvée, poursuivit-elle, la frustration palpable dans sa voix. J'ai passé des nuits blanches à le ressasser, à essayer de comprendre comment ça avait bien pu arriver. Mais, au bout du compte, ça n'a pas d'importance. Même si quelqu'un d'autre l'avait signé, je dirigeais l'entreprise et il en relevait de ma responsabilité.

C'était un principe de commandement que Riker connaissait bien. Être chef possédait certains avantages, que ce soit l'argent, le pouvoir ou la notoriété, mais cela comportait également des risques. Un incident isolé, même s'il concernait un employé tout en bas de la chaîne de direction, pouvait briser des carrières et ruiner des tas de vies. Que Nicole soit prête à en assumer l'entière responsabilité en disait long sur son caractère, et Riker sentit son cœur s'adoucir.

Il avait fait bien plus qu'endosser le paletot de la sensibilité. Il l'avait brossé avec ferveur, comme il polissait ses bottes de combat et ses armes jadis.

Abruti.

Nicole pivota sur elle-même et fonça vers le bureau. Elle attrapa un stylo et un bloc-notes et commença à dessiner une suite de lignes.

— Que faites-vous ?

Elle ne répondit pas, continuant de griffonner rageusement sur le papier, le visage caché derrière ses cheveux en bataille.

Sans réfléchir, Riker se leva et repoussa l'une des mèches soyeuses de Nicole derrière son oreille. La pulpe de son doigt lui effleura la pommette. Elle avait la peau douce. Elle se tourna, et Seigneur ! quand leurs yeux se croisèrent, c'était comme s'il n'y avait rien entre eux. Rien qui le retienne de la serrer fort contre lui et de faire ce qui l'avait démangé quand ils s'étaient trouvés dans la grotte.

Son cœur galopait dans sa poitrine, battant douloureusement fort et vite. L'intensité de sa réaction le choqua. Elle était l'ennemie. C'était contre nature.

Un bien faible argument, et il le savait. Nicole n'était peut-être pas une amie, ni même une partie neutre, mais elle n'était pas l'ennemie.

Il s'approcha davantage. La tension entre eux était palpable, lourde et étouffante, comme un orage d'été couvant à l'horizon. Elle déglutit, et le regard de Riker se porta instinctivement sur sa gorge.

Nicole tressaillit, et en moins de temps qu'il n'en fallait pour tirer en rafale sur l'adversaire, la tension se dissipa. Si maladroitement que Riker eut pitié d'elle, Nicole s'éloigna et retourna à ses croquis d'une main tremblante. D'autres désirs continuèrent de bouillonner en Riker, des sentiments qu'il n'avait pas éprouvés depuis Terese.

Ses parents avaient toujours pensé qu'il deviendrait médecin ou enseignant une fois adulte, alors son engagement dans l'armée les avait beaucoup surpris. Au sein de la Delta Force, sa compassion en avait littéralement pris un coup. Puis des décennies passées à combattre les humains en tant que vampire avaient annihilé ce qui en restait.

Jusqu'à Terese.

Avec elle, il suffisait d'une parole cassante ou d'un ton un peu sévère pour qu'elle se froisse, au mieux. Au pire, elle se recroquevillait, et sanglotait en tremblotant, roulée en boule par terre. Les qualités que les parents de Riker admiraient tant chez lui avaient peu à peu refait surface, avant d'être piétinées et enfouies encore plus profondément à la mort de Terese.

À présent, il semblait qu'elles s'insinuaient de nouveau dans sa vie, telle une bande de braconniers. Combien de temps faudrait-il avant que ses émotions renégates l'achèvent pour de bon ?

Les gribouillages de Nicole commençaient à former un schéma. Un bâtiment avec un aménagement paysager autour de la propriété, des clôtures, des portails... Il tapota la feuille de papier.

— C'est l'un de vos labos.

Elle acquiesça.

— Il y a quelques années, mon oncle m'a montré les plans de tous les bureaux, usines de transformation et centres de recherches afin de m'expliquer comment notre sécurité fonctionnait. Daedalus a conçu tous les laboratoires de manière identique de sorte que les employés, l'équipement et la sécurité soient facilement interchangeables.

Sur l'une des pièces, elle inscrivit « médical », sur une autre, « personnel » et sur la troisième, « inconnu ».

— Chuck m'a dit que Neriya était détenue dans ce qu'il appelle le labo B, poursuivit-elle. Il n'y a aucune raison de penser que sa conception diffère de celle de nos autres labos. Je suis sûre que je peux y pénétrer par l'entrée principale si mon renvoi de l'entreprise n'a pas été ébruité.

— De quoi parlez-vous ?

— Je parle de sauver Neriya. (Elle le regarda comme s'il était le dernier des imbéciles.) N'est-ce pas le but de toute cette histoire ? Si je parviens à entrer, je pourrai inventer un bobard pour en ressortir avec elle.

Waouh ! Envisageait-elle vraiment de s'infiltrer dans son propre laboratoire, ou était-ce une ruse pour s'échapper ?

— Pas si vite. Prenons une minute pour réfléchir.

— Réfléchir ? (Elle secoua la tête.) J'y ai déjà réfléchi. Nous devons agir tout de suite, avant que tout le monde ait connaissance de mon licenciement et de mon enlèvement.

L'instinct de Riker lui disait que l'offre de Nicole était sincère, mais il y avait d'autres éléments à considérer.

— On ne peut rien faire avant deux jours. Demain, c'est la pleine lune. À compter d'aujourd'hui, personne n'est autorisé à quitter le QG, sauf pour guetter l'ennemi.

Comme si elle n'avait rien entendu, Nicole recommença à griffonner avec une ferveur frisant l'obsession, son babillage incessant amplifiant l'insanité de son comportement.

— J'irai la nuit, une fois la majorité des employés partie. Il est encore moins probable que les agents de sécurité de niveau inférieur soient au courant de ma situation. (La feuille était remplie de lignes et de mots à peine lisibles.) Neriya devrait se trouver dans cette pièce-ci…

Il lui empoigna la main pour l'arracher à son délire.

— Vous voulez bien arrêter ?

— Quoi ? Non. (Elle repoussa la main de Riker et se pencha de nouveau sur son dessin.) On peut y arriver. On peut entrer par…

— Bon sang, Nicole, ça suffit ! (Il posa les paumes sur ses épaules et l'attira face à lui.) Nous devons étudier toutes les possibilités.

— On n'a pas le temps. Je n'ai pas le temps. J'ai commis une faute. Je dois la réparer avant que d'autres vampires meurent. (Sa voix étranglée de sanglots lui fendit le cœur.) Avant que je meure.

Elle essaya de se libérer pour retourner à son bloc-notes. Plus il resserrait sa prise, plus elle se débattait jusqu'à ce qu'elle se mette à le frapper, à lui marteler le torse de ses poings en poussant des cris à mi-chemin entre les miaulements et les pleurs.

— Nicole. (Elle ne sembla pas entendre.) Nicole !

Il lui saisit les poignets, ce qui n'arrangea rien. Utilisant tout son corps comme un poing géant, elle commença à lui rentrer dedans comme un bélier.

— Nicole !

Rien.

Alors, il fit la seule chose qu'il pouvait faire pour l'arrêter. Il l'embrassa.

Chapitre 16

Les lèvres de Riker étaient fermes, son corps, dur, sa langue, exigeante, lorsqu'il plaqua Nicole contre le bureau. Elle en heurta le coin, ce qui la déséquilibra légèrement, et elle se cramponna à ses épaules pour se stabiliser.

Elle avait désiré ce moment, s'était demandé comment elle réagirait. Si elle détesterait ou adorerait ça. Si elle serait dégoûtée ou soulagée qu'il éprouve la même féroce attraction magnétique qu'elle.

Elle avait sa réponse. Elle aimait ça.

Et cela l'effrayait.

Le plus intelligent à faire serait de le repousser. Mais, en l'espace de quelques minutes, on l'avait dépouillée de tout, à commencer par son entreprise jusqu'à l'espoir de retrouver une vie normale une fois ce calvaire terminé. S'il touchait un jour à sa fin. Pour l'heure, la seule chose à laquelle elle pouvait se raccrocher, c'était cet homme qui l'embrassait à lui en faire perdre la raison.

Riker frotta les hanches contre les jambes de Nicole, les forçant à s'écarter tandis qu'il lui enlaçait la taille pour la soulever sur le bureau. Des paumes, il lui caressa le buste, laissant ses pouces effleurer ses seins rebondis, assez fort pour que de délicieux frissons la parcourent tout entière.

De nouveau, elle envisagea de tout arrêter avant que ça n'aille trop loin. À cette pensée, un rire hystérique commença à prendre naissance dans sa gorge, car en vérité c'était déjà allé beaucoup trop loin. Et pourtant, alors que leurs langues se mêlaient, elle songea, sûre d'elle, qu'ils n'étaient pas encore allés assez loin.

— Merde ! haleta-t-il contre ses lèvres. Ça me démangeait depuis que je t'ai goûtée dans la chambre à proie.

Se rappeler qu'il l'avait balancée dans une geôle froide et sombre avant de lui coller une trouille bleue aurait dû tempérer l'ardeur de Nicole, mais non. Elle était si angoissée, si fatiguée de ne pas savoir si elle allait vivre ou mourir, qu'elle saisit ces précieux instants pendant lesquels elle oubliait l'enfer qu'était devenue sa vie et se souvenait du bonheur de se sentir pleinement vivante.

Avec hardiesse, elle caressa les bras de Riker, suivant du bout des doigts les cicatrices et les veines qui couraient tout autour de son biceps. Ses muscles tressautèrent à son toucher, et quand elle s'enhardit davantage, posant les paumes sur ses pectoraux, un grondement d'approbation s'éleva de sa magnifique poitrine.

— C'est agréable, murmura-t-il d'une voix rauque et sensuelle. Tu es si belle.

Il imprima des baisers le long de son cou, puis captura le lobe de son oreille entre ses dents.

— Mmmh… oui.

Elle hoqueta, à la fois étonnée et ravie qu'un simple mordillage l'excite à ce point. Elle s'arqua vers lui, et il réagit avec enthousiasme en frottant son érection contre elle. Elle allait passer à l'acte ?

Elle allait coucher avec un vampire.

Elle attendit qu'une crise d'angoisse la frappe. Que son cerveau reprenne les rênes et lui donne un million de raisons de ne pas le faire. Que ses incertitudes et ses préjugés l'assaillent et lui fournissent toutes les excuses pour ne pas poursuivre.

Pendant qu'elle attendait, Riker continua de lui titiller l'oreille avec sa bouche tandis que ses mains… Oh, Seigneur, ses mains ! Il les glissa sous son chemisier, posa l'une sur le creux de ses reins, les doigts légèrement en dessous de sa ceinture, et fit remonter l'autre jusqu'à ses seins.

Mais pourquoi attendre que l'une ou l'autre de ces choses l'arrêtent ? Toute sa vie, elle avait été contrainte de faire le nécessaire pour sécuriser l'héritage familial. Elle avait été élevée et éduquée dans un seul but : diriger Daedalus. Personne, elle y compris, n'avait jamais pris en compte ses rêves et ses désirs, et même son intérêt pour la physiologie des vampires avait été taxé de petit loisir gentillet.

Or là, pour une fois, elle allait commettre un acte égoïste. Imprudent. Si elle le regrettait, elle assumerait. Elle qui avait eu si peu de contrôle sur son existence était carrément excitée à l'idée d'éprouver des remords n'appartenant qu'à elle.

Riker prit son sein en coupe dans la main, et, malgré la barrière du tissu, sa chaleur l'enflamma. Elle pantela lorsque, du pouce, il en effleura la pointe. Son gémissement agit comme un détonateur sur Riker qui gronda et se jeta sur elle. Il l'embrassa à pleine bouche, avec ardeur et désespoir, puis ses lèvres se trouvèrent sur son cou, ses crocs lui éraflèrent la peau… et ses grognements se firent affamés.

L'espace d'une demi-seconde, l'angoisse transforma les poumons de Nicole en ciment. Mais non ! elle ne laisserait pas un acte barbare de son passé, un incident isolé, ruiner les progrès qu'elle avait accomplis au fil des ans, sans même mentionner tout le savoir inédit qu'elle avait acquis sur les vampires ces derniers jours.

Elle cessa de réfléchir et se cramponna encore plus fort à Riker… jusqu'à ce qu'elle se rende compte qu'il s'était crispé.

— Riker ?

Il se dégagea de leur étreinte, et, sans même la regarder, il dit :

— Tu dois t'en aller.

— Quoi ? (Déroutée, le corps tremblant d'un désir inassouvi, elle l'attrapa par le bras pour l'attirer vers elle.) Pourquoi ?

— Parce que ça ne fonctionnera jamais. Pas si tu n'es pas capable d'accepter ce que je suis.

— Et si tu me laissais décider de ce que je suis capable d'accepter ou non ?

Le plus doucement du monde, il retroussa les lèvres et exposa ses énormes crocs.

— Et tu es capable d'accepter ça ?

En dépit du fait qu'elle était si excitée qu'elle se trouvait à deux doigts d'imploser, elle soutint son regard sans ciller.

— Oui.

— Vraiment ? (Il inspira profondément, huma son odeur.) Dans ce cas, pourquoi je flaire ta nervosité ? Pourquoi j'entends ton cœur palpiter comme celui d'un colibri ?

— Peut-être parce que je suis tout excitée, andouille de vampire ! (Lorsqu'il ricana, elle soupira.) Riker, que se passe-t-il entre nous ?

— Rien.

— Ça, ce n'était pas rien.

Il partit d'un rire sinistre.

— Eh bien, ce n'était rien d'important. Et, de toute façon, je suis certain qu'on ne serait pas allés beaucoup plus loin.

Elle ignorait ce qu'il pouvait bien entendre par là, n'empêche qu'elle avait l'impression de s'être pris un coup de poing dans le ventre, un sentiment qu'elle avait déjà éprouvé quand Chuck n'avait pas été fichu de la tirer de ce merdier.

— Je ne sais pas pour toi, mais je n'ai pas pour habitude de fricoter avec des mecs sans raison.

— Alors quoi ? Tu vas me dire que tu cherches un mari ? que tu veux une maison avec une jolie clôture blanche et deux beaux enfants ? Je ne peux pas te donner ça.

— Bien sûr que non ! Ai-je dit ou fait quoi que ce soit pour te faire penser ça ? (Soudain saisie de frissons, elle rentra les bras dans la veste qu'il lui avait prêtée.) J'aime juste savoir où me situer dans une relation.

— Tu aimes les étiquettes. Tu veux en coller une sur ce qu'on vient de faire ? Parce que, le mieux que je puisse faire, c'est qualifier ça d'erreur. Ce n'est assurément pas une relation.

Une erreur ? La poitrine de Nicole se vida de tout sentiment chaleureux qu'elle avait pu éprouver envers Riker pour ne former qu'un trou béant et glacé.

— Je vois. Dans ce cas, je vais le classer sous « recherches ».

— Recherches ?

— Je suis une scientifique, répondit-elle du tac au tac. Je connais la physiologie derrière les habitudes reproductives des vampires, mais je n'en avais jamais fait l'expérience. Je te remercie. Grâce à toi, je comprends mieux pourquoi les humains sont obsédés par les esclaves de sexe. Je trouve qu'il n'y a pas de quoi s'extasier, mais c'est vrai qu'on n'est pas allés très loin, n'est-ce pas ? (Elle lissa ses vêtements et se dirigea vers la porte.) Je vais regagner ma chambre maintenant. (Elle ignorait où celle-ci se situait, mais quelqu'un veillerait sûrement à l'y conduire.) Fais-moi savoir quand je pourrais vous apporter mon aide pour la libération de Neriya.

Elle ouvrit la porte, et aussitôt deux grandes femelles surgirent de nulle part pour l'escorter le long du couloir jusqu'à ses quartiers assignés.

« Je trouve qu'il n'y a pas de quoi s'extasier ? »

Riker se demandait s'il devait se sentir insulté ou être en colère, mais à l'évidence il était à deux doigts d'exploser. Il devait sortir de cette pièce. Bon sang ! il devait carrément quitter le QG ! Il n'avait aucune envie d'être sous le même toit que Nicole pour le moment. Il avait menti lorsqu'il avait soutenu qu'il n'y avait rien entre eux, car il se passait bel et bien quelque chose entre Nicole et lui.

Quelque chose de fougueux et d'intense qui le faisait se sentir plus vivant qu'il ne s'était senti depuis des décennies.

Des coups contre sa porte le firent sursauter. *Nicole !* Comme un gamin le jour de Noël, il s'empressa d'ouvrir, et trouva Myne sur le seuil, vêtu de noir de la tête aux pieds, son corps massif couvert d'armes. C'était sans doute pour le mieux, mais Nicole était bien plus agréable à regarder.

— Est-ce que Riker peut sortir jouer ? demanda Myne.

— Ça dépend. (Riker l'observa, les yeux plissés. Myne avait souvent une vision déformée de l'amusement.) Jouer à quoi ?

— À « braconne les braconniers ».

Cool. Riker adorait ce jeu. Le perdant devait s'acquitter des corvées du vainqueur pendant une journée, à savoir s'occuper de la lessive, nettoyer la cuisine, farcir le gibier… tout ce que ce dernier avait pour mission d'exécuter.

Pour l'instant, Riker devançait Myne d'une victoire, et ça rendait Myne dingue.

Ils étaient engagés dans une compétition amicale pratiquement depuis le jour où Riker l'avait trouvé gisant sur la rive d'un fleuve, nu, le corps criblé de balles. Myne avait été aux portes de la mort, si bien que Riker avait pointé une dague contre son cœur avec la ferme intention d'abréger ses souffrances, mais c'était avant que le vampire gémisse et révèle deux trous béants dans ses gencives, à l'emplacement de ses crocs.

Dans un rare moment de compassion, Riker l'avait nourri de son propre sang, là, sur la berge. Du sang humain aurait été préférable, mais ces salopards de braconniers n'étaient jamais dans les parages quand on avait besoin d'eux !

Traîner le vampire de deux mètres jusqu'au QG du clan tout en essayant de le maintenir en vie n'avait pas été facile, mais Riker avait été déterminé à le sauver. Personne ne devrait endurer un tel supplice sans avoir la possibilité de se venger.

Il avait fallu une semaine à Myne pour recouvrer assez de forces pour parler. Le récit de son évasion bouleversa tout le clan. Puis, lorsqu'il leur raconta comment il avait écopé de ce prénom, les vampires furent ébranlés. L'horreur que leur inspira son histoire ne fit que renforcer leurs préjugés à l'encontre des humains.

— Comment tu t'appelles ?

Riker s'assit sur un tabouret à côté du lit de l'autre mâle, éloigna la tasse de ses lèvres et attendit qu'il réponde.

— Myne.

C'était le premier mot qu'il prononçait depuis son arrivée.

— Bizarre comme prénom. (Riker attrapa la petite cruche de sang sur la table de chevet et le resservit.) Qu'est-ce que ça signifie ?

Les lèvres de Myne se retroussèrent en un grognement silencieux.

— C'est comme ça que m'appelait l'homme qui m'avait acheté. « Tu es à moi, espèce de bâtard. Ce sera ton nom à compter d'aujourd'hui. Myne[1]*. »*

Seigneur! *Incapable de réprimer le tremblement de son bras, Riker renversa le liquide écarlate sur le sol.*

— Tu n'as plus à t'inquiéter de ça désormais. Tu es en sécurité ici.

— Personne n'est en sécurité.

S'efforçant de rester calme alors qu'il brûlait de pourchasser l'enfoiré sadique qui avait ainsi nommé Myne, Riker décida d'adopter un angle différent.

— Quel était le prénom qu'on t'a donné à la naissance ?

Dans une explosion de colère, Myne se leva et saisit Riker à la gorge.

*— Les humains m'ont tout pris, dit-il d'une voix râpeuse. Mon clan. Mon frère. Mes crocs. Jusqu'*à ce que je les retrouve, vous m'*appellerez Myne.*

*— C'est pigé, vieux, répondit Riker, qui s'*étranglait. *Tu veux bien me laisser respirer, maintenant ?*

Comme s'il avait utilisé toute son énergie pour se redresser, Myne s'écroula sur les oreillers, hors d'haleine, les yeux vitreux.

— Je… te suis redevable.

Myne avait perdu connaissance, et ne s'était réveillé que deux jours plus tard. Ils étaient vite devenus amis après ça,

---

1. En anglais, « mine » signifie « à moi ». (*NdT*)

mais ils n'avaient plus jamais discuté de son prénom. Myne parlait rarement de son passé, et, quand ça lui arrivait, il ne donnait que des informations disparates et éludait toutes les questions.

Riker lui fit signe d'entrer.

— Des braconniers ont été repérés dans les environs ?

— Non, mais Baddon et Aiden ont trouvé quelque chose qu'ils soupçonnent d'être un piège. On va y jeter un coup d'œil. Si on ne le fait pas ce soir, ce sera trop tard.

À l'approche de la pleine lune, toutes les affaires externes devaient être traitées avant que les mâles du clan soient frappés par la frénésie sanguinaire.

Riker ouvrit son placard à armes d'un coup de pied.

— Quel est le piège ?

— Un humain blessé dans une rigole.

Kidnapper des S.D.F et les abandonner dans les bois après les avoir passés à tabac faisait partie des grands classiques des braconniers. Des vampires en bonne santé et expérimentés ne tomberaient jamais dans le panneau, mais beaucoup ne se doutaient de rien. Ou ils mouraient simplement de faim et considéraient un humain blessé comme un repas facile. En pleine phase lunaire, les vampires se montraient encore moins prudents.

— Je suis partant.

Riker enfila son harnais d'armes et commença à remplir ses poches avec tous les jouets tranchants destinés à ce loisir particulier.

— Des points supplémentaires pour les braconniers qui portent des bijoux ?

Les bijoux des braconniers étaient généralement constitués de membres de vampires.

Myne afficha une mine hilare.

—À ton avis ? Dix points supplémentaires pour celui qui chope le chef.

—Excellent. (Riker lui donna une tape dans le dos en quittant la pièce.) J'ai besoin de décompresser de toute manière.

Cela dit, Riker avait le pressentiment que, même avec toute la bonne volonté du monde, cela ne suffirait pas à chasser Nicole de son esprit.

Chapitre 17

La chasse fut un succès. Dans la nuit, deux braconniers avaient été éliminés et deux autres dévorés… Ces derniers pourchassaient des proies différentes : un cerf.

Riker et Myne avaient entendu le tir et trouvé deux humains soûls en train de s'esclaffer devant un cerf à l'agonie qu'ils avaient abattu hors saison. Ces deux enfoirés n'avaient même pas eu la décence d'abréger les souffrances du pauvre animal.

Riker et Myne s'en repurent copieusement. Quant au cerf, une fois tué avec humanité, il fournirait un repas copieux au clan. Riker et Myne avaient laissé les deux chasseurs en vie, puisqu'il était peu probable qu'ils rapportent l'attaque dont ils avaient été victimes vu l'illégalité de leur activité. Les braconniers de vampires, en revanche, furent drainés et abandonnés dans la forêt, à la merci des charognards.

Cependant, la tentative de Riker de se sortir Nicole de l'esprit s'avéra un échec. Et pour ne rien arranger l'attraction de la pleine lune, qui approchait, chamboulait ses hormones, et, chaque fois qu'il pensait à Nicole – autant dire tout le temps –, elle était nue. À l'embrasser. À le lécher. À poser ces lèvres pulpeuses sur toutes les zones sensibles de son anatomie.

S'admonestant à voix basse, il se dirigea vers ses appartements après avoir livré le cerf aux cuisines. Mais sans trop savoir comment, il se retrouva devant le labo.

Peut-être parce qu'à peine rentré au QG trois personnes lui avaient annoncé que Nicole était avec Grant. Comme si Riker était son tuteur ou son petit ami jaloux.

Et à présent le voilà ! La main sur la poignée de la porte, dévoré de jalousie comme un amant éconduit.

Dès qu'il l'ouvrit, il sut qu'il avait commis une énorme erreur.

Les deux femelles assignées à la surveillance de Nicole le saluèrent d'un hochement de tête avant de retourner s'adosser au chambranle. Riker fit de même, puis il reporta toute son attention sur la jeune femme qui était debout à côté de Grant et dont l'épaule frôla ce dernier lorsqu'elle tendit le bras pour punaiser une carte sur le panneau de liège au mur.

La pulsion viscérale, primitive, qui le somma de réduire Grant en bouillie et de traîner Nicole jusque dans ses appartements força Riker à verrouiller ses articulations pour se retenir d'exploser.

Grant se tourna vers Nicole et sourit. Malgré la distance qui les séparait, Riker sentit la faim lunaire qui émanait de son congénère. Normalement, les humains n'étaient pas la cible des vampires soumis à la voracité causée par la pleine lune. Mais parfois, quand la faim frappait, des erreurs pouvaient arriver. Le vampire finissait par se rendre compte de sa bévue, mais pas toujours à temps.

Riker ne voulait pas qu'un mâle prenne Nicole par accident.

Et, comprit-il soudain, il s'incluait également dans cette liste.

Il serra les poings de toutes ses forces et quitta la pièce, faisant confiance à Katina et Zara pour sortir Nicole du laboratoire avant que Grant ne succombe à la faim lunaire. Il fonça à toute vitesse vers ses quartiers, mais fit un crochet par la salle de sport pour ordonner à l'un de ses tout jeunes guerriers, Gaelan, de délivrer un message à Benet sur-le-champ.

Le coup sur la porte ne vint pas assez vite. Ou peut-être vint-il trop vite.

Benet entra dans la chambre de Riker. Ses longs cheveux roux étaient relevés en une queue-de-cheval haute qui exposait sa nuque, comme elle les coiffait toujours pour Riker. Et, comme d'habitude, elle portait un jean d'une couleur criarde – cette fois, turquoise – qui moulait ses formes et un pull noir décolleté qui dénudait sa gorge, comme un appel à y plonger les crocs.

Ce qu'il n'avait jamais fait, et, alors qu'elle s'avançait vers le canapé, s'apprêtant à s'y asseoir afin qu'il lui prenne le poignet, Riker la saisit par le bras, l'arrêtant à mi-chemin.

— Riker ?

Sa voix sensuelle l'étreignit amoureusement. L'étreignit comme les bras de Nicole lorsqu'il l'avait embrassée dans cette même pièce.

Benet avait presque le même timbre de voix que Nicole, et voilà que Riker ne pouvait penser à rien d'autre qu'à l'arôme sucré de la jeune femme. À son parfum frais. À sa peau si douce.

Ses crocs vibrèrent et se mirent à palpiter au rythme du sang qui battait dans les veines de Benet.

Il la poussa contre le mur et la recouvrit avec son corps tandis qu'il posait les lèvres sur son cou brûlant.

— J'ai besoin de toi, dit-il d'une voix rauque.

Il avait tant besoin de Nicole !

— Pas comme d'habitude, murmura-t-elle, mais il l'entendit à peine, et s'en soucia encore moins.

Il ne ressentait que la faim, elle englobait tout, comme si cela faisait plusieurs pleines lunes qu'il ne s'était pas nourri et qu'il était sur le point de mourir d'inanition et de furie sanguinaire.

Les glandes situées à l'arrière de ses crocs le picotèrent lorsqu'il y passa la langue, relâchant un fluide qui facilitait la pénétration et procurait un plaisir inouï.

— Maintenant.

Nicole – non Benet – ondula des hanches contre lui et inclina la tête. Une double invitation. Sexe et sang. Elle lui donnerait les deux.

Avec un grognement, il frappa, plongeant ses canines dans sa chair tendre.

— Oui, gémit-elle. Oui…

Nicole – ce devait être Nicole – enroula une jambe mince autour de sa taille et se balança contre son érection, ses mouvements gagnant en intensité à chaque succion qu'il exerçait sur sa carotide. Le sang chaud, liquide, coula dans sa gorge, attisant davantage son désir pour elle.

— Prends-moi, Riker, pantela-t-elle.

Il y comptait bien, et que Dieu vienne en aide au fou qui oserait l'interrompre !

Il régnait une atmosphère étrange dans le clan le jour de la pleine lune.

Nicole avait passé la journée dans le laboratoire de Grant après une nuit agitée dans la chambre où on l'avait enfermée, et, même si tout le monde s'était montré courtois, les vampires lui avaient tous semblé… à fleur de peau.

Même Grant, si excentrique la veille, avait retrouvé son sérieux, l'effrayant par ses grognements soudains et ses ronronnements inattendus.

Il se mettait à ronronner quand elle s'approchait de lui. Lorsqu'ils se touchaient accidentellement, Grant ronronnait encore plus fort et baissait les yeux sur son cou.

Elle s'efforça consciemment de garder ses distances. Les deux gardes mâles avec lesquels elle avait commencé la matinée furent remplacés par des femelles au fil de la journée, entre autres la terrifiante Katina qui l'avait menacée dans la chambre à proie. Mais aucun signe de Riker, ce qui déçut Nicole bien plus qu'elle ne voulait le reconnaître.

Il ne veut rien avoir à faire avec toi. Tu ne signifies rien pour lui. Moins que rien. Il n'a même pas voulu de ton sang dans la grotte alors qu'il avait besoin de se repaître.

Oh, oui! il s'était montré très clair sur ses sentiments la nuit précédente. Nicole n'avait aucun droit d'être en colère, mais, bon sang! elle s'était ouverte à lui, pensant qu'ils partageaient au moins une attirance mutuelle. Et il l'avait rejetée sans le moindre remords.

— Tu fais quoi?

Nicole sursauta lorsqu'elle entendit la voix de la terrifiante Katina dans son dos.

— Qu'est-ce que ça m'aiderait si vous marchiez en tapant des pieds! grommela Nicole.

— Ouais, mais du coup on ne pourrait plus t'effrayer. (Katina s'approcha davantage.) Il y a quoi dans cette fiole?

Nicole suivit le regard de la vampire.

— La verte? C'est du sirop. Citron vert, je crois.

— Pourquoi?

— Il faut demander ça au docteur Frankenstein.

Katina partit d'un rire grave et mélodieux, aussi beau qu'elle.

— Je te défie d'appeler Grant comme ça quand il sera devant toi.

— Je l'ai déjà fait.

Elle soupira.

— Qu'est-ce qu'il a fait ?

Nicole retroussa les manches de la chemise en flanelle bleu et noir trouvée dans le sac que Katina lui avait rapporté la veille. Autant coordonner les couleurs de ses habits avec les contusions de son visage. Au moins, il avait un peu désenflé.

Cela dit, elle ne la remercierait jamais assez pour les vêtements. Même si certains n'étaient pas à sa taille. Comme la chemise en flanelle deux fois trop grande. Les sous-vêtements de grand-mère, jaune canari, n'étaient pas non plus du meilleur effet, mais le jean qu'elle avait choisi était parfait. Même le trou d'usure sur la poche arrière plaisait à Nicole. C'était le seul moyen de rendre sexy la culotte de mémé qu'elle portait.

— Il m'a appelée « dîner à la O positif ».

Katina rit de nouveau.

— Plutôt cool, hein, sa faculté de déterminer ton groupe sanguin à l'odeur ? La majorité d'entre nous en est incapable.

— « Cool » n'est pas le terme que j'emploierai, dit Nicole en tirant vers elle un plateau de fioles, mais soit.

Katina rejeta son épaisse tresse noire par-dessus son épaule. Elle avait des cheveux magnifiques.

— Tu savais que chaque type a un goût différent ?

— Non, je l'ignorais.

Nicole vida le contenu d'une pipette remplie du liquide de l'une des fioles sur une lame de microscope.

— C'est vrai. Vous, les O positif, vous êtes nuls. Vous avez un goût trop métallique. Mon préféré c'est le B positif. Avec un arrière-goût épicé que j'adore. (Elle se rembrunit.) Il est trop rare, malheureusement.

— Il faut que tu manges des Asiatiques. (Nicole jeta un coup d'œil à Grant. Dieu merci ! il était à l'autre bout de la pièce.) On dénombre le plus de B positif chez les Asiatiques.

— Vraiment ?

L'estomac de Nicole se retourna lorsqu'elle se rendit compte qu'elle venait de lui offrir toute une ethnie sur un plateau. Et pourquoi ne pas dresser un menu répertoriant les groupes sanguins et les gens qui les partageaient, puis les distribuer aux vampires désireux de savoir comment trouver leur arôme préféré ?

— Euh… tu pourrais faire comme si je n'avais rien dit ?

— Sûrement pas. J'irai faire un saut dans le quartier chinois dès demain. (Katina donna un coup de poing dans l'épaule de Nicole, pour s'amuser, et cette dernière se retint avec peine de se frotter le bras en pleurant comme un bébé.) Tu sais, je suis contente qu'on ne t'ait pas bouffée le premier jour. Je crois que je vais demander à Riker si on peut te garder.

La garder. Comme un chien égaré ou un oiseau exotique capturé… ou un esclave vampire. Plus les heures passaient, plus Nicole avait honte de sa race.

— Comment se fait-il que tu en saches autant sur le sang, d'ailleurs ? s'enquit Katina.

— Mon domaine de prédilection, c'est la physiologie des vampires, répondit-elle, ravie de discuter d'un sujet qui la passionnait. Pour comprendre le fonctionnement des vampires, je dois comprendre celui des humains. Les vampires dépendent des humains pour vivre, par conséquent, je dois posséder un maximum de connaissances sur le sang et la manière dont il vous affecte. Le groupe sanguin peut jouer un rôle immense dans l'origine des vampires aussi bien que dans leur façon de se reproduire, de vieillir, d'attraper des maladies… Les possibilités sont infinies, surtout quand on applique ce qu'on a appris à la médecine humaine. C'est fascinant. J'ai même découvert un moyen d'utiliser la protéine vampirique rac1b2 pour guérir le cancer de l'ovaire chez la femme.

Silence.

Nicole inspira profondément.

— Et… je viens de te rappeler pourquoi j'étais là et pourquoi tu me hais, n'est-ce pas ?

— Ouais.

Katina recula, croisa les bras et la fusilla du regard. Les armes blanches fixées un peu partout sur son corps plantureux parurent soudain plus grosses. Son acolyte qui montait la garde devant la porte, Zara, se passa la langue sur les crocs.

Nicole songea alors que les femelles vampires étaient plus effrayantes que les mâles.

Elle pencha la tête, et regarda dans le microscope. Ce qu'elle y vit lui procura un intense sentiment d'excitation.

— Grant ? la cellule s'est développée. (Elle ajusta la loupe et arbora un grand sourire.) Elle a atteint trois fois sa taille normale ! On a réussi. Il se pourrait qu'on ait trouvé la cause de la furie sanguinaire. Bien sûr, il faudra faire d'autres tests, mais tu avais raison au sujet de cette enzyme. Grant ?

Elle se retourna, et son cœur faillit cesser de battre. Grant était plié en deux et il se cramponnait à une table si fort que le bois commençait à se fendiller sous ses paumes. Des reflets rougeoyants illuminaient ses yeux tandis qu'ils papillotaient, se fixant tour à tour sur Nicole, Katina et Zara.

— Nicole, chuchota Katina, viens par là. Marche doucement. (Elle fit claquer ses doigts devant Grant pour attirer son attention.) Prends l'une de nous, Grant. Nicole est humaine.

Merde! C'était la fièvre lunaire en pleine action. Nicole s'empara d'un gros dossier et s'avança vers Katina.

— N'est-ce pas quelque chose qu'il aurait dû anticiper ?

— Il l'a fait, répondit Katina d'une voix proche du murmure. Zara est sa partenaire habituelle. Mais parfois il est perturbé. Ça nous arrive à tous de temps en temps. Mais avec lui c'est plus fréquent. C'est sans doute lié au fait qu'il a un grain…

Un éclair blanc zigzagua à travers la pièce, puis Zara se retrouva allongée sur une table. Grant la recouvrit aussitôt de son corps, empoignant sa crinière châtaine et plongeant les crocs dans sa gorge.

Nicole avait déjà vu des vampires se repaître, mais toujours dans un cadre contrôlé, comme dans un laboratoire. Une fois, à Paris, elle s'était rendue à une fête organisée par quelques milliardaires français et les divertissements comprenaient un vampire mâle enchaîné qui se nourrissait d'une femelle également enchaînée. Cet étalage de violence et de sexe mis en scène avec faste devant un parterre d'invités en costumes et robes haute couture l'avait choquée. Nicole n'avait pas été capable de détourner les yeux. Un peu comme maintenant.

— Pfiou ! soupira Katina. Je n'avais aucune envie qu'on se repaisse de moi ce soir. Et j'avais encore moins envie de coucher avec lui. Les scientifiques fous, ce n'est pas mon truc.

La voix de Nicole tremblait autant que ses jambes.

— Alors, tu n'as pas de partenaire régulier ?

Katina la poussa vers la porte, l'obligeant à détacher son regard de Grant, qui avait commencé à lacérer le pantalon de Zara avec ses ongles.

— Nous sommes presque deux fois plus nombreuses que les mâles ici, la plupart des femelles n'ont pas de partenaires réguliers.

— Que se passe-t-il lors de la nouvelle lune ?

Serrant le dossier contre son cœur, Nicole jeta un coup d'œil au couple, à présent occupé à déchirer sauvagement ses vêtements en se tortillant l'un contre l'autre.

— J'aurais pensé que ça poserait des problèmes, ajouta-t-elle.

— Ça en pose. Certains mâles nourrissent deux femelles, mais la majorité d'entre nous doivent attendre leur tour et ne pas se repaître pendant un mois. Ça fait un paquet de femelles hargneuses un jour par mois. (Elle donna un coup de coude à Nicole tandis qu'elles arpentaient le dédale de couloirs.) Paie ton syndrome prémenstruel ! Nous, on l'appelle SVF.

— SVF ?

Katina remua les sourcils.

— Syndrome de la vampire en furie.

Eh bien, voilà qui ne semblait guère plaisant. *A fortiori* pour toutes les personnes qui côtoyaient la vampire en furie en question.

Les couloirs étaient en partie vides, mais elles croisèrent quelques femelles sur le trajet jusqu'à ce qu'elles regagnent la chambre de Nicole, devant laquelle une nouvelle garde avait été postée. Katina reprit sa place de l'autre côté de la porte, et Nicole entra dans ses quartiers.

Quelqu'un était venu en son absence. Des vêtements soigneusement pliés avaient été déposés sur le canapé, et une pile de nourriture ainsi que plusieurs bouteilles d'eau recouvraient la table basse, banale mais robuste. Ce devait être l'œuvre de Riker.

Il l'avait peut-être chassée de sa chambre, mais il n'avait pas oublié de lui apporter ce dont elle avait besoin. Malgré le désastre de la veille et son apparente disparition, les vêtements et la nourriture amenèrent Nicole à sourire tandis qu'elle se laissait tomber sur le canapé et ouvrait le dossier qu'elle avait subtilisé dans le laboratoire.

Elle grignota une branche de brocoli avec de la sauce au fromage blanc tout en feuilletant les notes de Grant sur les cas de furie sanguinaire dont il avait été témoin et les méthodes qu'il avait employées pour y remédier. Les résultats étaient décourageants : soixante-dix pour cent des vampires qu'il avait soignés avaient succombé à la maladie sinon au traitement. À présent qu'elle avait acquis de nouvelles connaissances sur le rôle joué par l'enzyme VR-2 dans la furie sanguinaire, Nicole comprenait pourquoi les traitements avaient échoué. Mais elle ne comprenait toujours pas pourquoi certaines méthodes de Grant avaient fonctionné.

Il y avait trop de variables et bien trop d'inconnues. Rien ne semblait lier les survivants entre eux.

Elle continua de tourner les pages, et s'arrêta lorsqu'un nom en particulier attira son attention.

Riker.

Dans ses notes, griffonnées sur la feuille de sa grosse écriture ronde, Grant décrivait comment Riker avait été amené dans son laboratoire, les membres ligotés, la bouche bâillonnée.

C'était le jour où Terese était morte.

Les quatre guerriers qui l'avaient escorté avaient raconté dans les grandes lignes ce qui était arrivé dans le manoir. Pendant la bataille, Riker était devenu incontrôlable, une véritable machine à tuer sourde à toute raison. Ils avaient dû le maîtriser afin d'échapper aux troupes de la FFAV qui avaient déferlé sur la propriété.

Riker avait attaqué et drainé plusieurs humains. L'un des guerriers, Myne, avait remarqué le changement qui s'était opéré en lui après qu'il eut tué « un homme chauve en surpoids qui empestait la putréfaction ».

Oncle Paul. Nicole avait entendu, à l'occasion, les vampires domestiques dirent que son oncle sentait la chair faisandée ou les ordures en décomposition. Nicole n'avait jamais rien senti, comme tous les autres humains, à sa connaissance. Ce n'est que plus tard, une fois adulte, alors qu'elle parcourait l'historique médical de sa famille, qu'elle avait appris que l'oncle Paul souffrait d'un cancer des poumons. Il n'aurait eu que deux mois à vivre s'il n'avait pas été vidé de son sang le jour où Terese était morte.

Nicole inspira brusquement. *Le cancer.*

Au labo, Grant et elle avaient injecté une protéine humaine associée au développement du cancer dans des cellules vampires normales, puis ils avaient introduit l'enzyme VR-2, ce qui avait résulté en une augmentation massive, presque instantanée. Ils avaient donc supposé que cette expansion inhibait la faculté d'un vampire à assimiler l'enzyme, ce qui provoquait démence et furie sanguinaire.

Et si le dénominateur commun était le cancer chez les humains dont les vampires s'étaient repus ? Dans ce cas précis, elle pouvait concevoir un sérum afin de bloquer la protéine et obliger les cellules à rétrécir.

Si excitée par cette possibilité qu'elle était au bord de l'hyperventilation, elle bondit du canapé. Elle devait le dire à Grant. Non, il était occupé. *Riker!* Il voudrait être au courant, d'autant plus que la furie sanguinaire avait failli lui être fatale.

Sans réfléchir, elle sortit de la chambre comme une flèche et se retrouva aussitôt flanquée des deux cerbères qui lui servaient de gardes.

— Où crois-tu aller comme ça ? s'écria Katina.

— Il faut que je voie Riker.

Les deux femelles ne dirent rien, et laissèrent Nicole traverser le couloir au pas de course jusqu'aux appartements de Riker. Elle frappa à la porte. Un cri sonore et haut perché lui parvint de l'autre côté.

— Viens!

Elle poussa la porte. Et s'arrêta, stupéfaite.

Riker plaquait contre le mur une femme élancée à la crinière flamboyante, ses crocs étaient enfoncés dans sa gorge. Tous deux étaient habillés, mais la femme le chevauchait comme si elle était nue, pantelante et gémissant d'extase. C'était elle que Nicole avait entendue, sauf qu'elle ne l'avait pas invitée à entrer.

Je viens!

Une douleur et une colère inexplicables lui transpercèrent le cœur comme l'aurait fait l'une des lames aiguisées de Riker. Elle laissa échapper un couinement étouffé, et Riker tourna brusquement la tête. Ses prunelles, d'un bleu intense, brillaient, et ses crocs, deux fois plus gros que d'habitude, dégoulinaient de sang. Un grognement rauque s'éleva des profondeurs de sa poitrine tandis que son regard la clouait sur place.

La pièce sembla rétrécir. Se refermer sur elle comme la chambre à proie.

Elle devait sortir. L'esprit submergé d'images érotiques de Riker avec la sulfureuse étrangère, Nicole recula tant bien que mal vers la porte.

Puis elle courut comme une dératée en direction de sa propre chambre.

Chapitre 18

La proie était en fuite.

Le cœur battant à cent à l'heure comme s'il la pourchassait depuis des heures, Riker s'arracha à Benet et se dirigea vers la porte.

— Attends ! (L'ordre chuchoté de Benet l'arrêta, mais il ne se retourna pas.) Je suis ici, devant toi. Prête et consentante. Je l'ai été depuis des années. Mais tu préfères l'humaine ?

Riker serra les dents, se forçant à mentir, mais le « non » refusait de sortir de sa bouche. Les pas délicats de Benet se rapprochèrent, puis ses lèvres satinées lui caressèrent l'oreille.

— C'est la première fois depuis la mort de Terese que tu témoignes de l'intérêt pour une femme, murmura-t-elle. (Elle porta la bouche à sa gorge, à l'endroit dont elle se repaissait toujours.) Va. Retrouve-la.

Elle n'eut pas à le répéter. Dans les tréfonds de son esprit, il se nota de la remercier plus tard, mais un besoin incontrôlable submergeait le reste de son cerveau, et il quitta la chambre avec une seule idée en tête, tel un loup traquant une louve en chaleur.

Alors, croiser dans le couloir son camarade, qui lui barrait la route, ne le ravit guère. Riker percuta Myne, le poussant hors de son chemin.

— Vieux ! (Myne attrapa l'épaule de Riker et l'obligea à faire volte-face.) Qu'est-ce qui te prend, bordel ?

Riker laissa échapper un grognement furieux et plaqua violemment son ami contre le mur.

— Stop. Ce n'est vraiment pas le jour.

Les yeux anthracite de Myne étincelèrent.

— Il faut que tu manges, mec. Tu es à cran.

— J'ai déjà mangé, répondit Riker, les mâchoires serrées.

Myne étudia Riker avec attention, et gonfla les narines lorsqu'il flaira l'odeur qu'il dégageait.

— Ah, merde ! (Myne baissa la voix.) Suis-moi, mon pote. Si on piquait une bouteille de rhum et qu'on allait faire un tour dans la salle de jeux ?

Du rhum et la salle de jeux ? D'ordinaire, Riker n'aurait pas hésité à accompagner Myne pour s'enfiler des *shots* tout en jouant au billard ou au poker, mais pas cette nuit. Pas alors qu'il était complètement ivre de sang et qu'il chevauchait la fièvre lunaire comme le plus déchaîné des cavaliers. Une ténébreuse concupiscence à peine contenue rôdait en lui, menaçant d'anéantir toute civilité, telle une créature en chair et en os qui le griffait depuis des années, avide de se libérer.

Nicole lui avait ouvert la cage, et elle voulait la remercier.

— Non.

Riker s'éloigna de Myne.

— Putain ! s'exclama Myne, et cette fois, lorsqu'il essaya d'arrêter Riker, il reçut le poing de son ami en plein visage.

Le bruit de l'impact résonna dans les couloirs, suivi du grognement de Myne.

— Espèce d'abruti ! Baiser l'humaine n'amènera rien de bon. (Du revers de la main, Myne essuya le sang sur sa bouche.) Ça fait vingt ans que tu te morfonds à cause de la mort de Terese, et c'est une humaine qui arrive à te sortir de ta déprime ?

— La ferme.

Pas du genre à obéir aux ordres, Myne insista.

— Ce n'est pas une simple humaine, connard. C'est une humaine qui possédait Terese. Tu vas vraiment fourrer ta bite là-dedans ?

Riker siffla de rage.

— Tu ne sais pas de quoi tu parles, répliqua-t-il d'une voix vibrante de colère. Va donc retrouver ta femelle maso et donne-lui une bonne dose de souffrance. À moins qu'elle soit avec un autre ce mois-ci ? (Comme Myne, Riker poursuivit, conscient qu'il avait touché un point sensible. Pourquoi chercher à blesser sa victime alors qu'on pouvait se contenter de l'achever ?) Que feras-tu quand son père lui aura trouvé un partenaire convenable ? Que se passera-t-il ? Quelle femelle s'enthousiasmerait de tes témoignages d'affection si particuliers ? Personne ici n'a envie d'être avec toi.

Riker se sentit honteux lorsqu'il perçut l'éclair de douleur et de surprise dans les yeux de Myne, mais ce dernier se ressaisit vite et afficha un visage de marbre.

— Ne viens pas chialer chez moi quand tu seras rongé par la culpabilité et les regrets.

Bousculant Riker, il disparut au fond du couloir.

Merde ! À présent, concupiscence et colère lui lacéraient les veines et le faisaient dévier de son orbite. Une seule chose pouvait le remettre sur les rails, et cette chose douce et féminine séjournait dans une pièce au bout du couloir.

Il ne se rappelait même pas comment il était arrivé là. Quand Katina s'avança pour lui barrer la route, il suffit d'un regard noir pour qu'elle se pousse.

Lorsqu'il entra, Nicole était dans la chambre à coucher.

Elle bondit du lit sur lequel elle était assise et pliait frénétiquement une feuille de papier pour lui donner la forme d'un animal.

— Sors d'ici, lui ordonna-t-elle d'une voix rauque.

Il marcha vers elle.

— Après.

— Après quoi ?

Elle prit le verre d'eau posé sur sa table de chevet et le lui lança au visage. Riker l'esquiva d'un pas sur le côté, mais il ne parvint pas à éviter le liquide, qui lui éclaboussa le dos quand le verre se brisa contre le mur.

— Après que tu m'auras gueulé un peu plus dessus ?

— Non, dit-il d'une voix ténébreuse. Après qu'on aura terminé ce qu'on a commencé.

Le cœur de Nicole galopait dans sa poitrine. Riker se tenait devant elle, un explosif mélange de danger et de désir émanait de son corps, ses crocs étincelaient derrière ses lèvres entrouvertes.

Des lèvres qui étaient posées sur la gorge d'une pétasse de vampire tandis qu'elle s'arquait contre lui, les jambes enroulées autour de sa taille.

Nicole n'avait pas le droit d'être jalouse. En dépit de l'inexplicable attirance physique qu'ils éprouvaient l'un pour l'autre, il n'y avait rien de sentimental entre Riker et elle. Rien du tout. Elle ne l'appréciait même pas.

Menteuse.

— Il n'y a rien à terminer.

— Rien à terminer ? Tu te demandais en quoi le sexe avec un vampire était si exceptionnel. Je vais te montrer.

Il s'avança vers elle, lentement, comme un chat s'approchant d'un oiseau.

— L'endurance. (Il s'avança encore d'un pas.) Des orgasmes multiples. (Un pas, et Nicole sentit sa bouche s'assécher.) La souplesse. (Un pas de plus. Ses joues s'empourprèrent.)

La force. (Encore un pas. Une étrange sensation lui chatouilla le creux des reins.) La faculté de sentir la chaleur, ce qui nous permet de savoir quelles parties du corps sont les plus sensibles au bon moment. (Un pas de plus. Une douleur lancinante prit naissance dans son bas-ventre.) La capacité à percevoir la moindre modification des pulsations cardiaques, et donc à savoir exactement comment chaque caresse, chaque baiser, chaque coup de langue affecte notre partenaire.

Oh, Seigneur!

La moiteur se répandit entre ses cuisses et, soudain, Riker se dressa devant elle, les mains sur ses épaules, la bouche sur la sienne. Un grondement viril, désespéré, monta de sa poitrine tandis qu'il frottait le bassin contre son ventre. L'érection rigide que dissimulait sa braguette donnait une indication précise sur ce qu'il estimait devoir finir, et Nicole réprima avec peine un gémissement.

— Tu n'aurais pas dû revenir chez moi, murmura-t-il contre ses lèvres.

Non, elle n'aurait pas dû.

— Désolée. J'ai gâché le moment que tu partageais avec ta copine?

Il glissa un bras derrière sa taille pour l'attirer encore plus fermement contre lui.

— Ce n'est pas ma copine.

— Toutes mes excuses. C'est un coup d'un soir, alors.

Il prit sa lèvre inférieure entre ses dents, puis passa délicatement la langue sur la zone qu'il venait de mordiller.

— On n'a jamais couché ensemble.

Oh! Tiens donc. Même si cette réponse la ravit, elle ne pouvait chasser de son esprit l'image de Riker et de Vampirella en train de se frotter l'un contre l'autre comme deux bêtes en rut.

— Alors, j'ai interrompu votre première fois.

— Je n'avais pas envie d'elle. Je me repais d'elle. C'est tout.

Elle le repoussa et fit un pas sur le côté.

— Vraiment ? Parce qu'à trente secondes près vous seriez devenus bien plus que des potes de sang.

— Eh ben, ça alors ! (Un sourire de triomphe tout masculin illumina l'expression de Riker.) Tu es jalouse.

— Non ! (Si, elle l'était.) Je suis… troublée. Je suis juste… complètement… Je n'en sais rien !

Il la considéra comme d'autres regarderaient un animal enragé.

— Je ne comprends pas.

Elle laissa éclater sa colère.

— Ça ne m'étonne pas, espèce de crétin !

En toute honnêteté, elle n'y comprenait rien non plus. Mais cela ne l'empêcha pas de lui faire part de la peur et du stress qui la dévoraient depuis plusieurs jours.

— J'ai la trouille, voilà ! Je suis perdue. J'ignore où je suis, et tout le monde ici me reluque comme s'ils voulaient me manger ou me torturer. Voire les deux. Je veux rentrer chez moi, mais en même temps je ne veux pas rentrer chez moi parce que toutes mes certitudes se sont avérées n'être qu'un gros mensonge. Les gens à qui je faisais confiance m'ont tourné le dos, et mon propre frère craint de me venir en aide. (Elle marqua une pause pour reprendre son souffle, du carburant frais pour sa prochaine tirade.) Je devrais te haïr, mais au contraire je suis attirée par toi, ce qui est complètement tordu, d'autant plus qu'une fois qu'on aura délivré Neriya j'ai de grandes chances de mourir. (Elle essuya ses larmes du revers de la main.) Alors, pardonne-moi d'être un chouïa instable émotionnellement ces jours-ci. (Elle renifla.) Connard.

—Je ne tuerai pas, Nicole. Je te le promets.

—Peut-être pas toi, mais soyons sérieux! Je ne suis pas stupide. Ton clan ne peut pas me laisser vivre. J'en sais beaucoup trop.

—Je m'y opposerai. (Il prit son visage entre ses mains et la regarda droit dans les yeux.) Écoute-moi. Tu ne vas pas mourir. Retrouvons Neriya, et on avisera ensuite.

Elle acquiesça et, doucement, la colère et la confusion qui saturaient l'atmosphère se muèrent en une sensualité électrique évidente. Elle se lécha les lèvres, et Riker porta les yeux sur sa bouche, les braqua sur sa langue. Avec une lenteur consommée, il abaissa la tête jusqu'à ce que leurs visages se frôlent.

—Je te veux, Nicole.

—Il y a dix minutes, tu étais avec une autre, lui fit-elle remarquer sur un ton mesquin et renfrogné qui lui fit horreur.

—Parce qu'il le fallait. Mais je ne la désirais pas. Pas comme ça.

—Comme quoi?

Ses lèvres faites pour le péché se retroussèrent en un sourire oblique lorsqu'il effleura celles de Nicole.

—Comme ça, murmura-t-il.

Elles étaient chaudes, son baiser langoureux, jusqu'à ce que Nicole se dresse sur la pointe des pieds pour en avoir davantage. Comme si c'était là l'invitation qu'il attendait, il la souleva et, avec sa vitesse de vampire, il l'allongea sur le lit.

Sans cesser de l'embrasser, il s'étendit à son côté et l'empoigna par les fesses pour la ramener contre lui. Quelle sensation étrange et plaisante à la fois! Et quand il glissa les doigts sous son chemisier, elle s'arqua pour lui offrir un meilleur accès. Il fit courir sa bouche le long de sa mâchoire, la caressant de son souffle brûlant.

Avec maestria, il dégrafa son soutien-gorge, puis fit remonter la main vers ses seins pour les prendre en coupe dans sa paume. Nicole pantela sous son toucher intime, puis cessa de respirer quand il recula d'un pas pour la déshabiller. Sa propre chemise ne fit pas long feu, le bruit du tissu déchiré emplit la pièce lorsque Riker la déchiqueta. Il était sublime dans son empressement avec les tendons de sa nuque qui saillaient, les muscles de ses bras qui se tendaient et roulaient avec une force dont elle avait été témoin à plusieurs reprises.

— Je ne te demanderai pas si tu es prête.

La voix de Riker était brusque, ses gestes l'étaient plus encore lorsqu'il tira sur le jean de Nicole, la laissant dans l'ignoble culotte de grand-mère.

— Je sais que tu l'es, ajouta-t-il. Je flaire ton désir.

Il plongea les doigts entre ses jambes pour caresser le coton humide, et ils gémirent en chœur.

— Je le sens, renchérit-il. (Il la surplombait de toute sa hauteur, son expression ne faisant aucun doute quant à ses intentions.) Mais si tu veux arrêter, dis-le-moi maintenant.

Arrêter ? Il était fou ? En réponse, elle lui enlaça le cou et l'attira contre elle, lui prenant un baiser. Il avait le goût du chocolat noir, avec un soupçon métallique de…

Il avait le goût de la garce qu'il avait été en train de sucer.

Jalousie féroce et possessivité à l'état brut l'envahirent soudain. Quelques jours auparavant, elle aurait pris le temps d'analyser ses émotions, mais elle n'était plus la même personne désormais. Elle n'évoluait plus dans un environnement sécurisé et contrôlé. Elle se trouvait en pleine nature, entourée de gens qui suivaient leurs instincts et se rappelaient leurs racines primitives. La sauvagerie avait pénétré son cerveau, son corps et son cœur. Pour la première fois, elle allait suivre ses instincts, elle aussi.

Elle se cramponna à lui, enfonçant les ongles dans sa nuque. Elle le griffait, le marquait comme sien.

Il siffla, et pressa son érection contre sa hanche. Oh, mais ce n'était pas assez ! Alors qu'il plongeait la langue dans sa bouche, elle glissa la main entre eux et descendit la braguette de son jean, libérant son sexe massif. Et, quand elle l'empoigna, le grondement animal qu'il poussa lui procura un indéfinissable frisson d'excitation.

Il se redressa, cambrant le dos tandis qu'elle le caressait. Nicole était fascinée par l'extase brute qui se dégageait de son expression, par ses lèvres légèrement entrouvertes qui luisaient de leur baiser et révélaient la pointe de deux crocs ivoirins. Elle ignorait à quel moment elle avait commencé à trouver les crocs sexy, mais elle voulait qu'ils lui effleurent la peau et couvrent son corps de picotements de plaisir.

Comme s'il avait lu dans ses pensées, Riker se pencha vers elle et prit son sein dans sa bouche. Il le mordilla tendrement avant de le lécher, laissant sa langue dessiner de petits cercles sur cette zone sensible jusqu'à atteindre son mamelon qu'il titilla avec délice. Il fit descendre la main sur son ventre et la glissa sous sa culotte. Elle écarta les cuisses, impatiente qu'il la touche.

Il ne la déçut pas. Il plongea les doigts entre ses plis moites, et elle cria lorsqu'il frôla délicatement son clitoris.

— Tu es si mouillée, murmura-t-il contre sa poitrine. Si douce. (Il enfonça l'index en elle, lui arrachant encore un cri. Elle était déjà si proche de l'orgasme qu'elle aurait pu pleurer.) Je veux te goûter.

Oh, bonté divine, oui ! Le cunnilingus ne l'avait jamais emballée, et, à dire vrai, c'était quelque chose qu'elle avait toujours évité. Trop intime. Trop embarrassant. Mais à cet instant elle ne put en priver Riker ; à cet instant, elle en brûlait d'envie.

Riker descendit, imprimant des baisers et des caresses humides le long de son corps, attisant le feu qui l'embrasait. Lorsqu'il s'installa entre ses cuisses, les écartant de ses épaules massives, elle ne douta pas qu'il sentait la chaleur infernale qui émanait d'elle.

Il n'ôta pas sa culotte. Refermant la bouche sur le tissu, il la lécha. Sentir sa langue entrer en elle à travers la barrière de coton constituait une expérience inédite, dont elle se délecta, cambrant les hanches pour se plaquer contre lui.

— C'est ça, grogna-t-il. Prends ce que tu veux.

— Je veux jouir, gronda-t-elle en retour.

Il glissa les doigts sous l'élastique et tira la culotte sur le côté pour la lécher de nouveau, cette fois chair contre chair. L'intensité de ce contact la fit tressauter et, quand il plongea la langue profondément en elle, elle faillit décoller du matelas.

Il la lapait avec ardeur, se servant de sa langue comme d'un outil érotique. Sous ses assauts, le corps de Nicole se tordait si violemment qu'il devait la maintenir en place en l'empoignant fermement par les hanches. Un plaisir enivrant la submergea et, quand elle entendit le bruit du tissu déchiré, elle comprit qu'il était en transe, lui aussi.

Il se jeta sur elle, et enfouit la langue dans les tréfonds de son intimité. Il la fit tourner, vite, puis doucement, l'emmenant si loin qu'elle crut défaillir. Elle était au bord de l'orgasme, à deux doigts de l'atteindre, mais il l'en priva, la laissant redescendre pendant un fragment de seconde avant de reprendre le cours de son exploration.

— Je t'en prie, pantela-t-elle. Je…

Elle s'interrompit devant son brusque changement de tactique. Elle sentit un coup de langue rapide sur sa vulve, puis une tendre caresse des plus curieuses sur son clitoris. La tête de Riker remuait de gauche à droite tandis que le plaisir de Nicole montait, et c'est à ce moment qu'elle comprit qu'il la caressait avec un croc. Le savoir la propulsa aussitôt au septième ciel, vers l'orgasme le plus puissant, le plus époustouflant de toute sa vie. Il durait encore lorsque Riker la couvrit de son corps et s'abîma en elle.

Elle jouit de nouveau, même s'il ne bougeait pas. Il se contentait de rester en place et de la contempler de son regard menaçant de prédateur.

— Des orgasmes multiples, dit-il dans un murmure guttural. C'est l'effet du fluide que renferment nos crocs. Tout ce qu'ils touchent devient… extra-sensible.

Il lui en fournit la preuve en glissant la main entre eux pour effleurer du bout du doigt son petit bourgeon turgescent. Un nouvel orgasme la frappa avec l'intensité de la foudre, saturant tout son système nerveux.

Elle lui griffa le dos, l'encourageant à poursuivre. Elle devait le voir jouir. Voir ce guerrier endurci, marqué par les batailles, se perdre dans le plaisir suprême.

Un plaisir que, cette fois, elle lui donnerait.

Un cri rauque et bestial s'éleva de sa poitrine, et il se mit à aller et venir en elle, sauvagement, cognant les hanches contre les siennes, et l'enfonçant dans le matelas à chaque puissante poussée. Un léger voile de sueur se forma sur sa peau, faisant ressortir ses veines sur ses muscles frémissants. Les bruits du sexe emplirent la pièce : la collision des corps, les halètements, le son mouillé de leurs sexes emboîtés l'un dans l'autre.

L'extase la gagna de nouveau. Seigneur, avec quelle facilité la propulsait-il là-haut ! Elle lutta pour respirer entre les vagues de plaisir, de plus en plus chaudes et rapprochées, calées sur les coups de reins toujours plus frénétiques de Riker. Il la pilonna, les dents dénudées, les tendons saillants. Des flammes de pure volupté lui embrasèrent les veines avant de se répandre vers son sexe, et, n'y tenant plus, elle enroula les jambes autour de Riker si fort qu'il grogna.

Elle souleva les hanches pour l'attirer profondément en elle, l'obligeant à ajuster sa position et à se plaquer contre elle sans interrompre le va-et-vient effréné de son pelvis.

— Oui ! hurla-t-elle. Oh… oui !

Elle convulsa, assaillie par la jouissance et l'euphorie qui irradiaient de son centre et se fondaient en un orgasme époustouflant. La félicité de ce moment dépassait le plan physique. Elle était émotionnelle, et Nicole n'avait jamais rien ressenti de comparable. C'était la première fois que quelque chose lui semblait si naturel. Si parfait.

Ses muscles enserrèrent Riker tandis que son corps tressautait. Ce n'est qu'après avoir recouvré ses esprits, alors que sa respiration haletante emplissait encore la pièce, qu'elle remarqua qu'il ne bougeait pas. Il s'était immobilisé. Ses bras robustes tremblaient de part et d'autre de Nicole et la douleur avait assombri son regard.

Chapitre 19

Riker n'en revenait pas. Comment était-ce possible de se trouver au pieu en compagnie d'une femme sublime et de ne pas parvenir à franchir la barrière du plaisir ultime ? Il était dur comme de la pierre, ses bourses étaient serrées, son sexe palpitait, avide de la libération, et pourtant il était incapable de se lâcher.

— Riker ? s'enquit Nicole, hors d'haleine. Que se passe-t-il ? Qu'est-ce qui ne va pas ?

Elle remua, l'étreignant dans son intimité brûlante et satinée. Riker poussa un sifflement.

— Je ne peux pas. Putain, je ne peux pas !

Il enfonça les poings dans le matelas et se décolla de Nicole, les bras tremblants. Lorsqu'elle se redressa pour s'approcher, il se leva d'un bond.

— Qu'est-ce qu'il y a ? Je veux dire… euh… c'est évident que tu peux.

Il resta planté devant elle comme un imbécile pathétique, sa poitrine s'élevant au rythme de ses inspirations, la peau couverte d'un voile de sueur luisant. Entre ses jambes, sa queue était toujours en érection, lustrée par le désir de Nicole et gonflée par le sien.

— Je ne peux pas, répéta-t-il, cette fois d'une voix teintée de frustration et de colère.

— Viens là…

De nouveau, elle tendit le bras vers lui, mais il fit volte-face et ramassa son jean roulé en boule au sol.

— On arrête là, Nicole.

Le matelas grinça.

— Je croyais qu'à la mort de la compagne l'imprégnation était détruite.

Il se tourna brusquement vers elle.

— Que sais-tu de l'imprégnation ?

— Je sais qu'elle touche uniquement les vampires mâles. Je sais qu'un mâle peut seulement imprégner une vampire, pas une humaine. Et je sais que l'imprégnation n'est pas une question de choix, mais nous ignorons ce qui rend une femelle « imprégnable ».

— « Imprégnable » ?

Elle renifla.

— Le terme est valide dans ce cas précis.

Elle essaya de discipliner ses cheveux en coinçant ses mèches rebelles derrière les oreilles, mais sa tentative échoua. Riker n'avait jamais vu de femme aussi belle, aussi sexy, au saut du lit.

— Le lien implique des relations sexuelles exclusives entre les partenaires imprégnés, mais je pensais que ce dernier se rompait à la mort de la femelle.

— Il ne s'agit pas d'un lien, grommela Riker. Un lien inclut les deux parties.

Elle leva les yeux au ciel.

— Mais il est censé se dissoudre à la mort de la femelle, non ?

— N'insiste pas, Nicole. (Il enfila son pantalon.) Et les mâles sont tout à fait capables de coucher avec d'autres femelles que celles qu'ils ont imprégnées. Mais, généralement, ils n'en ont pas envie. Le lien est si puissant que, si un mâle imprègne une femelle qu'il hait, il finira par tomber amoureux d'elle avec le temps. (Il voulut remonter sa braguette et jura quand celle-ci resta coincée.) Il faut croire qu'on ne vous apprend pas tout dans vos cours d'anatomie vampirique, hein ?

C'était un coup bas, mais Nicole ne sembla guère intimidée.

— J'essaie de comprendre, c'est tout.

— Tu n'as pas besoin de comprendre.

Elle leva les mains, dégoûtée.

— Alors, c'est comme ça ? Tu fais irruption dans ma chambre comme un forcené, tu me convaincs que tu me désires, puis tu me fais jouir pendant que tu te cramponnes à ta précieuse maîtrise ? C'est une blague ? une façon de m'humilier ?

Elle s'empara de son jean et commença à l'enfiler.

Il la dévisagea, interdit. Et la dévisagea encore lorsqu'elle se pencha pour ramasser son soutien-gorge.

— Pourquoi voudrais-je t'humilier ?

— Peut-être parce que je suis une simple humaine ? ou parce que tu me détestes ? Je n'en sais rien. Mais que suis-je censée penser ? Si tu peux coucher avec moi malgré l'imprégnation, pourquoi t'être arrêté ?

Cependant, le fait qu'il l'ait désirée bien qu'elle fût humaine réfutait l'argumentation de Nicole.

— Je ne suis pas imprégné.

— Donc la mort de la compagne y met bien un terme. (Il se détourna, mais elle l'attrapa par le bras et le força à revenir vers elle.) N'est-ce pas ?

— Oui.

— Mais ?

La honte et le dégoût l'assaillirent.

— Mais je n'ai jamais imprégné Terese ! Je l'ai toujours déçue en tout.

Nicole cligna des yeux.

— Il s'agit donc de Terese ? Comment as-tu fait pour coucher avec d'autres femmes alors ?

Il secoua la tête, gagné soudain par l'abattement.

— Ça fait longtemps que je n'ai pas eu de rapport intime avec une femme.

— Combien de temps ?

Il souhaitait vraiment qu'elle cesse de le cuisiner ainsi.

— Suffisamment longtemps.

— Pour que quoi ? Que tu oublies comment on fait ?

Elle enfila la chemise en flanelle, beaucoup trop grande, mais qui lui allait si bien. Peut-être parce qu'il se l'imaginait vêtue de l'une de ses chemises... sans rien en dessous.

— Parce que, je dois te l'avouer, tu ne te débrouillais pas trop mal quelques minutes plus tôt, ajouta-t-elle.

Il sourit, flatté dans son orgueil. Sa queue tressauta comme pour manifester son envie de caresses.

— Fais-moi confiance, je m'en souviens très bien.

— Alors quel est le problème ?

Il sentit son visage s'enflammer.

— Je n'ai pas touché d'autres femmes, à part pour me repaître, depuis la mort de Terese.

La brusque inspiration de Nicole l'humilia encore plus.

— C'est... Waouh ! ça fait vingt ans.

— Merci d'avoir fait le calcul.

Après une longue pause, Nicole finit par murmurer :

— Tu l'aimais vraiment, n'est-ce pas ?

Renversant la tête en arrière, il serra les paupières et sonda son cerveau à la recherche d'une réponse. Mais les ténébreux recoins de son esprit n'offrirent que le silence.

— Ouais.

Mais il ne l'avait pas aimée assez pour la maintenir en sécurité ou en vie.

— Je suis désolée. (Elle s'affala sur le rebord du matelas.) Cela faisait combien de temps que vous étiez unis quand...

— ... quand elle s'est donné la mort ? termina-t-il d'une voix pleine d'amertume. Cinq ans. Mais nous ne nous sommes pas unis par amour.

— Comment vous êtes-vous rencontrés ?

— Seigneur ! C'est une interview pour le *Vampire Times* ou quoi ? (Comme Nicole croisa les bras et le regarda fixement, bien décidée à ne pas céder, il soupira.) Ce n'était pas tant une rencontre qu'une bataille. (Il enfila son tee-shirt.) Elle était issue du clan DreamDevour, en Californie. Ils l'emmenaient s'unir avec le chef de ShadowSpawn. Nous sommes tombés sur eux aux confins de notre territoire et un combat a éclaté. À l'époque, ShadowSpawn comptait moins de membres qu'aujourd'hui, et nous étions en guerre. Ils venaient d'assassiner la compagne de l'un de nos guerriers, et Hunter avait estimé qu'enlever l'une des leurs, en particulier une femelle de haut rang destinée à leur chef, constituerait la vengeance idéale.

— Et tu t'es porté volontaire ?

— C'était mon idée. Nous l'avions capturée lors de la bataille avec DreamDevour, et Hunter voulait la retenir en otage indéfiniment pour forcer les deux clans à négocier le meilleur accord. Moi, je penchais pour unir Terese à l'un des nôtres et forger une alliance avec DreamDevour tout en faisant un doigt d'honneur à ShadowSpawn. Hunter a décidé que, puisque c'était mon idée, c'était à moi de m'y coller, pour le bien du clan.

— Et Terese était d'accord pour s'unir à toi ?

Il émit un ricanement de mépris.

— Elle n'avait aucune envie d'être unie à un vampire de ShadowSpawn, et encore moins au mâle auquel on l'avait promise.

Un salopard sadique et violent qui, selon certaines sources, avait pour habitude de battre l'une de ses filles pratiquement à mort.

— Mais je la terrifiais aussi, poursuivit-il. Du moins, au début.

Il ne se le pardonnerait jamais. Il était furieux contre la tournure des événements, qui lui avait apporté une compagne qu'il ne désirait pas, et, même s'il n'avait jamais passé sa frustration sur Terese, il ne lui avait jamais donné de raisons de ne pas avoir peur non plus.

— À l'évidence, elle s'y est faite.

— Moi aussi.

Il arpenta la pièce, regrettant de ne pas se trouver dehors, à l'air libre, où il pourrait courir pendant des heures avant que les crampes postprandiales ne commencent à l'élancer.

— Elle était vraiment craintive, comme un faon venant de perdre sa mère. J'ai dû apprendre à baisser d'un ton en sa présence. Je pense qu'entre ses efforts pour me faire plaisir, et mes tentatives pour la rassurer et faire en sorte qu'elle se sente en sécurité, nous nous sommes rapprochés. (Certes, mais ils avaient tissé des liens d'amitié, pas d'amour. Il se tourna vers Nicole.) Tu as dit que tu l'aimais. Tu devais passer beaucoup de temps avec elle.

— En effet. (Elle sourit affectueusement.) Si ça peut te consoler, elle a toujours été bien traitée.

Si bien qu'elle s'est suicidée. Il résista à l'envie de souligner ce détail, pour la énième fois. Nicole se rappelait la vie de

Terese à travers les yeux d'une enfant, et Riker en avait déjà assez fait pour détruire son monde.

— Riker… (Nicole se frotta les cuisses, et il se demanda si elle serait en train de plier des oiseaux en origami si elle avait des feuilles de papier à sa disposition.) Je ne comprends toujours pas ce qui nous est arrivé. Un instant on est ensemble. Puis plus rien.

Il n'y comprenait pas grand-chose non plus. Mais cela faisait vingt ans qu'il n'avait pas été capable de se résoudre à coucher avec une femelle. La mort de Terese l'avait vidé de l'intérieur. Un trou béant, glacé, l'habitait désormais. C'était bien plus que le deuil, mais il n'avait jamais réussi à creuser assez profond en lui-même pour découvrir ce qui s'y cachait, en partie parce que cela ne lui avait jamais importé jusqu'à présent.

Ou peut-être n'avait-il jamais souhaité affronter l'ignoble réalité.

Il n'avait pas aimé Terese comme il l'aurait dû, et elle avait payé le prix de sa négligence.

— Ne parlons plus de ça, Nicole.

— Tu en es sûr ? s'enquit-elle tout bas. Tu penses pouvoir oublier tout ça ? Parce que, d'après moi, ce qu'on vient de faire a fait remonter pas mal de trucs à la surface, et si tu refuses de prendre le taureau par les cornes…

— N'essaie pas de me psychanalyser ! (Il jeta un coup d'œil intentionnel sur son cou.) Quelle aide la thérapie t'a-t-elle apportée ?

Elle déglutit.

— Exactement.

— Ne sois pas désobligeant. (Elle s'assit en tailleur sur le lit.) Tu sais ce qui m'a aidé ? Ça peut paraître dingue, mais être ici m'a aidée plus que vingt ans de thérapie.

— Ravi qu'on ait pu t'être utiles, répliqua-t-il sur un ton acerbe.

— C'est ce que j'appelle être désobligeant, soupira-t-elle, non sans agacement. Au cours des derniers jours, j'ai accepté d'en apprendre plus sur les vampires, et ce de ton point de vue. Je t'ai laissé entrer, Riker.

— Et je ne doute pas une seconde que tu finiras par le regretter.

De toute évidence, il n'avait prêté nulle attention à sa requête et continuait de se comporter en parfait connard.

— Je ne le regretterai jamais, s'empressa-t-elle de riposter. Parce que j'ai enfin le sentiment d'être guérie.

— Qu'essaies-tu de dire ? Que si je me confie plus, que je saute dans un lit avec toi, je me sentirais mieux, comme par magie ? J'oublierais comment ta famille a détruit une personne qui comptait énormément pour moi et dont la protection m'incombait ?

— Oui, répondit-elle d'une voix dégoulinante de sarcasmes. C'est exactement ce que je dis ! D'ailleurs, on devrait coucher ensemble, là, tout de suite ! (Elle bondit sur ses pieds et descendit sa braguette d'un geste furieux.) Peut-être que mon vagin magique exorcisera tous les traumatismes que ma famille t'a infligés.

— Putain ! (Il s'empara de ses poignets pour l'empêcher de se déshabiller.) Rien de ce que tu feras ne pourrait me faire oublier ça.

La fureur embrasa le regard de Nicole et ses iris émeraude jetèrent des flammes, si bien que Riker s'attendit à trouver des traces de brûlures sur sa peau.

— Tu sais, j'ai appris que tous les vampires ne se ressemblaient pas. Pourquoi n'arrives-tu pas à ouvrir les yeux et à en faire autant au sujet des humains ? Oh, mais suis-je bête !

Tu en es tout à fait capable, tu n'en as simplement pas envie. Tu préfères t'accrocher à ta haine et infliger ton amertume et ta culpabilité à tous ceux qui t'entourent.

— Tu ne sais rien de moi ou des gens qui m'entourent ! Tu me connais depuis deux jours et ça fait de toi une experte sur ma vie ?

— Est-ce que je me trompe ? s'écria-t-elle en retour. Tu ne dégaines pas ton venin comme une arme, empoisonnant tout autour de toi ?

Elle avait visé juste, et Riker eut l'impression qu'elle l'avait frappé au visage. Sa colère monta, nourrie par l'aversion qu'il éprouvait envers lui-même, enrobée sous d'épaisses couches de déni. À présent, elles s'étaient fissurées, libérant cette rage toxique que Nicole ne méritait pas, mais à laquelle elle goûterait néanmoins.

— Tu es suicidaire, c'est ça, humaine ?

Il s'approcha de nouveau d'elle, se retenant de la secouer par les épaules pour lui remettre les idées en place. Pour lui faire comprendre de ne jamais se moquer d'un vampire. De ne jamais tenter un vampire.

Elle releva le menton dans une attitude de défi.

— Tu as promis de ne pas me tuer.

— Et tu m'as cru ? (Il dénuda ses crocs pour appuyer son propos.) Moi, un vampire ?

Elle se crispa. La tension de ses muscles était à peine perceptible, mais Riker flaira l'effluve d'angoisse qui émanait d'elle, signe qu'elle n'était pas sûre à cent pour cent d'être en sécurité, et il se sentit minable.

Il était venu satisfaire un besoin primitif avec cette femme qui l'avait captivé dès qu'il l'avait touchée, mais, alors même que des hormones enragées parcouraient son corps, il s'était calmé en sa présence. Elle avait reconnu être effrayée et perdue, à la fois dans son monde et dans celui de Riker, et il n'avait eu qu'une envie : la réconforter. Et voilà qu'à cause de lui elle se sentait piégée de nouveau. Comme une brebis attendant d'être sacrifiée.

Il inspira, espérant que l'oxygène lui vide l'esprit et l'aide à trouver les mots adéquats pour cette situation.

Mais, apparemment, l'air magique n'existait pas plus que les vagins magiques.

On frappa à la porte, puis Hunter l'ouvrit violemment et arriva devant la chambre à coucher en l'espace de quelques secondes. Il resta sur le seuil, observant tour à tour le lit défait et leurs vêtements débraillés, et Riker comprit aussitôt qu'il aurait droit à un interrogatoire en bonne et due forme plus tard.

Génial. Parce que ça ne lui suffisait pas que Myne lui casse les couilles au sujet de sa relation avec Nicole.

— J'ai quelque chose à te montrer, dit Hunter, la mine sinistre.

Riker modifia le poids de son corps, écrasant des bris de verre sous son pied.

— Donne-moi une minute.

— Tout de suite, insista Hunter. Venez tous les deux.

Il n'y avait pas plus doué que Riker pour obéir à des ordres qui ne lui plaisaient guère. Dans un silence renfrogné, Nicole et lui suivirent Hunter jusqu'à son bureau où la télévision était allumée, l'image sur pause. Il appuya sur la télécommande, et un journaliste, debout devant le quartier général de Daedalus, recommença à parler.

« Le docteur Nicole Martin, héritière milliardaire et P.-D.G. de Daedalus Corporation, est toujours portée disparue après son brutal enlèvement par des vampires. Depuis, certains exigent l'éradication totale et définitive des vampires, tandis que d'autres, à commencer par le Cercle humaniste pour les vampires, revendiquent la libération de ces derniers, dont la capture, affirment-ils, est en grande partie imputable à Daedalus. »

La caméra fit un panoramique sur une femme munie d'une pancarte sur laquelle on pouvait lire : « LES VAMPIRES SONT DES PERSONNES ! » « Nicole Martin a eu ce qu'elle méritait ! vociférait la femme. On ne récolte que ce qu'on sème ! Libérez les vampires ! »

Un homme de l'autre côté de la rue lui fit un doigt d'honneur, et hurla : « Les vampires sont des abominations ! Ils doivent être détruits, ou ce genre de tragédie se répétera ! »

Gros plan sur le visage trop parfait du journaliste. Riker se demanda si le type avait profité de l'élixir de vampire anti-âge. Riker adorerait le vider de son élixir d'humain !

« Charles Martin, le frère du docteur Martin, a juré de remuer ciel et terre pour la retrouver. »

Ouais, c'est ça ! songea Riker. Mais, à son côté, Nicole ébaucha un timide sourire, soulagée que son frère soit décidé à la récupérer. Cependant, comme elle l'avait déjà souligné auparavant, elle n'était pas stupide. Elle devait savoir, en son for intérieur, que son abruti de frère ne comptait pas lever le petit doigt pour la sauver.

Charles apparut à l'écran, et fut aussitôt assailli par une dizaine de micros.

« Les créatures démoniaques qui ont infligé ça à ma sœur bien-aimée seront capturées et exécutées. Nous avons appris que ces vampires s'étaient échappés de l'un de nos établissements du district sud de Seattle après avoir été libérés par des activistes pro-vampires. Ces créatures doivent être considérées comme extrêmement dangereuses. C'est d'ailleurs pour cette raison qu'elles étaient enfermées. »

Riker se rembrunit.

— On ne s'est pas évadés de leurs locaux. Qu'est-ce qu'il raconte ?

Charles poursuivit.

« En guise de précaution, et afin d'éviter ce genre d'incidents à l'avenir, nous allons fermer l'établissement en question ; il s'agissait d'un centre de réhabilitation. Tous les vampires qui s'y trouvaient seront éliminés. Nous savons désormais qu'il est bien trop risqué de laisser à ces animaux le bénéfice du doute. »

— Oh, Seigneur ! s'exclama Nicole d'une voix tremblante. Il ment pour essayer de dissimuler ce qu'ils trafiquaient dans ce fameux labo B ! Je parie qu'il sait que des vampires tenteront de sauver Neriya, et il veut s'assurer qu'ils n'aient pas la moindre chance.

— Merde ! Combien de temps nous reste-t-il à votre avis ? lui demanda Hunter.

Charles regarda droit dans la caméra, comme s'il l'avait entendu.

« Ce sera effectif dès demain. »

Chapitre 20

Sous les flamboyantes lueurs de l'aube, Nicole se tenait devant les laboratoires de Daedalus, Riker à son côté. Ses lunettes de soleil avaient été empruntées à Katina, son haut à Benet, que Nicole regrettait d'avoir traitée de pétasse. Ses tennis étaient neuves, un cadeau d'une dénommée Caris, qui les lui avait timidement tendues en lui murmurant un « bonne chance » à peine audible.

Nicole n'avait pas eu le cœur à répondre que c'était Neriya et Riker qui avaient besoin de chance car, en vérité, c'était eux que Nicole mettait en danger avec ce plan.

— J'espère que ça fonctionnera.

Riker, vêtu d'un jean et d'un tee-shirt à manches longues vert olive sous un imperméable de la même couleur dissimulant toute une artillerie, lui glissa un regard en coin.

— Ça fonctionnera. (Elle serra la veste de Riker, qu'elle avait omis de lui rendre, plus fermement contre elle.) Il le faut.

Riker étudia le bâtiment qui les surplombait, élaborant froidement une stratégie. Ils n'avaient pas reparlé de ce qui s'était passé dans sa chambre, et à présent elle supposait que revenir sur le sujet était inutile. Les probabilités qu'ils s'en sortent tous deux indemnes étaient infimes. Riker pouvait se faire capturer et tuer, et Nicole se faire arrêter pour tout un tas de délits. Peut-être pas pour la mort des vampires du laboratoire dont elle était responsable, mais pour s'introduire dans ce laboratoire-ci, après avoir conspiré avec des vampires pour y parvenir.

Sans compter que son destin demeurait incertain, à considérer que, par quelque miracle, tout se déroule sans accroc.

— On ne te tuera pas, déclara Riker, jouant de nouveau les télépathes, même s'il prétendait ne pas posséder un tel don.

— Je le sais, répondit-elle, et elle le pensait. (Riker empêcherait quiconque de lui faire du mal.) Mais vous ne pouvez pas non plus me laisser partir comme si de rien n'était.

— Exact. Mais on peut te garder avec nous. Tu seras en sécurité.

Katina avait dit quelque chose de similaire. Nicole esquissa un sourire triste.

— Me garder. Comme un animal domestique. Ou un esclave.

Il tourna brusquement la tête et, bien qu'elle ne vît pas ses yeux à travers ses lunettes de soleil, elle sentit le poids de son regard brûlant. Sa mâchoire était tellement serrée qu'elle s'étonna de ne pas entendre ses dents grincer.

— Je ne crois pas que je serais capable de vivre comme ça, murmura-t-elle.

Alors, tu comprendras ce que ressentent tous les vampires captifs. Elle pouvait pratiquement l'entendre prononcer ces mots, même s'il eut la décence de ne pas le faire à haute voix.

— Avant qu'on entre, je tiens à ce que tu saches que je suis désolée pour tout ce que ma famille vous a infligé, à toi et aux tiens.

Elle commença à marcher, ne voulant pas qu'il lui réponde par un lamentable « t'inquiète » qu'il ne pensait pas ou qu'il lui renvoie ses excuses en plein visage, arguant qu'elles arrivaient bien trop tard.

Il lui emboîta le pas, ombre silencieuse à son côté. Elle sentait qu'il voulait dire quelque chose, mais elle lui fut reconnaissante de se taire, tandis que son comportement changeait, passant d'affable à mortel, tel le guerrier concentré sur sa tâche, à mesure qu'ils approchaient du bâtiment.

Comme elle s'en était doutée, y pénétrer ne fut pas un problème. Le vigile à la réception, qui la connaissait et qui était au courant de son enlèvement, fut tellement soulagé qu'elle ait réussi à s'échapper grâce à l'aide du « chasseur bon Samaritain » qui l'accompagnait qu'il les fit entrer sans poser de questions.

— Tu aurais dû me laisser le bouffer, grommela Riker tandis qu'ils se hâtaient de rejoindre l'endroit où, d'après Nicole, Neriya était détenue.

— Bien sûr, répliqua-t-elle avec sarcasme, parce qu'un vigile sévèrement anémié et évanoui n'aurait absolument pas attiré l'attention.

Cependant, si le garde faisait son boulot, il appellerait son superviseur sur-le-champ pour lui rapporter l'arrivée impromptue et atypique de Nicole. Elle aurait peut-être dû laisser Riker le manger.

Elle pressa le pas, vérifiant chaque porte devant laquelle ils passaient pour s'orienter. Tous les laboratoires de Daedalus étaient conçus de la même manière, mais le contenu des pièces variait en fonction de la mission principale de chaque établissement.

— Je crois que c'est la porte du fond sur notre droite. La grosse porte rouge.

— Je passe devant. (L'intonation autoritaire de Riker l'agaça et l'excita à la fois.) Toi…

Un léger souffle d'air caressa la joue de Nicole, suivi du grognement de Riker. Elle fit volte-face tandis qu'il arrachait une fléchette de son cou et chancelait vers le mur.

— Riker !

Elle s'élança vers lui, mais se figea lorsqu'une demi-douzaine d'hommes surgit des portes et des couloirs, leurs armes braquées sur Riker et elle.

— Salut, sœurette. (Chuck s'avança devant un imposant vigile.) Je t'attendais.

Elle sentit une piqûre sur son bras, puis... plus rien.

— Nicole. Hé, marmotte, réveille-toi.

Nicole sortit de sa torpeur au son de la voix de Chuck. Une vive lumière l'aveuglait, et une migraine de la taille de l'Europe lui vrillait le crâne. Un horrible grognement la secoua dans tout son être, mais elle en ignorait la provenance. Une épaisse sangle fixée sur son front l'empêchait de regarder ailleurs qu'au plafond.

Le visage de Chuck apparut devant elle lorsqu'il s'accroupit, et elle se rendit compte qu'elle était allongée par terre dans l'une des cellules destinées aux vampires prisonniers.

— Qu'est-ce que...

Elle déglutit, grimaçant à cause de sa gorge sèche et irritée. Elle qui était restée des mois à l'hôpital pour se remettre de l'attaque de Boris connaissait très bien cette sensation : elle avait été intubée et extubée.

— Que se passe-t-il ? Que fais-tu ? lui demanda-t-elle.

— Je protège Daedalus, comme je l'ai fait pendant ces vingt dernières années.

— Qu'est-ce que tu racontes ? (Elle essaya de bouger, mais des chaînes clouaient ses bras et ses jambes au sol.) Où est Riker ?

— Tu veux dire le sujet 15-72 ?

L'effroyable grognement s'éleva de nouveau dans la pièce, et, le cœur au bord des lèvres, elle comprit qu'il provenait du sujet 15-72.

— Je te laisserai le voir dès que tu auras répondu à une question, ajouta-t-il.

Une boucle blonde lui retomba sur les yeux lorsqu'il inclina la tête, et il la rejeta en arrière d'un violent geste de la main.

— T'a-t-il forcée à venir ici ou travailles-tu avec eux ?

Nicole avait le vertige. Tout cela était si bizarre. L'enchaîner au sol ? Dans quel but ? S'agissait-il d'un jeu ? d'une farce ? Si oui, ce n'était ni drôle ni amusant.

Elle éluda la question et essaya de lui soutirer plus d'informations.

— Tu sais à quel point je hais les vampires. Pourquoi me liguerais-je avec eux ?

— Parce qu'ils sont passés maîtres dans l'art de la séduction, Nikki. Ce sont des menteurs sous leur couvert de beaux parleurs. (Il se redressa, la surplombant de toute sa hauteur.) Regarde comme ils t'ont dupée quand tu étais enfant. Ils ont réussi à s'attirer ton amour. Ils t'ont fait croire qu'ils se souciaient de toi. C'est faux. Tout ce qu'ils veulent, c'est nous manger. Ils assassinent même leurs propres congénères. (Il se mit à marcher, martelant lourdement le sol avec ses chaussures, un son des plus agaçants.) La vérité, somme toute très simple, que nous nous évertuons à dissimuler à la population humaine de base, c'est que les vampires occupent le sommet de la chaîne alimentaire. Si on les laissait se multiplier, notre espèce risquerait l'extinction. Notre travail ici, à Daedalus, garantit que la race humaine continue de maîtriser les vampires.

— Pourquoi me racontes-tu tout ça ? (Il lui servait la propagande qu'elle connaissait par cœur.) J'ai déjà entendu tout ça, comme toi.

— Certes, mais, moi, je n'ai jamais essayé de protéger le vampire qui m'avait kidnappé. Le monstre qui a tué sa propre compagne. (La colère marbrait les joues de Chuck.) Le savais-tu ? Savais-tu que l'individu, derrière moi, est le meurtrier de ta chère nourrice ? Qu'il a sauvagement abattu Terese ?

Prise de court par cet accès de rage soudain, elle le dévisagea, interdite. Pourquoi se souciait-il tant de la mort de Terese ? À quoi rimait tout cela ? Et comment diable cet homme pouvait-il être le frère qu'elle avait suivi partout et adoré comme une idole étant enfant ? Il est vrai qu'elle ne l'avait pas beaucoup vu au cours de ces vingt dernières années, mais ils communiquaient fréquemment par téléconférence, et il lui rendait visite à Paris une fois par an. Rien de ce qu'il avait pu dire ou faire pendant cette période ne lui avait fait soupçonner que Chuck avait déraillé.

Elle croyait de moins en moins qu'il s'agissait là d'une mauvaise plaisanterie.

— Alors ? la pressa-t-il, l'impatience rendant sa voix gutturale.

— Riker n'a pas tué Terese.

— C'est ce qu'il t'a dit, bien sûr, mais tu l'as vu de tes yeux, non ? (Le sourire condescendant de Chuck lui donna envie de hurler.) Ton déni m'amène à penser que tu souffres du syndrome de Stockholm ou que tu as viré de bord. Ta réponse, sœurette ?

Elle se débattit de nouveau, mais ses vaines tentatives pour se libérer ne firent que renforcer la certitude qu'elle se trouvait dans un sérieux pétrin. *Du calme. C'est ton frère. Il ne te fera pas de mal.*

Peut-être, mais il pouvait s'en prendre à Riker, et elle ne doutait pas qu'il le ferait.

— Je serai ravie de discuter de tout ça à la maison. (Elle se racla la gorge et invoqua sa voix de patronne.) Détache-moi.

— Tu ne diriges plus Daedalus désormais, donc tu ne donnes plus d'ordres. Contrairement à moi.

À ses mots prononcés sur un ton dénué d'émotion, la peur s'empara réellement d'elle.

— Et si tu me disais où tu veux en venir ?

— Oh ! Nikki. (Il soupira.) Tu ne me facilites vraiment pas la tâche.

Elle ne lui facilitait pas la tâche ? Quel culot !

— C'est moi qui suis enchaînée au sol sans aucune raison, à ma connaissance. Alors, voudrais-tu bien me dire ce qu'il se passe ?

— Ce qu'il se passe ? (Chuck s'accroupit de nouveau à son côté.) Je reprends ce qui aurait dû me revenir de droit. Je suis l'aîné de notre père. C'est ma mère qu'il aimait, pas la putain qui l'a piégé avec la fortune et les relations de sa famille. Ta mère n'était rien pour lui si ce n'est le moyen de parvenir à ses fins. C'est à moi que la société aurait dû échoir. J'ai commencé en bas de l'échelle et j'ai appris toutes les nuances des affaires. Je sais combien d'employés travaillent dans chaque établissement. Je sais combien nous dépensons chaque année pour les voyages aériens. Je sais quel type de fertilisant est répandu sur la pelouse du complexe de Phoenix. Tu as hérité de Daedalus sans avoir fait tes preuves. Tu ne connais rien à rien. Cette entreprise est à moi.

L'esprit de Nicole carburait tandis qu'elle s'efforçait de comprendre où il voulait en venir. À l'évidence, il était amer à cause de l'enfance qu'il avait eue, mais si c'était la société qu'il convoitait, il la possédait déjà. Alors, à quoi rimait tout ce cirque ?

— Chuck, l'entreprise t'appartient à présent. Le conseil d'administration m'a renvoyée…

— Ils ont changé d'avis !

Il se redressa d'un bond et enfonça le pied dans ses côtes. Bouleversée d'avoir été frappée par son propre frère, et assaillie par une douleur qui résonna dans ses oreilles, elle entendit le rugissement de rage de Riker, qui menaçait de fourrer les organes de Chuck dans des endroits où ils n'avaient rien à faire.

— Ton enlèvement a suscité la sympathie. Le conseil veut que tu reviennes afin d'exploiter ton calvaire et attirer les projecteurs sur Daedalus.

Calme-le.

— Je refuserai de revenir, s'empressa-t-elle de répondre. Je signerai tous les documents pour te céder le poste. Laisse-moi partir.

— Impossible.

Il se passa la main sur le visage et, pour la première fois, elle remarqua à quel point il semblait fatigué. Ses yeux injectés de sang, identiques à ceux de Nicole, enfoncés dans leurs orbites, ressemblaient à deux cailloux ternis, et une barbe de trois jours couvrait ses joues rebondies.

— Ne vois-tu pas que c'est impossible ?

La panique la gagna peu à peu, enserrant ses côtes douloureuses. S'il ne pouvait pas la laisser partir… Seigneur ! que prévoyait-il donc de faire ?

— Que t'est-il arrivé, Chuck ? chuchota-t-elle. Pourquoi me hais-tu à ce point ?

— Oh ! Nicole, murmura-t-il en retour. M'as-tu au moins écouté ? Je t'ai toujours aimée. Tu étais une gamine un peu abrutie, mais j'avais pitié de toi.

— Tu avais pitié de moi ? Pourquoi ? J'avais tout ce qui te manquait.

— Tout, sauf une bonne mère. Ta mère n'était qu'une salope négligente. Terese prenait mieux soin de toi.

Nicole voulait protester, mais il avait raison. Certes, elle n'aurait pas traité sa mère de salope, mais celle-ci n'avait jamais été le genre de femme à s'investir dans l'association de parents d'élèves ou à animer le club des Éclaireuses.

— Et donc tu m'as prise en pitié.

Elle parvenait à peine à prononcer ces mots, son corps entier vibrait. Mais elle devait continuer de le questionner, gagner du temps pour prévoir son prochain coup.

— Quand la compassion s'est-elle transformée en haine ?

— Je ne te hais pas. C'est bien le plus difficile. (Elle entendit un bruit sourd, semblable à un coup de poing contre un mur.) Je t'aime, mais tu avais tout ce que j'aurais dû avoir. Notre père aurait dû divorcer de ta garce de mère et épouser la mienne. Au lieu de ça, j'ai grandi dans une cabane à l'autre bout de la ville jusqu'à mes douze ans. Là, il s'est enfin décidé à me reconnaître. Et encore, c'est arrivé uniquement parce que ta mère ne pouvait plus avoir d'enfants et qu'il tenait plus que tout à avoir un fils qui ferait perdurer son patronyme.

Là encore, Nicole ne put lui opposer aucun argument. Ses propres pensées l'avaient, par moments, menée sur cette route, et, pendant des années, la façon dont Chuck avait grandi et le traitement que lui avaient réservé sa mère et leur père avait suscité sa culpabilité.

— Nikki, je t'ai aimée jusqu'à ce que tu rentres de France et reprennes les rênes d'une entreprise à laquelle tu ne connaissais rien.

Elle voulait lui dire qu'il avait tort, qu'elle avait appris les tenants et les aboutissants de l'administration d'une multinationale, qu'elle avait compris l'objectif et la philosophie de Daedalus. Elle avait cru que diriger la société signifiait gérer les affaires courantes, s'occuper de la publicité et de la paperasse. Ne pas s'impliquer dans son fonctionnement interne ne lui avait posé aucun problème, bien au contraire. En fait, il se pourrait même qu'elle ait été ravie d'ignorer ce qui se passait vraiment au sein de l'entreprise que ses parents avaient bâtie.

Alors, Chuck avait en partie raison. Elle ne connaissait rien à Daedalus, et, à présent, la vérité lui donnait simplement envie de vomir.

— Si tu avais démissionné comme tu étais censée le faire après le scandale des vampires gazés dans le labo, rien de tout ça ne serait arrivé.

Comme elle était censée le faire ? Elle inspira alors qu'une pensée inimaginable lui traversait l'esprit.

— Oh, mon Dieu ! c'est toi qui as signé les arrêts de mort. Tu m'as tendu un piège, n'est-ce pas ?

— Tu ne m'as pas laissé le choix.

Sidérée, elle ne put parler pendant plusieurs minutes. Quand elle retrouva enfin sa voix, elle était si pleine de douleur que même Chuck eut un mouvement de recul.

— Comment as-tu pu ? Seigneur, Chuck, tu es mon frère !

Il lui effleura la joue du revers de la main, comme il le faisait quand elle était petite. Se rappeler à quel point ils avaient été proches la chagrina.

— Tu voulais démanteler la société dans laquelle j'avais mis toute mon âme. Le conseil d'administration a été furieux d'apprendre que tu prévoyais de vendre des divisions entières. Ils attendaient tous que je te recadre. Je devais agir. Je voulais qu'on t'envoie sur notre site sibérien. Tu n'aurais plus été en travers de ma route, mais tu serais restée en vie. Je ne voulais vraiment pas en arriver là, je te le jure.

Un frisson glacé la parcourut.

— Comment ça ?

Chuck se leva et secoua tristement la tête, comme si toute la situation avait échappé à son contrôle.

— Je parle d'un essai clinique.

— Un quoi ?

— Un essai clinique, répéta-t-il lentement comme si elle était idiote. Enfin, pas tout à fait. Nous n'avons pas l'approbation du gouvernement et, à l'évidence, nous contournons le consentement éclairé du patient, mais, si ça peut te rassurer, sache que cela aidera énormément de gens à l'avenir. Ton sacrifice ne sera pas vain.

Son sacrifice ? De quel genre d'essai tordu s'agissait-il ?

À l'aide de son pied, il actionna le fermoir sur la sangle fixée à son front, et dans un grognement Nicole tourna la tête vers lui avec fureur, cherchant désespérément à le mordre. Peu importe qu'elle n'arrache qu'un morceau de cuir. Elle voulait qu'il souffre comme il l'avait fait souffrir. Elle érafla à peine ses chaussures, puis il sortit, faisant claquer la porte de la cellule derrière lui dans un « bang » métallique de fort mauvais augure.

À présent qu'elle pouvait regarder autre chose que le plafond blanc stérile, elle se dévissa le cou dans la direction de Riker. Son cœur se serra douloureusement lorsqu'elle le vit suspendu au mur par des chaînes. Du sang séché maculait ses cheveux fauves et son front, et du sang frais coulait de plaies ouvertes sur ses poignets lacérés par les fers. Ses yeux argentés flamboyaient de haine.

— Chuck. (Elle lui jeta un regard à travers l'épaisse vitre qui séparait la cellule où Riker et elle étaient enfermés de la pièce principale.) Tu n'as pas à faire ça. On peut trouver une solution…

— Trop tard.

Chuck enfonça un bouton à côté de la porte, et les liens qui l'entravaient encore se détachèrent.

— Pendant que tu t'affairais à vendre Daedalus bout par bout, j'ai réalisé des progrès sur le nouveau vaccin antivampirisme. Mais les bureaucrates fédéraux ne sont pas convaincus de son innocuité, et ils refusent de nous donner le feu vert pour le tester sur des repris de justice.

Évidemment. Le gouvernement se préoccupait moins du virus transmis par le sang que de la souche transmissible par la salive. L'infection due au contact avec le sang d'un vampire restait rare et, selon de nombreux législateurs, ne représentait pas un problème urgent.

— Je sais à quel point tu te soucies de ton travail, poursuivit Chuck, alors, quitte à te mettre hors d'état de nuire, autant que tu apportes ta contribution à l'humanité. Je t'ai injecté le vaccin, et maintenant nous allons voir s'il est efficace.

Elle se redressa en chancelant, ses os meurtris et ses muscles courbatus la rendant gauche. Combien de temps était-elle restée inconsciente ?

— Et s'il fonctionne et que je ne me transforme pas en vampire ni ne meure pendant la transition ? Que feras-tu ? Tu devras me tuer pour que je garde le silence. Y es-tu préparé ?

Chuck eut la décence de rougir et de détourner le regard.

— Chaque chose en son temps, tu veux bien.

— Bon sang, Chuck ! hurla-t-elle. Tu ne peux pas faire ça. Tu ne veux pas…

— Ce que je veux, l'interrompit Chuck, c'est que le vampire derrière toi fasse de son mieux pour te vampiriser.

Il tendit le bras et enfonça un autre bouton.

Les chaînes de Riker s'ouvrirent et il s'écroula. Il resta à terre une seconde avant de bondir sur ses pieds, les crocs dénudés et crachant du sang.

— Va te faire foutre, gronda-t-il. Je ne le ferai pas.

Chuck afficha un sourire triste.

— Je me doutais que tu dirais ça, Riker.

Il pivota sur lui-même et disparut dans un coin.

— Connard.

Riker fonça vers Nicole, calant son corps entre elle et la porte tandis que ses mains chaudes et puissantes se posaient sur ses épaules.

— Tu vas bien ? lui demanda-t-il.

— Oui, mentit-elle. (Elle n'allait pas bien du tout. Rien de tout ça n'allait. Son frère – demi-frère – avait perdu la tête, et par sa faute Riker et elle couraient un terrible danger.) Et toi ?

Il était couvert de bleus et de meurtrissures, et si ses poignets avaient cessé de saigner, ils avaient besoin d'antiseptique et de bandages.

— Je survivrai. (Riker jeta un regard noir dans la direction empruntée par Chuck.) Mais si jamais je chope ton frère, il n'aura pas cette chance.

Elle ne prit pas la peine de défendre Chuck ou d'implorer l'indulgence de Riker. Ce que Chuck avait fait – était en train de faire – n'était pas défendable.

Chuck réapparut et s'arrêta devant une autre cellule. D'un mouvement du poignet, il leva le store, révélant une femme nue, qui avait été violemment battue, attachée les membres en croix, face contre terre, sur un engin en métal. Il y avait une porte barrée dans la pièce, mais Nicole ignorait où elle menait. Elle n'en avait jamais vu la représentation sur aucun des plans qu'elle avait étudiés.

— Neriya ! s'écria Riker d'une voix étranglée. Espèce d'infâme salopard.

— Voici notre chambre de reproduction, déclara Chuck tandis qu'il composait un code sur le pavé numérique fixé au mur. La porte s'ouvrit dans un sifflement et, quand il entra, Nicole découvrit ce qu'il y avait derrière la porte barrée.

Un gigantesque vampire mâle attaqua le portail ; Nicole n'avait jamais entendu pareils grognements. Il était tout aussi nu que la femelle et d'innombrables cicatrices, anciennes et fraîches, zébraient son corps, mais ce furent ses yeux qui firent hoqueter Nicole de frayeur. Ils étaient bruns, et non argentés, ce qui signifiait que c'était un vampire de naissance, mais ce n'est pas leur couleur qui attira l'attention de Nicole. C'était la folie pure, brute, qui y flamboyait, tels des charbons ardents.

Et ils n'étaient pas rivés sur Chuck, mais sur Neriya. Nicole dut déglutir pour chasser la bile qui lui brûlait la gorge.

Seigneur ! ce n'était pas une chambre de reproduction, mais une chambre de viol.

Chuck libéra Neriya et la traîna hors de la pièce, maintenant la femelle à peine consciente de sorte que Nicole et Riker n'aient d'autre choix que de contempler l'effroyable état dans lequel elle se trouvait.

Sa peau pâle était marbrée de bleus, d'écorchures et de nombreuses morsures de vampires. Du sang séché maculait ses lèvres et son menton, et Nicole se rendit compte avec une écœurante clarté qu'on lui avait arraché les crocs.

— Espèce de salaud pervers ! s'écria-t-elle, la voix déformée par la rage. Qui est au courant ? Combien de membres du conseil sont-ils impliqués ?

— Une poignée, répondit Chuck, d'un ton si calme qu'il aurait pu être en train de parler de son vin rouge préféré. Roland voulait te mettre au parfum. Avant que tu ne commences à raconter que tu prévoyais de vendre sa division. Et avant que tes nouveaux amis ne le tuent.

Un indicible désespoir s'immisça en elle devant l'ampleur de sa trahison.

— Depuis quand ? Depuis combien d'années ça dure ?

— C'est notre père qui a conçu le programme de reproduction, déclara Chuck, et Nicole se rappela que Riker lui avait dit quelque chose de similaire dans la grotte. Ta chère nounou a été l'un de ses premiers cobayes.

À ses paroles, Riker devint fou. Comme si un démon forcené le possédait, il percuta la vitre de tout son corps, et son rugissement de haine et de rage résonna dans la cellule si fort que Nicole en eut mal aux tympans.

Chuck traîna Neriya vers un réfrigérateur industriel.

— Nicole, dit à ton copain vampire de se calmer et de te transformer. (Il poussa Neriya à l'intérieur du frigo glacé.) Fais-le, ou elle meurt. Et je vous promets que ce ne sera pas rapide et sans douleur.

Chapitre 21

Riker était aveuglé par la colère, qui formait un voile écarlate devant ses yeux. Lorsque Chuck sortit du réfrigérateur, son rictus suffisant fit jurer à Riker de lui arracher les membres un par un. Et après ce qu'il avait fait à Neriya et à Nicole, Riker avait envie de procéder lentement, en le torturant pendant plusieurs jours. Peut-être plusieurs semaines. Voir plusieurs mois, s'il parvenait à garder le salopard en vie assez longtemps.

Chuck paierait aussi pour le traitement infligé à Terese. Riker avait soupçonné des violences, mais la réalité était pire que ce qu'il avait imaginé. Combien de fois avait-elle été attachée à cet engin ? Quels sévices lui avait fait subir ce monstre féroce ?

— Vous avez une heure, dit Chuck. Nicole doit d'abord ingurgiter du sang. Nous avons établi que les probabilités d'infection étaient un peu plus élevées si le vampire donnait son sang à l'humain avant de s'en repaître plutôt que l'inverse.

Chuck disparut par une porte à l'arrière de la salle vaste comme un gymnase que Riker n'avait pas été en mesure de voir quand il était suspendu par des chaînes. Cette pièce gigantesque contenait des dizaines de petites cellules, semblables à celle dans laquelle Nicole et lui se trouvaient, ainsi qu'une espèce de grande cage près du centre.

Quelque chose bougeait à l'intérieur, mais Riker n'aurait pu dire de quoi il s'agissait.

— Quel enculé ! (La voix de Nicole était voilée, son expression dévastée, tandis qu'elle regardait dans la direction où était parti Chuck.) Je suis désolée, Riker. Seigneur, je suis vraiment désolée !

— Je sais. Mais ne nous soucions pas de ça maintenant. On doit sortir d'ici.

Avec la tranche du poing, elle donna un coup contre la vitre qui résonna dans la pièce en un écho presque musical.

— Ces cellules sont conçues de sorte à neutraliser la plupart des facultés vampiriques, alors, à moins que tu sois doté d'un superpouvoir que nous ignorons et que tu puisses trouer le Plexiglas grâce à ta vision laser, on est baisés.

Cela expliquait pourquoi il n'avait pas été capable d'hypnotiser Chuck pendant que cet enfoiré l'enchaînait.

— Ma belle, on m'a baisé de nombreuses fois, et, crois-moi, j'ai connu bien pire.

Elle lui lança un regard noir. Elle devait penser à leur face-à-face dans sa chambre, quand ils n'avaient pas baisé, justement, et Riker jugea bon de préciser :

— Quand j'étais dans l'armée, j'ai passé beaucoup de temps piégé dans des bâtiments en feu et sur des crêtes montagneuses. Il y a toujours une échappatoire.

— Que suggères-tu ?

Il scruta les alentours, nota l'emplacement des dizaines de caméras fixées au mur et au plafond.

— Tu crois qu'il nous observe ?

— Probablement. (Elle jeta un coup d'œil à l'horloge murale de la pièce principale.) On est en pleine nuit, alors, à moins qu'il n'y ait un garde, il doit être seul. (Elle se frotta les côtes là où Chuck l'avait frappée, le salaud.) Je n'en reviens toujours pas !

Riker n'avait pas ce problème. Les humains étaient capables de tout. Nicole se tourna vers lui, les yeux hantés, le visage pâle et creusé par le désespoir.

— Tu dois essayer de me vampiriser.

Il salua l'une des caméras avec un doigt d'honneur. Ouais, c'était super mature.

— Hors de question.

— C'est le seul moyen de sauver Neriya.

— Tu sais très bien qu'il ne la relâchera pas.

— Non, mais peut-être qu'il ne la tuera pas, répliqua-t-elle, l'air si inquiète et dégoûtée qu'il dut lutter pour ne pas la prendre dans ses bras. (Il ne donnerait pas à Chuck l'occasion de les blesser davantage. Mieux valait qu'il croie que Nicole et Riker étaient ennemis.) Tant qu'elle est vivante, ça nous laisse le temps de trouver un plan pour nous tirer.

— Je ne te vampiriserai pas.

Elle étudia l'équipement dans la chambre extérieure.

— Je déteste dire ça après tout ce que Daedalus a fait, mais l'entreprise a connu de gros succès avec ses applications médicales. Le vaccin que Chuck m'a administré devrait fonctionner.

— Et si ce n'est pas le cas ? Tu souffres déjà de complications à cause du premier vaccin. Et s'il se produisait quelque chose de similaire avec le nouveau ? Es-tu prête à passer le reste de ta vie en étant ce que tu hais le plus au monde ?

Il y eut un long silence.

— Ce ne sont pas les vampires que je hais le plus.

Elle leva les yeux vers lui, et son expression anéantie le secoua dans tout son être. Soudain, il n'eut aucune envie de savoir ce qu'elle détestait le plus, mais son intuition lui soufflait qu'elle regardait en elle plutôt qu'en dehors.

La douleur de Nicole lui faisait horreur, et l'ironie de la situation ne lui échappait guère, puisque la seule chose qu'il avait souhaitée au cours des deux dernières décennies était de voir souffrir la famille Martin au complet. Or, à présent qu'il se trouvait en compagnie d'une Martin qui souffrait au sein de son propre établissement dans lequel des vampires avaient été torturés et tués, il n'éprouvait nul sentiment de justice. Nicole n'était pas le monstre qu'il pensait, et, une fois de plus, il réprima le besoin impérieux de la réconforter. De la protéger.

Comment pouvait-il plonger les crocs dans sa gorge marbrée de cicatrices alors qu'il savait tout le mal que lui avait fait ce vampire ?

— J'ai juré que je ne te mordrai pas.

— Et j'ai juré de faire tout ce qui était en mon pouvoir pour secourir Neriya, lui rétorqua-t-elle avec fermeté.

Merde ! La situation était sans issue où il ne s'y connaissait pas. Ils ne sortiraient jamais de cette cellule indemnes, mais – Riker y était résolu – ils en sortiraient. Sans remporter la partie, ils ne la perdraient pas. Au point où ils en étaient, il s'accommoderait d'un match nul. Lui qui détestait ça !

Nicole poussa un long soupir.

— C'est ma faute, Riker. Je dois faire quelque chose !

Il avait beau exécrer le tourment qui accablait Nicole, il adorait sa détermination farouche quand elle s'efforçait de racheter les péchés des siens.

— Tu sais ce que tu pourrais faire pour m'aider ? (Il se positionna de sorte que les caméras ne ratent rien de ce qui allait suivre.) Mourir.

— Pardon ?

Il lui empoigna sauvagement les cheveux et l'attira sur le côté afin de presser la bouche contre son oreille.

— J'essaierai de te vampiriser, murmura-t-il, mais je ferai semblant de te brutaliser. Ton frère pense que je suis un animal, alors je vais lui donner ce qu'il attend. Ensuite, tu devras faire la morte.

— Il viendra pour t'empêcher de me tuer, chuchota-t-elle.

— Exactement.

Il grogna, espérant de tout cœur que Chuck les regarde, car il avait horreur de faire ça. S'il devait prendre le sang de Nicole, il voulait que ce moment soit intime, plaisant. C'était peut-être stupide de sa part, mais il avait envie d'effacer de sa mémoire la terrible attaque dont elle avait été victime des années auparavant, de lui montrer que la morsure n'était pas forcément synonyme de douleur. Même s'il ne parvenait pas à lui rendre cette expérience particulièrement agréable, il pouvait au moins s'assurer qu'elle ne souffre pas davantage.

— Ça ne fera pas mal, Nicole. Je te le promets. Mais il va falloir que tu hurles et te débattes comme si c'était le cas.

— Non. (Elle le repoussa violemment. Décontenancé par son geste soudain, il la relâcha, et elle recula à quatre pattes.) Non ! s'écria-t-elle. Neriya ne m'importe pas assez pour que j'accepte ça. (Elle regarda une des caméras.) Chuck ! Laisse-moi sortir ! Je t'en supplie !

Brave fille. Riker sourit presque. Elle aurait dû être actrice. Il se jeta sur elle à la vitesse de l'éclair, l'attrapant par les épaules tandis qu'il se mordait le poignet, faisant ruisseler le sang. Elle résista lorsqu'il appuya le bras contre sa bouche. Elle secoua la tête, se démena assez fort pour l'entailler avec ses ongles.

Ce fut la goutte d'eau pour Riker. Sous cette détermination acharnée, il flaira l'anxiété de Nicole tandis que le sang lui remplissait la bouche et coulait sur son menton. Elle n'avalait pas ; à l'évidence, son instinct de survie s'était réveillé, reprenant le dessus sur con cerveau.

Allez, ma puce, tu peux y arriver. Il desserra légèrement sa prise, espérant lui ôter l'impression d'être piégée, et elle se calma un peu.

Elle déglutit, et une larme roula sur sa joue. Le soulagement et le chagrin nouèrent la poitrine de Riker. Il n'avait jamais vampirisé d'humain, il n'y avait même jamais songé, et il ne l'aurait sûrement jamais fait contre la volonté de la victime. Nicole avait beau être consentante, il n'empêche que son frère lui forçait la main, et Riker était son arme de prédilection : le pistolet entre les mains d'un fou dangereux.

Il retira son poignet et lécha la plaie pour la cicatriser, goûtant Nicole sur sa peau. Seigneur, que n'aurait-il pas donné pour faire de cette besogne un moment de tendresse privilégié ! Jurant en silence, il effleura du bout de la langue l'arrière de ses crocs, libérant la substance liquide qui transformait la douleur en plaisir et provoquait une euphorie quasi instantanée.

— Je suis désolé, murmura-t-il contre son cou.

Elle trembla de la tête aux pieds tandis qu'il plantait les canines dans sa gorge ronde. Elle se crispa, hoquetant face à l'invasion de ses crocs, mais, en l'espace d'une seconde, elle se mit à gémir.

Repousse-moi, bon sang ! Il se racla doucement la gorge, et cela fonctionna, car soudain elle hurla et commença à se débattre, et, alors que le sang de Nicole coulait sur sa langue, le dégoût le submergea peu à peu.

Car même si la situation lui faisait horreur, il chérissait chaque seconde où Nicole se trouvait dans ses bras et dans son corps.

À peine une semaine plus tôt, personne n'aurait pu convaincre Nicole qu'elle aimerait sentir les crocs d'un vampire dans son cou. À présent, elle devait se souvenir de repousser Riker alors qu'elle n'avait qu'une envie : se fondre dans la chaleur de ses caresses et, même, de sa morsure.

Elle avait gardé le goût de son sang sur la langue, mais son estomac ne s'était pas rebellé. En fait, elle se sentait comme droguée, détendue. Au début, elle n'avait pas feint de se débattre, sa panique instinctive avait été bien trop réelle. Mais à présent… elle devait fournir un effort conscient pour le combattre.

Après un moment qui avait semblé durer quelques secondes, il retira les crocs, mais laissa la bouche sur les perforations, qu'il lécha en accentuant les bruits de succion spécialement pour son frère. Demi-frère. Et, désormais, elle ne pouvait même plus le considérer comme tel. Si elle se transformait en vampire, elle le tuerait. Si elle mourait, elle le hanterait.

— Cesse progressivement de t'agiter, murmura Riker contre sa peau. D'ici à une soixantaine de secondes, arrête complètement et fais la morte.

Elle s'exécuta, le giflant mollement au lieu de l'attaquer avec ses poings. Elle continua de le frapper, mais à intervalles moins rapprochés jusqu'à ce qu'elle stoppe… et feigne de convulser pour s'amuser.

J'espère que tu regardes, Chuck. J'espère que tu en feras des nuits blanches, espèce de fumier.

— Ne la tue pas !

Le cri de Chuck perça le vacarme de ses propres pensées, décuplant la colère de Nicole. Le seul son de sa voix suffisait à l'irriter. Avait-il toujours eu cette intonation nasillarde qui transformait ses moindres paroles en jérémiades ?

Riker la serra contre lui.

— Quoi qu'il arrive, ne bouge pas, chuchota-t-il.

Ses entrailles se nouèrent. L'instant d'après, Riker grogna et tressauta, et elle comprit qu'il avait été touché par une fléchette électrique.

— Recule ! l'avertit Chuck, et, au bout de quelques secondes, Riker poussa un autre grondement de douleur.

Nicole entrouvrit les paupières, juste assez pour le voir se raidir et s'écrouler sur le béton, pieds et bras écartés. Elle dut faire preuve d'une retenue hors du commun pour rester inerte quand elle n'avait qu'une envie : bondir sur ses pieds et l'aider.

Elle entendit des bruits de lutte ; Chuck était en train de frapper Riker.

Ne pleure pas… Ne pleure pas…

Par quelque miracle, elle parvint à garder les yeux fermés et à ne verser aucune larme. Au bout d'une interminable minute, elle sentit qu'on la soulevait, et se risqua à jeter un regard autour d'elle. Elle vit Chuck claquer la porte de la pièce après y avoir enfermé un Riker inconscient.

Puis il la laissa tomber sur une table d'examen et posa les doigts sur son cou pour mesurer son pouls.

— Nicole ?

Elle ouvrit les paupières.

— Surprise, connard.

Chuck écarquilla les yeux de stupéfaction. Levant la jambe de toutes ses forces, elle lui enfonça le genou en plein visage. Le sang jaillit, et il vacilla en arrière en criant et s'étreignant le nez.

— Salope !

Il se rua sur elle, mais elle esquiva son poing et roula au sol, se cognant contre le carrelage.

La douleur lui élança la hanche et l'épaule. S'agitant dans tous les sens comme une marionnette possédée, elle se redressa, mais Chuck lui assena un coup à l'arrière du genou, et elle s'affala sur un plateau à instruments. Ses doigts y trouvèrent un scalpel.

Elle n'hésita pas.

Tournoyant sur elle-même sans la moindre coordination, elle décrivit un arc de cercle avec la lame, et toucha Chuck au cou. Elle l'avait à peine éraflé, mais il se mit à hurler comme s'il était à l'agonie, les deux mains serrées autour de la gorge, et boitilla vers la sortie.

— Nicole ! Vite !

Le cri étranglé de Riker détourna l'attention de Nicole de son frère en fuite. Elle fonça vers la salle dans laquelle de puissants jets de vapeur sortaient de trous dans le plafond. Son cœur faillit cesser de battre.

Du gaz à l'acide borique. Les dizaines de vampires que Chuck avait tués en prétextant ses « ordres » étaient morts ainsi, souffrant le martyre dans des chambres à gaz, et le tout avait été filmé.

Les mains tremblant si fort qu'elle parvint difficilement à activer le panneau de contrôle, elle enfonça des boutons, coupant le gaz et déverrouillant la porte. Riker surgit de la cellule en suffoquant.

— Je sais où ils conservent l'antidote.

Elle courut à l'autre bout de la pièce jusqu'à une armoire en verre, et renversa des boîtes de médicaments, de fioles et d'articles de premiers soins, impatiente de trouver le récipient dans lequel… Ah, voilà ! Elle s'empressa de rejoindre Riker, qui était affalé contre le mur et luttait pour respirer.

— Ça… craint.

— Le gaz est hautement concentré. (Elle mesura cinq centimètres cubes d'antidote dans une seringue.) Il est dix fois plus fort que la poudre que j'ai utilisée sur toi. Tu auras besoin d'une injection et d'une application nasale. Ne bouge pas. (Elle plongea l'aiguille dans son épaule et injecta le produit dans le muscle. Elle jeta la seringue vide par terre et cassa une ampoule.) Inspire à fond.

Elle amena le petit contenant en verre sous son nez et inspira avec lui, comme si cela pouvait l'aider.

Presque instantanément, il se redressa, et son teint passa de cendreux à hâlé.

— C'est mieux.

— Il faudra environ une heure pour que tous les symptômes disparaissent, mais nous ne pouvons pas attendre. On doit ficher le camp d'ici. Chuck enverra la police et la FFAV à nos trousses. (Elle jeta un coup d'œil au placard à fournitures.) Mais d'abord on va détruire ce labo.

Chapitre 22

Pendant que Riker reprenait son souffle, Nicole ouvrit d'un coup de pied un tiroir-classeur verrouillé et remplit un sac-poubelle d'épais dossiers. Une fois le meuble vidé, elle se dirigea vers l'armoire à médicaments et fourra des dizaines de flacons et de fioles dans le sac. Sans perdre une minute, elle posa le sac plein à craquer à côté de la sortie, puis commença à tirer des bidons d'à peu près trois litres d'un placard.

— Je vais mettre le feu avec ça, dit-elle, mais s'il y a des vampires dans ces cellules, on doit les libérer.

Elle fonça vers la cage au centre de la pièce dans laquelle un vampire rachitique et dégingandé, un adolescent d'après l'estimation de Riker, était recroquevillé. Il ne portait qu'un pantalon de survêtement ample et un tee-shirt blanc taché. À travers le fin tissu, on discernait sans peine ses côtes.

Les poumons toujours en feu, Riker barra la route à Nicole.

— Laisse-moi faire. On ne sait pas comment il réagira. Reste derrière moi.

Se préparant à une attaque, Riker ouvrit la porte. Le gamin se ratatina contre le mur, exhalant une âcre odeur de terreur.

— Nous ne te ferons aucun mal, dit Nicole, mais le vampire se contenta de la dévisager, ses yeux bleu clair écarquillés, son corps frêle tremblant si fort que ses dents s'entrechoquaient.

Putain! Ils n'avaient pas le temps pour ça.

—Allez, gamin. On est en train de te secourir.

Comme il ne bougea pas, Riker l'empoigna par le bras et le traîna hors de la cage.

—Non! hurla le vampire. Non!

Il s'agita dans tous les sens comme un chaton fou furieux et essaya de regagner la cage à coups de griffes.

—Hé, murmura Nicole avec douceur, tout va bien.

D'une voix étranglée, le gamin appela à l'aide, interrompant Nicole.

—Merde! marmonna Riker, qui enroula les bras autour du jeune vampire pour l'immobiliser.

Ce dernier rejeta la tête en arrière et percuta la mâchoire de Riker assez fort pour lui faire tinter les oreilles. Dommage que son don d'hypnose ne fonctionne que sur les humains et certains animaux.

—Il y a des sédatifs dans le coin?

Nicole fonça vers l'armoire dans laquelle elle avait trouvé l'antidote à l'acide borique et perdit de précieuses minutes à repérer un sédatif et à en remplir une seringue.

—Seigneur! grommela-t-elle tandis qu'elle l'administrait à l'adolescent. L'ont-ils jamais nourri?

Aussitôt, le garçon se calma suffisamment pour que Riker puisse l'adosser au mur et le laisser.

—Commence à mettre le feu, dit-il. Je vais chercher Neriya. Je m'occuperai des autres vampires, si j'en croise.

Une alarme se déclencha. Merde! Ils n'avaient plus le temps. Riker accéléra la cadence et ouvrit d'un coup sec la porte du réfrigérateur. L'air glacé lui piqua les joues lorsqu'il se précipita à l'intérieur... et y découvrit la chambre des horreurs.

Des vampires morts étaient suspendus à des crocs de boucher parfaitement alignés, et des membres disparates s'empilaient dans des conteneurs métalliques ou étaient enveloppés de film plastique et disposés proprement sur des étagères. Riker avait vu pas mal de scènes gores au cours de sa vie et avait été témoin d'atrocités qui le hantaient encore à ce jour, mais ça... ça, c'était pire que tout.

Garde ton traumatisme mental pour plus tard.

Repoussant l'infâme spectacle tout au fond de son esprit, il chercha Neriya. Quand il l'eut trouvée, suspendue à l'arrière du frigo, la gorge tranchée, son sang se mit à bouillonner si fort que la température lui parut moins glacée. Rage, haine et horreur formèrent un mélange explosif qui menaçait de le réduire en lambeaux, détruisant tout sur son passage.

Il avait échoué.

La pièce commença à tournoyer et à se refermer sur lui alors que la réalité de la situation le broyait dans son poing froid comme la mort. La mission pour secourir Neriya s'était soldée par un désastre et, à présent, non seulement une femelle dotée d'un don précieux avait péri, mais son clan ne pourrait plus échapper à la guerre.

À la guerre et, probablement, à l'extinction.

— Riker ! dépêche-toi !

Mû par la résolution d'un homme qui n'avait plus rien à perdre, il sortit de l'abattoir et vérifia les cellules restantes. Vides. Toutes à l'exception de la chambre de reproduction attenante, de laquelle le mâle nu les observait, les yeux fixés sur Nicole. En quelques pas, Riker se trouva dans la cellule du vampire. Ce dernier, qui s'apparentait autant à un vampire qu'un cadavre s'apparentait à une personne vivante, s'accroupit, les crocs dégoulinants de sang.

Derrière Riker, Nicole répandit un liquide sur le sol et les murs, et la puanteur des produits chimiques lui brûla les narines.

— C'était toi, n'est-ce pas ? demanda-t-il à la créature. Ma compagne a été enfermée avec toi.

Pour seule réponse, il reçut un grognement assoiffé de sang. Riker aurait dû haïr ce monstre, aurait dû avoir envie de le démembrer à mains nues pour ce qu'il avait infligé à Terese et à d'innombrables femelles. Pourtant, il n'éprouvait que de la pitié. Ce mâle était autant une victime de la cruauté de Daedalus que l'avait été Terese.

À la vitesse de l'éclair, il se glissa derrière le vampire et lui brisa la nuque. Lorsqu'il sortit de la cellule, il vit Nicole qui le dévisageait.

— Tu l'as tué.

— Je l'ai arraché à son calvaire.

Le gamin était toujours assis là où Riker l'avait posé, les yeux vitreux. Peut-être vaudrait-il mieux l'achever, lui aussi.

— Je t'interdis d'y penser, lança Nicole d'un ton sec. Où est Neriya ?

— Morte.

Nicole faillit lâcher le briquet, mais le rattrapa juste à temps. Quand elle releva la tête, des larmes de regret lui mouillaient les yeux. Cependant, ils savaient tous deux que l'heure n'était pas au deuil ou aux vaines excuses.

— Ramasse le petit.

Elle alluma le briquet et enflamma le coin d'une feuille tandis que Riker jetait l'adolescent maigrelet par-dessus son épaule.

Balayant une dernière fois la pièce du regard, elle laissa tomber le papier embrasé et attrapa le sac-poubelle rempli de dossiers. L'endroit prit feu en un instant. Une chaleur ardente leur lécha le dos tandis qu'ils fuyaient par l'arrière.

Une fois dehors, Nicole s'arrêta sur un tertre herbeux à la limite de la propriété. La Jeep du clan, un véritable tas de ferraille, était garée non loin de là, mais Nicole n'y prêta pas attention. Malgré le hurlement des sirènes qui s'approchait, elle fit lentement volte-face et contempla les flammes qui engloutissaient le laboratoire. Riker s'attendait à lire le chagrin sur son visage. Ou la douleur. Ou la colère. N'importe quelle émotion mise à part celle qui se reflétait dans ses yeux.

L'acceptation.

Nicole venait de détruire volontairement une partie de sa vie, et regardait, à présent, les vestiges être réduits en cendres. Sa force procura à Riker un sentiment d'humilité, et, lorsqu'elle tourna enfin le dos au squelette calciné qui avait appartenu à sa famille, elle le fit avec une finalité qui l'époustoufla.

Ils ne regardèrent plus derrière eux.

Nicole n'était pas sûre de la distance qu'ils avaient parcourue, Riker portant le gamin sur son épaule, après qu'ils eurent garé la Jeep sur le domaine que MoonBound possédait en secret. Mais chaque fois qu'elle faiblissait, trébuchait sur des branches ou vacillait d'épuisement, Riker la rattrapait. La FFAV n'avait pas mis longtemps à envahir la forêt, et les entendre les pourchasser la faisait avancer. À présent, alors que leurs voix et leurs cris se rapprochaient dangereusement, la panique décuplait sa maladresse.

— Ne t'en fais pas, lui souffla Riker, la stabilisant d'une main autour de son biceps. Les guerriers du clan attaquent nos poursuivants.

Elle inspira, hors d'haleine.

— Tu aurais pu me le dire plus tôt.

— Je ne voulais pas gâcher la surprise.

— À l'avenir, rappelle-toi que je déteste les surprises, maugréa-t-elle.

Ils continuèrent de marcher, fort heureusement à une cadence moins rapide, et, au bout de quelques minutes, le garçon revint à lui, l'air sonné et perdu.

— Salut, toi, lui dit Riker. On est presque arrivés à la maison.

Il le reposa sur le sol.

Debout, le vampire mesurait au moins un mètre quatre-vingts, mais il ne devait guère peser plus que Nicole. Ses cheveux noirs en bataille retombaient sur son menton, et il devait les repousser en arrière pour être capable de voir. Il chancela tandis qu'il balayait les alentours du regard, les yeux écarquillés, la bouche grande ouverte.

— Où sommes-nous ? (La voix cassée de l'adolescent était à peine audible.) Qu'est-ce que c'est ?

— Nous sommes dans une forêt, en dehors de Seattle, répondit Riker. Nous sommes en sécurité. Les humains ne peuvent pas te toucher ici.

Le garçon s'éloigna d'eux à reculons, paniqué, et, lorsqu'il percuta un tronc d'arbre, il hurla et bondit comme s'il avait été mordu. Il inspirait de grosses goulées d'air, braquait les yeux dans toutes les directions, comme s'il cherchait un endroit où fuir.

— Tu n'as rien à craindre, le rassura Nicole, s'efforçant de parler tout bas. (Il lui évoquait le chaton égaré qu'elle avait réussi à faire sortir d'un buisson.) Tu es en sécurité, maintenant. D'où viens-tu ?

La question le laissa sans voix.

— D'où ?

— Oui. (Elle tendit le bras vers lui et lui prit la main. Elle était froide et osseuse, et son cœur se serra.) Où vivais-tu avant d'être capturé par les humains ? Où est ta maison ?

Le garçon afficha une moue perplexe.

— Le labo est ma maison.

— Tu veux dire que tu y es né ? s'enquit Riker, incrédule.

Une corneille croassa, et le garçon sursauta.

— Je… je suis né dans un foyer humain. Mais je ne me rappelle que le labo.

Il n'avait connu que le labo ? *Seigneur !*

— Où sont tes parents ?

— J'ignore qui est mon créateur. (Sa voix était si faible qu'elle devait redoubler d'efforts pour l'entendre.) Ma mère est morte.

Nicole voulut le prendre dans ses bras. Perdre un parent, c'était déjà terrible, mais être élevé dans un laboratoire… Elle ne pouvait même pas imaginer le cauchemar que ce devait être.

— Est-elle morte pendant l'accouchement ? Comment t'es-tu retrouvé chez Daedalus ?

— C'était une servante. Un vampire sauvage s'est introduit dans la propriété et l'a tuée. Les humains m'ont sorti de son ventre avant que je meure. (Il lui lança un regard tellement empreint d'honnêteté et d'innocence qu'elle en eut les larmes aux yeux.) Ils m'ont sauvé.

Doux Jésus ! il était sincèrement reconnaissant à Daedalus de l'avoir traité ainsi. Nicole jeta un coup d'œil à Riker… et elle en eut la chair de poule.

Riker était devenu livide. Il observait le garçon, la mâchoire serrée, et ne cessait pas de déglutir. Quelque chose ne tournait pas rond du tout.

— Riker ?

Il ne réagit pas. Il garda le regard braqué sur le jeune vampire.

— Quel âge as-tu, gamin ? (Ce dernier cligna les paupières, comme s'il ne comprenait pas la question.) Quel âge ? aboya Riker.

Le garçon poussa un cri de détresse et recula, cachant son visage derrière son bras rachitique.

— Bien joué, s'énerva Nicole. Bravo, Riker ! (Elle s'approcha de nouveau de l'adolescent et lui parla avec douceur.) Nous ne te ferons aucun mal. Je te le promets. Tu peux nous le dire. Quand es-tu né ?

Le garçon considéra Riker avec méfiance.

— Les gens du labo pratiquent des examens sur moi chaque mois de juin. Ils disent que c'est mon anniversaire. La dernière fois, ils ont fait beaucoup de tests. Ils ont dit que c'était parce que ça faisait vingt ans.

— Oh, Seigneur ! s'exclama Riker d'une voix étranglée. Terese... Juin dernier marquait les vingt ans de sa mort.

Nicole mit plusieurs minutes à assimiler les paroles de Riker, et, quand elle comprit enfin, elle plaqua la main sur sa bouche, et en resta médusée. Ce jeune vampire émacié, qui ne semblait avoir guère plus de seize ou dix-sept ans, était le fils de Terese.

Nicole étudia son visage, la courbe de sa mâchoire, la couleur de ses yeux, et même la forme de ses lèvres. Il avait tout hérité de sa mère.

Riker le dévisageait toujours, en état de choc, et peut-être légèrement appréhensif et perdu. Nicole s'efforça de se ressaisir pour lui venir en aide. Pour les aider tous les deux.

Elle serra la main du garçon.

— Comment t'appelles-tu ?

— Sujet numéro un.

— C'est comme ça qu'ils t'appelaient ?

Il hocha la tête.

Nicole sentit ses entrailles se déchirer, et elle fut ravie que Riker lâche une bordée de jurons fort opportuns qui exprimaient parfaitement le fond de sa pensée.

— Riker ?

Elle modula sa voix, et poursuivit sur un ton calme et paisible, consciente d'aborder une question délicate qui risquait de le fâcher.

— Quel prénom Terese avait-elle choisi pour le bébé ?

— Je voulais l'appeler Sébastien, répondit-il d'une voix étranglée. Bastien, en hommage à mon frère.

Riker se tenait complètement immobile, les yeux fermés. Quand la brise se leva et lui ébouriffa les cheveux, secouant les feuilles au-dessus de leurs têtes, il souleva les paupières et, d'un bref signe du menton, donna sa permission à Nicole.

Les souvenirs de Terese tournoyèrent dans l'esprit de Nicole. Elle se rappela sa gentillesse, ses chaleureuses étreintes, sa douce voix. Elle se rappela une femme qui avait eu bien plus d'impact sur sa vie que sa propre mère. La douleur de l'avoir perdue n'avait jamais quitté Nicole, mais, à présent, il lui semblait qu'un morceau de Terese lui était revenu. Même si la journée avait été riche en horreur, il en était tout de même ressorti quelque chose de positif.

Les yeux de Nicole la piquaient lorsqu'elle prit les mains du garçon entre les siennes et sourit.

— À compter d'aujourd'hui, tu t'appelleras Bastien. Est-ce que ça te va ?

Il testa le nom sur sa langue, le répétant plusieurs fois jusqu'à esquisser, enfin, un sourire timide.

— Je crois que oui.

Chapitre 23

Merde!

Parmi les millions de mots qui pouvaient tournoyer dans la tête de Riker à cet instant, « merde » était celui qui n'arrêtait pas de tourner en boucle. Il avait tout de même eu la présence d'esprit d'emmener Nicole et Bastien – putain, Bastien ! – au laboratoire du clan afin qu'ils y soient examinés avant qu'il ne merde complètement.

Oui, il avait tout un tas de merdes à gérer.

Alors, pendant que Nicole et Bastien – foutrement incroyable ! – passaient une batterie de tests médicaux, Riker piquait un sprint dans le couloir menant aux appartements de Hunter comme s'il avait les pieds en feu. Il avait dû s'éloigner de Bastien, se distancer de ses propres sentiments.

De sa culpabilité.

Il regrettait déjà la façon dont il l'avait traité. Il lui avait braillé après, puis l'avait dévisagé, sans rien dire. Le choc l'avait paralysé, et son incrédulité l'avait empêché d'agir. Il avait laissé Nicole réconforter le pauvre garçon tandis qu'il essayait de défaire le nœud d'émotions qui l'étranglait.

Bastien avait-il compris ce dont Nicole et lui discutaient ? Bastien savait-il qu'il était, pour ainsi dire, le fils de Riker ?

Merde ! Sa conversation avec le gamin promettait d'être marrante. *Salut, je suis ton père ! Enfin, plus ou moins. Un monstre taré est ton véritable créateur. Et les humains t'ont menti quand ils t'ont raconté que ta mère avait été tuée par un vampire. Elle s'est suicidée parce qu'elle te haïssait. Et ensuite je t'ai abandonné, et tu as été élevé dans un labo, comme un vulgaire rat. Ça a été sympa de causer avec toi, fiston ! On ira frapper quelques balles plus tard, OK ?*

Submergé par l'émotion, Riker vacilla. Il aurait dû être présent. Il n'aurait jamais dû partir du principe que le bébé était mort en même temps que Terese. Il avait raté vingt années de bonheur potentiel avec Bastien. Il avait raté ses premiers pas. Ses premiers mots. Ce garçon aurait pu évoluer dans un environnement sûr et chaleureux, au côté d'un père aimant. Au lieu de quoi, il avait grandi dans une boîte, dans un laboratoire froid et stérile.

Des bruits de bottes résonnèrent au loin. Riker se ressaisit avant que quelqu'un le voie sur le point de craquer, et il courut le reste du trajet. Il poussa violemment les doubles portes massives et ne fut guère surpris de trouver le chef debout au milieu de la pièce, les mains croisées derrière la nuque et un regard plein d'espoir sur le visage. Derrière lui, un jeu Mario Bros sur pause sur la Nintendo.

—À en juger par ton expression, j'en déduis que ça ne s'est pas bien passé, déclara-t-il, l'écho de sa voix caverneuse se répercutant sur les murs.

—Neriya est morte.

La mâchoire de Hunter se crispa.

—Merde !

—C'est le mot de la journée, grommela Riker.

—Et l'humaine ?

Riker était sûr que Hunter évitait d'appeler Nicole par son prénom intentionnellement, mais il ne mordit pas à l'hameçon.

— Avec Grant. Elle s'est emparée de dossiers que Daedalus conservait dans le laboratoire avant qu'on mette le feu au bâtiment.

Hunter arqua un sourcil noir.

— Et elle t'a autorisé à faire ça ?

— C'était son idée.

Seigneur, elle avait été magnifique ! Calme et efficace. C'était une guerrière, aussi brave et courageuse que n'importe quel vampire au côté duquel Riker avait combattu. Ce qui l'amenait au point suivant.

— Mais il y a une complication, ajouta-t-il.

— Le contraire m'aurait étonné.

— Son enculé de frangin m'a forcé à la vampiriser. Il l'a d'abord vaccinée contre le virus, mais c'était une dose d'essai.

Hunter jaugea Riker de la tête aux pieds, comme s'il tentait d'évaluer ce que Riker pensait de cette nouvelle. Ce dernier souhaita bonne chance à son chef, car il se le demandait encore lui-même.

— Donc elle pourrait se transformer.

— Ouais. (Riker jeta un coup d'œil au bar. Combien de bouteilles de whisky pourrait-il avaler avant que Hunter ne l'arrête ?) Ce n'est pas tout.

Hunter leva la main.

— Attends. (Il se dirigea rapidement vers le bar et versa deux doigts de bourbon dans un verre.) Tu as l'air d'en avoir besoin.

Riker accepta le verre avec gratitude. Pendant un long moment, il observa le liquide ambré, laissant les couleurs tournoyer à l'intérieur du verre. Enfin, il le porta à ses lèvres, inspira, et le vida d'un trait. La brûlure l'anesthésia, c'était plaisant, mais ça ne durerait pas.

— On a libéré un mâle. Jeune. Terrorisé. Il n'avait jamais mis les pieds en dehors du labo. Il avait peur des arbres !

— Tu l'as amené ?

— Ouais. Au pays des marginaux. (Soudain épuisé, Riker se frotta le visage.) Quand Terese est morte... Putain ! j'ai supposé que le bébé était mort aussi. Il ne l'était pas. Les humains l'ont fait sortir et l'ont élevé dans ce labo.

Le prononcer à voix haute fit aigrir l'alcool dans son estomac.

Il en fallait beaucoup pour sidérer Hunter, mais son regard ébahi et ses lèvres légèrement entrouvertes le trahissaient.

— Essaies-tu de me dire que le mâle que tu as secouru est ton fils ?

Personne d'autre que Nicole ne connaissait la véritable histoire, à savoir que Terese avait été fécondée par un autre que Riker. Il avait prévu d'élever cet enfant comme le sien, par conséquent, il n'avait jamais jugé utile de révéler la vérité du vivant de Terese. Puis, après sa mort, il lui avait semblé malvenu de noircir davantage une situation déjà sinistre. Personne n'avait besoin de savoir ce qui était arrivé à Terese. Elle n'aurait pas voulu susciter la pitié.

— Riker ? Mon grand ? insista Hunter et Riker se racla la gorge.

— Ouais, répondit-il d'une voix éraillée. C'est le mien.

La disparition de Terese n'invalidait pas la promesse qu'il lui avait faite.

— Comment souhaites-tu procéder ?

Excellente question. Comment s'occuper d'un fils de vingt ans dont on venait de découvrir l'existence et qui avait subi cruauté et négligence tout au long de sa vie ? Bastien était comme un chien d'animalerie qui n'était jamais sorti de sa cage pour jouer ou se sociabiliser et qui ne connaissait que ses tortionnaires.

— J'aimerais qu'il reste avec moi, mais je ne pense pas que ce soit une bonne idée. Ça fera beaucoup à encaisser d'un coup pour lui. J'espérais qu'il pourrait rester dans la pouponnière avec Morena.

— La pouponnière ? Il est adulte, non ?

— Il a vingt ans, mais je doute qu'il ait reçu une quelconque éducation, aussi bien en tant que vampire que comme humain. Toute sa vie, il n'a connu qu'une cage dans un laboratoire. Il va avoir besoin d'être initié en douceur à notre monde, comme Morena l'a fait avec Lucy. Il semble avoir noué un lien avec Nicole ; elle pourrait l'aider à s'adapter.

— Nicole. (Hunter prononça son nom avec une méfiance notable.) Souhaites-tu vraiment qu'elle gravite autour de ton fils ? C'est sa société qui lui a infligé tout ça.

— Nicole n'est pas l'ennemie. (Riker ne prêta pas attention au grognement dubitatif de Hunter et se versa un deuxième verre.) Elle m'a sauvé la vie, Hunt. Elle a accepté de se laisser vampiriser pour sauver celle de Neriya…

— Ce qui s'est avéré une belle réussite, n'est-ce pas ?

— Ce n'est pas sa faute. (Riker vida son bourbon cul sec et s'en servit un autre.) C'était l'idée de Nicole de s'introduire dans le labo pour sauver Neriya, et c'était son idée de détruire le labo. Elle s'est retournée contre son frère et s'est battue pour nous sauver tous.

— Qu'essaies-tu de dire ? Qu'une humaine en liberté dans notre maison ne te pose aucun problème ? Que tout ce qu'elle a pu faire pour Daedalus ne te dérange pas ? (Hunter fixa ses yeux perçants sur lui.) Tu ne serais pas en train de réfléchir avec ta queue, des fois ?

Riker prit une profonde inspiration pour éviter de se déchaîner sur son chef.

— Dis-moi quand j'ai réfléchi avec ma queue!

— N'est-ce pas ce que tu faisais dans sa chambre hier?

S'il avait réfléchi avec sa queue, il aurait pu terminer ce qu'ils avaient commencé au lieu de reculer comme un pauvre crétin traumatisé.

— Ce que nous faisions ne te concerne pas.

Silencieux et rapide comme un serpent, Hunter se redressa et, en un éclair meurtrier, il plaqua Riker contre le mur, une main autour de sa gorge.

— Tout ce qui se passe entre ces murs me concerne. C'est pourtant clair, non?

Waouh! Riker tenait toujours son verre, comme si de rien n'était. Il n'en avait même pas renversé une goutte. Délibérément, il le porta à ses lèvres et but, même si Hunter se trouvait si près de lui que le fond du verre lui frôla le nez.

Lorsqu'il eut avalé la dernière goutte de bourbon, Riker lui rétorqua:

— Et moi, j'ai suivi tes ordres à la lettre, sans jamais poser de questions, pendant vingt ans. Me suis-je déjà planté? T'ai-je donné la moindre raison de douter de mon jugement?

Hunter tapota négligemment du pouce le cou de Riker.

— Il me semble que c'est moi qui posais les questions.

— Peut-être que je n'ai pas aimé ta question.

La tension entre eux était palpable. La situation pouvait dégénérer à tout moment.

— Et moi je n'aime pas ton attitude. (Hunter marqua une pause, laissant la tension persister quelques instants avant de reculer.) Si baiser une humaine te fout dans cet état, tu devrais recommencer à les bouffer.

— Avec Nicole, je peux faire les deux, répliqua Riker, sachant qu'il était stupide de chercher un vampire, mais le faisant quand même.

— Je vais te donner un jour pour te calmer. T'installer avec ton fils. Et reprendre tes esprits. On reparlera demain.

— Je ne la tuerai pas. (Riker soutint le regard de Hunter tandis qu'il ouvrait la porte.) Et je ne te laisserai pas le faire non plus.

Il claqua la porte derrière lui, excluant celui qui l'avait remis sur pieds à la mort de Terese alors qu'il était à ramasser à la petite cuillère.

Nicole n'avait jamais autant apprécié une douche.

Pour la première fois depuis non seulement des jours, mais des mois, voire des années, elle parvenait à se détendre et à laisser l'eau chaude couler sur son corps et emporter la saleté, le sang, la sueur, le stress et la peur. Il ne restait plus que la gratitude d'être en vie et d'avoir retrouvé le fils que Riker avait tant désiré.

Il y avait quelque chose de tragique à regarder Bastien, si timide et craintif, sursauter devant tout ce qu'il voyait alors que Riker et elle le conduisaient chez Grant. Mais, dès qu'il entra dans le laboratoire, c'était comme s'il était arrivé à la maison.

Riker ayant été manifestement secoué, elle lui avait promis de surveiller Bastien pendant qu'il s'entretenait avec Hunter. Elle n'avait pas eu grand-chose à faire si ce n'est lui tenir compagnie tandis qu'il faisait le tour du labo, touchant le matériel comme s'il s'agissait de vieux amis.

Nicole en avait eu le cœur brisé.

Le repas avait été servi peu après, et elle l'avait laissé manger pour aller faire le tri, avec Grant, dans le sac rempli de dossiers et de médicaments qui comprenaient les pilules dont elle avait besoin pour mieux gérer sa maladie. Ils avaient également discuté de Bastien ainsi que de sa propre expérience dans les locaux de Daedalus. Grant n'avait guère semblé s'inquiéter de l'éventuelle inefficacité du vaccin, mais il est vrai que, pour lui, devenir un vampire ne pouvait être qu'une bonne chose. Il avait néanmoins pris des échantillons de sang, de salive et de tissus pour les examiner.

Nicole s'efforçait de ne pas y penser. Si le vaccin n'avait pas fonctionné, elle le saurait d'ici vingt-quatre heures, et alors... Et alors, quoi ? Depuis que Boris avait failli lui déchiqueter la gorge avec les dents, sa deuxième plus grande peur avait toujours été de se faire mordre de nouveau par un vampire. Sa plus grande peur avait été d'en devenir un elle-même.

Elle revit Riker plonger les crocs dans sa gorge. Et elle l'imagina recommencer. Et, même si c'était complètement fou, cette idée l'excita au lieu de la dégoûter. Se transformer en vampire serait-il vraiment si terrible ? Surtout à présent qu'elle espérait ne plus jamais revoir des collaborateurs de Daedalus, et encore moins son propre frère. Elle n'avait plus rien à recouvrer dans le monde humain, alors serait-ce vraiment catastrophique de devenir une personne totalement différente ? De changer d'espèce ?

Elle se laissa digérer cette idée tandis qu'elle se séchait et se dirigeait vers la chambre à coucher, mais un coup à la porte l'arrêta sur ses pas.

— Nicole ?

La voix étouffée de Riker lui parvint de l'autre côté.

— Euh... ouais... une seconde.

Elle s'empressa d'enrouler la serviette autour de son buste et entrouvrit la porte.

Riker se tenait sur le seuil, fraîchement lavé, lui aussi, et vêtu d'un jean et d'un sweat-shirt noir propres. Ses cheveux humides, d'un blond plus foncé que quand ils étaient secs, se dressaient sur sa tête en petits pics hirsutes, et elle se retint avec peine de les lisser avec les doigts, sans aucune raison si ce n'est pour avoir une excuse de le toucher.

— Je peux entrer ?

Son hésitation était inédite, et elle soulignait le tournant dans leur relation. Auparavant, il aurait fait irruption dans sa chambre comme s'il était le maître des lieux, et voilà qu'il sollicitait sa permission. Elle se demanda ce qu'il dirait si elle refusait.

— Je t'en prie. (Elle recula, l'autorisant à passer.) Il n'y a plus qu'un seul garde dehors, dit-elle en refermant derrière lui. Il faut croire que j'ai gagné un peu de liberté.

C'était censé être une blague, mais Riker afficha une mine sérieuse.

— Tu en gagneras davantage. Il ne t'arrivera rien, j'y veillerai.

— Oh ! (Apparemment, l'heure était venue de discuter de son avenir.) Dois-je m'inquiéter que quelqu'un souhaite qu'il m'arrive quelque chose ?

— Non.

Elle serra la serviette autour d'elle encore plus fort.

— Ce n'était pas une réponse très convaincante.

— Je ne tiens pas à en parler.

Dommage, parce qu'il s'agissait de sa vie.

— Que veux-tu de…

S'élançant vers elle, Riker l'accula contre le mur. Il ne la toucha pas. Il posa une main de part et d'autre de sa tête, la prenant au piège tout en se maintenant à distance de son corps. Il avait beau ne rien faire de sexuel, un désir vorace flamboyait dans ses yeux.

— Je te sens couler dans mes veines, dit-il. Je te goûte sur ma langue et hume ton arôme épicé. Mais plus encore, je n'arrête pas de penser à toi et à la façon dont tu t'es donnée à moi dans le labo. La façon dont tu t'es sacrifiée pour sauver Neriya. (Il déglutit.) La façon dont tu t'es occupée de mon fils.

Elle se lécha les lèvres, et il baissa le regard sur sa bouche.

Embrasse-moi, songea-t-elle. *Embrasse-moi et fais-moi me sentir en sécurité ici.*

Lorsqu'il se pencha vers elle avec une lenteur qui confinait au supplice, elle faillit pleurer de soulagement et d'impatience. Puis les lèvres de Riker se posèrent sur les siennes, chaudes et souples, et si douces. Un délicieux frisson la parcourut tandis qu'il la léchait et la mordillait, alternant pression délicate et baisers appuyés.

Ciel, qu'il était doué ! Il effaça le souvenir de tous les hommes qu'elle avait embrassés jusqu'à ce jour. Aucun ne lui arrivait à la cheville. Il était exceptionnel.

Elle s'ouvrit à lui en gémissant. En réponse, le baiser de Riker se fit plus passionné, mais il se garda de s'approcher, maintenant un certain espace entre leurs corps.

— Riker, murmura-t-elle. Je ne veux pas que ce soit comme la dernière fois. J'ai besoin que tu sois complètement en moi.

Il souleva la tête et fixa ses yeux perçants comme des poignards d'argent sur elle. L'hésitation qu'elle y lut lui brisa le cœur.

— Je suis désolé. Je ne peux rien te promettre.

Elle tressauta, blessée par ses mots. Une colère soudaine l'aida à apaiser la douleur, et elle le repoussa assez fort pour l'obliger à reculer.

— Évidemment !

— Bon sang, Nicole ! (Il s'avança de nouveau vers elle, mais elle parvint à lui échapper avant qu'il ne la piège une fois de plus.) Je suis venu te remercier pour tout ce que tu as fait pour moi, pour mon clan et pour mon fils.

— Attends... alors... il ne s'agit que de gratitude ? Tu veux me témoigner ta reconnaissance avec du sexe ?

Les joues de Riker devinrent cramoisies, et elle sut qu'elle avait tapé dans le mille.

— Non.

— Dommage, répondit-elle, se surprenant elle-même, mais bon sang !

Elle en avait assez de n'exercer aucun contrôle sur sa vie et d'avoir l'impression d'être ballottée au gré du vent. S'il voulait coucher avec elle pour la remercier, qui était-elle pour refuser ?

— Je veux un orgasme, ajouta-t-elle.

Riker en resta bouche bée. Se reprit. Quand Nicole laissa tomber la serviette et se dressa devant lui dans le plus simple appareil, il fut bouche bée une nouvelle fois.

— Allez, vas-y, remercie-moi.

— Nicole...

L'avertissement contenu dans son intonation aurait dû lui mettre la puce à l'oreille, mais, à cet instant, elle n'était plus en mesure de saisir les signaux subtils. Ou peut-être n'en avait-elle plus rien à faire.

D'un air faussement pudique, elle se caressa le nombril du bout du doigt, adorant la façon dont le regard de Riker resta fixé sur sa main tandis qu'elle la faisait courir sur son ventre. Elle sentit une vive brûlure aux endroits où ses yeux se posaient, et elle prit tout son temps pour remonter jusqu'à ses seins rebondis, puis, enfin, à ses mamelons.

— Alors ? (Joueuse, elle les pinça, les titilla, et se réjouit de remarquer que Riker respirait de plus en plus vite. Cependant, il n'avait toujours pas bougé.) Bien. (Elle soupira, laissant tomber la main sur le côté.) Tu ne dois pas m'être si reconnaissant que ça.

Elle lui tourna le dos, délibérément, et se baissa pour ramasser la serviette.

C'en fut trop. Soudain, elle se retrouva debout, le corps coincé entre Riker et le mur, la joue plaquée contre la poutre encastrée dans la roche. D'une main, il lui empoigna les cheveux tandis qu'il plongeait l'autre entre ses jambes. Avec brutalité, il lui inclina la tête vers l'arrière afin de pouvoir l'embrasser. Dans cette position, Nicole pouvait à peine bouger, et, la vache ! être ainsi entravée était follement excitant !

Elle frotta ses fesses contre son érection au rythme des caresses intimes de ses doigts, d'abord langoureuses et délicates, puis de plus en plus appuyées, et, quand il glissa l'index en elle, elle ne put retenir un cri.

— Merci. (Le souffle chaud de Riker lui frôla la joue, et sa voix profonde vibra en elle telle une onde érotique.) C'est ce que tu voulais ?

— Oui, haleta-t-elle.

Il émit une espèce de grognement viril avide et enfonça davantage son doigt. Il ne perdit pas de temps à la titiller. Il y alla franchement et la caressa avec force, l'amenant à lui chevaucher la main. Un liquide brûlant coula entre ses lèvres, et elle se demanda s'il avait remarqué à quel point elle était prête pour lui.

— Merci, répéta-t-il d'une voix gutturale. Mer-ci.

Il retira sa main et elle faillit pleurer devant cette sensation de manque.

Jusqu'à ce qu'elle l'entende descendre sa braguette et sente son sexe massif entre ses cuisses.

— Merci à toi, murmura-t-elle.

Il la pénétra, s'enfouissant en elle d'une seule poussée. Ils bougèrent en rythme, ses hanches heurtant les fesses de Nicole. Il lui relâcha les cheveux et lui empoigna la taille, la maintenant en place tandis qu'il l'assaillait de ses coups de reins puissants. Sa respiration se fit saccadée, se mêlant à celle de Nicole, et elle comprit qu'il était aussi proche qu'elle de l'orgasme.

Pourrait-il aller jusqu'au bout ?

Elle sentit qu'il se retenait, une partie de lui n'avait toujours pas digéré ce qui était arrivé à Terese et le rôle qu'avait joué la famille de Nicole dans cette tragédie. Au diable tout ça ! Elle ne laisserait plus le passé de Riker interférer. Il était sien désormais, et il l'apprendrait, sur-le-champ !

Sien ? Elle était vaguement consciente qu'il y avait un nombre incalculable de raisons pour lesquelles Riker ne pouvait être sien, mais à cet instant aucune d'elle n'importait. Un instinct féroce, primitif, gronda en elle, la sommant de revendiquer le mâle qu'elle voulait.

— Stop ! grogna-t-elle presque, et, à sa stupéfaction, il se figea.

Elle le repoussa, le forçant à sortir complètement d'elle. Dans l'étroit, astreignant espace entre leurs deux corps, elle se retourna, sourit devant son expression perplexe… et l'escalada comme un arbre.

— Seigneur, Nicole…

Il lui agrippa la taille tandis qu'elle s'asseyait sur son érection. Impitoyable, elle planta les ongles dans ses épaules, lui arrachant un sifflement de plaisir. De nouveau, il la plaqua contre le mur tandis qu'il remuait les hanches avec un empressement effréné qu'elle ne lui connaissait pas.

Pourtant, elle sentait toujours sa retenue ; elle avait faibli quelque peu, mais elle était encore bien présente. Non, non, non ! Balançant la tête, elle le mordit, enfonçant les dents dans la zone moelleuse entre son épaule et son cou.

Il cria et s'arqua, la pilonnant de plus belle, ne lui épargnant rien. Elle le griffa plus fort, l'obligeant à penser à elle et elle seule. Le passé était interdit en ces lieux. Nulle autre femme n'y avait droit de cité.

Oh… oui ! Le corps de Nicole se raidit, ravi par l'extase qui assaillait une terminaison nerveuse après l'autre. Elle hurla, l'enserrant entre ses muscles, tandis qu'elle chevauchait cet interminable orgasme. Gonflant le torse, Riker inspira profondément, le souffle haché, puis ses mouvements se firent saccadés et irréguliers. Un liquide brûlant la remplit, la submergeant d'une nouvelle vague de volupté alors qu'il frissonnait, secoué de spasmes.

Le front de Riker, moite de sueur, reposait contre celui de Nicole pendant qu'il poursuivait son va-et-vient, leur arrachant jusqu'à la dernière goutte de plaisir.

— Merci, murmura-t-il, lui lissant les cheveux par des caresses indolentes et inégales. C'était… incroyable.

Elle était on ne peut plus d'accord.

Trop tôt, il se glissa hors d'elle et la fit redescendre vers le sol. Avec tendresse, il l'enveloppa dans la serviette et l'embrassa.

— Il faut que je file, dit-il. (Repue et épuisée comme elle ne l'avait jamais été, elle hocha la tête.) Repose-toi.

Elle le laissa la porter jusqu'à la chambre à coucher et la mettre au lit.

Il s'en alla, et Nicole allait sombrer dans le sommeil lorsqu'elle se rendit compte qu'ils n'avaient encore discuté de rien.

Chapitre 24

Riker était à peu près sûr que les galettes de pommes de terre n'étaient pas censées avoir un goût de sciure. Pourtant, il avait l'impression de mâcher des copeaux de bois alors qu'il fourrait la nourriture dans sa bouche sur le chemin du laboratoire de Grant. Il en laissa une traînée derrière lui, car, manifestement, il ne pouvait pas marcher et manger en même temps. Et comme, en plus, il ne pouvait s'empêcher de penser à Nicole, autant enfiler un bavoir et se mettre à boire directement au biberon !

Il était passé la voir le matin, mais elle dormait à poings fermés, et il était hors de question qu'il la réveille. Si elle voulait roupiller pendant une semaine, il la laisserait faire.

Enfin, il la réveillerait peut-être pour le sexe. Elle avait eu l'air d'aimer ce qu'ils avaient fait la nuit dernière.

Les joues de Riker s'empourprèrent à ce souvenir, et son corps se durcit avec anticipation.

Oh ! du calme, vieux. On ne retourne pas dans sa chambre pour l'instant.

Tenant dans une main le plateau qu'il avait dérobé dans la cuisine principale, il frotta l'endroit où Nicole l'avait mordu de l'autre. Quelle sauvageonne ! Les morsures et griffures qu'elle lui avait infligées avaient cicatrisé, mais il les sentait encore, tels d'érotiques murmures contre sa peau.

Ses ébats avec Terese n'avaient jamais ressemblé à ça. Non, Terese avait considéré le sexe comme un devoir à tolérer, et les seules fois où elle avait témoigné un tant soit peu d'intérêt pour la chose c'était lors de la nouvelle lune, quand ses hormones et son besoin de sang la dominaient. Et même dans ces moments-là, elle ne l'avait jamais griffé. Ni ne lui avait grimpé dessus. Ni ne se serait délectée d'être prise contre un mur.

Les images suggestives tournaient dans sa tête comme un film porno, et il manqua une marche alors qu'il bifurquait vers le laboratoire. Baddon, qui venait de la direction opposée, sourit de toutes ses dents.

— Joli, mec, lui lança ce dernier. Tu peux le refaire ? Je n'ai pas tout vu.

Riker ricana.

— Et si je te bottais plutôt le cul ? (Il lui donna un coup dans l'épaule tandis qu'ils longeaient le couloir.) Là, tu seras aux premières loges.

L'éclat de rire de Baddon poursuivit Riker jusqu'à ce qu'il entre dans le laboratoire, où il ne fut guère surpris de trouver Grant, absorbé par son travail. Il fut, en revanche, étonné de trouver un tipi dans un coin de la pièce et Hunter qui parlait à Bastien, assis à une table près de la tente en peau de bison.

Une étrange sensation lui remua l'estomac. C'était à la fois bizarre et génial de voir enfin le garçon qu'il avait tant rêvé d'avoir. Les circonstances n'étaient pas parfaites, à l'évidence, mais il n'allait tout de même pas gâcher cette incroyable seconde chance.

Quand Hunter aperçut Riker, il s'excusa et vint à sa rencontre.

— Ton fils est aussi têtu que toi.

Riker détacha son regard de Bastien.

—Pourquoi ça ?

—Il ne veut pas dormir ailleurs qu'ici. Morena a dû sortir un vieux tipi du garde-meubles pour lui. Le plus gros problème, c'est qu'il refuse de quitter le labo.

Hunter remua d'un pied sur l'autre, mal à l'aise. Un comportement que Riker voyait pour la première fois chez ce mâle solide comme un roc.

—Grant pense que Nicole parviendrait peut-être à convaincre Sébastien de sortir un peu. Il semblerait qu'elle ait gagné sa confiance.

—Je crois me rappeler t'avoir dit la même chose. (Riker sourit.) On dirait qu'elle pourrait s'avérer utile, après tout.

—On verra. (Hunter arbora soudain une expression sévère.) Je me suis entretenu avec les guerriers hier soir…

—Sans moi ? l'interrompit Riker.

—Tu étais… occupé, répondit Hunter, ne laissant aucun doute quant au fait qu'il savait où Riker avait passé une partie de la nuit. Mais nous n'avons pris aucune décision en ton absence.

—J'en déduis que vous avez discuté de ce qu'on allait faire au sujet de ShadowSpawn.

Hunter acquiesça de la tête.

—On pense qu'il vaut mieux attendre la fin du délai pour apprendre à ShadowSpawn que Neriya est morte. Cela nous laissera un peu de temps pour préparer un plan de bataille.

—Il va falloir envisager plusieurs stratégies. On tentera d'abord de négocier, je présume ? Avec la vie de Lucy en jeu, mieux vaut ne pas éveiller davantage leur hostilité en les attaquant d'emblée.

Seigneur, il espérait qu'elle n'avait rien et qu'ils la traitaient bien. Cela dit, il en doutait.

— Je suis d'accord. (À en juger par son expression, Hunter n'attendait pas grand-chose de la négociation.) On doit essayer. Une guerre nous ruinerait.

Riker jeta un coup d'œil à Bastien, qui suçotait un verre de lait chocolaté. L'une des boissons préférées de Terese.

— Réunissons-nous cet après-midi pour une petite séance de remue-méninges.

— Comment va Nicole ? s'enquit Hunter. (Waouh ! cette fois, il n'avait pas prononcé son nom comme s'il s'agissait d'un virus mortel. Quel progrès !) Des signes de sa transformation ?

Riker s'efforça de camoufler sa déception.

— Elle devrait s'en tirer.

— Tiens-moi au jus. (Hunter lui désigna Bastien.) Idem avec lui. Si tu as besoin d'aide, tout le monde est là pour toi.

Ils échangèrent une poignée de main amicale, puis Hunter laissa Riker en compagnie de Grant et Bastien.

Riker s'avança doucement vers le garçon, lui confiant les rênes de leur rencontre. Alors qu'il s'approchait de la table à laquelle Bastien était assis avec un jeu de cartes, ce dernier lui adressa un timide sourire.

— Salut, Bastien.

— Salut. Riker, c'est ça ?

— Ouais. (Il tapota le dossier d'une chaise.) Ça te dérange si je m'assois ?

— Non. (Bastien baissa les yeux sur les cartes, qui représentaient chacune un animal ou un objet.) Morena m'a demandé de faire deux tas. Un avec les images que je reconnais, et l'autre pour les choses que je ne connais pas.

L'une des piles était deux fois plus grosse que l'autre, mais Riker ignorait si c'était la première ou la deuxième.

— Les humains t'ont-ils appris quoi que ce soit ?

Bastien hocha la tête, fuyant toujours le regard de Riker.

— Toutes les nuits, j'avais le droit de regarder des films et des trucs à la télé de l'autre côté de mon box. Je sais lire aussi. Des employés du labo m'ont appris, mais je ne crois pas qu'ils étaient censés le faire. Ils m'ont donné des livres.

— Lesquels ?

— Je suis à la moitié de *Bilbo le Hobbit.* (À travers ses longs cheveux en bataille, il jeta enfin un coup d'œil à Riker, sans pour autant lever la tête. Comme aurait pu le faire Terese.) Vous avez des livres ici ?

— Oui. On a toute une pièce qui leur est consacrée.

Les yeux bleu cristal du gamin s'illuminèrent.

— Je… j'adorerai la voir.

— Je peux t'y emmener.

Bon sang, on aurait cru que Riker lui avait proposé de le fouetter et non de lui montrer la bibliothèque ! Bastien se ramassa sur lui-même, ses doigts maigrelets tremblants sur les cartes.

— Non, c'est bon. J'aime être ici.

— Et si Nicole t'y conduisait ?

Il fit un hochement de tête à peine perceptible.

— Alors, ça pourrait aller. Elle me ramènera ici après, hein ?

— Si c'est ce que tu veux, répondit Riker, mais l'expression sceptique de Bastien indiquait qu'il ne le croyait pas. Bastien… tu as dit que tu ignorais qui était ton père. T'a-t-on raconté quoi que ce soit à son sujet ? ou sur ta mère ?

— Ils disaient que je lui ressemblais.

— À ta mère ? Oui, beaucoup.

Riker espérait seulement que personne ne s'interroge sur la chevelure foncée et la peau cuivrée de Bastien, un poil trop bronzée pour quelqu'un qui n'avait jamais vu le soleil, car cette carnation comme cette couleur de cheveux n'étaient ni celle de Riker ni celle de Terese.

Elles appartenaient au reproducteur forcené de Daedalus.

— D'où la connaissiez-vous ? Vous avez expliqué l'origine de mon prénom à Nicole.

À présent, Riker devait procéder avec attention, distiller les informations et voir si Bastien parvenait à la conclusion logique de lui-même.

— C'est parce que ta mère était ma compagne, Bastien.

— Oh ! (Il fronça les sourcils.) Vous serviez les humains, vous aussi ?

— Non. (Du doigt, Riker arrangea la plus haute pile de cartes, celle avec un lapin sur le dessus.) Les humains l'ont capturée. Ils me l'ont enlevée et ont fait d'elle une esclave. Sais-tu ce qu'est un esclave ?

Il fit « oui » de la tête, mais la méfiance s'était insinuée dans son regard.

— Ils disaient qu'elle aimait travailler pour la famille Martin. C'est un honneur de travailler pour les humains...

— Non ! l'interrompit Riker d'un ton sec. Ça n'a rien d'un honneur.

Bastien recula subitement, renversant sa chaise et éparpillant les cartes. Et, l'espace d'une seconde, Riker aurait juré que le gamin avait disparu. Puis il réapparut, recroquevillé dans un coin, les yeux hantés, haletant comme s'il venait de courir un marathon.

— Seigneur !

Riker déglutit. Au temps pour procéder avec attention ! Il lui avait fichu une trouille bleue.

— Je suis désolé, Bastien, reprit-il. Je ne voulais pas t'effrayer. (Il redressa la chaise et lui tendit la main, l'invitant à revenir.) C'est juste que je suis très en colère contre les humains.

— Pourquoi ?

Bastien regagna lentement la table mais, quand il se rassit, il veilla à garder un peu plus ses distances.

Riker s'efforça de se rappeler que Bastien avait été élevé par des humains, qu'il avait dépendu d'eux pour sa survie. Tel un chien battu qui restait auprès de son maître à défaut de connaître autre chose, Bastien n'avait pas encore compris que les individus avec lesquels il avait passé ses vingt premières années étaient l'ennemi.

— Ils t'ont menti, fiston. (Riker poursuivit à voix basse, avec calme, les mains sagement croisées devant lui.) C'est une race cruelle et égoïste qui asservit et maltraite les animaux et les gens. C'est ce qu'ils ont fait à ta mère. C'est ce qu'ils t'ont fait. Tu aurais dû naître ici et grandir parmi des vampires qui t'aiment au lieu d'être enfermé dans une cage et piqué avec des aiguilles.

Bastien sembla réfléchir aux propos de Riker.

— En quoi ça vous concerne ?

— Parce que j'ai fait une promesse à ta mère il y a vingt ans. Je lui ai promis de t'élever et de t'aimer. Je n'ai pas pu t'élever, mais je peux t'aimer. (Il prit une profonde inspiration et expira avec précipitation.) Tu es mon fils, Bastien.

— Vous êtes mon… père ?

Riker hocha la tête. Bastien le dévisagea, ses grands yeux emplis de confusion et d'incrédulité.

Puis tout partit en vrille en moins d'une seconde.

La table fut projetée dans les airs, les cartes éparpillées et Riker renversé au sol. Bastien se volatilisa de nouveau. *Putain ! mais qu'est-ce qu'il fout ?*

— Bastien ?

Riker bondit sur ses pieds alors que Grant accourait.

— Que s'est-il passé ?

— Je n'en ai pas la moindre idée. (Riker déglutit.) Tu l'as vu…

— Disparaître ? (Grant fit « oui » de la tête.) Impressionnant. Je n'avais jamais vu un truc pareil.

Un bruit de tissu froissé leur parvint de l'intérieur du tipi. Très lentement, Riker s'en approcha et jeta un coup d'œil par le rabat. Bastien était blotti contre un support en bois, roulé en boule sous une couverture.

— Tu ferais peut-être mieux de partir, suggéra Grant. Laisse-lui le temps de digérer l'info. Il pourra m'aider au labo, ça l'occupera. Il écoutait tout ce qu'il se disait chez Daedalus… Il a parfaitement saisi ce que je fais ici, et il est très curieux.

Merde ! Au bout de vingt ans, Riker s'était vu offrir la chance de réparer un tort, et, au lieu de ça, il avait tout fait foirer. Et bon sang ! d'où sortait ce tour de prestidigitation ? Il n'avait jamais entendu parler d'un vampire capable de s'évaporer ainsi !

— Rike ? (Grant lui tapota l'épaule.) Tu es toujours là ?

— Ouais. (Riker opina du chef, mais la question demeurait. Et si Daedalus avait fait quelque chose à Bastien ?) Ouais, répéta-t-il. Ça va. J'enverrai Nicole. Peut-être qu'elle arrivera à l'emmener à la bibliothèque. (Se triturant les méninges, il se dirigea vers la porte, mais s'arrêta, la main sur la poignée.) Grant ? Ne lui plante plus d'aiguilles. Daedalus l'a assez tripoté comme ça.

Bastien avait vécu un véritable cauchemar, et, d'une façon ou d'une autre, Riker l'aiderait à oublier.

Les Martin ne détruiraient pas Bastien comme ils avaient détruit Terese.

Pour la septième journée d'affilée, Nicole était assise dans la bibliothèque avec Bastien. Elle n'avait vu Riker qu'une seule fois, quand il était venu dans sa chambre pour s'enquérir des progrès de Bastien, qui, à une exception près, avaient été stupéfiants.

Le garçon était suffisamment sorti de sa coquille pour répondre à tous ceux qui s'adressaient à lui, même s'il se montrait visiblement plus réservé avec les mâles. Il aimait toujours passer du temps au laboratoire, mais il avait suivi Nicole à la bibliothèque avec enthousiasme, et Morena avait réussi à lui faire faire tout le tour de l'établissement. Bastien avait manifesté un intérêt tout particulier pour la salle de jeux, et il semblait posséder un certain talent pour les fléchettes et vouait un amour impie aux jeux vidéo.

L'exception à ses progrès était Riker.

Bastien avait refusé de parler de lui, et même de le voir. Morena, qui avait l'habitude de travailler avec des enfants, avait émis une suggestion que Nicole comptait mettre en pratique dès à présent. Elle espérait seulement que Bastien soit disposé à discuter. Et qu'il ne disparaisse pas sous l'effet du stress, ce qui, à ce qu'il avait affirmé, ne s'était produit que cette fois-là.

C'était d'ailleurs fort étrange. Nicole n'avait jamais eu vent d'un vampire capable de devenir invisible, comme tous ceux qu'elle avait questionnés à ce sujet. Tous, excepté Myne.

« *Il existe des légendes*, avait-il dit. *Des légendes sur les premiers vampires, qui avaient des dons différents de ceux que nous avons. Certains sont rares, comme le don d'accoucheuse. D'autres n'existent que dans les histoires. Comme voyager à travers des portails et se rendre invisible.* »

De toute évidence, cette faculté n'était pas une légende, et l'esprit cartésien de Nicole avait d'ailleurs bien du mal à l'accepter. D'après Riker, Terese n'avait jamais possédé ce don. Le peu qu'ils savaient sur le créateur de Bastien provenait des documents que Nicole avait dérobés, et ils ne mentionnaient pas non plus d'inclination à s'évaporer dans la nature.

Daedalus avait été au courant du talent de Bastien, ce qui expliquait pourquoi ils l'avaient gardé aussi longtemps. En parcourant les dossiers, Nicole avait appris qu'au cours des vingt dernières années le vampire forcené avait engendré trente rejetons avec vingt femelles différentes, dont un né de sa propre fille, produit d'un accouplement antérieur.

À l'exception de Bastien, les enfants avaient été élevés au sein de foyers humains et étaient conduits au laboratoire de temps à autre pour subir des examens. Deux d'entre eux avaient été « euthanasiés » et disséqués. Daedalus essayait, semblait-il, depuis des années de mettre au point un programme de reproduction, ce qui leur permettrait de créer génétiquement des spécimens dociles, mais efficaces dans leur tâche.

Et de produire une réserve illimitée de cobayes, de donneurs pour applications médicales et tout ce que leur esprit tordu pouvait bien imaginer d'autre. Plus de quotas, plus de millions dépensés pour acquérir des vampires au marché aux enchères légal ou versés à des braconniers pour obtenir illégalement des vampires sauvages.

Nicole en avait la nausée. Comment avait-elle pu autoriser toutes ces atrocités ? Comment avait-elle pu accepter de prendre les rênes d'une société avant d'apprendre les tenants et les aboutissants du moindre projet ?

Tu pensais avoir le temps. Tu pensais que tes parents avaient bâti une entreprise honorable, et tu faisais confiance à ton frère pour la diriger jusqu'à ce que tu sois prête.

Bon, peut-être tout cela était-il vrai, et peut-être pouvait-elle s'efforcer d'y croire. Un détail, cependant, la chiffonnait : si elle n'avait jamais rencontré Riker, elle n'aurait jamais découvert tout ça, et elle n'aurait pas été à ce point horrifiée.

Une chose était sûre, elle aurait empêché Daedalus de poursuivre, du moins, elle aurait fait son possible. Le conseil d'administration – Chuck le premier – aurait sans doute réagi exactement de la même manière, et aurait prétexté n'importe quoi pour la discréditer et se débarrasser d'elle.

Elle sentit une tape sur son épaule et, lorsqu'elle leva les yeux, elle vit Bastien qui la rejoignait après son incursion dans le rayon « histoire » de la petite bibliothèque.

— J'ai trouvé un livre sur les vampires et les Amérindiens, dit-il. Morena et Grant m'ont raconté que les premiers vampires descendaient de tribus amérindiennes.

— C'est vrai. Les vampires de naissance les plus anciens ont tous du sang amérindien. Le chef de MoonBound est un Cherokee pur-sang, et Myne, un Nez-Percé pur-sang.

— Est-ce que j'ai du sang amérindien ?

Oui. D'après son dossier, le mâle qui l'avait engendré provenait de deux des douze tribus infectées en premier par le virus : Crow et Nez-Percé. Bien évidemment, la vérité ne constituait pas une option, du moins, pour le moment. Un jour, Riker pourrait parler à Bastien de son père biologique, mais ce n'était certainement pas à Nicole de le faire.

— Je ne connais pas les origines de ta mère.

Il baissa les yeux sur le livre.

— Oh !

— Mais, tu sais, tu peux poser la question à Riker.

Ses yeux s'écarquillèrent aussitôt.

— Non ! (Il secoua la tête.) Je ne veux pas. Ne le laisse pas…

— Hé. (Elle lui prit la main.) Tout va bien. Tu n'es pas obligé de le voir si tu n'en as pas envie. Mais c'est vraiment un type bien, et il t'aime.

— Comme quelqu'un d'autre, murmura-t-il.

— Quelqu'un… t'aimait ?

— C'est ce qu'il affirmait.

Une sueur brûlante perla sur le front de Nicole. Un très mauvais pressentiment l'assaillit.

— Qu'est-ce que… euh… qu'est-ce qu'il te disait ?

— Que je ressemblais à ma mère. Il disait qu'elle était jolie. (Les mains de Bastien se crispèrent.) Il disait que, comme elle était morte et que je n'avais aucun parent, il serait mon père. (Ses poings commencèrent à trembler.) Il me frappait si je ne lui disais pas que je l'aimais aussi. Il m'a cassé le bras une fois.

Nicole luttait pour ne pas faire une crise de panique. Elle voulait hurler. Pleurer. Incendier le laboratoire de nouveau, mais cette fois avec l'individu qui avait brutalisé Bastien.

À moins que ce salopard soit déjà mort. Chuck lui avait dit que Roland était engagé dans le programme de reproduction. Elle se réjouit soudain que Myne l'ait tué.

— Écoute-moi bien, Bastien, répondit-elle en se concentrant pour parler d'une voix calme. Les bons pères ne battent pas leurs enfants. Riker ne te ferait jamais de mal. Je te le promets. Il est attentionné, respectable et loyal… Et il t'aime.

Bastien ne paraissait guère convaincu, alors elle fit une nouvelle tentative.

— Me fais-tu confiance ?

Bastien se pencha au-dessus de la table, esquissant une moue à peine perceptible.

— Ce n'est pas pour autant que je fais confiance à ton jugement.

Elle rit, surprise par son bon sens et sa franchise. Voilà un garçon robuste et malin. Elle était persuadée qu'avec l'aide du clan il serait en excellente santé, physique et mentale, très bientôt.

— Touché. Mais tu verras par toi-même que j'ai raison. Accepterais-tu, au moins, de lui laisser une chance ?

Bastien inclina la tête, et l'étudia.

— Est-ce que tu l'aimes ? mon père ?

Sa question la prit de court. Elle regarda le plafond, s'efforçant d'organiser ses pensées et ses émotions, mais autant essayer de rassembler une horde de chats. En résumé, elle s'était beaucoup rapprochée de Riker et elle ferait n'importe quoi pour le protéger. Elle voulait guérir ses blessures, l'aider à faire son deuil, et, en quelque sorte, racheter tous les torts de sa famille, non seulement ceux infligés à Riker, Terese et Bastien, mais au clan tout entier.

Et puis elle ne pouvait nier cette folle attirance physique entre eux, l'érotisme qui saturait l'air dès qu'il se trouvait dans les parages. Quand il n'était pas là, elle sentait un vide manifeste dans sa poitrine, et des palpitations dans le ventre dès qu'elle pensait à lui. Elle n'avait encore jamais éprouvé ça.

Cela signifiait-il qu'elle l'aimait ?

— Je crois que oui, répondit-elle enfin, et un extraordinaire sentiment de libération la souleva presque de sa chaise.

Tout ce temps, elle avait été perdue dans le monde, humain comme vampire, incertaine quant à son futur, et, par moments, quant à sa survie. Et, à présent qu'elle naviguait entre deux mondes, elle ne se sentait plus coincée.

Elle était une humaine parmi des vampires, mais elle se sentait bien moins seule que lorsqu'elle avait été une humaine parmi les humains.

Bastien acquiesça d'un hochement de tête résolu.

—Alors, je lui laisserai une chance.

Hilare, Nicole se pencha vers Bastien et l'embrassa dans une étreinte chaleureuse et étouffante.

—Tu l'adoreras. Tu verras.

Bastien resta rigide un long moment dans ses bras, si raide qu'elle se demanda s'il respirait. Mais, alors qu'elle lui caressait les cheveux et le serrait tendrement, il se détendit, et l'enlaça à son tour. Nicole sourit quand il se blottit contre elle, et enfouit le front dans le creux de son cou.

—Nicole?

Sa voix était hésitante, à peine audible.

—Oui?

—Il ne me fera plus de mal, n'est-ce pas? murmura-t-il. Chuck ne pourra pas me retrouver ici, hein?

Le cœur de Nicole s'arrêta. *Chuck?* Seigneur! c'était Chuck qui l'avait battu? Rassemblant toutes ses forces, elle retrouva l'usage de ses cordes vocales.

—Non, lui assura-t-elle d'une voix éraillée. Non, je te le promets.

Chapitre 25

— Nicole.

Le cœur de Riker bondit dans sa poitrine lorsqu'il la vit sur le seuil de sa porte.

Il s'octroya le luxe de la contempler de la tête aux pieds, s'attardant sur son jean usé qui moulait ses hanches rondes, le sweater molletonné vert de la même couleur que ses yeux qui soulignait sa gorge parfaite. Elle s'était attaché les cheveux avec une barrette, et l'envie de les défaire et de les ébouriffer lui démangea les doigts.

— Je suis désolé de ne pas avoir été disponible. (Il lui fit signe d'entrer.) On bosse vingt-quatre heures sur vingt-quatre, sept jours sur sept sur le problème ShadowSpawn.

Il avait passé trois jours entiers à la frontière de leur territoire avec la gardienne mystique du clan, Sabre, pour renforcer les barrières de protection et poser de nouveaux pièges. Certes, ShadowSpawn serait accompagné par son propre gardien mystique, qui identifierait leurs installations et les neutraliserait, mais au moins ils seraient ralentis et n'échapperaient pas aux blessures.

Nicole entra, laissant une fraîche odeur de poire au gingembre dans son sillage.

— Vous avez trouvé une solution ?

— Non.

Il n'attendit pas que la porte se referme avant de l'attirer contre lui et d'enfouir le visage dans le creux de son cou. Ça lui avait manqué. Ils n'avaient pas partagé un moment d'intimité depuis bien trop longtemps.

— Comment va Bastien ?

Riker ne supportait pas de devoir maintenir ses distances, même s'il espionnait le garçon de loin dès qu'il le pouvait.

— Il se débrouille très bien, répondit-elle. Il est curieux de tout, prêt à lire tout ce qu'on lui met sous le nez, et il s'évertue à aider Grant au labo. Il reste même dans ses propres quartiers maintenant. Et Myne le fait travailler dans la chambre d'entraînement.

Riker aurait voulu enseigner à Bastien comment être un vampire, un guerrier, et il ressentit un pincement de jalousie alors que c'était lui qui avait demandé l'aide de Myne. Riker avait également dû ravaler sa fierté et présenter ses excuses à son ami pour son comportement la nuit de la pleine lune, mais, en bon mâle qui se respecte, ce dernier lui avait signifié avec une poignée de main et une tape dans le dos qu'il ne lui en tenait pas rigueur.

— Te paraît-il heureux ?

— La plupart du temps. Mais il a besoin d'un père.

La poitrine de Riker se serra.

— Si seulement je savais comment être présent pour lui. (Il sentit aussitôt un changement chez Nicole, et, quand elle se retira, il s'alarma.) Qu'y a-t-il ?

Un frisson la parcourut, mais il se demanda comment c'était possible, car la température de la chambre sembla soudain frôler les mille degrés.

— Je sais pourquoi il a paniqué quand tu lui as avoué que tu étais son père.

— Je t'écoute.

Elle remua d'un pied sur l'autre. Balaya la pièce du regard. Retarda l'inévitable jusqu'à ce que Riker soit sur le point de craquer. Mais même si l'envie d'entendre ses révélations le dévorait, Nicole méritait toute sa patience. Grâce à elle, Bastien était sorti de sa coquille. Bon sang ! si elle n'avait pas été là, Bastien se trouverait encore chez Daedalus à l'heure qu'il est !

— Je ne sais même pas par quoi commencer, dit-elle enfin.

Du revers de la main, il effleura sa joue soyeuse.

— Prends ton temps. *Mais dépêche-toi, quoi.*

— Promets-moi de garder ton calme. (Merde ! cela n'augurait rien de bon, mais il acquiesça solennellement de la tête.) OK. (Elle inspira et expira. Puis recommença.) Quand j'étais petite, Chuck me tenait souvent compagnie. Je croyais que c'était parce qu'il m'aimait et voulait passer du temps avec moi. Mais, en y repensant, je me rends compte qu'il ne traînait dans les parages qu'en présence de Terese. Quand elle n'était pas là, il voulait absolument savoir où elle se trouvait. Je me disais que c'était parce qu'il se sentait mal à l'aise avec les vampires. Il n'avait pas grandi avec eux comme moi.

La simple mention de Chuck suffit à crisper Riker.

— Continue, dit-il, les mâchoires serrées.

— Tu te rappelles dans le labo quand il s'est mis dans une rage folle en racontant comment tu avais tué Terese ? (Riker se contenta de hocher la tête.) Je pense que c'était parce qu'il était obsédé par elle. Peut-être même qu'il l'aimait.

La peau de Riker devint moite et son estomac se révulsa.

— Si c'est une plaisanterie…

— Pas du tout.

Elle gigota encore, tritura ses cheveux, déglutit plusieurs fois de suite, le regard rivé sur les feuilles de papier sur la table. Plier des origamis lui manquait, Riker n'en doutait pas une seconde.

— Je crois qu'il a reporté son obsession sur Bastien. Chuck lui a dit qu'il serait comme un père pour lui mais, quand Bastien ne lui témoignait pas l'affection qu'il escomptait, Chuck le violentait. (Elle ferma les yeux.) J'ai demandé à Grant de l'examiner, et il a trouvé un certain nombre de blessures cicatrisées, y compris quelques os cassés.

La révélation de Nicole frappa Riker avec l'intensité d'une avalanche, l'amenant à reculer d'un pas. Une rage noire, indescriptible, lui creusa la poitrine, la transformant en une insondable grotte de givre. Même son cœur, qui battait la chamade pour Nicole, semblait s'être glacé.

— Riker ?

Nicole lui tendit la main, mais il la repoussa. Il n'était pas prêt à se laisser consoler par la sœur du salopard qui avait torturé un garçon innocent.

— J'ai convaincu Bastien que tu n'étais pas un… père… comme ça. Je lui ai dit qu'il pouvait te faire confiance et que tu ne lui ferais jamais de mal. Je t'en prie, ne va pas le voir dans cet état. Il se montre assez craintif comme ça en présence des hommes, et il associe le mot « père » à ce que Chuck lui a fait endurer.

Père. Le mot qu'il avait toujours eu envie d'entendre dans la bouche d'un enfant était devenu synonyme de terreur et souffrance. Et lui qui pensait que les Martin ne pouvaient pas foutre davantage en l'air sa vie…

Il se concentra sur sa respiration. Respirer, voilà ce qu'il devait faire. Cela l'empêcherait de quitter le quartier général en trombe pour réduire Seattle à feu et à sang à la recherche du frère de Nicole.

Inspire. Expire. Inspire. Expire.

Il devait voir Bastien. Il jeta un coup d'œil à Nicole, ce qui aurait dû le réconforter, mais il ne vit rien d'autre qu'une Martin.

— Il faut que j'y aille, dit-il d'une voix brisée qu'il ne reconnut pas. *Logique*, songea-t-il, car à cet instant il ne se sentait pas lui-même.

Nicole lui tendit la main.

— Est-ce qu'on peut en parler ?

Rejetant son offre, il se dirigea vers la sortie.

— Plus tard, répondit-il, même si, en son for intérieur, il se doutait que cela signifiait, en réalité, « jamais ».

Riker fouilla l'établissement à la recherche de Bastien, mettant ces minutes à profit pour se calmer. Lorsqu'il décida de vérifier dans la chambre du garçon, son désir d'anéantir Seattle avait baissé d'un cran : à présent, il se contenterait de tuer toutes les personnes que Charles Martin avait connues. Puis il passerait une année à le briser, un membre après l'autre.

Il se força à marcher doucement jusqu'à la porte. L'adolescent était déjà assez nerveux ; s'il percevait la colère de Riker, tous les progrès qu'il avait accomplis pourraient être effacés.

La porte s'ouvrit tandis que Riker s'approchait, et Morena apparut, ses cheveux bruns bouclés rassemblés au sommet de sa tête en un chignon en bataille.

— C'est bon de te voir, dit-elle. Bastien vient de prendre son petit déjeuner. Myne ne devrait plus tarder. (Elle sourit.)

Il a prévu de l'emmener à la salle d'entraînement pour lui apprendre à tirer à l'arbalète.

Riker eut l'impression de recevoir un coup en plein ventre. Oui, il avait demandé à Myne de veiller à ce que Bastien pratique des activités physiques, mais bon sang ! il devrait s'en charger lui-même ! Il devrait apprendre à son fils à tirer, à se battre et à chasser.

— Merci, Morena.

Il toqua doucement et entra. Bastien était blotti sur le canapé, plongé dans un livre, mais, quand il aperçut Riker, il se figea.

— Salut, dit Riker. Je peux venir ?

Il y eut une seconde d'hésitation, puis un timide « d'accord ».

— Je t'ai apporté quelque chose.

Il s'avança vers Bastien, lentement, et ralentit encore lorsque le garçon se crispa. Riker voua silencieusement Chuck à une éternité en enfer. Et il prévoyait de l'y expédier lui-même.

— Vous êtes fâché.

Bastien se rapprocha de l'extrémité du canapé, et la gorge de Riker se serra sous l'effet de la déception et du dégoût qu'il éprouvait envers lui-même.

— Je suis désolé, fiston. Je ne suis pas fâché contre toi. Je suis en colère à cause de ce qui t'est arrivé. Tu n'aurais jamais dû grandir dans de telles conditions. (Il marqua une pause.) Préfères-tu que je m'en aille ?

Au bout de plusieurs insoutenables secondes, Bastien secoua la tête. Le soulagement donna presque le vertige à Riker. Il s'accroupit à côté du canapé et lui tendit la bague de Terese.

— Ça appartenait à ta mère. Nicole l'a conservée précieusement, et je pense que tu devrais l'avoir.

Bastien prit l'anneau comme s'il était constitué du verre le plus fragile.

— Comment était-elle ?

— Elle était belle. (Riker sourit, se rappelant ses traits délicats.) Elle était très calme et timide, même avec moi.

— C'est vous le vampire sauvage qui l'a tuée, n'est-ce pas ? demanda Bastien, et Riker se sentit suer à grosses gouttes. Chuck m'a dit que, si Nicole n'avait pas déclenché l'alarme ce jour-là, vous auriez tué tout le monde.

Minute… Nicole ? Le souvenir limpide de cette journée se brisa en mille morceaux, chaque fragment plus tranchant que le précédent. Riker avait été sur le point de convaincre Terese de renoncer au suicide quand la sirène s'était mise à hurler et qu'elle avait plongé le poignard dans sa gorge.

C'est Nicole qui avait donné l'alerte ?

Le monde s'écroula tandis que sa rage d'avant le submergeait de nouveau, et Bastien, qui était manifestement tout aussi sensible à la négativité que sa mère, s'enfonça dans les coussins.

Ressaisis-toi, abruti ! Riker pesta en silence et s'obligea à se détendre.

— Je ne l'ai pas tuée, Bastien. Je te le jure. Ce sont les humains qui l'ont tuée.

Ce n'était pas le moment de révéler au garçon que sa mère s'était elle-même ôté la vie. Bon sang ! le moment ou le besoin de lui avouer la vérité se présenteraient-ils jamais ?

— Ils ont causé sa mort. Tu ne peux pas croire ce qu'ils t'ont raconté.

Avec une précision remarquable, Bastien mit un marque-page dans son livre et le posa de côté.

— Mais Nicole est humaine.

— Et sa famille a tué ta mère et t'a séquestré dans une cage pendant vingt ans.

Il n'aurait sans doute pas dû dire ça, mais au moins il l'avait dit sur un ton très calme. Il y avait du progrès.

Bastien afficha une mine perplexe.

— Dans ce cas, que fait-elle ici ?

Eh merde ! Riker s'était foutu dedans lui-même sur ce coup. Il ne voulait pas calomnier Nicole, et encore moins détruire la relation qu'elle avait tissée avec Bastien. Peu importe ce que sa famille avait infligé au garçon, elle l'avait aidé bien plus que n'importe qui. Sans oublier que Bastien apprenait tout juste à se fier à ses instincts ainsi qu'aux autres. Il faisait confiance à Nicole et se souciait d'elle, et le faire douter de son jugement pourrait s'avérer néfaste.

— Nous avions besoin d'elle pour secourir un vampire que son entreprise avait kidnappé, expliqua Riker.

— Vous l'avez secouru ?

— Malheureusement, non.

— Mais Nicole vous a aidés, n'est-ce pas ?

Il y avait tellement d'espoir dans sa voix que Riker ne put s'empêcher de sourire.

— Énormément.

Bastien passa le pouce sur la surface lisse de la bague.

— Elle vous aime.

— Je n'irai pas jusque-là, mais il se pourrait qu'elle m'aime bien, parfois.

— C'est elle qui l'a dit, insista Bastien.

Riker sentit ses entrailles descendre dans ses talons. Elle l'aimait ? Nicole avait dit à Bastien qu'elle l'aimait ? Le gamin avait dû mal comprendre. Nicole ne lui ferait pas une chose pareille. Elle ne pouvait pas attendre de lui qu'il se donne non seulement à une humaine, mais à une Martin.

La porte s'ouvrit, épargnant à Riker des pensées qu'il n'était pas en état d'explorer pour l'instant. Myne entra, paré à rejoindre la salle d'entraînement dans son survêtement et son tee-shirt qui moulait son corps musculeux. La poignée d'une arbalète pointait du sac qu'il portait à la main.

— Salut, vieux ! lança-t-il à Riker avant de reporter son attention sur Bastien. Prêt pour une séance de musculation, puis pour tirer dans quelques melons ?

— Prêt !

Le sourire timide de Bastien lui rappela tellement Terese que la colère menaça une nouvelle fois d'assaillir Riker.

Myne, qui percevait toujours ces choses-là, lui désigna le sac de sport.

— Rike, tu veux venir ?

C'était tentant, mais Riker sentait qu'il en avait fait assez avec Bastien pour le moment. À présent, il fallait lui laisser le temps de digérer cette visite et finir sur une note plaisante.

— Merci, mais Hunter m'attend. (Riker se redressa et décocha un clin d'œil à Bastien.) Je te verrai plus tard, d'accord ? Tu as déjà bu un soda à la glace ?

Bastien secoua la tête.

— Ah, vieux ! s'exclama Myne. Tu vas te régaler. Riker est le roi du soda à la glace !

— C'est vrai ? s'enquit Bastien.

Myne hocha la tête.

— Je t'assure.

Riker n'avait jamais fait de soda à la glace pour Myne et, d'ailleurs, comment pouvait-on rater une telle préparation ? Il apprécia néanmoins l'aide du vampire.

— Je viendrai te chercher plus tard, Bastien, promit Riker. Je te montrerai comment te faufiler dans la cuisine sans que Syrena le Tyran aux Cuillères en Bois t'attrape.

Le sourire de Bastien s'étira jusqu'à ses oreilles et, pour la première fois, Riker se dit qu'il avait la chance d'être réellement un parent. De vivre la vie dont Terese avait été privée.

Chapitre 26

Nicole passa deux heures à plier des animaux en origami et à faire les cent pas dans les appartements de Riker en attendant son retour. Il avait quitté la pièce, fou de rage et bouleversé, et elle espérait de tout cœur qu'il allait bien. Une chose était sûre : elle ne partirait pas avant qu'il revienne.

Elle arpenta sa chambre à coucher pour la huitième fois de la journée, mais ne trouva pas de nouvelle photo au mur ni de babioles sur la commode. Aucune différence depuis sa dernière visite, si ce n'est que la surface du meuble abritait désormais une véritable ménagerie de papier qui comprenait également un vampire… Son tout premier. Elle prit le petit vampire dans la main et se laissa tomber sur le matelas, priant pour que Riker rentre. Qu'il grimpe sur le lit avec elle et se détende. Ou la ravisse.

L'un ou l'autre, peu importe.

Pour autant, ce dont elle avait cruellement besoin à cet instant, c'était d'un but. Et d'un avenir. Elle s'affala sur un coussin et contempla le plafond. À présent, elle était certaine qu'elle ne se transformerait pas en vampire. Le défi était de savoir si elle s'était intégrée dans le clan. Les membres de MoonBound, pour la plupart, s'étaient habitués à elle, et certains, comme Grant, ne la traitaient plus comme une étrangère, mais comme une collègue. Elle aimait tout particulièrement le fait d'avoir gagné leur respect au lieu qu'on lui en témoigne uniquement à cause de son nom et de son statut, comme cela avait été le cas des employés de Daedalus.

Peut-être pourrait-elle travailler avec Grant au laboratoire? Elle avait passé sa vie d'adulte à œuvrer pour améliorer l'existence des humains. Ne pouvait-elle pas en faire de même pour les vampires? Du moins jusqu'à ce que l'évolution de sa maladie l'en empêche. Ou jusqu'à ce que ses médicaments viennent à manquer.

Elle entendit la porte s'ouvrir et serra le vampire en papier de toutes ses forces, son pouls s'affolant sous l'effet de l'excitation.

— J'ai quelque chose pour toi! claironna-t-elle.

Les bottes de Riker martelèrent lourdement le sol, et soudain il apparut dans l'embrasure, affichant une expression ténébreuse et grave qu'elle ne lui avait jamais vue.

— Sors d'ici.

Elle se redressa, abasourdie par sa colère.

— Pardon?

— Dehors. (Sa voix gutturale était aussi profonde et sonore que le tonnerre.) Hors de la chambre à coucher. (Il s'avança pour la soulever du lit, puis l'escorta jusqu'au salon.) Je t'avais interdit d'y entrer. Je ne veux pas que tu y mettes les pieds. Jamais. Tu comprends?

Elle cligna des yeux, stupéfaite par son comportement.

— Non, je ne comprends pas. C'est quoi ton problème?

— Rien. (Il ouvrit violemment le réfrigérateur.) N'entre pas dans ma chambre, c'est tout.

L'image de Riker en compagnie de Benet lui revint en mémoire: Riker plaquant Benet contre le mur. Le mur du salon. Il avait dit n'avoir été avec aucune femme depuis la mort de Terese. Alors… il ne s'était jamais trouvé avec une femme dans sa chambre ?

— La chambre te rappelle Terese, c'est ça ?

Haussant les épaules, il jeta un coup d'œil dans le frigo.

— Tu veux une bière ?

Une bière ? Il l'avait traînée hors de la pièce comme si elle la contaminait par sa présence et à présent il jouait les hôtes polis ?

— Non, merci. (Elle tapa du pied sur les lattes du parquet.) Comptes-tu me répondre ?

— Non.

— Bon sang, Riker ! tu me dois une explication.

— Bien. (Il attrapa une bouteille issue d'une microbrasserie locale.) Ouais. C'est le seul endroit où on faisait l'amour. Elle était totalement ordinaire et conservatrice. Elle ne me laissait jamais la prendre avec ma bouche ou la baiser contre le mur, comme toi. C'est ça que tu veux entendre ?

Nicole s'empourpra en réaction à ce souvenir et à la réponse crue de Riker qui avait sonné comme une insulte. Elle dut se racler la gorge avant de réussir à parler.

— D'accord, alors qu'est-ce que tu veux dire ? Qu'on peut coucher ensemble, mais seulement sur le canapé ? ou contre le mur ? ou peut-être sur la table de la cuisine ?

Il empoigna la bouteille et la décapsula d'un violent tour de poignet. Il ne la regardait toujours pas. Ce frigo devait être passionnant.

— Je dis que tu l'as dépassée à tous les niveaux. Le sexe, la force, l'intelligence. Putain, tu t'es même assurée que son fils tienne à toi ! Et maintenant tu veux voler sa chambre à coucher aussi ?

— Quoi ? (Nicole avait l'impression d'être tombée dans la quatrième dimension.) D'où ça sort, ça ?

Comme il ne répondit pas, elle le fit pour lui, allant droit au but, parce qu'il n'était pas question qu'elle lui serve de punching-ball alors qu'elle ignorait ce qui avait réveillé le connard qui sommeillait en lui.

— Ta compagne est morte, Riker.

Il se tourna vers elle, le visage déformé par le mépris.

— Tu crois que je ne le sais pas ?

— Apparemment non ! Ça fait vingt ans ! Tu dois la laisser partir.

— Depuis quand es-tu experte en compagnes décédées ?

Elle aurait peut-être dû accepter cette bière, finalement.

— Je ne suis pas experte en la matière, mais je sais ce que c'est que de perdre les gens qu'on aimait. (Elle s'approcha, son instinct la poussant à le réconforter malgré tout.) Et je te promets que la vie est bien plus belle quand on décide d'avancer et de se pardonner.

— Je ne peux pas. (Il but une gorgée de bière.) Je ne le veux pas et tu n'as pas le droit de me demander de l'oublier. Elle représentait une partie de ma vie que j'ai perdue à tout jamais.

Quelle tête de mule !

— Je ne te demande pas d'oublier Terese ni même de la remplacer. Je te demande d'aller de l'avant. *Avec moi.*

— Tu m'en demandes trop, lui rétorqua-t-il sur un ton sec.

La poitrine de Nicole se serra douloureusement. Oui, elle était humaine, une humaine qui n'avait pas encore trouvé sa place dans le monde, mais qui était certaine d'une chose : elle voulait la trouver avec Riker. Elle avait espéré qu'il souhaiterait faire ce voyage avec elle, mais à présent le doute planait comme un nuage noir au-dessus de sa tête.

Elle l'étudia, cherchant une fissure dans l'armure derrière laquelle il s'était retiré sans aucune raison perceptible. En vain. Peut-être Nicole avait-elle contaminé davantage que sa chambre à coucher. Peut-être avait-elle également infecté sa vie.

— Dans ce cas, il n'y a plus rien à dire.

Espérant qu'il ne puisse pas sentir à quel point elle souffrait, elle tourna les talons.

Riker jura et, en un fragment de seconde, elle se retrouva plaquée contre la porte, les mains de Riker sur ses épaules.

— Tu ne pars pas ! gronda-t-il.

C'était étrange comme quelques jours plus tôt la férocité de Riker l'aurait terrorisée. Or, à présent, elle savait qu'il ne lui ferait pas de mal. Du moins, physiquement.

— Si, je m'en vais, répondit-elle, braquant sur lui un regard aussi dur que le sien. Tu ne peux pas nous avoir toutes les deux, Riker. Je refuse d'être l'autre femme.

Il fit glisser sa main sur la nuque de Nicole en une prise douce mais possessive dont elle aurait aimé croire à la sincérité.

— Tu ne l'es pas.

Une colère sourde l'envahit.

— Et je suis quoi, alors ? Une remplaçante temporaire ? Un lot de consolation ?

Ses yeux commençaient à la brûler, et elle pria pour ne pas pleurer. Elle se devait de rester forte. Plus qu'elle ne l'avait jamais été.

— C'est peut-être égoïste de ma part, poursuivit-elle, mais j'ai besoin d'être numéro un. Je ne jouerai pas les rôles secondaires pour une compagne qui t'a quittée.

La lèvre supérieure de Riker se retroussa, dévoilant ses crocs.

— Elle ne m'a pas quittée. Elle est morte.

— Elle s'est tuée ! hurla-t-elle, au désespoir de lui faire entendre raison. Elle a fait le choix de t'abandonner.

Riker eut un mouvement de recul devant la brutalité de ses paroles, mais Nicole ne pouvait se permettre de les regretter. Que Dieu lui vienne en aide, elle ne jugeait pas Terese ! Elle ne pouvait imaginer les souffrances que la pauvre femme avait dû endurer. Mais Riker devait se débarrasser de sa culpabilité et se pardonner. Il n'était responsable ni de la vie qu'elle avait menée ni de sa mort.

— C'est ta famille qui l'a tuée ! hurla-t-il en retour. (Il s'écarta d'elle et, d'un grand geste du bras, envoya la bouteille de bière s'écraser contre le mur à l'autre bout de la pièce.) Ils l'ont poussée au suicide. Ils l'ont violée et assassinée, puis ils ont volé un enfant innocent dont ils ont abusé aussi. (Il pointa le doigt sur elle, et son intonation se fit grave, sinistre, comme tout droit sortie de l'enfer.) Et si tu n'avais pas déclenché l'alarme ce jour-là…

Le nœud dans la poitrine de Nicole se mua en une violente douleur. Comment l'avait-il appris ?

— Et on en revient toujours à la même chose, n'est-ce pas ? répondit-elle d'une voix éraillée. Quoi que je fasse, tu ne passeras jamais outre aux actions de ma famille, et tu ne me pardonneras jamais d'être une Martin.

Certes, il avait toutes les raisons de haïr sa famille. Elle avait d'excellentes raisons elle-même ! Mais elle ne faisait plus partie de cette famille désormais, et si Riker ne le voyait pas, rien de ce qu'elle pouvait faire ne lui ferait changer d'avis.

— Je suis désolée pour tout ce qui vous est arrivé, à toi, Terese, et Bastien. Je suis désolée pour tout ce que Daedalus a infligé à votre race et je regrette de ne pouvoir en faire davantage. (Elle ouvrit la porte.) J'ignore ce que Hunter a prévu pour mon futur, mais j'espère pouvoir compter sur ton soutien. Je me sens bien ici, et je pense pouvoir apporter ma contribution au clan.

Elle quitta la pièce aussi vite que possible, et ne fut guère surprise que Riker n'essaie pas de la rattraper.

Putain !

Riker se cogna la tête contre la porte et resta là, le front appuyé au panneau de bois, la main sur la poignée. Qu'est-ce qui ne tournait pas rond chez lui ?

Il se repoussa et regarda le verre brisé éparpillé un peu partout. *Merde !* Il n'avait jamais été du genre à démarrer au quart de tour, il s'était toujours vanté de son sang-froid. Mais, depuis qu'il avait rencontré Nicole, ses émotions étaient imprévisibles, et il lui semblait impossible de se maîtriser. Il pensait pouvoir gérer les antécédents familiaux de Nicole, mais la révélation de Bastien l'avait fait sortir de ses gonds. Apprendre que c'était elle qui avait déclenché l'alarme provoquant la mort de Terese… C'était la goutte d'eau qui avait fait déborder le vase.

Puis il était rentré chez lui et l'avait trouvée dans sa chambre. Terese était la seule femme à y avoir mis les pieds, et y voir Nicole lui fit l'effet d'une trahison. Comment Nicole pouvait-elle lui demander d'aller de l'avant, et ce avec la personne responsable de la mort de sa compagne ?

Il n'était pas totalement dépourvu de logique, il savait que c'était stupide de lui reprocher tous les méfaits commis par sa famille. Mais bon sang ! cela faisait si longtemps qu'il voulait se venger des Martin, et l'une des leurs était enfin là... Et il avait couché avec elle. Il l'avait embrassée, s'en était repu, avait partagé des moments intimes avec elle.

L'unique personne sur la planète qu'il aurait dû fuir comme la peste.

Il aperçut une feuille de papier froissé par terre, près de la porte. Il la ramassa et son cœur tressauta violemment lorsqu'il vit ce que c'était.

J'ai quelque chose pour toi. Nicole l'avait appelé de la chambre de sa voix chantante pleine d'enthousiasme. Elle lui avait fait un vampire en origami comme cadeau.

Et non seulement il avait douché sa bonne humeur, alors qu'il savait le peu de joie que lui avait apporté la vie, mais il avait enfoncé le clou en lui imputant, une fois de plus, tous les malheurs du monde.

Espèce de connard. Tu as pris la meilleure chose qui te soit arrivée depuis des années et tu as chié dessus.

Il devait se racheter. Il devait se ressaisir et arranger la situation.

Riker voulut s'élancer après elle mais, alors qu'il atteignait la poignée de la porte, son téléphone sonna. Un message urgent de Hunter.

ShadowSpawn sait que Neriya est morte. Ils sont en route avec une troupe de soldats.

Riker fonça dans le couloir comme une flèche. Il n'était même pas sûr que ses bottes aient touché le sol lorsqu'il fit irruption dans le bureau de Hunter où les autres guerriers expérimentés étaient réunis, ainsi que la vingtaine de lieutenants qui opéraient sous leurs ordres. Hunter se tenait au bout de la table oblongue, sa posture rigide, son expression grave.

— Asseyez-vous, leur ordonna-t-il dès que le dernier guerrier, Baddon, fut entré. Où est Myne ?

Il lança un regard à Riker, qui lui servit la réponse habituelle.

— Avec Bastien. S'il a eu ton message, il viendra dès qu'il pourra.

Myne avait tendance à dédaigner Hunter, mais cette fois il ne pourrait pas faire comme si de rien n'était.

Hunter resta debout tandis que tous les autres prenaient un siège.

— Comme je l'ai dit dans mon message, ShadowSpawn est en route. Nos éclaireurs les ont repérés avant de se faire attaquer par les leurs. Ils ont abattu Wolfgang, et Tena leur a échappé de justesse. Elle est à l'infirmerie, mais ses blessures sont graves. Grant fait son possible.

Ces enculés avaient tué Wolf ? *Merde !* C'était l'un de leurs meilleurs archers, et sa perte serait ressentie pendant longtemps. Tena n'était pas une combattante dotée d'une grande force physique, mais elle était filiforme et rapide, et possédait un talent troublant pour sauter d'une branche à l'autre comme un lémurien. Ces deux-là patrouillaient ensemble depuis trois ans, et, s'ils n'entretenaient pas une relation sentimentale, ils étaient proches. Tena serait anéantie par le décès de Wolfgang.

— Envoie Nicole aider Grant, dit Riker. Sa connaissance de notre physiologie pourrait être un atout.

Hunter tourna la tête vers Takis, assis à côté de son partenaire, Aiden.

— Préviens Grant de la proposition de Riker. (Tandis que Takis tirait son portable de la poche de sa veste, Hunter s'adressa, une fois de plus, à l'assemblée.) Avant de s'évanouir, Tena m'a dit qu'un des guerriers de ShadowSpawn l'avait avertie non sans moquerie de la destruction ou de la capture imminente de notre clan en représailles pour avoir laissé Neriya mourir.

— Une seconde, l'interrompit Riker. Comment ont-ils appris pour Neriya ?

— C'est ce que j'aimerais savoir, gronda Hunter. Soit ils ont un ami au sein de Daedalus, soit ce dernier se cache parmi nous. (Il parcourut du regard chacun des guerriers.) Si l'espion se trouve parmi MoonBound, sa tête ornera le centre de notre table pendant un an et un jour, et son corps sera livré en pâture aux bêtes.

Tout le monde acquiesça. Le châtiment que Hunter réservait au traître était même léger.

— Qu'en est-il de Lucy ? demanda Riker. Est-elle parmi les soldats ?

— On n'en sait rien, répondit Hunter. Ce qu'on sait, en revanche, c'est que nous sommes à court de temps. Nous avons envisagé des dizaines d'options quant à la gestion de cette crise avec ShadowSpawn, mais à présent il faut agir. Nous devons armer tous ceux qui sont en âge de se défendre et emmener les enfants dans notre repaire secondaire.

— Si l'un des nôtres a pactisé avec l'ennemi, il pourrait en connaître la localisation, lui fit remarquer Riker. Il se pourrait même qu'on nous tende une embuscade.

— Si tu as une meilleure idée, je suis tout ouïe.

Aiden se leva.

— Moi, j'en ai une ! On se bat jusqu'au bout. Si on les laisse nous capturer vivants, ils feront passer l'esclavage dans un foyer humain pour des vacances.

Un silence inconfortable s'abattit sur l'assistance tandis que tous prenaient conscience de la réalité de la situation.

Bien sûr, ils se battraient. Et peut-être se croyaient-ils capables de gagner. Mais même s'ils remportaient la bataille de nombreuses vies seraient fatalement perdues. Tant de morts et de sang versé entre vampires alors qu'ils devraient combattre les humains.

Takis tira sur le bras d'Aiden jusqu'à ce qu'il s'assoie.

— Organisons l'évasion des enfants et de ceux qui ne peuvent pas se défendre. Même si la localisation de nos véhicules est révélée à cause de l'espion, ils pourront fuir…

— Où ? demanda Jaggar. La forêt grouille de chasseurs et d'agents de la FFAV et, même s'ils parvenaient à échapper aux humains, ils avanceront à nu jusqu'à ce qu'ils arrivent chez un clan ami.

— Et rien ne nous garantit qu'un autre clan les acceptera, renchérit Hunter, faisant écho aux pensées de Riker.

Tous les plans qu'ils avaient élaborés au cours des derniers jours leur auraient au moins laissé une chance, si maigre soit-elle. Mais si le clan avait été découvert, c'était fichu.

Katina jura.

— On n'aurait jamais dû emprunter Neriya. Les choses étaient déjà tendues entre nos clans. On leur a fourni le prétexte idéal pour nous attaquer.

« Tendues » était un euphémisme. L'union de Riker et de Terese avait été l'étincelle qui avait mis le feu aux poudres. Et à cause de lui, une fois de plus, parce qu'il avait échoué à sauver Neriya, une autre étincelle avait déclenché une tempête de feu.

Tout était sa faute. Il avait été tellement rongé par la colère depuis sa vampirisation que rien ne lui avait importé si ce n'est se venger de l'ennemi. Qu'il soit humain ou vampire. Il s'était montré imprudent non seulement avec sa propre vie, mais avec celles de tous ceux qui l'entouraient. Nicole avait dit quelque chose de similaire et elle avait raison.

Et à présent MoonBound allait finir comme le clan représenté sur la scène de bataille sanglante du tableau accroché derrière Hunter. Éteint.

Riker inspira brusquement, frappé par une idée soudaine. S'il était responsable de leur mauvaise fortune, il pouvait y mettre un terme.

Hunter se tourna vers Riker.

— Qu'y a-t-il ?

Merde ! comment faisait-il ça ?

— Je sais comment arrêter ça. Ça craint, mais c'est sans doute l'unique moyen d'éviter la guerre. (Il se leva, soutenant le regard fixe de son chef.) Kars veut ma peau depuis que je me suis uni à Terese et l'ai humilié. J'offrirai ma vie comme paiement pour celle de Neriya.

Des bordées de jurons retentirent dans la pièce, certains outrés, d'autres furieux. Seul Hunter resta silencieux, et Riker devina que son chef sondait son cerveau à la recherche d'un contre-argument.

Mais Riker savait qu'il n'y en avait pas. Hunter devait le savoir, lui aussi.

— Et si Kars refuse ?

— Il acceptera.

— Si tu fais ça, répliqua Baddon d'une voix aussi lugubre qu'un cimetière à minuit, tu es un homme mort.

— Si je ne le fais pas, nous mourrons tous. (Riker se tourna de nouveau vers Hunter.) Promets-moi que vous prendrez soin de Bastien. Il me faut ta parole.

— Bien sûr, répondit Hunter.

— Et personne ne fera de mal à Nicole. (Il vissa le regard sur chacun des guerriers tour à tour.) Vous la traiterez tous comme une compagne du clan. Est-ce que je peux compter sur vous ?

Tous acquiescèrent. Y compris Hunter.

— Dans ce cas, finissons-en.

Jaggar l'agrippa par le bras.

— Il doit y avoir un autre moyen.

Riker donna une tape sur l'épaule de Jag.

— S'il y en a un, vous arriverez à me secourir. J'essaierai de rester en vie jusque-là.

— Ce n'est pas drôle, vieux, gronda Baddon. Ce n'est vraiment pas drôle, putain !

Tous les yeux se braquèrent sur Riker, et beaucoup trop étaient cerclés de rouge. Certains secouaient la tête, et juraient. Il devait sortir de là.

— Réfléchissons à…

Riker ne laissa pas Hunter terminer.

— Je suis prêt. Alpha. Bravo. Écho.

Adieu, bande d'enfoirés, comme disaient ses potes snipeurs. Dit à des amis, cela signifiait « bonne chance », mais Riker pensait que la sienne l'avait abandonné. Il préférait s'en aller avant de céder à la sensiblerie.

Et c'était précisément pour cette raison que Riker ne pouvait faire ses adieux à personne, en particulier à Bastien et Nicole. Il aimait croire qu'il était fort mais, si l'un d'eux ou les deux à la fois lui demandaient de rester, il craquerait. Littéralement. Et si la vie lui avait appris quelque chose, c'était que, quand on voyait quelqu'un pour la dernière fois, on ne voulait pas que ça parte en vrille. Il valait mieux que Bastien se souvienne de Riker comme d'un père essayant de nouer une relation avec son fils. Quant à Nicole… elle se le rappellerait comme d'un type en colère se comportant en parfait connard.

Mais c'était mieux que de se le rappeler comme d'un homme insensible qui n'avait eu que faire de ses supplications.

Ou, pire, qu'il se souvienne de Nicole lui disant qu'elle s'en allait.

Chapitre 27

C'était quoi tout ce remue-ménage ? Nicole était sortie de sa chambre pour se rendre chez Bastien et avait failli se faire écraser par une troupe d'hommes et de femmes qui fonçaient dans le couloir. Le garde devant sa porte avait disparu, mais Katina surgit d'un coin, ses yeux argentés injectés de sang et cerclés de rouge, et se mit à courir vers elle.

— Suis-moi, lui cria-t-elle. Bastien est déjà au labo.

— Que se passe-t-il ?

— On emmène les enfants et les… euh… humains en lieu sûr.

— En lieu sûr ?

— ShadowSpawn est en route.

Elle laissa Katina la conduire jusqu'au laboratoire de Grant où s'étaient rassemblés les enfants et les adultes, blessés ou malades, qui n'étaient pas en état de combattre. Bastien semblait occupé à étudier quelque chose au microscope, et Morena faisait les cent pas, se tordant presque les doigts de nervosité.

Grant leva les yeux du lit de camp installé dans un coin, où il appliquait un onguent sur une vampire salement amochée. Il lui murmura quelques mots, puis se hâta de rejoindre le reste des guerriers.

— Je veux y aller ! Je sais me battre.

— Désolé, vieux. (Katina posa son pied botté sur une chaise et resserra ses lacets. Nicole remarqua que les mains de cette dernière tremblaient.) On a besoin de toi pour emmener tout le monde en lieu sûr.

— Vous me prenez pour un baby-sitter ? (Grant désigna d'un geste du bras son équipement.) Et si je donnais aux gamins des fioles d'acide et des boîtes de Pétri pleines de bactéries pour jouer ?

— Tu es fou ? (Katina se redressa.) Je les garderais comme en-cas.

— Hilarant, grommela Grant.

— Tu es ce qui se rapproche le plus d'un docteur, dit-elle. Hunter a besoin de toi ici. Nicole aussi.

Lorsqu'il entendit le nom de Hunter, Grant jura, mais cessa de discuter.

— Direction le site de remplacement ?

Katina secoua la tête.

— Il est possible qu'il ait été découvert. Plan B.

— Cacher tout le monde dans le passage secret ? Ça va être inconfortable.

— Vous n'avez pas à partir tout de suite. Pas avant que ShadowSpawn se soit introduit dans le QG. (Katina effleura la poignée de la dague sur sa hanche.) On espère ne pas en arriver là. Si le plan de Riker fonctionne, on sera épargnés.

À la mention de Riker, le cœur de Nicole s'affola. Apparemment, il n'avait pas reçu le même message que son cerveau, à savoir qu'il ne voulait plus rien avoir à faire avec elle ni aucune partie de son anatomie.

— Il se livre comme otage en échange de Lucy et pour s'acquitter de la mort de Neriya.

Nicole ne pouvait pas parler. Elle pouvait à peine respirer. Riker se livrait à l'ennemi ?

— Il ne peut pas faire ça ! Ils le tueront !

— C'est fort possible.

— Il ne peut pas faire ça. Quelqu'un a-t-il essayé de l'en dissuader ?

Frustration et tristesse émanèrent de Katina… Minute, comment Nicole pouvait-elle le percevoir ? Cela dit, il ne s'agissait pas tant d'un sentiment que d'un effluve. Semblable à du sucre carbonisé ou à de l'eau stagnante.

Nicole renifla et en flaira d'autres, la plupart identifiables comme parfums spécifiques et émotions. Vivait-elle à proximité des vampires depuis si longtemps qu'elle avait appris à reconnaître leurs états d'âme par l'odeur ? Elle devrait poser la question à Grant plus tard. Quand la guerre ne leur pendrait pas au nez, par exemple.

— Tu peux me croire, répondit Katina tout bas, sa décision n'enchante personne. Riker est l'un de nos meilleurs guerriers, d'une grande valeur. On trouvera un moyen de le récupérer mais, pour l'instant, on n'a pas d'autre choix.

— Quoi ? Vous trouverez un moyen de récupérer son cadavre ?

Nicole se montrait injuste, et elle le savait. Katina n'était pas responsable, mais bon sang ! Nicole avait espéré que Riker et elle pourraient discuter une fois qu'il se serait calmé.

Non, elle ne voyait aucun futur pour eux. Du moins, tant qu'il ne serait pas capable d'oublier sa colère et sa culpabilité ainsi que le rôle qu'avait joué la famille de Nicole dans la disparition de Terese. Mais Nicole tenait à faire partie de la vie de Bastien, à racheter les péchés des siens, par conséquent, Riker et elle devraient apprendre à collaborer.

Elle ne pouvait pas non plus nier son amour pour Riker. Peu importe ce qu'il ressentait pour elle, elle ne voulait pas qu'il meure.

— On fera notre possible pour le sortir de là vivant. Je te le jure. (Bastien regarda dans leur direction et leur fit un signe de la main, et Katina baissa la voix.) Il vaut sans doute mieux ne rien dire à Bastien.

— Bien sûr.

— Tu es cool pour une humaine, déclara Katina avec solennité. Et ne t'en fais pas. Riker s'est assuré qu'on te traite comme n'importe quel membre du clan tant que tu resteras parmi nous.

Nicole sentit sa bouche s'assécher. Il avait fait ce qu'elle lui avait demandé, il avait veillé à ce qu'elle soit en sécurité.

— Pour info, ajouta Katina, il n'a pas eu beaucoup de mal à nous convaincre. Tu as apporté une aide précieuse à Grant, et Bastien et nous te sommes reconnaissants d'avoir fait ton possible pour sauver Neriya.

Elle pivota vers la porte. Le cerveau de Nicole carbura. Elle devait empêcher Riker de faire ça. Mais comment ?

Chaque chose en son temps. D'abord, elle devait le retrouver.

— Grant ?

Le vampire, occupé à réconforter une mère berçant un nouveau-né dans ses bras – peut-être celui que Neriya avait mis au monde avant de se faire capturer – leva les yeux vers elle.

— Je vais chercher un truc dans ma chambre, mentit-elle. J'en ai pour une minute.

Elle doutait qu'il l'ait crue mais, dépassé par les événements et un laboratoire bondé, il ne se donna pas la peine de discuter.

— Le passage secret se trouve derrière le mur du fond dans l'armoire de chimie. (Il lui désigna la porte tout au bout de la pièce.) Si tu renverses la bouteille avec l'inscription « guano fermenté », le mur coulissera.

— Guano fermenté ?

Il haussa les épaules.

— Je me suis dit que personne ne choisirait au hasard un récipient *a priori* rempli d'une substance hyper puante.

C'était tordu mais malin… Elle ne se serait pas attendue à moins de la part d'un scientifique fou.

— Je serai de retour très vite. (Elle fonça vers Bastien, qui faisait les cent pas devant le lavabo.) Ça va ?

Bastien déglutit.

— Il y a trop de gens.

Elle leva les yeux vers lui, songeant qu'il avait bien changé depuis son arrivée. Il semblait un peu plus grand. Et il avait pris du poids.

— C'est normal d'avoir peur, tu sais.

— Je n'ai pas peur. Mais je ne sais pas quoi faire. (Il enfonça les mains dans les poches de son jean.) Où est mon… euh… Riker ?

Ah, merde ! Elle aurait dû prévoir cette question.

— Je n'en sais trop rien, répondit-elle, et ça, au moins, c'était la vérité. Mais je te promets qu'il fait tout son possible pour garantir ta sécurité ainsi que celle du clan. (Elle jeta un coup d'œil aux gens entassés dans la pièce qui remuaient avec nervosité.) Tu sais ce que tu pourrais faire ? Tu vois tous ces gamins ? Je parie que, si tu leur apportais tes cartes, ils adoreraient deviner les images. Et je suis sûre qu'ils aimeraient encore plus que tu leur lises une histoire.

Les yeux de Bastien s'illuminèrent.

— Vraiment ?

— Oui. Et tu rendrais un fier service à Grant.

La mine hilare, il ramassa les cartes éparpillées sur la table. Puis, d'un geste surprenant, il la serra dans ses bras. C'était une étreinte fugace et il rougit un peu en reculant, mais c'était agréable de constater qu'il se sentait suffisamment à l'aise pour montrer son affection. Il avait parcouru un sacré chemin en à peine quelques jours.

Elle attendit qu'il soit trop accaparé par les enfants pour s'apercevoir de son départ, puis elle fonça jusqu'à sa chambre, attrapa une veste que quelqu'un lui avait prêtée le temps que le clan passe une nouvelle commande à son contact humain, et se mit à réfléchir à un moyen de sortir du quartier général. Elle espérait seulement que personne ne l'arrête, et fort heureusement tout le monde était bien trop concentré sur le danger imminent pour faire attention à elle.

Elle se fondit derrière un groupe de jeunes hommes si préoccupés à fanfaronner sur la façon dont ils allaient dégommer l'ennemi pendant la bataille qu'ils ne la remarquèrent même pas. Ou peut-être ne s'en souciaient-ils guère. Apparemment, les jeunes vampires étaient tout aussi frimeurs que les adolescents humains.

Le groupe traversa rapidement la forêt, et elle dut lutter pour maintenir la cadence.

Lorsqu'ils eurent atteint la première ligne, elle le comprit tout de suite. Les animaux des bois se firent silencieux tandis que les éclats de voix faisaient frémir les branches des arbres. La tension était palpable, tel un brouillard invisible qui la faisait suffoquer. Elle grimpa sur une butte et aperçut les guerriers de MoonBound, et dans une clairière, à une cinquantaine de mètres environ, ceux de ShadowSpawn, au moins trois fois plus nombreux.

Où était Riker ?

Elle se faufila désespérément à travers l'essaim de vampires et d'armes pour rejoindre l'avant de la foule. La voix pleine de colère de Hunter s'éleva, suivie par une autre, tout aussi forte, et Nicole se demanda s'il parlait au chef du clan rival. Elle était presque arrivée devant lorsqu'une main se posa sur son bras et la tira sur le côté.

— Ne faites pas ça. (La voix de Myne n'était qu'un sourd grognement à son oreille.) Vous ne ferez qu'aggraver les choses pour lui.

Elle s'apprêtait à lui demander ce qu'il voulait dire lorsque deux soldats bougèrent, créant un espace à travers lequel elle vit ce que Myne s'efforçait de lui cacher.

Riker était agenouillé devant un imposant mâle de ShadowSpawn muni d'une matraque tachée de sang, la tête penchée en avant, les poignets attachés dans le dos et une chaîne autour du cou. Le sang ruisselait sur son visage.

— Non, coassa-t-elle. Non !

Riker souleva la tête et le cœur de Nicole cessa de battre. L'avait-il entendue ? Les deux vampires fermèrent le trou. Elle lutta, essayant de s'arracher à la prise de Myne, mais elle avait l'impression d'être tout aussi enchaînée que Riker. Myne la maintint si fort contre son corps massif qu'il la meurtrit presque.

Elle entendit le bruit sourd et ignoble d'un objet contondant frappant la chair. Grondements enragés et jurons à l'unisson agitèrent les rangs de MoonBound. Le grognement féroce de Myne les couvrit tous.

— Que se passe-t-il ?

Myne la serra avec fermeté, ignorant sa question, tandis qu'un autre bruit s'élevait, semblable à un troupeau de chevaux décrivant un cercle autour d'eux. Se hissant sur la pointe des pieds, elle jeta un coup d'œil à l'ennemi, qui faisait exactement ce que ces sons laissaient présager. Le clan entier encerclait MoonBound.

Soudain, l'ennemi disparut, se fondant dans la forêt. La dernière chose qu'elle vit fut Riker, traîné par les pieds dans les buissons.

— Riker !

D'une main sur sa bouche, Myne mit un terme à son cri rauque. Elle se débattit, hurla dans sa gorge, le martela de coups de poing, mais il resserra davantage sa prise, la maintenant contre lui pour l'empêcher de s'agiter.

— Il est parti, dit Myne d'une voix brisée comme si elle avait été traînée sur le gravier avec Riker.

— On doit faire quelque chose. On doit…

— Il n'y a rien que vous puissiez faire. (Myne la relâcha, mais il resta à côté d'elle, prêt à l'attraper de nouveau.) Mais je les ferai payer, ces connards, Nicole. Je vous le promets.

La rage l'envahit ; Nicole n'avait jamais rien ressenti de tel. Toute sa vie, elle s'était laissé porter, passionnée par le domaine scientifique qu'elle avait choisi, mais consciente qu'elle serait forcée d'occuper au sein de Daedalus un poste dont elle ne voulait guère. Depuis qu'elle avait été capturée par Riker, elle avait appris à haïr cette entreprise, à souhaiter sa destruction.

Et à présent il était hors de question que son existence entière soit gâchée. Daedalus allait faire quelque chose de bien, pour une fois.

Daedalus allait sauver la vie de Riker.

Nicole ne dormit pas du tout cette nuit-là.

Elle avait lutté contre Myne jusqu'à ce que l'épuisement ait raison d'elle, à tel point que, de retour au quartier général du clan, elle pouvait à peine réfléchir, et encore moins bouger. Engourdie et éreintée, elle avait laissé l'une des femelles, Alina, l'emmener dans sa chambre, où une migraine de tous les diables et la nausée s'étaient mêlées à sa fatigue tandis qu'elle parcourait les documents volés chez Daedalus. Elle y trouverait forcément quelque chose à apporter à ShadowSpawn ! Peut-être des informations sur la localisation de leurs membres enlevés par la société.

En vain, pour l'instant.

Elle était tombée sur pas mal de recherches fascinantes, mais rien dont elle pourrait se servir pour récupérer Riker.

À 6 heures, alors qu'elle s'évertuait à garder les yeux ouverts, une clé USB glissa de l'un des dossiers. Priant pour que le trajet jusqu'au laboratoire l'aide à rester éveillée, elle longea d'un pas traînant les couloirs désolés qui auraient dû grouiller de vampires rentrant de leurs chasses nocturnes. Or le silence régnait. Le clan avait échappé à une terrible bataille, mais la perte de Riker l'avait violemment touché.

Elle l'avait violemment touchée.

Stimulée par un désespoir renouvelé, elle piqua un sprint jusqu'au laboratoire, et y trouva Grant occupé à entrer des données dans son ordinateur.

— Tu as une sale tête. (Il lui jeta un coup d'œil par-dessus l'écran tandis qu'elle s'asseyait devant le portable face à lui.) Tu vas bien ?

Non, elle n'allait pas bien. Et elle n'irait pas bien tant que Riker serait retenu prisonnier.

— Ça va.

Elle brancha la clé USB.

— Tu as une sale voix aussi, ajouta Grant. (Il lui était d'une aide précieuse !) Tu as dormi un peu ?

Plusieurs douzaines de fichiers apparurent à l'écran.

— Comme un bébé.

Tous les dossiers concernaient *a priori* le programme de reproduction. Elle s'arma de courage pour parcourir une kyrielle d'informations fort dérangeantes.

Le fauteuil de Grant grinça lorsqu'il commença à se relever.

— Je vais te chercher du café.

— Merci, grommela-t-elle, mais mon estomac ne se montre pas très coopératif aujourd'hui.

Comme pour appuyer ses propos, une vague de nausée la frappa, assez fort pour la faire chanceler.

Grant lui décocha un regard noir.

— Tu as mangé ?

— Je ne crois pas en être capable.

Couvait-elle quelque chose ? Elle ne pouvait pas tomber malade ! Pas en ce moment. Riker risquait de mourir.

— Je vais t'apporter quelque chose. (Grant se dirigea vers la porte.) Et ne discute pas, ajouta-t-il quand elle ouvrit la bouche pour faire précisément cela.

Poussant un soupir résigné, elle reporta son attention sur l'écran et cliqua sur un dossier étiqueté « Notes de Fraser ». Le docteur Fraser était un collègue, un expert en physiologie vampirique dont le travail avait conduit à des avancées majeures en médecine humaine, permettant, entre autres, la découverte d'un remède contre le diabète de type 1. Mais même parmi ses pairs ses méthodes étaient considérées comme douteuses, et il avait récemment été victime de l'ire des défenseurs des droits des vampires, qui affirmaient qu'il tuait et torturait ces derniers inutilement.

Nicole frotta ses yeux sensibles tout en parcourant les documents contenus dans le dossier. Fraser avait recueilli les statistiques médicales de toutes les femelles qui avaient accouché dans le laboratoire et les avaient comparées aux données de celles qui n'étaient pas tombées enceintes. Le taux de conception dans le laboratoire était plus élevé que chez les vampires à l'état sauvage. Intéressant.

Fraser en avait conclu qu'être entravée et forcée à copuler augmentait les chances de fécondation, mais il ne savait pas exactement pourquoi.

Fraser n'était qu'un pauvre abruti.

Une douleur aiguë, cinglante, prit naissance dans son crâne. Ouais, elle avait dû attraper la grippe. À son retour, peut-être Grant pourrait-il lui apporter de l'aspirine.

Nicole se massa les tempes tout en griffonnant sur un bloc-notes. Seules des femelles qu'on avait nourries avec le sang des mâles lors de la nuit de la nouvelle lune étaient tombées enceintes, mais toutes celles qui en avaient bu n'avaient pas été fécondées.

La sueur perla sur son front. Pourquoi faisait-il si chaud ici ?

Elle s'essuya et retourna à ses recherches, trouvant curieux que les femelles qui étaient tombées enceintes soient celles qui s'étaient le plus farouchement battues quand elles avaient été traînées dans la chambre de reproduction. Fraser en avait déduit qu'à l'état naturel les femelles affrontaient les mâles, ce qui induisait une poussée hormonale.

Cette théorie était complètement absurde. Peut-être des jeux de dominance avaient-ils lieu parmi les espèces animales lorsque la femelle était réceptive au mâle mais, pour celles qui étaient enfermées dans le laboratoire, cela n'avait rien d'un jeu. Elles combattaient pour leur survie. Ce qui n'était pas le cas dans la société vampire normale.

Qui, il est vrai, connaissait un taux de natalité tristement bas.

Putain! Un détail crucial lui échappait. En plus, sa tête commençait à tourner, et les lumières faiblissaient si bien qu'elle avait du mal à voir son écran.

— Nicole ? (La voix de Bastien lui parvint de derrière elle.) Nicole !

Elle eut l'impression d'avoir été heurtée par un bus. C'était le sol. Le sol avait bondi pour la percuter. Elle n'y voyait plus, et soudain elle put à peine à respirer.

— À l'aide ! Quelqu'un ! À l'aide !

Bastien s'était rapproché, peut-être lui touchait-il même l'épaule.

D'autres voix s'élevèrent, il y eut des bruits de course, des jurons, puis quelqu'un la souleva. Des mots vrombirent dans son oreille. Elle les entendit sans toutefois les comprendre.

— C'est trop tard. Est-ce que c'est trop tard ?

Ce devait être Grant.

— Merde !

Ça, c'était Myne.

— Dépêche-toi, bon sang ! insista Grant. Elle est en train de mourir.

— Ne la laissez pas mourir !

Ça, elle en était sûre, c'était Bastien.

Une explosion de douleur fit éclater toutes ses cellules. Seigneur ! c'était comme si chacun de ses os se brisait et que chaque fibre musculaire s'étirait jusqu'à la limite avant de craquer. Elle sombra dans un puits de souffrance, et se laissa tomber jusqu'à ce que, Dieu merci ! la vie telle qu'elle l'avait connue… prenne fin.

Chapitre 28

Myne fonça à travers le bâtiment, la femelle inanimée dans les bras. Grant dut retenir Bastien, qui avait complètement perdu les pédales quand Myne avait voulu faire sortir Nicole du laboratoire. Rien de ce qu'il avait pu dire n'avait convaincu le garçon qu'il ne ferait pas de mal à Nicole. Le gamin avait été littéralement dominé par son instinct de protection, tel un chien faisant le pied de grue près de son maître, s'en prenant même aux ambulanciers venus le secourir.

Myne espérait seulement pouvoir aider Nicole. Les paillettes argentées qui se formaient dans les iris de cette dernière indiquaient sans l'ombre d'un doute qu'elle était en train de passer de l'état d'humaine à celui de vampire, mais il n'avait jamais vu ce changement s'opérer si soudainement. Après une semaine sans le moindre symptôme. D'ordinaire, les premiers signes apparaissaient quelques heures après l'exposition au virus, et les humains étaient malades pendant des semaines tandis que leurs corps se modifiaient. Dans certains cas, la transition complète pouvait durer un mois.

Nicole semblait déjà se trouver à mi-chemin, et, pour autant qu'il sache, elle n'était souffrante que depuis quelques heures. Ça pouvait être grave. Foutrement grave.

Il songea d'abord à la déposer chez Hunter mais, avant de se livrer au chef de ShadowSpawn, Riker avait demandé à Myne de veiller sur Nicole. Myne aurait refusé, mais comment dire « non » au type qui lui avait sauvé la vie ?

Et qu'une mort certaine attendait sous peu.

Merde !

Il se dirigea vers ses appartements mais, en tendant la main vers la poignée de la porte, il se ravisa. Elle avait besoin des meilleures chances de survie qu'il puisse lui offrir, et la garder dans un endroit totalement inconnu était une idée à chier. À cet instant, elle avait besoin de Riker, alors il lui donnerait ce qui s'en approchait le plus.

Il déboula dans la chambre de Riker et l'étendit avec soin sur le lit. Elle gémit et roula sur le côté, se recroquevillant en position fœtale. Elle avait de la fièvre, sa peau était si brûlante qu'elle ne transpirait même pas.

Il s'affala sur le matelas et lui souleva la lèvre supérieure pour exposer ses canines. Du bout du doigt, il en effleura l'une des pointes. Elle remua sous son toucher et se déchaussa tandis que le croc dissimulé derrière s'allongeait pour remplacer la dent humaine.

— Nicole ? tu m'entends ?

Elle poussa un autre gémissement et ses yeux papillotèrent avant de s'ouvrir. Ses iris verts s'étaient voilés et le blanc était devenu rouge, car les vaisseaux sanguins avaient explosé.

C'était à ce stade-là que les humains infectés, si on les abandonnait à leur sort, mouraient ou parvenaient à trouver la force nécessaire pour attaquer n'importe quelle créature vivante afin d'en boire le sang. Ceux qui ne tombaient que sur des animaux survivaient rarement. Contrairement à ceux qui se nourrissaient de sang humain. Le mieux, cependant, restait de se repaître d'un vampire, les puissantes plaquettes d'un vampire de naissance constituant le *nec plus ultra*.

Myne n'était pas à l'aise avec cette idée. Si Nicole survivait, il serait lié à elle à jamais, alors qu'il n'avait été lié à personne d'autre qu'à son frère. Si elle mourait, il n'aurait pas honoré la promesse faite à Riker, la seule personne qu'il considérait comme un ami.

Jurant dans un soupir, il lui ôta son pantalon et son haut, en partie pour la rafraîchir, et en partie parce que son corps allait se transformer et que les vêtements pouvaient comprimer l'afflux sanguin. L'idéal serait qu'elle soit nue, mais il se dit qu'il pourrait lui enlever ses sous-vêtements plus tard, s'il le fallait vraiment.

Il espérait simplement ne pas avoir à en arriver là. Si Nicole survivait, elle n'avait pas besoin de passer le reste de sa vie à savoir qu'il l'avait vue à poil. Cela dit, il n'était pas sûr que la voir dans cet état fût préférable. Son soutien-gorge rehaussait ses seins ronds faits pour tenir dans la paume d'un homme, et sa culotte bleue, qui n'avait rien d'extraordinairement sexy, couvrait un postérieur charnu qu'il avouait admirer chaque fois qu'elle arborait le jean aux poches arrière trouées.

Il avait toujours eu un penchant pour les fesses, et celles de Nicole étaient spectaculaires.

Myne détourna le regard en lâchant un juron enflammé. Il n'était pas spécialement honorable, et n'avait même pas à faire semblant de respecter sa pudeur, mais Riker était son ami, et Myne ne reluquerait pas la femelle vulnérable de son unique ami.

— Riker, sale chançard, va ! maugréa-t-il en portant son poignet à sa bouche pour ouvrir la veine avec ses dents en titane.

Il soutint la tête de Nicole d'une main, puis pressa la blessure contre ses lèvres.

Elle se cabra, le frappant avec les bras.

— Allez ! insista-t-il, mais elle se débattit de plus belle.

Elle enfonça le genou dans son entrejambe, lui faisant un mal de chien.

Bon, fini de jouer les gentlemen ! Il n'avait jamais été très doué pour ça de toute manière.

Avec un grognement, il se laissa tomber sur elle et roula sur le lit de sorte à se retrouver derrière elle, les jambes coincées autour de ses cuisses, la plaquant avec fermeté contre le matelas tandis qu'il collait le poignet contre sa bouche.

Soudain, elle tressauta et cessa de s'agiter. Louées soient les divinités ! Elle referma les lèvres sur son poignet et commença à aspirer délicatement.

Excellent. À présent, il ne devait plus la quitter. Il la nourrirait quand elle aurait besoin de sang, la bercerait quand la transition la mettrait au supplice. Il ne lui restait qu'à espérer qu'elle n'exige pas son corps aussi bien que son sang. Elle était belle, passionnée, intelligente… tout ce que Myne avait toujours souhaité chez une femelle.

Et elle était à Riker. Peu importe que ce dernier soit absent. Et peu importe qu'il ne revienne peut-être jamais.

Il s'agissait de la femelle de Riker, qu'il l'ait revendiquée ou non, et Myne la traiterait comme telle.

Ce qui signifiait la maintenir en vie, et intacte.

— Bois, lui murmura-t-il à l'oreille.

Elle gémit et remua contre lui, se blottissant dans le creux de son corps. Il jura lorsqu'il se sentit durcir en réaction à cette femme sublime qui se frottait à lui, et jura de plus belle quand sa poitrine se serra sous l'effet d'un sentiment bien pire : la solitude.

Il ne devrait pas savourer cette sensation de proximité, se délecter de tenir dans ses bras une personne qui ne lui appartenait pas, mais, bon sang, que c'était agréable ! Comme sa morsure infligeait une torture atroce, il n'avait pas souvent l'occasion d'être en charmante compagnie et encore moins de sauver des vies. La survie de Nicole dépendait de lui, et la magnitude de cette prise de conscience le secoua dans tout son être.

Rike, se murmura-t-il à lui-même, *si tu reviens et que tu ne t'unis pas à elle avant le lever du soleil, je te tuerai de mes mains.*

À condition, bien entendu, que Riker ne le tue pas le premier pour avoir eu une érection de tous les diables pour sa femelle.

Nicole était affamée.

Elle roula sur le dos, son corps meurtri et courbaturé la faisant gémir de douleur. La vache ! elle avait participé à un tournoi de boxe ou quoi ? Si oui, elle avait perdu.

L'odeur de cuir terreux de Riker l'enveloppait, la réconfortant et attisant sa faim. Son estomac gargouilla, et, dans les tréfonds de son être, une faim différente, sexuelle, la tenailla, lui embrasant l'entrecuisse.

Les deux besoins voulaient se mêler, ne former plus qu'une monstrueuse entité qui exigeait d'être satisfaite. C'était comme si les neuf dixièmes de son cerveau ne fonctionnaient plus qu'à l'instinct et qu'elle devait lutter pour forcer le dixième restant à obéir à la raison.

À travers un brouillard de faim et de désir, elle chercha Riker et le trouva tout à côté d'elle. Elle ouvrit les yeux et ne vit qu'une opaque obscurité. Elle devrait probablement être effrayée, mais la partie rationnelle de son cerveau se laissa vite submerger par des pulsions primitives. Elle voulait grimper sur Riker, refermer la bouche sur sa gorge et…

— Aïe !

Une douleur semblable à une piqûre d'aiguille lui transperça la lèvre. Elle tapota la zone du bout du doigt et sentit un liquide chaud et collant. Du sang ? Elle lécha la perforation avant d'amener la pointe de la langue sur l'extrémité acérée d'une canine. Puis de l'autre.

Étaient-ce… Oh, bonté divine ! Oui, c'était bien ça !

Elle avait des crocs !

Son souffle resta coincé dans sa trachée. Son cœur, qui avait dû doubler de volume pendant la transformation, battait de façon erratique dans sa cage thoracique, qui s'était élargie elle aussi et renfermait désormais deux côtes supplémentaires.

Putain de merde, elle était devenue une vampire !

Un perturbant flot d'émotions la submergea telle une lame de fond : peur de l'inconnu, soulagement d'avoir survécu à la transition, et chagrin d'avoir rompu l'ultime lien qui la rattachait à son humanité. Peu importait qu'elle se soit débarrassée de ses ornières en ce qui concernait l'univers des vampires. Elle était née humaine, mais elle mourrait vampire, et ce concept n'était pas facile à appréhender, surtout quand la faim l'assaillait de nouveau, réduisant sa capacité de réflexion à néant.

Le besoin se mua en une vive douleur qui l'élança du ventre jusqu'aux dents. Elle hurla et se recroquevilla sur elle-même. Des mains se posèrent sur elle et, soudain, ce fut comme si elle savait exactement quoi faire.

Elle plongea vers la gorge de Riker, glissant péniblement le long de son corps. Un grognement guttural résonna dans ses oreilles. Le sien ? Était-elle réellement en train de grogner ?

— Ta langue, dit-il d'une voix rauque. Touche l'arrière de tes crocs avec ta langue.

Qu'était-il en train de baragouiner ? Aucune importance. Elle avait besoin de nourriture. Poussant un sifflement, elle ouvrit la bouche, prête à planter les crocs dans tout ce qui se trouvait à sa portée.

Des doigts se refermèrent sur sa mâchoire et la forcèrent à redresser la tête, la serrant assez fort pour lui faire monter les larmes aux yeux.

— Ta langue, répéta-t-il avec sévérité. Fais-le ou tu ne mangeras pas.

De la nourriture. Il lui fallait de la nourriture. OK, minute… le truc avec la langue… Elle s'empressa d'effleurer l'arrière de ses crocs, et là, derrière chacune d'elles, se trouvait une zone plus molle. Elle y appuya la langue et gémit lorsqu'un picotement érotique se répandit le long de ses canines.

— C'est bien, murmura-t-il en s'allongeant sur le dos et l'autorisant à se jeter sur lui.

Comme si elle s'était repue ainsi toute sa vie, elle attaqua, lui mordant la chair à pleines dents. Un flot chaud et enivrant lui emplit la bouche et glissa dans sa gorge comme de la soie. Son corps tressauta comme si elle venait de se brancher à une prise électrique, et, tandis que sa faim de sang commençait à s'apaiser, l'autre la submergea.

Peu importe que Riker ne veuille pas d'elle. À cet instant, tout ce qui comptait, c'était d'assouvir les besoins effrénés qui lui tordaient les entrailles.

Elle tendit la main vers lui et empoigna le renflement massif sous sa braguette. Il hoqueta et se cambra vers elle, appuyant contre sa paume. Une seconde plus tard, il grogna un juron et enserra son poignet entre ses doigts.

— Non.

Non ? Elle geignit, ne comprenant pas pourquoi il lui refusait quelque chose dont elle avait désespérément besoin, à tel point qu'elle ne pouvait s'arrêter de se frotter contre son sexe. L'énergie fébrile, stimulée par la transformation, exigeait d'être libérée. Elle exigeait l'union des corps et du sang.

Elle se tortilla frénétiquement, cherchant l'apaisement derrière deux fines barrières de vêtements. Il gémit tandis qu'elle continuait de remuer au-dessus de lui, et soudain elle fut sur le dos, et il avait disparu.

— Riker ?

Sa voix était voilée, rauque au possible. Elle se redressa et inspira, mais, mêlée à l'odeur terreuse de Riker, elle discerna un effluve d'herbe et de peau chaude à l'arôme musqué.

— M… Myne ?

— Ouais. (Il haletait, et elle flaira la concupiscence et l'angoisse émanant de lui en vagues successives.) Riker n'est pas là.

Troublée, elle resta assise, essayant de rassembler les morceaux de cet étrange puzzle. Pourquoi était-elle dans une chambre obscure – celle de Riker, elle en était certaine – avec Myne ? Et… pourquoi était-elle en sous-vêtements ? Elle se toucha et, à la confirmation qu'elle portait bien le soutien-gorge et la culotte de grand-mère, elle sentit la honte l'envahir.

— Que se passe-t-il ? parvint-elle enfin à lui demander.

Elle entendit le bruit distinct de bottes frottant contre le parquet.

— Tu t'es évanouie dans le labo. Tu es restée dans les vapes pendant quatre jours.

Elle fronça les sourcils.

— Mais… Riker ?

— ShadowSpawn, tu te rappelles ?

Tout lui revint subitement en mémoire en un raz-de-marée étourdissant qui lui donna la nausée. Riker avait des ennuis, et elle devait l'aider. Voilà pourquoi elle était dans le labo. Merde ! Quatre jours avaient passé ? Quel temps perdu ! Il pouvait être mort à l'heure qu'il est.

Elle s'agita comme une marionnette désarticulée, tâtonnant le matelas à la recherche de ses vêtements. Où étaient-ils ? Elle devait les retrouver, elle devait aider Riker…

— Hé ! (Les bras de Myne l'entourèrent.) Calme-toi. Tu ne peux pas bouger trop vite avant de t'être habituée à ton nouveau corps.

Nouveau corps. Elle se figea tandis qu'elle prenait conscience de la réalité de sa situation. Elle était réellement une vampire, et ce jour marquait le début de sa nouvelle vie. De nouvelles règles à suivre.

Submergée par un sentiment d'oppression, elle se força à se détendre ne serait-ce qu'un peu. Elle devait retrouver ses repères si elle voulait se remettre rapidement et sauver Riker.

— Comment est-ce arrivé ? lui demanda-t-elle d'une voix éraillée. Je n'ai eu aucun symptôme pendant des jours.

Myne recula et, quelques secondes plus tard, il posa une couverture en laine sur ses épaules.

— Grant pense que l'immunisation de Chuck a retardé l'apparition des symptômes tout en accélérant la transformation. Ou alors tu as fait une réaction à ce vaccin comme à celui qu'on t'avait administré étant enfant. (Il baissa la voix, et poursuivit presque en un murmure.) On a bien cru te perdre à plusieurs reprises.

Elle déglutit, la bouche sèche, goûtant encore son sang sur sa langue.

— Tu es resté avec moi tout ce temps ?

— Ouais.

Il respirait toujours avec peine, et à présent elle comprenait pourquoi.

Elle l'avait pratiquement attaqué. Elle gémit, se retourna sur le matelas et se cacha les yeux avec le bras.

— Je suis désolée, chuchota-t-elle.

— T'inquiète. (Elle l'entendit arpenter la pièce.) Est-ce que tu vois ?

— Il ne fait pas noir dans la chambre ?

Elle se redressa sur un coude et scruta l'obscurité. Une nuance de gris lui titilla la vue, et, peu à peu, elle parvint à discerner la silhouette de Myne près de la commode.

— J'arrive à percevoir les formes maintenant.

— Bien. Tu recouvras bientôt ta vue en intégralité, d'ici à une heure et demie. (Il se dirigea vers la porte.) J'ai demandé qu'on t'apporte de la nourriture. C'est dans la cuisine. Je peux partir si tu veux. Je te laisse mon numéro de portable sur le comptoir. Tu vas avoir besoin d'aide pendant les prochains jours. Si tu as besoin d'une femme pour… des trucs de gonzesses, tu peux t'adresser à Katina.

Elle savait qu'il avait hâte de s'éloigner d'elle, et elle ne pouvait pas lui en vouloir.

— Merci, Myne. Pour l'instant, tout ce que je veux, c'est une douche.

Silence de mort. Puis il s'enquit d'une voix rocailleuse :

— Préfères-tu que je reste ? Tu risques d'être aussi maladroite qu'un faon pendant quelque temps.

Elle sentit ses joues chauffer à l'idée de Myne l'assistant sous la douche.

— Je me débrouillerai. Mais, Myne, merci pour tout ce que tu as fait.

— Je l'ai fait pour Riker, répondit-il sur un ton bourru. Ça aurait dû être lui.

Elle était d'accord. Mais elle doutait que Riker partage cet avis.

Chapitre 29

S'habituer à être une vampire n'allait pas de soi. Tout d'abord, cela ne présentait que des avantages, pour le moment du moins, ce qui ennuyait Nicole. Mais à quoi avait-elle bien pu s'attendre ?

Les crocs ? C'était génial ! Tout comme l'énergie, la vitesse et la force décuplées qui accompagnaient la vampirisation. Nicole avait encore du mal avec les yeux argentés ou le fait de devoir boire du sang humain, mais elle supposait que cela viendrait en son temps.

Elle l'espérait. Elle éprouvait des difficultés à admettre que la simple vue du sang la faisait saliver. C'était une chose de ne pas en être gênée ; c'en était une autre de se jeter sur une poche de sang alimentaire comme un glouton affamé.

La voilà devenue l'une de ces créatures qu'elle avait méprisées pendant si longtemps, et elle s'en fichait royalement. Qu'est-ce que cela disait sur son caractère ? La plupart des membres du clan l'avaient acceptée, mais elle savait que gagner leur confiance totale prendrait du temps. Personne ne lui témoignait de la malveillance, mais certains refusaient d'oublier le rôle qu'elle avait joué en tant que P.-D.G. de Daedalus. Leurs questions et commentaires étaient directs, mais plutôt justifiés. Elle y répondait avec franchise, même quand c'était difficile.

— *Combien de vampires as-tu tués ?*

—*Aucun.*

—*Combien en as-tu disséqué ?*

—*Des dizaines.*

—*Combien d'esclaves possédais-tu ?*

—*Aucun.*

—*Tu arrivais à dormir la nuit alors que tu connaissais les agissements de ton entreprise ?*

—À l'*exception de quelques cauchemars, oui.*

—*Que feras-tu si on capture ton frère ? Le défendras-tu ?*

—*Je ne le regarderai pas mourir, mais je ne me dresserai sur le chemin de personne.*

—*Est-ce que tu as des regrets ?*

—*Oui.*

—*Est-ce que tu es fière de toi ?*

—*En vérité, oui. J'ai guéri le cancer. J'ai conçu des traitements qui ont sauvé des milliers de vies. Et à présent je compte mettre à profit ce que j'ai appris chez Daedalus pour aider les vampires. Et je t'emmerde.*

—*Quel tempérament ! Et ton sang, il est aussi piquant ?*

Bon, elle allait devoir apprendre que les vampires étaient du genre susceptible et qu'il fallait éviter de parler à tort et à travers en leur présence. À part ça, on ne pouvait pas dire qu'elle reniait ses actions, bonnes comme mauvaises. Tous les membres du clan pouvaient l'interroger sur son passé, et le plus tôt serait le mieux. Elle voulait crever l'abcès pour que chacun, elle la première, puisse aller de l'avant.

Cependant, cela risquait d'être compliqué avec Myne. Elle n'avait pas été capable de l'affronter depuis qu'il l'avait laissée seule dans la chambre de Riker deux jours plus tôt. Il n'avait fait aucun effort pour la voir, lui non plus. Heureusement que Katina était là ! Elle lui avait été d'une aide précieuse pour s'orienter dans ce nouveau monde qu'elle venait de rejoindre.

Le lendemain, Katina prévoyait de lui enseigner l'art de chasser les humains.

Avec un peu de chance, elle ne serait pas là pour en profiter. Du moins, pas de sitôt.

Debout devant Hunter, dans ses appartements, Nicole se demandait comment ce dernier allait réagir à son annonce. Il ne l'avait guère portée dans son cœur quand elle était humaine, et elle avait encore du mal à sonder ses pensées. Surtout quand il était affalé sur son gros canapé en cuir, la manette de sa console à la main, injuriant copieusement le dragon violet à l'écran. Bizarrement, même s'il était plongé dans un jeu vidéo, la vibrante aura de pouvoir et de dominance qui l'entourait ne s'en trouvait guère diminuée.

— Spyro vole comme s'il était bourré, grommela-t-il. Ressaisis-toi, putain ! Tu dois passer dans les anneaux, pas au-dessus !

Elle jeta un coup d'œil à la télévision.

— C'est un jeu pour enfants, non ?

— C'est marqué pour tous les âges, répliqua-t-il, sur la défensive. Pourquoi es-tu là ?

Droit au but. Soit.

— Je veux rejoindre ShadowSpawn.

Hunter redressa brusquement la tête, et ses cheveux noirs retombèrent en cascade sur ses larges épaules.

— Quoi ? Tu ne peux pas passer d'un clan à l'autre comme si tu déménageais. Et si c'est pour être avec Riker, crois-moi, tu ne seras pas avec lui.

Non, ce n'était pas pour être avec Riker. Il lui avait clairement fait comprendre qu'il ne souhaitait pas être avec elle. N'empêche qu'elle voulait l'aider. Elle l'aimait, bon sang!

—C'est pour les sauver tous les deux. Riker et Lucy.

Dire que ShadowSpawn avait refusé de leur rendre la jeune fille! Elle n'en revenait toujours pas. Que pouvaient-ils bien lui vouloir?

—Putain! maintenant je suis mort. (Il posa la manette.) Je planche sur un moyen de les sortir tous les deux de ce merdier.

—Vraiment? Moi j'ai l'impression que vous jouez à la console alors que Riker et Lucy pourraient être blessés, en train de souffrir ou de mourir.

Une veine sur la tempe de Hunter tressaillit, et, quand il lui répondit, sa voix était glaciale.

—Je ne relèverai pas pour cette fois, vu que tu es un bébé dans notre monde. Mais sache que c'est quand je joue que je réfléchis le plus. (Il se leva, l'obligeant à se dévisser le cou pour le regarder en face.) Bien, qu'est-ce qui te fait penser que tu peux aider Riker?

Son intonation, comme s'il s'adressait à une gamine qui désirait pacifier la planète en organisant un thé dansant, l'énerva. Au plus haut point.

—À quel problème principal votre race est-elle confrontée? lui demanda-t-elle avec un peu trop d'irritation, à en juger par l'expression agacée de Hunter. Mis à part les humains qui vous tuent ou font de vous leurs esclaves, bien entendu.

—C'est aussi ta race, à présent, lui fit-il remarquer.

Combien de temps lui faudrait-il pour se l'enfoncer dans le crâne? Elle devait commencer à réfléchir comme une vampire si elle espérait survivre. Et si elle voulait prouver sa valeur à tous ceux qui avaient du mal à passer outre à ses antécédents chez Daedalus.

— D'accord, notre race. De quel problème souffre-t-elle ?

— De faible natalité.

— Exactement. À votre avis, que donnerait ShadowSpawn en échange de bébés ?

Hunter l'observa, ses yeux ébène réduits à deux fentes.

— Où veux-tu en venir ?

— Grant et moi avons parcouru les dossiers que j'ai volés du laboratoire… Il y a bien plus, mais je pense que Daedalus a découvert pourquoi la procréation et l'accouchement chez les vampires étaient laborieux. Voilà pourquoi ils se sont lancés dans ces expériences de reproduction.

— Ils veulent que les vampires se reproduisent ? s'enquit Hunter d'une voix dégoulinante de scepticisme.

— Non. Enfin, si, parce que leur but est de les domestiquer totalement. De concevoir des créatures dociles, inoffensives, puis de les faire se reproduire comme du bétail.

Elle le regarda serrer et desserrer les poings plusieurs fois de suite, et se demanda s'il s'imaginait étrangler un humain – ou une vampire néophyte – en particulier.

— Capturer des vampires sauvages pour en faire des esclaves, c'est beaucoup de travail et ça coûte très cher. Ça comporte trop de risques si les choses tournent mal. Et seuls les plus riches peuvent s'offrir le luxe de posséder des esclaves.

— Mais s'ils créent leurs propres drones sans cervelle ni colonne vertébrale, ils pourront les produire en masse et gagner une fortune en les vendant au citoyen moyen.

— Exactement.

Hunter grogna.

— Je hais les humains.

Quelques jours plus tôt, elle se serait sentie insultée. À présent, elle était on ne peut plus d'accord.

— Quel est ton plan ? lui demanda Hunter sur un ton pragmatique empreint d'impatience.

— Je promettrai à ceux de ShadowSpawn autant de grossesses qu'ils le désirent en échange de Riker et Lucy. Et ne vous en faites pas, je transmettrai toutes les informations nécessaires à Grant pour que MoonBound aussi puisse concevoir des bébés, au cas où ça capoterait avec ShadowSpawn et que je ne… serais pas en mesure de rentrer.

— Non.

Elle lâcha un juron d'exaspération.

— Comment pouvez-vous refuser ? C'est notre meilleure chance de récupérer Riker vivant, et vous le savez.

— Il ne voudrait pas ça, Nicole.

— Je me fiche de ce qu'il veut ! Il n'est pas là pour prendre cette décision, si ? (Elle se retourna brusquement, fit quelques pas, puis revint vers lui, plus déterminée que jamais.) C'est mon choix. Si vous n'êtes pas d'accord, je trouverai un autre moyen d'y arriver. Je suis pleine de ressources, Hunter. Je me suis déjà échappée d'ici, je peux recommencer. Alors, soit j'agis avec votre soutien, soit je me débrouille toute seule. À vous de voir.

Hunter considéra ses propos un long moment, ses yeux perçants braqués sur elle. Il finit par lui répondre tout bas :

— Quand souhaites-tu partir ?

— Il me faut un jour pour tout mettre en ordre.

On frappa à la porte, et Hunter aboya un « entrez ».

Myne apparut sur le seuil. Il évita le regard de Nicole.

— Nicole m'a laissé un message me demandant de vous retrouver tous les deux ici.

Hunter croisa les bras et décocha une œillade accusatrice à la jeune femme.

— Vraiment ?

Elle hocha la tête.

— Je veux que Myne m'emmène.

Bizarrement, ce dernier sursauta comme si on l'avait piqué avec un aiguillon.

— T'emmener ? répéta-t-il d'une voix étranglée.

— Chez ShadowSpawn, précisa Hunter, et Myne poussa un soupir de soulagement avant de se redresser comme s'il se préparait à affronter un danger. Mais vous n'irez pas seuls. Je viens avec vous.

— C'est au sujet de Riker et Lucy ? s'enquit Myne.

Nicole ferma les yeux, soulagée et heureuse de pouvoir se rendre utile.

— Je pense pouvoir les sauver. (Elle rouvrit les yeux et remarqua que Myne la regardait enfin, même si ses joues avaient viré au cramoisi.) J'ai une petite info pour toi. (Elle s'octroya cinq secondes pour se raviser avant de poursuivre en pleine connaissance de cause.) Chuck traîne toujours sur le parcours de golf de Daedalus Ridge les jeudis.

Froid. Douleur. Faim. Ils étaient devenus les amis intimes de Riker. La plupart des gens les auraient qualifiés d'ennemis, mais Riker savait ce qu'était un véritable ennemi, et, comparée aux vampires de ShadowSpawn, même la famine lui semblait amicale.

Les fers lacéraient ses poignets meurtris tandis qu'il se redressait sur les genoux pour s'asseoir contre le mur en pierre, les jambes tendues devant lui : les deux seules positions qu'il lui était possible de prendre. Et aucune n'était confortable étant donné qu'on lui avait attaché les bras derrière le dos.

On l'avait déshabillé et battu, mais, le deuxième jour de sa captivité, l'une des filles du chef, la boiteuse, lui avait apporté un bas de pyjama en flanelle. Il était trop court, mais il lui en fut tout de même reconnaissant.

Bien entendu, cela avait éveillé sa suspicion, mais il eut beau demander à la femelle, Aylin, pourquoi elle lui donnait des vêtements, elle ne répondit pas. Sa sœur jumelle, en revanche, l'avait laissé en sang et presque borgne à peine deux heures plus tôt.

Rasha était la reine des garces.

Il se demanda comment allaient Nicole et Bastien. Il aurait aimé passer plus de temps avec ce dernier, mais peut-être les quelques heures qu'ils avaient partagées avant que tout ne parte en sucette laisseraient-elles à Bastien des souvenirs positifs. Songer que, jusqu'à présent, la seule idée qu'il avait pu se faire d'un père était synonyme de souffrance et de maltraitance lui était insupportable.

Et Nicole… Seigneur !

Il ferma les yeux et renversa la tête contre le mur. Elle était là lors du face-à-face entre les deux clans. Elle l'avait vu se faire traîner dans la forêt, enchaîné. Il l'avait entendue. Sentie. Et il n'arrêtait pas de penser à la façon dont ils s'étaient quittés.

Il lui avait aboyé après, lui reprochant de prendre ses aises dans un endroit où elle aurait dû être la bienvenue. Au lieu de quoi, il avait paniqué. Dévoré par la culpabilité que lui inspiraient encore la vie et la mort de Terese, il n'avait pas été en mesure d'ouvrir son cœur à qui que ce soit.

Et s'il n'était tout simplement pas capable d'aimer une femme comme Nicole méritait de l'être ? Et s'il n'imprégnait pas celle qu'il désirait plus que tout ? Et si elle mourait, persuadée de n'être qu'un fardeau pour lui ? une obligation ?

Il est vrai qu'au début Nicole avait été un fardeau. Assurément une obligation. Rien de plus que le symbole d'une mission qui avait mal tourné. Et il l'avait précisément traitée comme telle.

Mais peu à peu ses sentiments avaient changé. Il avait découvert qu'elle n'était pas l'ignoble grosse pointure de Daedalus pour laquelle il la prenait, et même qu'elle avait un cœur bien plus grand que la plupart des vampires qu'il connaissait.

Ceux de ShadowSpawn, en particulier.

Connards! Ils ne pouvaient pas simplement le tuer et en finir. Non, ils feraient durer son humiliation et sa mort le plus longtemps possible. Pas une heure ne s'écoulait sans que quelqu'un entre dans les geôles pour le torturer. Et, chaque nuit, ils le traînaient jusqu'à la salle commune, où ils l'enchaînaient à un pilori en guise de divertissement familial. Le clan entier le regardait se faire battre, lacérer, poignarder, fouetter, pisser dessus… Ouais, c'était hilarant. Il adorait particulièrement qu'on lui jette de la nourriture pourrie et qu'on essaie de le forcer à la manger.

Aylin se rendait toujours dans sa cellule après le spectacle nocturne pour le nettoyer, mais elle ne parlait jamais. Non pas qu'il ait été d'humeur à bavarder. La plupart du temps, il avait le visage tellement ensanglanté et tuméfié qu'il n'y voyait rien, et il était encore moins en état de causer.

La porte s'entrouvrit dans un grincement. Plissant les paupières à cause de l'aveuglante lumière qui s'infiltrait par l'entrebâillement, il s'arma de courage pour ce qui allait suivre.

Un mâle trapu bâti comme une brique remplissait l'embrasure de la porte.

— Tu as cinq minutes, dit Brique à l'intention d'une personne restée dehors.

Riker flaira Nicole avant de la voir, et son cœur cessa aussitôt de battre. Bouleversé, il ne put que la regarder pénétrer dans sa cellule, bouche bée.

— Seigneur ! (Elle courut vers lui et s'agenouilla à son côté, prenant son visage entre ses mains.) Que t'ont-ils fait ?

Ses blessures n'étaient pas importantes. Le fait que Nicole soit là et qu'elle l'observe avec ses yeux argentés l'était.

— Putain de merde, Nicole… tu es une vampire !

Sa voix était aussi brisée que son corps. Tout comme son esprit, semblait-il, car il n'arrivait pas à se concentrer sur ses questions ou ses pensées. Et comme un abruti il venait de lui dire ce qu'elle savait déjà.

— Que fais-tu ici ? Pourquoi es-tu venue ? (Il déglutit.) Quand t'es-tu transformée ?

— Chut. Chaque chose en son temps. (Des pouces, elle lui caressa les joues, effleurant ses contusions avec une délicatesse et une douceur infinies.) Je suis venue vous libérer, Lucy et toi. (Il tordit ses poignets en vain dans son dos, regrettant de ne pouvoir la toucher.) Ils vous laissent partir. Lucy a déjà rejoint Hunter et Myne.

Dieu merci, Lucy était saine et sauve. Mais la situation de Riker était un brin plus compliquée.

— C'est impossible, dit-il. Kars veut extraire la vie en moi jusqu'à la dernière goutte.

— J'ai quelque chose qu'il désire plus que ta mort. (Elle sourit, révélant ses crocs immaculés flambant neufs.) Oh ! et de toute évidence le vaccin que m'a administré Chuck n'a pas fonctionné.

Riker ne pouvait cesser d'admirer sa bouche et la façon dont ses longues canines pointaient entre ses lèvres entrouvertes.

— Est-ce que ça va ? s'enquit-il d'une voix rauque. Je sais que tu ne souhaitais pas ça…

Elle pressa l'index contre ses lèvres.

— Je vais bien, je t'assure. Je ne me suis pas encore complètement habituée à ma nouvelle condition, mais je me sens bien, vraiment. Et au moins, maintenant, je ne me mordille plus la lèvre. (Elle lui décocha un sourire penaud.) À la fin du premier jour, elle était hyper gonflée, et si j'avais dû mettre un cent dans un bocal chaque fois que je jurais, il serait rempli à l'heure qu'il est.

Il tira sur ses chaînes, impatient de se rapprocher d'elle. Seuls quelques centimètres les séparaient, et il pouvait à peine bouger. Il avait besoin de la toucher, de sentir par lui-même qu'elle était en bonne santé et intacte. Kars se croyait si malin avec ses méthodes de torture, mais ça… ça, c'était la pire chose que Riker avait dû supporter jusqu'à présent.

— Tu es resplendissante, dit-il, adorant le voile rosé qui lui colora les joues.

Il l'avait trouvée sublime avant, mais le relooking dentaire ainsi que cette nouvelle énergie sensuelle qui faisait crépiter l'air entre eux avaient transformé la chatte domestique élégante et racée en une tigresse puissante et musculeuse. Si seulement il pouvait l'enlacer ! La ravir, la déshabiller et lui faire l'amour jusqu'à ce qu'elle jure de ne jamais le quitter.

— Waouh ! murmura-t-elle. Je sens ton désir.

Elle se lécha les lèvres, et le corps de Riker, meurtri comme il l'était, démarra au quart de tour tel le fidèle moteur du vieux 4x4 qu'il avait acheté après avoir achevé la formation de base de l'armée.

— En fait, j'arrive même à le flairer, ajouta-t-elle. Ce truc de vampire est… incroyable.

Une mystérieuse lueur de malice scintilla dans ses yeux une demi-seconde avant qu'elle ne capture la bouche de Riker avec la sienne.

Un geignement de plaisir et un grognement de frustration se mêlèrent dans sa gorge. Il fit de son mieux pour s'appuyer contre elle, accueillant son baiser passionné avec tout autant d'enthousiasme. Il lui effleura les crocs de la pointe de la langue, testant leur tranchant, imaginant qu'ils s'enfonçaient dans son cou.

Il la huma à pleins poumons, se délectant de la nouvelle Nicole. Il vendrait son âme pour être capable de la prendre sur-le-champ, dans cette cellule. Tirant sur ses liens de toutes ses forces, il l'embrassa à pleine bouche, lui caressant les canines de bas en haut en une cadence ouvertement sexuelle. Il fut récompensé par un gémissement qui résonna en lui jusque dans son entrejambe.

— Oh, mon Dieu ! haleta-t-elle contre sa bouche. Les crocs, c'est…

— … du sexe, termina-t-il.

— Je veux…

— Je sais.

Elle frissonna avant de reculer, à bout de souffle, comme lui. Il se demanda si ses yeux étaient devenus bleus sous l'effet de l'excitation, comme ceux de Nicole s'étaient parés d'une étincelante teinte émeraude.

— Ils vont venir me chercher d'ici à une minute, mais je tenais à te voir avant de me mettre au travail.

— Dis-moi ce qu'il se passe. Que possèdes-tu qu'ils désirent tant ?

— Des bébés. (Elle effleura du doigt une lacération qui lui zébrait la joue, un cadeau que lui avait laissé Fane une heure plus tôt.) Je sais comment les vampires tombent enceintes. Je peux les aider à concevoir.

Bon sang, c'était énorme ! À présent, il comprenait pourquoi Kars pouvait accepter de négocier. Cela faisait vingt-cinq ans qu'il attendait de capturer Riker, il pouvait bien patienter vingt-cinq années de plus. Assurer la survie de son clan et de la race des vampires en valait la peine.

Mais…

— Où est le piège ?

— Je dois rester ici jusqu'à ce que cinq femelles soient enceintes, répondit-elle comme si être retenue prisonnière par ShadowSpawn pendant Dieu sait combien de temps était une sinécure. Ce soir, c'est la nouvelle lune, alors, si j'arrive à mettre au point la formule dans les six prochaines heures, il est possible qu'on soit fixés dès demain. La grossesse chez les vampires est détectable quelques heures après la conception.

— C'est trop risqué, dit-il. Je ne peux pas te laisser faire ça.

— C'est risqué, lui concéda-t-elle, et il se demanda si elle avait affûté son intonation péremptoire dans les salles de conférences de Daedalus. Mais je ne sais pas ce qui t'a donné l'impression que tu avais ton mot à dire.

OK. Il n'empêche que cette mission était trop dangereuse pour un vampire centenaire, alors pour une néophyte…

— Nicole, et si les conceptions n'ont pas lieu ? Tu pourrais être coincée ici pendant des années.

— Elles auront lieu, lui assura-t-elle. Comme Hunter me l'a si gentiment fait remarquer, je suis un bébé dans votre monde, mais, lorsqu'il s'agit de physiologie, je suis une experte. Je sais ce que je fais. À la même heure demain, si cinq femelles sont fécondées, je serai libre.

Il s'appuya contre le mur, se mettant plus à l'aise.

— Je ne partirai pas sans toi. Et il est hors de question que je te laisse te repaître de l'un de ces hommes de Cro-Magnon.

— Je te demande pardon ? (Elle planta l'index dans son sternum.) Tu as abandonné le droit d'exercer la moindre influence sur ma vie quand tu as choisi une femme morte plutôt que moi, alors cesse de jouer les Tarzan. De toute façon, je n'ai pas l'intention de me repaître de l'un d'eux. Les vampires peuvent manquer un repas lunaire ou deux.

Il secoua la tête.

— Ce n'est pas bon pour toi, surtout les premiers mois après ta transformation.

— Ce n'est pas négociable, Riker. Pense à Bastien. Il a besoin de toi. Tu dois rentrer à la maison.

— Toi aussi.

Elle esquissa un sourire amer.

— Ma maison n'est pas la tienne. Tu as été on ne peut plus clair sur ce point.

— Nicole…

Elle enfonça de nouveau le doigt dans son torse.

— Ce n'est pas le moment de discuter de ça.

— C'est peut-être le seul moment, au contraire.

La porte s'ouvrit brusquement, et Nicole s'accroupit devant lui tel un féroce chien de garde. Rasha se tenait dans l'entrée. On aurait dit une démone à la beauté trompeuse dont la silhouette se découpait dans la lumière. Il ne lui manquait plus que les cornes et les sabots. Peut-être ses cuissardes dissimulaient-elles ces derniers.

— C'est l'heure, femelle.

Nicole se retourna vers Riker.

— Ne demande pas à rester. Laisse-les te conduire à Hunter.

Mais Riker ne pouvait penser à rien d'autre qu'à Nicole, coincée dans ce trou pendant la fièvre lunaire, son nouveau corps avide du sang d'un mâle, et son Tarzan intérieur se mit à se marteler le torse des poings.

— Tu ne te repaîtras pas d'un autre ce soir.

Elle se redressa et lui rétorqua sur un ton pimbêche qui allait de pair avec sa grâce et son élégance innée :

— Je me repaîtrai de qui je veux.

Une rage empreinte de possessivité lui fit voir rouge.

— Qui t'a nourrie pendant ta transition ?

— Myne.

Les ténèbres l'engloutirent lorsqu'il imagina Nicole allongée avec Myne dans son lit, les dents enfoncées dans son cou tandis qu'il arborait une mine extatique. Cette vision lui était déjà assez pénible, mais étaient-ils allés plus loin ?

Une jalousie teintée d'instinct territorial lui embrasa les veines. Myne avait donc été présent à la fois pour Nicole et Bastien. Aider son fils à s'intégrer dans le clan et Nicole à survivre à sa transformation aurait dû être le privilège de Riker. Il devrait éprouver de la gratitude, il le savait. Mais il doutait de parvenir à passer outre au fait qu'un lien éternel unirait désormais Nicole et Myne, un lien qu'elle ne partagerait pas avec Riker.

— Dépêche-toi ! la harcela Rasha. Tu as des bébés à faire.

Nicole se dirigea vers la porte, mais Riker n'était pas prêt à la laisser partir. Le serait-il jamais ?

— Attends. (Il tira sur ses chaînes, et du sang frais ruissela sur ses poignets quand les fers s'enfoncèrent dans sa peau.) Avez-vous fait plus que ça ? Quand il t'a nourrie ?

Il se haïssait d'avoir posé la question. Et pour donner l'impression que la mauvaise réponse le détruirait.

Nicole pivota, le corps tendu comme un arc.

— Encore une fois, cela ne te concerne en rien. Mais va te faire foutre, Riker, pour me croire capable de t'embrasser juste après avoir quitté son lit.

Elle disparut, le laissant avec ses regrets, son caractère de chien, et la pétasse de ShadowSpawn.

Rasha entra dans la cellule, sa perpétuelle grimace renfrognée creusant de profonds sillons dans son visage.

— Je dois te conduire à ton chef.

— Je reste.

— Pour la femelle ? (Elle ricana avec mépris.) Imbécile ! (Ses immondes cuissardes claquèrent sur le béton lorsqu'elle s'approcha de lui d'un pas nonchalant.) Je te laisse jusqu'à demain.

Elle piétina la chaîne qui attachait ses poignets au mur, lui tordant les épaules si fort qu'il crut s'évanouir.

— Et tu restes enchaîné, ajouta-t-elle.

Chapitre 30

Si être une vampire était, dans l'ensemble, génial, l'intensité des émotions qui allait de pair avec ce nouvel état l'était moins. Des choses qui auraient, sans doute, simplement irrité Nicole quand elle était humaine lui donnaient envie de fracasser des objets contre le mur. Grant et Katina l'avaient prévenue que l'adaptation ne serait pas aisée, et c'était peu dire qu'ils avaient sous-estimé le problème.

Car, entre la ridicule démonstration de jalousie de Riker et la situation dans laquelle elle se trouvait, Nicole était à deux doigts d'arracher des têtes.

Et, en tant que vampire, elle avait la force pour le faire.

— Je n'arrive pas à croire que j'essaie de concevoir un traitement de fertilité avec des bouts de bois et des cailloux dans un laboratoire qui tient davantage du cagibi, maugréa-t-elle.

La femelle désignée pour l'assister, Aylin, haussa les épaules en guise d'excuses.

— La science ne nous est pas d'une grande utilité ici. Mon père affirme que la science c'est pour les faibles, incapables de survivre dans le vrai monde.

Nicole jeta un coup d'œil à la jeune femme blonde qui, à l'exception d'un boitement prononcé, était presque la copie conforme de sa sœur, Rasha. Toutes deux étaient élancées, aux yeux bleus, mais les ressemblances s'arrêtaient à leur apparence. Aylin était calme et réservée tandis que Rasha était arrogante, bruyante et grossière. Et s'habillait comme une prostituée.

Après avoir rencontré Kars, le père des jumelles et le chef de ShadowSpawn, Nicole comprenait de qui Rasha avait hérité sa personnalité. Aylin, quant à elle, était un véritable mystère.

— Le crois-tu aussi ?

Nicole l'observa par-dessus la table de fortune constituée d'un panneau de contreplaqué posé sur deux chevalets de sciage et maintenu par deux gros galets.

Des bouts de bois. Et des cailloux.

— Non. (Aylin tritura les boutons de sa chemise, rouges, en accord avec ses tennis.) Je pense que la survie n'est pas uniquement une question de force physique. Si c'était le cas, je serais morte depuis bien longtemps.

Nicole ne pouvait imaginer qu'Aylin soit vue comme faible. Elle semblait en forme, en bonne santé, et elle était intelligente.

— Qu'est-il arrivé à ta jambe ?

Nicole versa une cuillerée à soupe de poudre de piment dans la base liquide qu'elle avait préparée à partir d'ingrédients récupérés dans les cuisines, le laboratoire et l'infirmerie de MoonBound. Enfin, les deux derniers ne faisaient qu'un, en réalité.

— As-tu été blessée ? ajouta-t-elle.

— Je suis née comme ça.

Étrange. Nicole n'avait pas connaissance de vampires souffrant d'anomalies congénitales. En fait, différentes universités à travers le monde étudiaient justement cette absence totale d'anomalies.

— Où est ta mère ?

Aylin poussa un bol contenant de l'aspirine pulvérisée vers Nicole.

— Morte en couche.

— Je suis désolée, dit Nicole, consciente de l'inadéquation de ses mots.

Aylin haussa les épaules.

— Je ne l'ai jamais connue. Mon père ne parle pas beaucoup d'elle. (Aylin baissa la voix bien qu'elles soient seules.) Ça a été un véritable scandale. Elle était humaine quand il l'a enlevée d'un camp en bordure d'un chemin de fer vers la fin des années 1800. Elle était censée leur servir de nourriture, mais je crois qu'il est devenu obsédé par elle. Il l'a vampirisée, et, quand ils ont refait l'amour, il l'a imprégnée.

Nicole tendit le bras vers la jeune femme et repoussa une boucle blonde de son visage de porcelaine.

— Tu as dû hériter de ses traits. Tu ne ressembles en rien à ton père.

Elle acquiesça de la tête.

— C'est un vampire de la deuxième génération issu d'une tribu comanche. D'après lui, mon arrière-grand-père était l'un des chefs au-dessus desquels la corneille et le corbeau se sont battus.

Nicole se retint difficilement de rouler des yeux. Non seulement cette légende était ridicule, mais que Kars affirme en descendre directement était complètement absurde et frisait l'égocentrisme.

— C'est un ramassis de conneries, à mon avis, déclara Aylin, et Nicole rit.

Elle aimait bien cette vampire.

Nicole ajouta une cuillère à café d'aspirine pulvérisée à la mixture censée stimuler la fertilité.

— Le nom de ton père est bizarre. Qu'est-ce qu'il signifie ?

— Apparemment, ma mère n'arrivait pas à prononcer son prénom comanche, Karshawnewuti, alors il l'a raccourci. Depuis, il refuse qu'on l'appelle autrement.

Il semblerait que Kars, à sa façon perverse, se soit réellement soucié de la mère d'Aylin.

Celle-ci se dévissa la nuque pour jeter un coup d'œil au mélange que Nicole était en train de touiller.

— C'est bientôt fini ?

— Je pense.

Elle espérait que cela fonctionne. L'assurance dont elle avait fait preuve face à Riker n'avait été destinée qu'à le réconforter. Intérieurement, elle était si nerveuse que ses intestins s'entrechoquaient.

Si elle échouait, Kars la forcerait à rester jusqu'à ce qu'elle ait honoré sa promesse, ou bien il la tuerait.

Elle n'avait rien dit des menaces de Kars à Myne et Hunter. Et elle n'en parlerait sûrement pas à Riker !

Aylin s'éventa.

— Est-ce que tu la sens ?

— Quoi donc ?

— La lune. (Un courant érotique imprégna la voix rauque d'Aylin.) Bientôt l'heure de se nourrir…

Nicole s'était efforcée de ne pas y penser. Lorsqu'elle était arrivée avec Hunter, Rasha leur avait assuré qu'un mâle convenable serait mis à sa disposition pour qu'elle s'en repaisse. Nicole avait refusé de s'angoisser par avance à l'idée de boire le sang d'un vampire de ShadowSpawn, qui, elle n'en doutait pas, serait choisi parmi les guerriers les plus infâmes du clan.

À présent, elle commençait à paniquer.

La chaleur qui montait en elle depuis le début de la journée s'intensifia sous sa peau, et ses crocs la picotèrent. Était-ce une conséquence de l'attraction lunaire ? Sûrement, puisque son estomac gargouillait, mais qu'elle n'avait aucune envie de manger. Elle avait envie de Riker.

Imbécile !

Elle regarda Aylin piétiner et s'agiter nerveusement jusqu'à ce qu'elle n'en puisse plus. Elle prit une feuille de papier d'une des piles éparpillées de façon totalement aléatoire dans la pièce.

— Je vais te montrer un truc. (Elle fit signe à Aylin de s'approcher.) On appelle ça des origamis.

Même si elle était plus que pressée, elle montra à Aylin comment confectionner une fleur basique ainsi qu'un oiseau.

Devant la mine réjouie de la vampire, Nicole se dit que cette perte de temps n'avait pas été vaine. Nicole avait l'impression que les sourires étaient rares dans le coin.

— C'est magnifique, s'exclama Aylin. Je peux essayer ?

— Je t'en prie.

Aylin apprenait vite. Elle plia l'oiseau sans aucune aide. Tandis qu'elle s'attaquait à la fleur, les pensées de Nicole dérivèrent de nouveau vers Riker. Était-il parti comme il était censé le faire ? Les enfoirés de ShadowSpawn avaient intérêt à ne pas l'avoir tabassé avant de le conduire à Hunter. Ils lui avaient déjà fait endurer les pires atrocités. Nicole s'était efforcée de dissimuler son horreur devant l'étendue de ses blessures mais, intérieurement, elle fulminait.

Même à cet instant, rien qu'à y penser, la sueur perlait sur son front et elle ne pouvait empêcher sa main de trembler tandis qu'elle mélangeait et versait une dose égale du médicament liquide dans vingt petits verres.

Nicole s'essuya le front et reporta son attention sur Aylin.

— Tu veux bien t'assurer que les participantes reçoivent la préparation ? Elles doivent l'avaler un quart d'heure avant le repas et le coït. (Elle renifla le contenu de l'un des verres et grimaça.) Ça va avoir un goût ignoble. Et brûler atrocement. Vous devriez vraiment investir dans une machine à gélules.

Aylin termina de plier sa fleur en papier. Elle était parfaite. Nicole avait dû s'y reprendre à plusieurs fois avant de la réussir.

— Je passerai la commande.

Nicole cligna des yeux de surprise.

— Tu es sérieuse ?

— Non. (Un coin des lèvres pulpeuses d'Aylin se retroussa en un sourire taquin.) Mon père estime que, si on ne peut pas tuer, fabriquer ou voler quelque chose, ça ne vaut pas la peine de le posséder. Et cela inclut le sens de l'humour. C'est ça la vie d'un clan qui suit la voie du corbeau, ajouta-t-elle avec sarcasme.

— Le corbeau ? (Nicole afficha une mine perplexe.) Celui de la légende dont tu parlais ?

— Tu ne dois pas être des nôtres depuis longtemps. (Aylin s'appuya contre la table de fortune, manquant de renverser les verres remplis du breuvage de fertilité.) Merde ! Effectivement, la plupart des clans s'identifient au corbeau ou à la corneille. C'est de la grosse connerie. (Elle jeta un coup d'œil discret à la porte.) Mais je ne me risquerai jamais à le clamer trop fort.

— Quelle est la différence ?

— Tu connais le récit de base, n'est-ce pas ? Deux chefs s'affrontent, puis un corbeau et une corneille se battent au-dessus de leurs corps à l'agonie. Leur sang se mêle, créant les premiers vampires. (Comme Nicole hocha la tête, Aylin poursuivit.) On prétend que la corneille aurait trahi le corbeau, et, quand les deux volatiles combattirent dans les airs, ce dernier dut se défendre bec et ongles. Alors, ceux qui s'identifient au corbeau font primer la survie et la guerre contre les corneilles sur tout le reste. Pour te battre durement, tu dois vivre durement. Ils considèrent les disciples de la corneille comme inférieurs et mous. (Elle aligna les verres en parfaites rangées sur le plateau.) Certains clans se fondent sur une interprétation de la légende plus stricte que d'autres. ShadowSpawn est ce que j'appelle « corbeau-fanatique ».

Nicole rit, même si, en vérité, la situation ne s'y prêtait guère. À l'exception d'Aylin, les membres de ShadowSpawn étaient exactement le genre de vampires que les humains craignaient et qui donnaient une mauvaise réputation à leurs congénères.

— Encore une chose que tu ne dis pas à haute voix, je présume ?

— Carrément ! De manière générale, j'essaie d'éviter le pilori.

Un nœud se forma dans l'estomac de Nicole.

— Est-ce que c'est au pilori que Riker…

Elle ne put poursuivre. Elle n'en eut pas besoin. Aylin avait compris et elle hocha la tête.

— Il a été très courageux. Malgré tout ce qu'ils lui ont fait, il n'a jamais crié.

Enculés ! Impatiente de changer de sujet, elle poussa le plateau vers Aylin.

— Vas-tu en prendre un ?

— Même si j'étais autorisée à me reproduire, je refuserais. Aucun enfant ne devrait grandir au sein d'un clan pareil.

— Tu n'y es pas autorisée ?

— Je suis déficiente. Je suis la deuxième née, et j'ai ça. (Elle tapota sa jambe droite.) Seuls les spécimens les plus forts ont le droit de se reproduire.

La deuxième née ? Qu'étaient-ce encore que ces inepties ? L'envie de planter un pieu dans le cœur de Kars démangeait Nicole.

— Peux-tu quitter ShadowSpawn ? aller ailleurs ?

— J'ai essayé. (Aylin frissonna en s'emparant du plateau, faisant s'entrechoquer les verres.) Je suis coincée ici jusqu'à ce que ma sœur soit unie à un mâle. Ensuite, je serai envoyée au chef de NightShade.

— Pour devenir sa compagne ?

— Parmi d'autres.

L'intonation dégoûtée d'Aylin indiqua à Nicole ce que la jeune femme pensait de cette situation.

Et Nicole qui estimait n'avoir eu aucune prise sur son destin !

— J'en déduis que ce n'est pas par choix ?

— La progéniture d'un dirigeant se voit rarement offrir le choix.

Nicole comprenait bien plus qu'elle ne l'aurait souhaité.

— Qu'en est-il de Rasha ? Est-elle censée s'unir à quelqu'un ?

— Comme il la considère comme un trophée, mon père se montre très sélectif quant à ses compagnons potentiels.

Rasha ? Un trophée ? Nicole eut pitié de la pauvre andouille obligée de la supporter pour le restant de ses jours.

Aylin se pencha vers elle.

— Alors… quel est ton talent spécial ?

Étrange. Nicole avait été si occupée depuis qu'elle était devenue vampire qu'elle n'y avait même pas prêté attention.

— Je ne l'ai pas encore trouvé. Et toi ?

Des bruits de pas résonnèrent dans le couloir, si faibles que Nicole ne les aurait jamais entendus quand elle était humaine. Aylin poursuivit tout bas, comme si elle lui faisait une confession.

— Je n'en ai pas non plus. Pas vraiment.

Pas vraiment ? Nicole n'eut pas le temps de la questionner davantage, car la porte en bois branlante s'ouvrit dans un grincement et le chef de la troupe de soldats qui avait surpris Nicole et Riker dans la forêt entra dans la pièce. À l'exception du manteau de fourrure posé sur ses épaules, il n'était pas différent de l'homme qu'elle avait vu auparavant. Ses vêtements étaient toujours tachés de sang et il aurait besoin d'une bonne douche.

— Le délai est dépassé, déclara Fane. On doit commencer à se repaître.

Il la parcourut du regard, et elle dut lutter pour réprimer un haut-le-cœur. Nicole préférait mourir plutôt que de s'abreuver de lui !

Ses crocs la picotèrent à cette idée, car à l'évidence la provenance du sang leur importait peu. Un ténébreux recoin de son cerveau lui souffla même que de la nourriture, c'était de la nourriture, et qu'un mâle, c'était un mâle. Fort heureusement, des pensées plus rationnelles supplantèrent les autres. Mais pour combien de temps ? Plus la fièvre lunaire s'emparerait d'elle, plus elle pourrait être tentée de se jeter sur ce qui se trouvait à sa disposition.

— Le médicament est prêt, lui annonça-t-elle. Aylin allait justement le distribuer.

Fane prit l'un des verres du plateau et le lui tendit.

— Bois.

Elle ne put réprimer un mouvement de recul à la vue de ses mains crasseuses. Et que pouvait-il bien y avoir sous ses ongles de plusieurs centimètres ? Nom de Dieu !

— Je n'en ai pas besoin…

— Bois ! répéta-t-il, moins poliment, cette fois. De ton plein gré à moins que tu veuilles que je t'y oblige. (Il dénuda ses crocs d'une blancheur immaculée. Sans doute la seule partie propre de tout son corps.) Je veux m'assurer que tu ne cherches pas à nous empoisonner.

— Vous êtes vraiment de sacrés paranoïaques !

Elle jura et lui arracha le verre des mains pour le descendre d'un trait. Et, ouais, ça brûlait. La vache ! elle avait l'impression d'avoir avalé un morceau de charbon ardent !

Quand ses poumons eurent fini de siffler, la faim revint, décuplée. La chaleur dans sa gorge et dans son estomac se répandit au reste de son corps, se concentrant sur ses seins et son bas-ventre.

— Oh, waouh ! haleta-t-elle. J'ignore si une femme tombera enceinte, mais ce truc leur donnera envie d'essayer !

— Je ne sers aucune femelle ce soir. (Fane prit sa nuque en coupe dans la main.) Je t'offre volontiers ma veine et ma queue.

À sa grande horreur, le toucher du vampire l'électrisa, embrasant ses terminaisons nerveuses telles de petites étincelles d'extase. Mais elle n'était pas désespérée à ce point. Elle ne le serait jamais.

Je t'en prie, ne sois jamais désespérée à ce point !

— Relâche-la, aboya Aylin, et Fane eut beau la foudroyer d'un regard plein de mépris, il obéit. De toute évidence, être la fille du chef possédait certains avantages.

— Nous avons un mâle pour elle.

Le ventre de Nicole se noua.

— Qui ?

— Ton mâle de MoonBound. (Aylin repoussa Fane sur le côté, ce qui lui valut un autre regard assassin.) Il a refusé de partir.

Nicole sentit ses jambes flageoler, à la fois soulagée de ne pas avoir à se repaître d'un rustre dégoûtant tel que Fane et agacée que Riker soit resté au lieu de rentrer avec Hunter et Myne.

Et maintenant… quoi ? Oh ! se nourrir de Riker ne lui posait aucun problème, mais le sexe ? Même si elle ne venait pas d'avaler un breuvage destiné à doper sa fertilité, le sexe serait une mauvaise idée. N'empêche que son corps vibrait de désir et qu'elle doutait sérieusement de parvenir à se maîtriser pendant qu'elle se repaîtrait. Si le toucher de Fane avait suffi à l'enflammer alors qu'elle l'exécrait, qu'en serait-il de celui de Riker ?

— Nicole ? (Aylin posa la main sur son épaule.) Veux-tu que je t'amène à lui ? Tu n'es pas obligée. (Elle la pressa avec douceur.) Sache néanmoins que Rasha a des vues sur lui.

— Quoi ?

— Non pas qu'elle le désire, s'empressa d'ajouter Aylin. Elle veut l'humilier.

Un grondement possessif s'éleva des entrailles de Nicole, d'un endroit dont elle ignorait l'existence.

— Et quel meilleur moyen d'humilier un ennemi que de porter atteinte à son intégrité alors qu'il est sans défense ?

— Exactement.

À présent, elle comprenait. Elle s'expliquait enfin pourquoi Riker s'était montré si jaloux à l'idée que Nicole se repaisse d'un autre mâle. Car, à cet instant, un sentiment totalement inédit la consumait littéralement. Jalousie, fureur, faim et concupiscence formèrent un cocktail explosif, et, dans un grognement guttural, elle se tourna vers Fane.

— Conduisez-moi à Riker. Sur-le-champ !

Les odeurs enivrantes de sang et de sexe parvinrent à Riker, même dans la cellule froide et humide dans laquelle il était toujours enchaîné. Le frisson familier d'une tempête érotique saturait l'air à mesure que la fièvre lunaire s'emparait du clan. Riker serra les dents, luttant contre les instincts qui le submergeaient et maudissant sa queue dévoyée. D'ordinaire, après avoir nourri Benet, il passait le reste de la soirée avec une bouteille, ou dehors, à chasser.

Riker était seul, certes, mais sans alcool, et ses mains étaient liées dans son dos. *Excellent.* Un autre exemple de torture à la mode ShadowSpawn.

Et où diable était Nicole ? Il savait combien la première nouvelle lune pouvait s'avérer pénible pour les femelles tout juste vampirisées, et à quel point maîtriser leur besoin de sang et distinguer la faim de la concupiscence leur était difficile. La plupart du temps, les vampires néophytes ne faisaient pas la différence et avaient l'impression de succomber aux deux.

Songer que Nicole pouvait étancher sa soif auprès d'un mâle de ShadowSpawn lui rongeait le cerveau comme de l'acide. Il ne pouvait s'en prendre qu'à lui-même pour l'avoir repoussée, mais il se jura de retrouver l'individu en question et de le démembrer. Lentement.

La porte s'ouvrit, et il tira sur ses chaînes de toutes ses forces, espérant qu'elles se brisent, mais elles restèrent bien en place, et…

Son cœur cessa de battre pendant une seconde. Voire plusieurs.

Nicole se tenait dans l'embrasure de la porte, baignée de lumière tel un ange. Un ange avec des crocs et des yeux argentés étincelants. Sans prononcer un mot, elle claqua la porte derrière elle et s'avança vers lui en grognant. Elle se jeta sur lui, le faisant tomber sur les fesses. Il percuta le mur et la force de l'impact lui broya les épaules.

Il ne le sentit même pas. Pas quand Nicole lui chevauchait les cuisses et enfonçait ses canines dans son cou. Il hurla, assailli par une ardente béatitude, et, dans les tréfonds de son cerveau inondé de désir, il lui fut reconnaissant de s'être souvenu d'activer les glandes de plaisir.

Il déplia maladroitement ses jambes coincées sous lui. Nicole gémit tandis qu'il bougeait et frotta son sexe contre son érection. Au vu de leur dernière dispute, la décence lui commandait de dire à Nicole de se détendre, de prendre son sang, mais de passer outre à la concupiscence.

Mais la décence n'avait jamais été son point fort. Alors, quand elle glissa la main sous l'élastique de son pyjama et empoigna sa queue, il hoqueta.

— Oh, putain, oui !

Elle se tortilla sur ses genoux tout en le caressant dans son poing serré au rythme des succions de sa bouche sur sa carotide.

Si bon ! Si foutrement bon.

Elle laissa échapper un geignement empreint d'urgence et accéléra la cadence, se frottant de plus belle contre lui.

— Nicole, gémit-il. Il faut que tu enlèves ton pantalon. Arrête de boire et…

Elle gronda. C'était un son brut, primitif, qu'il avait entendu chez des loups dont la nourriture était menacée.

— Seulement pour une seconde, lui assura-t-il. Tu pourras reprendre ma veine dès que tu seras nue.

Avec un pur grognement animal, elle recula et tira sur son jean. Bon sang qu'elle était belle dans sa frénésie ! Aussi farouche que le loup auquel il l'avait comparée. Alors qu'elle se tortillait pour se déshabiller, ses cheveux tombèrent en boucles sauvages sur ses épaules, et ses lèvres entrouvertes, gonflées et rouges, révélèrent deux crocs blancs comme neige des plus alléchants.

Il tira sur ses chaînes, conscient que, s'il était libre, il serait sur elle et en elle en moins d'une seconde.

— Lève-toi. (Il croisa son regard enfiévré) Place-toi devant moi. Laisse-moi poser la bouche sur toi.

— Oui, répondit-elle d'une voix rauque tout en s'exécutant.

Ses longues jambes fuselées s'écartèrent sur un sexe rond et délicat. Elle planta les pieds de part et d'autre de ses cuisses et pressa son intimité là où il le lui avait demandé.

— Plus près, murmura-t-il, soulevant la tête de sorte à rencontrer sa chair tandis qu'elle s'avançait encore un peu.

Il se sentit saliver d'impatience, son corps la désirait, et, dès qu'il eut glissé la langue en elle, ils gémirent en chœur.

Avec la voracité d'un homme resté trop longtemps sans aimer une femme, il la lécha, faisant tourner sa langue sur son clitoris gonflé. Puis il suça, s'abreuvant de son délicieux nectar. Il avala et poursuivit, lui arrachant des miaulements passionnés qui firent battre son sang à ses tempes.

— Là ! haleta-t-elle avec peine.

Elle remua contre sa bouche, prenant ce qu'elle voulait, et, bon sang ! Riker n'avait jamais rien vu d'aussi sexy ! Soudain, elle se tendit et laissa échapper un cri étouffé. Il passa doucement le plat de la langue sur sa fente humide, soucieux de prolonger ce moment, mais elle ne voulut rien savoir. Elle s'agenouilla, planta les dents dans sa carotide, puis s'empala sur lui.

— Doux Jésus ! s'écria Riker.

Sa chaleur moite l'enveloppa, le brûlant bien plus que les autres fois où ils avaient fait l'amour. Son nouveau corps de vampire était plus fort, plus rapide, plus flexible, et elle l'exploitait à fond.

Elle enfonça les doigts dans ses épaules tandis qu'elle se redressait, ne laissant que la pointe de son gland en elle, puis elle redescendit brusquement, l'attirant dans les profondeurs de son intimité. Sans cesser de téter sa veine, la bouche plaquée sur son cou, elle recommença, plus vite, puis encore plus vite, jusqu'à ce que leurs hanches s'entrechoquent. Elle poussa un gémissement guttural qui eut raison de lui.

Ses testicules se contractèrent et sa semence, plus chaude que du métal en fusion, se déversa en elle. Il rugit son nom tandis que d'interminables vagues d'euphorie le submergeaient. Elle se cabra, l'enserrant de tout son corps, et l'orgasme la ravit.

— Nicole, murmura-t-il. C'est ça, trésor !

Il arqua le dos du mieux qu'il put, allant à la rencontre de ses coups de reins brutaux.

Elle tressauta, et le mordit fort. Il passa outre à la douleur avec fierté, songeant qu'il serait comblé de supporter ça tous les jours.

Elle se détendit peu à peu, et retira les dents. Il sourit lorsqu'elle lécha doucement sa morsure. Soit Myne le lui avait bien enseigné, soit son instinct de guérison était déjà ultra-développé. Il avait commis des dizaines d'erreurs avant que le sien ne s'éveille.

Elle s'affala contre lui en soupirant. Si seulement il pouvait l'enlacer !

— Je suis désolée, marmonna-t-elle contre son torse.

— De quoi ?

Bon sang, il avait une voix effroyable !

Elle bougea et il sortit de sa chaleur.

— De t'avoir attaqué. De t'avoir utilisé de la sorte.

— Tu plaisantes ? (Il prit une inspiration saccadée, se demandant combien de temps il lui faudrait pour s'en remettre. Elle l'avait super bien utilisé.) C'est tout à fait normal.

Ce qui l'était moins, c'était la puissance de son propre orgasme. Et les diverses émotions qu'elle avait remuées en lui. Et… minute ! le mot « amour » lui avait-il réellement traversé l'esprit ? Oui, il en avait bien l'impression.

Il attendit que ses éternels remords sur l'existence et la mort de Terese l'enveloppent tel un linceul. Rien. Pour une raison qu'il ne s'expliquait pas, cette absence de culpabilité l'ennuya. Il en avait été empli pendant si longtemps qu'il se sentait presque… démuni. Comme si la culpabilité avait été l'un de ses membres. Un membre cancéreux, peut-être, mais qui avait son utilité.

Il l'avait tenu prêt à exécuter sa vengeance. Il lui avait permis de rester concentré sur sa tâche et d'affûter ses talents de guerriers, car la seule chose qui l'avait maintenu en vie était de réparer le mal fait à Terese.

— Normal ? (Nicole enfouit le nez dans le creux de son cou.) Waouh !

Oui, enfin, pas tout à fait. Du moins, pour lui. Le sexe avec Nicole la dernière fois avait été l'expérience sexuelle la plus hallucinante de sa vie. Mais ça… ça la dépassait, et de loin !

— Bienvenue dans un monde nouveau !

Avec langueur, comme si elle se préparait à faire un somme, elle se redressa pour le regarder à travers des yeux mi-clos.

— Ça ne se reproduira plus. De retour chez MoonBound, je m'arrangerai pour avoir un partenaire de lune.

Au temps pour la chaude et enivrante sensation !

— Ça, jamais !

— On ne va pas en rediscuter. (Elle soupira.) Je refuse d'être avec toi de cette façon.

— Cette façon, gronda-t-il, n'était pas si mal.

— Et ça le serait tout autant dans ta chambre. Dans ton lit. Exact ?

Il hésita, attendant une fois de plus que sa folle culpabilité l'enserre et le déchiquette. Ce moment de flottement lui coûta cher.

— C'est bien ce que je pensais, ajouta-t-elle avec froideur. Je dois te dire que je suis restée dans tes appartements pendant ma transformation. Avec Myne. Dans ton lit.

Une ardente fureur le transperça.

— Pourquoi me racontes-tu ça ?

— Parce que la Terre ne s'est pas arrêtée de tourner, Riker. Le fantôme de Terese n'est pas venu nous massacrer. (Elle posa la main sur le cœur de Riker.) Je sais que tu n'as aucune envie de l'entendre, mais je t'aime. J'ignore si j'aurais réussi à survivre à la transition si je n'avais pas été entourée de ton odeur. Pendant que je souffrais et délirais, je pensais que tu étais à mon côté et je me suis battue pour rester. (Elle planta son regard dans le sien.) Alors, oui, je t'aime, mais toute ma vie j'ai été liée à une entreprise qui ne voulait ni n'avait besoin de moi. Je ne veux plus revivre ça. Toi et moi serons toujours liés, car tu m'as créée. Mais nous voulons des choses différentes.

La colère le déserta soudain, laissant la place à un sentiment d'appréhension qui se mêlait à une étrange brûlure au niveau de sa hanche.

— Nicole, je te désire.

— Tu désires des parties de moi. Tu veux ce qu'il y a dans mes veines et entre mes cuisses, répondit-elle, et il se fouetta mentalement pour l'avoir persuadée d'une chose pareille. Je ne te juge pas, et, crois-moi, c'est tentant d'accepter ce que tu es prêt à donner. Mais je mérite plus. Je me suis enfin libérée des chaînes de Daedalus, mais si tu ne peux pas en faire de même au sujet de Terese, si tu ne peux pas me regarder sans voir une Martin qui a détruit ta vie, tout ce qu'il nous reste à faire, c'est d'emprunter des chemins séparés. (Elle se leva et enfila son jean sans qu'il puisse l'arrêter.) Je ferais mieux d'y aller. Les femelles à qui j'ai administré le médicament ne vont pas tarder à affluer au cagibi-labo pour les examens. Tu vas être conduit à Hunter maintenant.

— Je ne pars pas. Pas sans toi. Il faut qu'on parle, Nicole.

La brûlure sur sa hanche s'intensifia et il remua pour adopter une position plus confortable.

— On vient de le faire, et on a déjà discuté de tout ça, répondit-elle avec lassitude. J'ai besoin que tu partes. Si je m'inquiète pour toi, je ne pourrai pas travailler. (Elle se pinça l'arête du nez comme si elle essayait d'éviter la migraine.) Je t'en prie.

Même s'il détestait l'idée de la laisser seule en ces lieux, il ne tenait pas à mettre en péril son travail ni ses chances de sortir de ce guêpier le plus vite possible.

— Je quitterai le camp, mais je n'irai pas loin.

— Je préférerais que tu rentres à MoonBound.

— J'ignore ce qui a pu te donner l'impression que tu avais ton mot à dire, lui rétorqua-t-il, répétant ses propres paroles.

Elle arqua un sourcil.

— Touché.

Elle pivota sur ses talons et se dirigea vers la porte.

Une sensation lancinante, comme une blessure à l'arme blanche, se mêla à la brûlure. Sans déconner, c'était quoi ce bordel ? Il baissa les yeux, convaincu qu'on lui avait enfoncé une aiguille chauffée à blanc dans le bas-ventre. Mais non, il ne vit qu'une trace rougeâtre. Il se dévissa un peu plus la nuque, et… *Oh, merde !*

Une plume était gravée dans sa peau. La Marque de la Corneille. Ou du Corbeau, si telle était l'obédience de l'intéressé. Riker n'avait jamais vraiment cru aux superstitions, légendes et foutaises auxquelles adhéraient la plupart de ses congénères, en particulier les plus âgés et les vampires de naissance, mais, à présent qu'il en faisait l'expérience, il allait devoir reconsidérer ses certitudes.

Car, alors qu'il scrutait le glyphe dont les lignes devenaient plus noires et plus distinctes à vue d'œil, il devait bien accepter le fait qu'il ne l'avait pas dessiné lui-même. Et ce qu'il représentait ne faisait aucun doute non plus : il s'agissait du symbole d'union que tous les mâles redoutaient et désiraient à la fois.

Nicole s'arrêta sur le pas de la porte, mais elle ne se retourna pas pour le regarder.

— Ne t'en fais pas pour moi, je t'en prie. Tout ira bien.

Il sursauta, oubliant la marque. Ce n'était pas la première fois qu'il entendait ces mots.

Riker ne put s'empêcher de songer que l'histoire de Terese se répétait. Il abandonnait Nicole à l'ennemi, comme il avait abandonné Terese, qui lui avait assuré, elle aussi, que tout se passerait bien.

La différence c'était que, cette fois, il n'aimait pas seulement la femme qu'il était sur le point de perdre… Il l'avait également imprégnée.

Chapitre 31

De toutes les choses que ShadowSpawn avait infligées à Riker, être traîné, les yeux bandés, de sa cellule jusqu'au campement de Hunter à plusieurs kilomètres de là était la pire. S'écorcher la peau durant le transport n'était même pas ce qui le dérangeait le plus. Non, ce que Riker détestait par-dessus tout, c'était de ne rien y voir.

Ses autres sens prenaient le relais, s'aiguisant au fur et à mesure, ce qui le rendait extrêmement réactif et combatif. Ainsi, quand les sbires de ShadowSpawn le jetèrent aux pieds de Hunter, Riker n'était plus qu'un amas de lacérations, d'abrasions et de contusions. Et il était pratiquement sûr que son nez avait été cassé par plusieurs poings différents.

Après une brève attente incluant injures et coups dans les côtes, quelqu'un déverrouilla les chaînes autour de ses chevilles et de ses poignets. Riker bondit sur ses pieds et arracha le bandeau de son front.

Ils se trouvaient en bordure d'une clairière baignée par le clair de lune, avec les guerriers de MoonBound de part et d'autre du pré, armes tirées, leurs arcs pointés sur les mâles de ShadowSpawn. L'affrontement qui avait eu lieu pendant que Riker était à genoux, les yeux bandés, était terminé, et, tandis qu'il roulait les épaules pour soulager ses muscles endoloris, le clan, fidèle à son nom, disparut dans les ombres.

Hunter, vêtu d'un simple treillis et de bottes même si l'air frais et piquant annonçait l'arrivée de la neige, serra Riker dans une étreinte rare et maladroite.

— C'est bon de te retrouver en un seul morceau. (Il recula d'un pas, le jaugea et se ravisa.) Enfin, plus ou moins. Je crois que tu as laissé des bouts de toi sur le chemin.

— Ça fait toujours plaisir de te voir, Hunt, grommela Riker. (Il salua de la main les guerriers et leur gardien mystique qui attendaient, en silence, dans les bois.) Où est Myne ?

Riker lui devait des remerciements et il lui serait à jamais redevable. La jalousie lui avait peut-être fait péter les plombs par moments, mais Riker avait toujours su que Myne serait là pour lui.

— Je n'en ai pas la moindre idée. (Hunter lui fit signe de marcher avec lui jusqu'au campement.) Il est venu avec nous, mais… tu le connais.

Ouais, Riker le connaissait. Myne n'était pas du genre à traîner avec Hunter, et il détestait passer du temps en groupe. Il devait être dans les parages, mais il ne fallait pas compter sur lui pour raconter des histoires de fantômes et faire griller de la guimauve autour d'un feu.

Pas avant qu'il ne gèle en enfer. Et encore.

Hunter ajusta la ceinture d'armes qui ceignait son torse nu. Il avait toujours été plus à l'aise au combat quand il ne se sentait pas entravé. Riker était surpris qu'il ne soit pas pieds nus.

— Tu as vu Nicole ?

Riker hocha la tête.

— Pourquoi l'as-tu laissée conclure ce marché débile ?

— Tu crois vraiment que j'ai eu le choix ? lui rétorqua Hunter avec ironie. Elle allait le faire que je l'y autorise ou non. (Quelle tête de pioche ! N'empêche que cela fit sourire Riker.) Et ça me coûte de le reconnaître, mais c'était une bonne idée, comportant peu de risques. Si elle réussit, son entreprise aura réellement accompli quelque chose de bien. Accidentellement, OK, mais on ne va pas cracher dessus.

À cet instant, Riker se foutait pas mal de ce que Nicole faisait pour le bien de la population vampire. Tout ce qu'il voulait, c'était qu'elle revienne.

— Je ne peux pas l'abandonner, Hunter.

Fermant les yeux, le chef tourna le visage vers les étoiles.

— Je redoutais que tu dises ça. (Il baissa la tête et cloua Riker d'un regard aussi noir que le ciel.) Tu as toujours été d'une loyauté sans failles.

— C'est plus que ça.

Riker tira sur l'élastique du pyjama déchiré et exposa l'aile écarlate au niveau de sa hanche.

— Oh… merde ! (Une chouette ulula dans le lointain, distrayant Hunter l'espace d'une seconde.) C'est une bonne chose ?

Bonne ? Ça pouvait l'être, mais, vu leur dernière rencontre, cela pouvait également s'avérer un désastre.

— Je l'aime.

— Mais ? s'enquit Hunter.

Dans la bouche de Riker, « je l'aime » avait dû sonner comme « j'ai envie de me pendre ».

— Elle ne le sait pas. (Riker enfonça la main dans ses cheveux.) Putain ! je l'ignorais aussi jusqu'à aujourd'hui. Pendant tout ce temps, j'étais tellement obnubilé par Terese et tout ce qu'elle a subi. (Une douleur lui élança la poitrine, martelant son sternum.) Je croyais avoir réussi à dépasser tout ça, mais, quand Bastien est arrivé, l'enfer qu'il a vécu a fait remonter toute cette merde à la surface.

— Laisse-moi deviner…

Hunter marqua une pause pour faire signe à Jaggar et Baddon, et les deux guerriers se fondirent dans la forêt pour effectuer une patrouille de routine. Le gardien mystique, Sabre, frotta des herbes entre ses paumes et commença à renforcer les barrières de protection autour du campement.

— Tu désirais Nicole, mais ne pouvais pas t'engager parce que c'était une Martin, que sa famille avait torturé Terese et Bastien, et que c'était une humaine. J'ai bon jusque-là ?

En plein dans le mille.

— Aussi juste qu'une flèche entre les yeux, reconnut Riker.

— Tu as fini par te réveiller et décidé que tu pouvais t'engager, mais maintenant qu'elle est une vampire et que tu l'as imprégnée, si tu lui dis que tu l'aimes, elle pensera que tu la veux uniquement parce qu'elle n'est plus humaine et à cause de l'imprégnation.

De toute évidence, Hunter comprenait bien mieux la situation que Riker, qui se contenta d'acquiescer avec solennité.

— Vu la façon dont je l'ai traitée avant sa transformation, elle ne croira jamais que j'aurais voulu être avec elle si les choses étaient restées telles quelles.

Hunter considéra ses propos. Et finit par hausser les épaules.

— Vieux, tu es dans la merde.

— Merci, chef, répondit Riker d'une voix morne, d'enfoncer des putains de portes ouvertes.

Hunter haussa de nouveau les épaules.

— J'aurais dû faire conseiller conjugal ou thérapeute.

Tout sarcasme mis à part, Hunter avait vu juste. Riker était dans la merde. À présent qu'il était marqué par l'empreinte,

Nicole ne croirait jamais que Riker voudrait être avec elle-même s'il ne lui était pas lié biologiquement. Il l'avait virée de sa chambre à coucher, bon Dieu !

Et s'il implorait son pardon ? Il réfléchit, et rejeta aussitôt l'idée. Même si elle lui pardonnait son imbécillité, elle se demanderait toujours, dans un coin de sa tête, si l'imprégnation n'avait pas été l'unique raison de ses excuses et de ses attentions.

Il devait réussir à la convaincre qu'il l'aimait, et que cela n'avait aucun rapport avec l'empreinte et le fait qu'elle n'était plus humaine.

La réponse le frappa comme un uppercut de Hunter, le laissant sonné et plutôt secoué. Afin de gagner Nicole, il allait devoir prendre un énorme risque, et, même si parier sa vie ne lui avait jamais posé de problème, ce coup-ci, c'était différent. Car cette fois il ne mettait pas seulement sa vie en jeu, mais aussi sa santé mentale et son cœur.

Nicole passa les vingt-quatre heures suivantes en enfer. Les imposants locaux de ShadowSpawn étaient crasseux et sombres, et leurs habitants, suspicieux et brutaux. Les mâles n'avaient que peu de respect pour les femelles, et, même si ces dernières ne semblaient pas violentées et ne fuyaient pas la confrontation, elles étaient traitées comme des citoyens de seconde zone.

Elle avait hâte de rentrer chez MoonBound, mais d'abord elle devait analyser les quinze tests de grossesse restants, issus des dix-neuf vampires qui avaient bu sa préparation.

Dix-neuf… plus elle.

L'anxiété la gagna soudain devant la possibilité, peu probable, qu'elle porte l'enfant de Riker. Pour l'instant, des cinq tests qu'elle avait vérifiés, un seul était positif.

Certes, vingt pour cent de réussite, en particulier pour une race au sein de laquelle les conceptions demeuraient rares, c'était fabuleux, mais cela signifiait également qu'il y avait très peu de chances qu'elle soit enceinte.

La main tremblante, elle utilisa une seringue propre pour tirer d'une fiole le sang d'une femelle pur-sang nommée White Fox et piqua le large dos de Fane. Daedalus avait déterminé que le corps des mâles réagissait aux hormones de grossesse, ce qui semblait logique, étant donné qu'avant même la fin du premier trimestre ces derniers en percevaient le goût dans le sang.

Aussitôt, un cercle argenté se dessina autour de la zone d'injection.

— Positif, annonça-t-elle, et Kars, qui rôdait avec quelques-uns de ses sbires près de la porte, poussa un grognement de satisfaction, comme s'il y était pour quelque chose.

Avec l'aide d'Aylin, Nicole poursuivit. Négatif. Négatif. Négatif. Positif. Négatif. Le numéro dix-neuf était le quatrième positif. Il n'en restait plus qu'un.

L'estomac noué, elle injecta l'échantillon sous la peau de Fane. La gorge si serrée qu'elle pouvait à peine respirer, elle attendit. Les résultats précédents avaient-ils mis si longtemps à apparaître ? Elle n'était pas sûre de ce qu'elle souhaitait voir. Un test négatif signifiait qu'elle n'était pas enceinte et qu'elle avait échoué à fournir les cinq grossesses nécessaires pour sortir de là. Un test positif signifiait la liberté.

Et un bébé qui la lierait à un homme qui à l'évidence n'avait aucune envie d'être lié à elle de quelque manière que ce soit.

Elle serait heureuse, néanmoins. Elle avait toujours voulu des enfants, même si l'éventualité d'en avoir lui avait semblé improbable. Vu son emploi du temps. Et vu que les seuls hommes qu'elle rencontrait travaillaient chez Daedalus.

La peau de Fane au niveau de la marque d'injection noircit… et devint argentée.

— Positif, annonça-t-elle d'une voix rauque, et ajouta, interrompant le cri jubilatoire de Kars : je suis enceinte.

Dans le silence soudain, elle s'octroya un moment pour se remettre de la nouvelle, mais elle refusait de paniquer. Elle en aurait tout le temps plus tard. Pour l'heure, elle devait persévérer et ficher le camp de ce trou.

— Ça fait cinq. (Elle reluqua la porte.) J'ai tenu mes engagements. À votre tour d'en faire autant.

Kars s'avança vers elle tel un buffle, l'acculant contre la table sur laquelle étaient disposés l'équipement et les fournitures qu'elle avait rapportés.

— Tu n'iras nulle part.

Angoisse et désespoir formèrent une boule dans sa gorge, la laissant à peine capable de parler.

— On avait dit cinq femelles enceintes. Cinq femelles sont enceintes.

— Pas cinq de nos femelles ! rugit-il. L'accord est annulé. On te garde, toi et ton enfant.

— Quoi ? (Elle le repoussa de toutes ses forces.) Vous ne pouvez pas faire ça !

— Je peux faire ce qui me plaît. (Il referma la main autour de son cou.) Tu nous appartiens désormais. (Son rictus sadique irradiait la malveillance.) Aylin, aide donc notre nouveau membre à s'installer dans sa nouvelle maison !

Chapitre 32

Hors de question que Nicole reste dans ce trou infernal ! Hors de question qu'elle vive sa grossesse et qu'elle accouche dans ce qui s'apparentait à un repaire d'animaux sauvages ! Certes, l'accouchement serait dangereux, peu importe l'endroit, mais songer que ces créatures l'assisteraient et lui prodigueraient les soins nécessaires lui était inconcevable. Et si elle mourait et que le bébé survivait ?

Elle frémit à l'idée que son enfant grandisse seul au milieu de ces monstres.

Dès que Kars et sa joyeuse troupe de connards furent partis, elle commença à échafauder un stratagème. Lorsque Aylin et elle furent arrivées à mi-chemin de la cellule que lui avait assignée Fane, elle avait déjà élaboré un plan pour s'échapper. Malheureusement, il impliquait de piéger Aylin, la seule personne qui lui avait témoigné de la bonté.

Pour autant, elle devait vraiment s'enfuir. Elle ferait n'importe quoi pour protéger son enfant, même si cela signifiait trahir Aylin.

— Est-ce que ça va ? lui demanda cette dernière tandis qu'elles approchaient de la rangée de cellules que les femelles célibataires appelaient « maison ».

Elles étaient plus agréables que les quartiers réservés aux « invités » dans lesquels Nicole avait été enfermée au début, et encore ! Un lit de camp, un oreiller et une boîte en bois pour les effets personnels ne constituaient pas un environnement des plus chaleureux.

— Ça ira.

Son estomac gargouilla et le son résonna dans l'étroit passage humide et froid.

— Tu devrais faire un tour dans la salle des repas, dit Aylin, et Nicole se sentit nauséeuse.

La salle des repas était pleine d'humains qui s'étaient portés volontaires pour vivre dans l'établissement et nourrir tous les vampires qui se présentaient à eux, mais Nicole n'avait nulle envie de boire le sang d'un autre que Riker. Elle devrait apprendre à se repaître d'humains un jour ou l'autre, mais pour l'heure les poches de sang lui convenaient parfaitement.

— Non, merci.

Elle avait prévu de mettre les voiles dans moins de cinq minutes quoi qu'il arrive.

Aylin poussa la porte de la cellule de Nicole.

— Ce n'est pas moi qui te le reprocherais. Si je pouvais chasser, je le ferais.

— Ton père te l'interdit ?

Les cheveux blonds d'Aylin lui balayèrent la taille lorsqu'elle secoua la tête.

— Je ne suis pas assez forte. Il a peur que je me fasse capturer par un clan ennemi et retenir en otage en échange d'une rançon.

— Excuse-moi, mais ton père est un vrai con.

Aylin rit.

— C'est l'avis général, oui.

Nicole se demanda pourquoi ShadowSpawn ne renversait pas Kars puisque personne ne semblait l'aimer. Non pas que cela la regarde. Il n'empêche qu'elle appréciait Aylin, et elle détestait ce qu'elle s'apprêtait à faire tout comme de devoir la laisser avec son enfoiré de père.

— Pardonne-moi, Aylin, murmura Nicole.

La jeune femme fronça les sourcils.

— Pourquoi ?

Nicole prit une profonde inspiration, s'armant de courage.

— Pour ça.

Elle poussa Aylin dans la cellule et referma violemment la porte, la verrouillant. La déception sur le visage de la vampire l'anéantit.

— Je n'ai pas d'autre choix. Je suis vraiment désolée, mais il faut que je m'enfuie d'ici.

— Je sais. (L'intonation d'Aylin était triste, mais elle sourit.) J'espérais que tu ne le fasses pas, mais je m'y attendais. (Son sourire se fit facétieux.) Je m'attends également à ce que tu me laisses sortir et t'aider.

Abasourdie, Nicole bredouilla.

— Pourquoi voudrais-tu m'aider ?

Un muscle tressaillit sur la mâchoire d'Aylin et une lueur de défi fit étinceler ses yeux.

— Je ne suis peut-être pas une guerrière ou une chasseuse, mais je ne suis pas inutile pour autant. Je peux faire bien plus que raccommoder des vêtements ou laver des chopes de bière.

Elle tendit le bras à travers les barreaux et, rapide comme l'éclair, attrapa la main de Nicole. Ses ongles s'enfoncèrent dans sa peau sans la percer.

— Je n'ai pas souvent la chance de faire des choses importantes, alors je saisis les occasions quand elles se présentent. Je peux te faire sortir d'ici.

S'arrachant à la prise d'Aylin, Nicole réfléchit à sa réponse, qui semblait sincère. Pouvait-elle cependant parier non seulement sa propre vie, mais celle de son bébé sur la parole d'une femelle de ShadowSpawn ?

— Je t'aime bien, Aylin, mais…

— Mais je suis l'ennemie, et tu ne peux pas me faire confiance, termina la jeune femme. Je sais. Mais, si tu ne le fais, tu ne t'échapperas jamais d'ici. Ça, je peux te l'assurer. Et, une fois qu'ils t'auront attrapée, tu n'auras plus jamais l'occasion de t'enfuir. (Elle referma les mains autour des barreaux de fer et se pencha vers elle.) Je comprends que tu te méfies, mais nous ne sommes pas tous des êtres détestables.

Il n'y a pas si longtemps, Nicole avait tenu un discours similaire à Riker au sujet des humains. Et elle avait appris la même chose sur son peuple.

Elle balaya du regard les cellules qui faisaient office de quartiers privés et évalua les dangers d'habiter ces lieux à jamais contre ceux qu'impliquait son évasion. Il n'y avait pas à tergiverser. Elle devait décamper au plus vite, et, si Aylin pouvait l'y aider, elle devait prendre ce risque. Après tout, même si c'était un piège, que pouvaient-ils lui infliger de pire ?

L'image de Riker, battu et en sang dans sa geôle, surgit dans son esprit. D'accord, ça pouvait toujours être pire. Cependant, les bébés étaient précieux pour ShadowSpawn – pour tous les clans, en vérité – et, même si Nicole savait qu'elle serait sûrement rudoyée, elle doutait qu'ils lui fassent du mal.

Du moins, tant qu'elle serait enceinte.

Stimulée plus par la peur de ce qui pouvait arriver à son bébé que par ce qu'il adviendrait d'elle, elle déverrouilla la porte de la cellule.

— OK, dit-elle à Aylin. Fichons le camp d'ici.

Riker n'en pouvait plus. Cela faisait vingt-quatre heures qu'il traînait dans le campement de MoonBound, et à présent, alors que le crépuscule commençait à tomber sur les montagnes, ils ignoraient toujours si le plan de Nicole avait été une réussite. ShadowSpawn aurait dû leur envoyer un message, non ?

Il avait suggéré aux autres de regagner le QG, mais tous les guerriers, y compris Hunter, l'avaient regardé comme s'il était le dernier des abrutis.

— L'une des nôtres a des ennuis, lui avait-il rétorqué. On ne partira pas tant qu'on n'aura pas de ses nouvelles.

Les premières années qui avaient suivi sa vampirisation, Riker avait eu la nostalgie de l'armée. Certes, il n'avait pas regretté son humanité ou le fait d'avoir été trahi par l'organisation à laquelle il avait voué son entière existence, mais la camaraderie et la fraternité qui liait sa section lui avaient manqué.

Il les avait retrouvées quand il avait accepté sa place au sein de MoonBound. Les paroles de Hunter venaient de lui rappeler ce qu'il possédait. Et ce qu'il risquait de perdre si quelque chose arrivait à Nicole.

Après vingt années de solitude et de vide, Riker éprouvait enfin un sentiment de plénitude, et c'était grâce à elle. Même s'ils ne parvenaient pas à entretenir une relation de couple, il avait besoin d'elle dans sa vie. Il avait besoin qu'elle rentre à MoonBound, saine et sauve, et qu'elle soit présente pour Bastien.

Il baissa les yeux sur la carte grossière qu'il avait dessinée avec un bâton sur le sol humide près du feu. Des trous superficiels indiquaient les basses terres entre le campement de MoonBound et le quartier général de ShadowSpawn.

De petits cailloux représentaient les arbres ou les escarpements sur lesquels étaient postés les archers de MoonBound. Les terres élevées favorables à MoonBound étaient marquées par un X, et les postes des sentinelles par un O.

Ils étaient en sous-nombre partout.

— Je vais patrouiller, dit Riker à la cantonade.

Hunter, Takis et Aiden étaient partis chasser, Myne avait disparu, et Jaggar s'entretenait avec les guetteurs qu'il avait missionnés pour surveiller la zone sud-est, où ShadowSpawn était localisé. Seul Baddon, Katina et une demi-douzaine de guerriers se trouvaient au campement, et aucun d'eux ne faisait attention à Riker, trop obnubilés par leur partie de poker, comme s'il s'agissait d'une question de vie ou de mort.

Il se dirigea vers le sud-est et avait marché huit cents mètres lorsque Myne apparut, vêtu de noir de la tête aux pieds et aussi silencieux qu'une chouette se laissant tomber d'un arbre.

— Comment tu fais ça, putain ? s'exclama Riker.

Myne resta dans sa position accroupie.

— Je suis génial de naissance.

— Tu es un crétin de naissance. (Riker le fusilla du regard.) Où étais-tu passé ?

— J'étais dans le coin. (Il se leva doucement, sans cesser de scruter l'est.) Je n'avais pas envie d'écouter les foutaises de Hunter.

— C'est quoi le malaise entre vous, à la fin ?

Riker lui posait souvent la même question, et récoltait invariablement la même réponse.

Myne haussa les épaules, faisant cliqueter ses armes.

— Je ne l'aime pas, c'est tout.

Ouais, toujours la même réponse. Il y avait bien plus, Riker en était persuadé, mais, comme d'habitude, Myne refusait d'en parler.

— Au fait… euh… Je voulais te remercier.

Son visage chauffa. Il n'y avait rien de plus gênant que deux gars qui sombraient dans le sentimentalisme.

— Pourquoi ?

— Pour t'être occupé de Bastien.

Il força sa mâchoire à se desserrer afin de poursuivre car, malgré toute la gratitude qu'il éprouvait envers Myne, Riker était tout de même jaloux qu'il ait été présent pour Nicole. Dans son propre lit.

— Et pour avoir aidé Nicole pendant sa transition.

Myne croisa enfin le regard de Riker.

— Il ne s'est rien passé.

— Je sais.

— Ouais ? Et sais-tu aussi que tu es un gros abruti ?

OK…

— C'est une question piège ?

Myne poussa un soupir de frustration et se détourna de nouveau.

— Tu dois t'unir à elle.

— Cette décision lui appartient.

— Eh ben, fais en sorte qu'elle te choisisse, parce que, si tu ne la fais pas tienne, quelqu'un d'autre s'en chargera.

Riker se raidit.

— Ce qui veut dire ?

— Andouille ! Pas moi ! Je la considérerai toujours comme tienne. Mais le clan compte beaucoup de mâles célibataires, et elle est…

— … spéciale. Je sais.

Myne pivota vers lui, lentement.

— Sais-tu aussi que quelqu'un approche ? Deux personnes. Des femelles ou des jeunes mâles.

Merde ! Riker porta la main à son poignard tandis que Myne dégainait ses épées jumelles fixées à son dos. Il entendit deux pas distincts marteler le sol boisé, puis le grondement de plusieurs dizaines de bottes qui se rapprochaient rapidement.

Il aperçut Nicole avant qu'elle ne le voie. Elle courait, mais la femelle qui l'accompagnait – Aylin, sans nul doute – la ralentissait. Myne et lui foncèrent vers elles à toute allure. Nicole finit par le voir, mais, alors qu'elle criait son nom, Aylin et elle furent cernées par les guerriers de ShadowSpawn.

Assailli par la rage, Riker ne put penser à rien d'autre qu'à protéger Nicole. Dans un hurlement de fureur, il lança une lame, atteignant l'un des soldats à la gorge. Le type s'écroula, mais trois autres surgirent à sa place. Une flèche rasa la tête de Riker. Il en évita une deuxième tout en s'élançant vers les lignes ennemies.

En l'espace de cinq secondes, Myne et lui furent engagés dans le combat, à deux contre plusieurs dizaines, et dans la merde jusqu'au cou.

Nicole l'appela, mais son cri était à peine sorti de sa bouche que celui d'Aylin résonna dans la forêt. Il ne voyait pas les deux femmes, il ne pouvait pas leur venir en aide, pas quand il affrontait cinq hommes à la fois. Il esquiva l'ennemi, virevoltant entre les guerriers, enfonçant une dague dans l'estomac de l'un avant de faire volte-face pour trancher la poitrine et la gorge des autres. Le sang jaillit, le sien en partie, car il n'avait pas été épargné.

Un coup à la tête lui fit voir double, et, alors qu'il chancelait, quelque chose lui lacéra l'épaule et le projeta contre un arbre. Une hachette menaçait de s'abattre sur sa tête, mais il tomba au sol et roula. Il s'accroupit derrière une souche pour éviter un autre coup et la hachette se planta dans le bois avec un bruit sourd qui aurait pu provenir de son crâne.

Alors que son assaillant extirpait la lame du tronc, Riker bondit sur ses pieds et frappa le mâle au visage deux fois de suite avec le poing avant de lui décrocher un coup de pied circulaire en plein ventre. Le type s'écroula, mais il y en avait dix autres pour le remplacer.

Soudain, des cris de guerre s'élevèrent dans les airs, et, en un instant, les troupes de ShadowSpawn se dispersèrent, tous sauf deux, le regard braqué sur des cibles fraîches.

Hunter et le reste des soldats de MoonBound venaient d'arriver.

Une énergie nouvelle vibra dans les os de Riker. Il accueillit à bras ouverts la montée d'adrénaline, l'odeur du sang, de la peine et de la peur qui attisèrent son désir de tailler en lambeaux les individus qui malmenaient Nicole. La furie meurtrière le réduisit en une arme de pouvoir brut tandis qu'il se dirigeait tant bien que mal vers le dernier endroit où il avait vu Nicole, dégommant les hommes de ShadowSpawn avec sa dague et ses shurikens.

Il aperçut Nicole ; elle se débattait entre deux mâles qui la traînaient loin du combat. Il rugit son nom et sauta par-dessus un guerrier de ShadowSpawn à terre, mais, alors qu'il atterrissait, il reçut un coup direct au niveau du rein. L'impact le fit vaciller. Il poussa un grognement de douleur, mais poursuivit, sans jamais ôter les yeux de Nicole.

Elle jura comme une forcenée et enfonça profondément les crocs dans le biceps de l'un des vampires. Celui-ci hurla tandis qu'elle agitait la tête tel un renard s'étant saisi d'un lapin, lui détachant la chair des os. Le deuxième mâle abaissa le bras, le poing serré. Avant qu'il n'atteigne la mâchoire de Nicole, Riker le frappa par-derrière. Le type s'écroula en un enchevêtrement de membres.

Riker écopa d'un solide coup au visage, mais son adversaire ne faisait pas le poids face à ses crocs. Il les planta dans sa gorge, appuyant de toutes ses forces, et lui arracha la carotide.

— Rike… !

Entendant le cri de Nicole, Riker se détourna tant bien que mal du corps secoué de spasmes du vampire à l'agonie, juste à temps pour voir Kars qui empoignait Nicole par les cheveux.

L'infâme chef de ShadowSpawn l'obligea à s'agenouiller et pressa un poignard contre son cou.

— Posez vos armes ! hurla-t-il, ou je crève la pétasse.

Chapitre 33

Nicole déglutit, la lame froide pressée contre la zone tendre entre sa mâchoire et sa carotide. La piqûre lui indiqua qu'elle lui avait percé la peau, et la haine dans les yeux de Riker lui signala qu'il le savait aussi.

Hunter s'avança vers eux, son torse nu couvert de coupures, ses jointures déchiquetées. Alors qu'il écrasait de ses bottes feuilles mortes et branches cassées, Nicole se demanda à quel point il était difficile pour lui d'éviter de regarder les morts et les blessés qui gisaient dans des mares de sang. Elle n'avait pas connu la plupart d'entre eux, mais cette vision lui brisait le cœur. Elle ne pouvait pas imaginer ce que devait ressentir Hunter.

— Qu'est-ce que ça veut dire, bordel ?

La voix de Hunter était déformée, voilée par une intonation dérangeante. Malveillante, même. Des stries rouges zébraient le noir de ses yeux, et Nicole eut un mouvement de recul, plus effrayée par ce qui se trouvait à l'intérieur de Hunter que par le couteau contre son cou.

— Nous avions un accord.

Kars grogna.

— Et nous l'avons respecté. (Il tira sur les cheveux de Nicole, la hissant sur ses pieds, à son côté.) Contrairement à cette garce.

Le visage tordu en une expression annonciatrice de souffrance, Riker se jeta sur Kars. Fane l'intercepta, l'empoigna par le flanc et le plaqua au sol. Laisser tomber une bombe d'acide borique sur la tête de ce salopard traversa l'esprit de Nicole.

Je t'en prie, ne les affronte pas, Riker. Elle croisa son regard tandis qu'il se débattait contre Fane. *Je t'en prie!* S'il se faisait blesser – ou pire – en essayant de la sauver, elle ne se le pardonnerait jamais.

Il lut dans ses pensées – Dieu merci! – et relâcha la dague qu'il s'apprêtait à sortir de la poche de son treillis. Alors qu'il levait les mains, elle l'observa pour s'assurer qu'il ne tente pas de s'emparer de l'une des armes qu'il avait dû cacher sous son pull.

— Elle ne nous a donné que quatre grossesses, puis elle s'est servie de ma fille pour s'enfuir.

Kars tira de nouveau, cette fois si fort qu'elle en eut les larmes aux yeux. Où était passé Aylin, d'ailleurs? La jeune femme avait tenu parole, et Nicole lui serait éternellement redevable.

— Nicole a déclenché cette guerre. Pas moi. (Il fit signe à ses hommes.) Tuez-les tous!

Oh, Seigneur!

— Attendez! s'écria-t-elle. On sait comment fonctionne le traitement maintenant. Je vous en donnerai plus le mois prochain...

— Oh, ça oui!

Il refit signe à ses soldats, mais cette fois Hunter leur hurla d'arrêter.

— Stop! (Il leva les mains, les doigts écartés en un geste qu'elle ne reconnut pas, mais qui à l'évidence signifiait quelque chose d'important pour Kars.) *Nuh-hun esu... vedi.*

Le silence s'abattit sur la forêt. Même les oiseaux et les insectes respectèrent cette inquiétante trêve, et tous les yeux se tournèrent vers Hunter. Cependant, seul Kars semblait avoir compris les paroles de celui-ci. La tension satura l'air comme avant l'orage, et Nicole aurait juré qu'elle flairait une odeur d'ozone.

Kars parla à son tour, d'une voix basse, mais chargée d'électricité.

— *Estaltias en flori esu. Vedi ak'nya.*

Nicole jeta un coup d'œil à Riker, mais son haussement d'épaules à peine perceptible lui indiqua qu'il n'avait pas non plus la moindre idée de ce qu'il se passait. Hunter ne bougea pas. Pendant un long moment. Quand il s'y décida enfin, c'était pour hocher la tête en un lent signe d'assentiment. D'assentiment à quoi ?

Les deux chefs de clan discutèrent encore un peu dans cette langue qu'eux seuls semblaient connaître. La tonalité de leur conversation, tantôt calme, tantôt crispée, fit craindre à Nicole par deux fois qu'une bataille éclate de nouveau. Après ce qui lui parut une éternité, les stries rouges disparurent des yeux de Hunter, et Kars s'écarta de Nicole. Les deux chefs firent signe à leurs guerriers.

Tandis que les deux parties rengainaient leurs armes, elle attrapa le bras musculeux de Kars.

— Où est Aylin ? Que lui avez-vous fait ?

Son sourire était glaçant lorsqu'il la repoussa.

— Cela ne te concerne pas.

Riker la rejoignit alors que Kars partait en trombe, laissant ses hommes ramasser leurs morts et leurs blessés.

— Nicole ! s'écria Riker, suffoquant presque tandis qu'il l'enlaçait, la serrant si fort contre lui qu'elle crut étouffer. Dieu merci ! Oh, Dieu merci !

Elle lui rendit son étreinte ; elle n'avait jamais été aussi heureuse de voir quelqu'un de sa vie.

— Je suis désolée, murmura-t-elle. Si tu savais à quel point !

— Pourquoi ?

— Pour ça.

Elle ferma les yeux, incapable de faire face à tout ce sang, ces morts et cette douleur. Combien avaient péri ? Combien endureraient d'atroces souffrances pendant leur guérison ?

— Tout est ma faute. Si je n'avais pas essayé de m'enfuir…

Il l'interrompit avec un baiser si passionné qu'elle en eut le souffle coupé. Quand il le rompit, elle en resta abasourdie.

— Tu es saine et sauve, et c'est tout ce qui compte.

Elle observa Hunter, agenouillé, tête baissée, à côté d'un mâle de MoonBound qu'elle reconnut, mais à qui elle n'avait jamais parlé. Tout autour d'eux, les survivants soignaient tant bien que mal les blessés graves ou rassemblaient ceux qui avaient été moins chanceux. Le clan avait subi beaucoup de dégâts, et il ne s'en remettrait pas de sitôt.

— Dans quelle langue Kars et Hunter se sont-ils entretenus ? Quel était le sujet de leur conversation ?

— Je n'en sais foutre rien. C'est la première fois que je l'entendais. Et que je voyais Hunter dans cet état.

Riker semblait aussi secoué qu'elle tandis que ses mains lui parcouraient le visage, le cou et les bras comme s'il ne revenait pas qu'elle soit en vie et en un seul morceau. Nicole savait ce qu'il ressentait, car elle avait du mal à ne pas le toucher, elle aussi.

— On aurait dit qu'ils négociaient mais, quoi qu'il en soit, j'ai l'impression qu'on n'a pas vraiment remporté la bataille, ajouta-t-il.

Nicole partageait ce sentiment. Et cela n'avait rien à voir avec le nombre de morts ou de blessés. Quoi que Hunter ait accepté, le clan en subirait les conséquences pendant longtemps.

Hunter s'avança vers eux, l'air grave.

— Ça va ?

Elle hocha la tête.

— Je suis désolée. Ce que Kars a dit au sujet de notre accord… ce n'était pas aussi simple. C'est…

Hunter la fit taire d'un geste.

— Je sais. C'est un salopard sans le moindre sens de l'honneur. Il n'aurait pas dû essayer de te garder… toi comme ce qui t'appartient.

Il lui lança un regard entendu, et elle comprit qu'il était au courant de la vie qu'elle portait dans son ventre.

Riker l'attira dans le creux de son coude, et elle s'y blottit, comme si tout allait bien dans le monde. C'était loin d'être le cas, mais pour l'heure elle en avait besoin, même si ça ne durait que quelques minutes.

— Qu'as-tu fait pour mettre un terme à la bataille ? s'enquit Riker.

— Ce qu'il fallait, répondit Hunter d'une voix pincée qui sous-entendait « laisse tomber ».

Nicole n'avait jamais été très douée pour laisser tomber, mais ils avaient des problèmes plus urgents à traiter.

— Avez-vous apporté des équipements de premiers secours ? Je peux aider à soigner les blessés.

Hunter secoua la tête.

— Jag s'en occupe. Je ne veux pas que tu traînes dans les parages (Il jeta un regard lourd de sens à Riker.) Ramène Nicole au QG. Et que Grant panse tes blessures. Des guerriers vous escorteront.

Les blessures de Riker auraient, en partie, cicatrisé le temps qu'ils rentrent, mais Nicole garda cette réflexion pour elle. Hunter s'efforçait de les mener en lieu sûr, elle et son bébé.

— Hunt…, commença Riker, mais le chef de clan lui répondit par un sifflement furieux.

— Ce n'était pas une suggestion !

Riker esquissa un salut militaire sarcastique.

— À vos ordres, chef ! Cap sur la maison !

Tandis que Hunter s'éloignait, Riker lâcha un juron.

— J'ignore de quoi ils ont causé avec Kars, mais ça se retournera contre notre pomme.

— C'est aussi ce que je me dis.

Nicole jeta un coup d'œil dans la direction qu'Aylin et elle avaient empruntée. Elle espérait que la vampire n'aurait pas de problèmes. Qu'avait-elle risqué pour la conduire jusqu'à MoonBound ? Nicole doutait que Kars passe l'éponge sur les actions de sa fille. Restait à connaître la sévérité de son châtiment.

— Allons-y.

Riker lui prit la main et se mit à marcher vers le quartier général de MoonBound.

Aussitôt, plusieurs membres du clan leur emboîtèrent le pas. La plupart des guerriers demeurèrent à l'arrière, mais quelques-uns s'avancèrent en position d'éclaireurs et rejoignirent les côtés en une manœuvre tactique parfaitement coordonnée. Nicole ne manqua pas de remarquer la façon dont Riker les observait, acquiesçant de la tête et, une fois, aboyant un ordre à un mâle qui traînait trop derrière.

Pendant un long moment, ils ne dirent rien, et plus ils s'éloignaient du champ de bataille, plus la distance s'installait entre Riker et Nicole. Les choses qui étaient restées en suspens formaient une espèce de barrière invisible entre eux, à tel point qu'ils finirent même par se lâcher les mains.

— T'ont-ils bien traitée ? lui demanda-t-il enfin, même s'il prenait soin de porter son attention partout sauf sur elle tandis qu'il parlait.

— Ils ne m'ont pas fait de mal, si c'est ce que tu veux savoir. (Un écureuil la fusilla du regard lorsqu'elle traversa une ravine, refusant d'un geste l'aide de Riker.) As-tu vu Bastien ?

— Pas depuis que j'ai quitté ShadowSpawn.

Elle enjamba un autre ruisseau, adorant l'agilité que lui conférait son nouveau corps de vampire. Sans se presser, ils avaient franchi une distance près de deux fois supérieure à celle que parcourrait un humain en courant.

— Il m'a manqué.

— À moi aussi, avoua Riker. J'ai beaucoup de temps à rattraper avec lui.

— Je suis sûre que tu établiras une relation exceptionnelle avec lui.

— Je l'espère.

Il ralentit lorsqu'ils approchèrent d'un énorme rocher moussu qu'elle reconnut. Le quartier général n'était pas loin. D'après ses estimations, ils avaient effectué deux cent quarante kilomètres en à peine trois heures, et ce en maintenant une allure normale.

— Qui sait les dommages qu'il a subis.

Elle espérait que Myne avait pu exploiter l'information qu'elle lui avait fournie pour faire payer à Chuck ce qu'il avait fait. Pour autant, elle ne présenterait pas ses excuses à Riker. Elle l'avait assez fait. S'il n'avait pas conscience du regret qui la tenaillait, cela ne servait à rien d'insister.

Un bourdonnement sourd et régulier se propagea dans ses os alors qu'ils s'avançaient vers le QG, et Nicole se rendit compte qu'il avait été présent depuis le début, tel le signal d'un radiophare gagnant en puissance à mesure qu'elle s'approchait de MoonBound.

— J'arrive à sentir le clan, murmura-t-elle. Waouh !

Riker afficha un grand sourire. Il était si beau que le cœur de Nicole s'affola.

— Ça veut dire que tu associes MoonBound à ton foyer. Ça t'aide à retrouver ton chemin.

L'émotion l'étreignit si fort qu'elle en oublia de respirer. Elle n'avait pas eu de foyer depuis qu'elle était enfant. Elle avait eu des maisons, mais elle ne s'était jamais sentie chez elle. Désormais, elle avait un endroit où retourner.

Et à ce propos…

— Comment va Lucy ? s'enquit Nicole. ShadowSpawn ne lui a pas fait de mal, j'espère ?

— Pas à ma connaissance, répondit Riker, l'air sinistre. Elle refuse d'en parler.

Les pensées de Nicole dérivèrent vers des lieux lugubres. Riker sembla le deviner, et il s'arrêta devant l'entrée du QG. Il fit signe aux autres de rentrer, restant seul avec Nicole sous la lueur de la lune qui se levait.

— Elle va bien, reprit-il. Mais je ne suis pas sûr que ce soit ton cas. Ni même le mien, d'ailleurs.

Quelque chose chez Riker était différent, mais elle n'arrivait pas à mettre le doigt dessus. Ce dont elle était certaine, en revanche, c'était qu'elle voulait lui annoncer sa grossesse et le supplier de l'emmener au lit. Cependant, un enfant ne changerait rien à leurs problèmes. Oh ! elle savait que Riker ferait un père incroyable, et elle ne doutait pas une seconde qu'il serait à son côté, mais, s'il aimait toujours Terese, Nicole lui ferait comprendre que le bébé et elle ne formaient pas un lot indivisible.

— Si tu fais allusion à ma santé, je vais bien.

— Et si je faisais allusion à tes émotions ?

— Ça va moins bien. (Elle soupira.) Rien n'a changé, n'est-ce pas ?

— Tout a changé. Tu avais raison au sujet de ma culpabilité.

Il enfonça les mains dans les poches et parla avec le débit d'une mitraillette, comme s'il craignait d'oublier ce qu'il avait à dire s'il ne vidait pas son sac en vitesse.

— Je te reprochais tout ce qui était arrivé, poursuivit-il, et c'était injuste, parce que tu n'y étais pour rien. Je ne voulais pas me tenir pour responsable, et tu étais une cible facile. J'ai toujours estimé que Terese n'avait pas eu la vie ou le compagnon qu'elle méritait de son vivant, car j'ai eu beau essayer, je n'ai pas pu l'aimer. Pas comme je t'aime.

Cet aveu inattendu stupéfia Nicole.

— Tu… quoi ?

— Tu m'as entendue, répondit-il sur un ton bourru.

Elle repensa au jour où il l'avait chassée. Il avait été si plein de fiel. Quelque chose avait dû rouvrir ses blessures.

— Qu'est-ce qui a changé ?

Une brise souffla entre les branches et un flocon de neige voltigea pour retomber au sol entre eux. Riker leva le visage vers le vent, et Nicole sentit qu'il cherchait une excuse pour éviter de croiser son regard.

— J'ai compris que j'étais un crétin.

— Quand ? s'enquit-elle, soudain soupçonneuse. Après ma transformation ?

— Avant.

Comment était-ce possible ? Il l'avait fichue à la porte de sa chambre, et, quand ils s'étaient revus, elle était une vampire.

— Foutaises.

— C'est la vérité.

— Dans ce cas, pourquoi n'as-tu rien dit ?

Il se tourna vers elle, ses cheveux sable ébouriffés par le vent, et l'envie de les recoiffer démangea les doigts de Nicole.

— Ce qui s'est passé avec Bastien et Chuck. La chambre à coucher. Tout m'est revenu d'un coup et j'ai paniqué. Au lieu de céder à mon désir pour toi, je t'ai repoussée. Je me suis comporté en parfait abruti. En connard fini. Je n'en suis pas fier, mais voilà, c'est dit.

C'était plutôt sensé, mais il y avait autre chose. Nicole n'aurait su dire comment elle le savait, mais son nouvel instinct de vampire la chatouillait.

— Ah !

— Tu ne me crois pas ?

Elle le voulait. Seigneur, elle le voulait ! Ce serait tellement simple de dire oui, de prendre Riker au mot. Elle n'aurait même pas l'impression de passer pour une idiote, puisqu'il avait été honnête avec elle depuis le début.

Mais si elle avait appris quelque chose au cours des quinze derniers jours, c'était de toujours écouter son intuition. Elle ne l'avait pas fait au sujet de Daedalus, elle s'était fiée aux autres trop facilement, et les conséquences avaient été désastreuses.

— Nicole ? questionna Riker et elle grimaça en entendant sa voix se briser.

Il percevait son hésitation, et elle détestait que cela le fasse souffrir.

— J'aimerais te croire, répondit-elle d'une voix cassée.

— Mais tu ne me crois pas. (Son visage se ferma, si bien qu'elle ne le reconnut plus. On aurait dit un étranger.) Dans ce cas, il n'y a plus rien à ajouter.

Lui balançant les mots qu'elle avait prononcés le jour où il l'avait chassée de sa chambre – sa spécialité –, il s'éloigna, la laissant seule devant l'entrée du quartier général.

Figée par le chagrin sur le sol froid, le cœur lourd, elle attendit un moment avant de rentrer… mais pour retrouver quoi, elle n'en avait pas la moindre idée.

Après s'être assuré que les survivants étaient en de bonnes mains, Hunter fila droit vers ses quartiers. Il fonça vers le minibar avant même d'entendre le souffle d'air indiquant que la porte se refermait. D'un geste fluide, il attrapa une bouteille de vodka et un verre, puis s'enfonça dans le canapé.

À l'aveuglette, il versa le liquide dans le verre et avala trois grosses gorgées. La puissante brûlure ne parvint pas à chasser les échos des morts, loin de là.

Il avait perdu six guerriers. Six autres étaient grièvement blessés. Plus d'une dizaine endureraient de terribles souffrances pendant leur guérison.

Et puis il y avait la conversation qu'il avait eue avec le chef de ShadowSpawn tandis qu'il négociait pour récupérer Nicole.

Hunter avait conclu un pacte avec le diable, et le paiement serait exigé bientôt.

C'était approprié, supposa-t-il, puisqu'un pacte avec un démon était à l'origine de la création des vampires.

Hunter s'affala contre les coussins, jambes écartées, yeux fermés. Il n'avait pas parlé la langue ancestrale des Anciens depuis près d'un siècle, depuis la dernière fois qu'il avait emprunté un vortex mystique pour se rendre à

Boynton Canyon afin de s'entretenir avec lesdits Anciens. Chaque fois qu'il s'exprimait dans la langue intrinsèque à tous les vampires de première et deuxième générations, il en ressortait bouleversé. Épuisé. Cela lui rappelait à quel point il était différent des autres membres du clan.

Il se demanda si Kars ressentait la même chose à cet instant. Hunter se fichait pas mal de savoir si Kars était aussi lessivé que lui, mais c'était agréable de songer qu'il n'était pas seul.

Par moments, Hunter aimait faire partie des rares individus à connaître la véritable histoire des vampires, mais pas aujourd'hui. Grant, Riker, Myne et leurs semblables étaient chanceux d'attribuer la malédiction du vampirisme à un virus scientifiquement explicable ou à deux chefs tribaux aspergés par le sang d'un corbeau et d'une corneille.

Seule une poignée de vampires connaissait la vérité, grâce aux légendes habilement forgées ou aux demi-vérités fabriquées par les vampires de la première et de la deuxième génération, qui avaient tous juré de garder le silence au démon qui leur avait fait ce don.

En tant que vampire de deuxième génération, Hunter était tenu au secret mais, chaque fois qu'il buvait, il se demandait à quoi bon. Pourquoi s'échinaient-ils à entretenir le mystère ? Seuls deux Originaux étaient encore en vie, et plus de la moitié des vampires de la première génération étaient morts. À ce train-là, plus personne ne croirait la vérité, de toute manière.

Des démons ? Hunter lui-même n'était pas convaincu. Du moins, il doutait qu'ils existent encore. Peut-être les démons des cultes amérindiens avaient-ils disparu, victimes de la perte des anciennes coutumes et du manque de foi en leurs dieux ? Si personne n'y croyait, comment les démons pouvaient-ils exister ?

Il s'apprêta à se servir un autre verre de vodka, puis se ravisa. Une bouteille était un récipient comme un autre, non ?

Posant le verre de côté, il porta la bouteille à ses lèvres et but. Antiques malédictions et serments, démons et diables, rien de tout ça n'importait. Ce qui comptait, c'était le pacte qu'il avait conclu. Un pacte qui avait évité à Riker de sombrer dans la folie, faute de pouvoir être avec la femelle qu'il avait imprégnée, et qui avait peut-être sauvé la vie de Nicole et de son bébé.

Pour autant, ce pacte lierait MoonBound et ShadowSpawn à jamais. Kars obtenait enfin ce qu'il avait toujours souhaité, ce qu'il pressait Hunter d'accepter depuis des décennies.

« *Nuh-hun esu… vedi.* »

Je m'unirai à ta fille.

CHAPITRE 34

Quelque chose clochait. Nicole ne savait pas quoi exactement, mais sa poitrine l'élançait. Elle était allée voir Grant pour qu'il l'ausculte, mais il ne lui avait été d'aucune utilité. Il était capable de prodiguer des premiers soins avancés mais, lorsqu'il s'agissait d'examiner le corps féminin, il devenait extrêmement nerveux. Il avait failli faire une crise de panique rien qu'en écoutant son cœur au stéthoscope. Et cela n'avait fait que s'aggraver quand elle lui avait appris qu'elle était enceinte.

Il avait fini par aller chercher Katina, mais Nicole et elle s'étaient contentées de boire les mélanges de sirop de Grant. Nicole en conclut d'ailleurs qu'elle préférait l'arôme que donnaient le bleu et le violet.

— En résumé… (Katina se cala dans le fauteuil de bureau) tu as rompu avec Riker et tu as mal à la poitrine. (Elle haussa les épaules.) Pas besoin d'être un génie pour voir que ces deux faits sont liés.

Nicole soupira avec exaspération.

— Il ne s'agit pas de chagrin d'amour ! (Oui, elle en souffrait aussi, mais la douleur dans sa cage thoracique était physique.) Il y a quelque chose… de bizarre. C'est peut-être dû à la grossesse ?

Devant le sourire lénifiant de Katina, Nicole se prépara à subir ses sarcasmes.

— Ma chérie, je sais que tu es un genre d'experte en physiologie vampirique, mais tu as dû rater les cours d'éducation sexuelle. Les bébés, ça pousse dans le ventre, pas dans les seins.

Nicole fusilla Katina du regard avant d'en faire de même avec Grant, qui ricanait, assis devant un ordinateur non loin d'elles.

— Vous ne m'êtes d'aucune utilité ! Je pourrais être en train de mourir.

— Et je pourrais être en train de dormir. (Katina bâilla.) Elle est bientôt finie, ta crise ?

— Non. (Nicole donna un petit coup de pied à Katina.) Réveille-toi ! C'est ta punition pour avoir voulu me bouffer.

— Tu étais de la nourriture, avant, lui fit remarquer cette dernière sans manifester le moindre remords.

Nicole rejeta la tête en arrière et poussa un cri de frustration. Elle n'était pas vraiment fâchée contre Katina et Grant ; elle était en colère contre elle-même. Elle était enceinte, sa poitrine lui faisait un mal de chien, et elle avait sûrement gâché sa relation avec Riker. Il lui avait avoué qu'il l'aimait et elle avait douté de lui. Pas étonnant que, chaque fois qu'il la voyait, il rebroussait chemin. Pire encore, il passait à côté d'elle en la saluant d'un hochement de tête poli. Un putain de hochement de tête !

Ils s'étaient embrassés. Ils s'étaient repus l'un de l'autre. Ils s'étaient envoyés en l'air contre un mur. Et dans une geôle. Les caresses qu'il lui avait prodiguées avec sa langue lui donnaient des bouffées de chaleur rien qu'à y repenser.

Et, quand il la croisait, il hochait poliment la tête. Bon sang !

— Tu sais, dit Grant, Riker est malheureux comme les pierres, lui aussi.

— Ça ne saute pas aux yeux, grommela Nicole.

— C'est vrai. (Katina avala d'un trait le contenu d'un tube à essai rempli de liquide orange.) Celui-ci est dégueu. (Elle rangea le tube dans un support en bois vide.) Je me suis entraînée avec lui, ce matin. Il est renfrogné et taciturne, comme l'un de ces vampires de série télé dépressifs si populaires il y a quelque temps. Pathétique.

— Il n'a jamais été un boute-en-train, ajouta Grant. Mais il est encore moins allègre que d'habitude.

Allègre ? Qui employait ce terme de nos jours ?

— Il a dit qu'il m'aimait avant même que je ne devienne une vampire, et je ne savais pas si je devais le croire.

Katina réfléchit un moment.

— Ouais, je serais sceptique, moi aussi. Il avait toutes les raisons de détester l'humaine que tu étais.

— Je pense que tu aurais dû le croire, déclara Grant.

Katina et Nicole se tournèrent vers lui de concert.

— Pourquoi ? s'enquit cette dernière.

Grant reporta son attention sur sa tâche.

— Parce que les hommes ne disent pas des trucs mièvres de ce genre à moins de le penser.

— Mais alors, pourquoi s'est-il empressé de s'éloigner de moi ?

Grant soupira profondément avant de se repousser de la table.

— OK, mettons que tu aies accepté de le croire malgré tes doutes. Imagine que, d'ici à quelque temps, les humains commettent un acte stupide et haineux envers les vampires, comme à leur habitude, et que Riker s'emporte. Qu'il commence à pester contre ces saletés d'humains. Que ressentiras-tu ? Te demanderas-tu si, en son for intérieur, il continue à te voir comme telle ? Même si tu ne t'en inquiètes pas, il le fera. Il a besoin que tu saches qu'il a dépassé ça et qu'il t'aime pour celle que tu es. Pas pour ce que tu es.

Nicole l'observa, stupéfaite par sa perspicacité et sa fine analyse des relations amoureuses alors qu'il était à côté de la plaque la plupart du temps.

— Merde alors ! s'exclama Katina en le jaugeant de la tête aux pieds. Il t'arrive de dire des trucs sensés parfois.

— Je dis toujours des trucs sensés. (Grant se leva, tirant sur le pan de sa veste pour la lisser.) Ce sont les autres qui ne savent pas écouter.

Nicole le regarda ramasser les tubes à essai vides. Les gens accusaient Grant de jouer au poker avec un jeu incomplet, mais Nicole le soupçonnait désormais de posséder toutes les cartes ; il jouait simplement à un jeu différent.

— Est-il au courant pour le bébé ? s'enquit Katina.

— Je ne lui ai encore rien dit.

Katina claqua la langue en signe de désapprobation.

— Il faut que tu le fasses. Et, si tu le crois, il faut que tu lui dises aussi. (Elle se pencha et tapota le genou de Nicole.) Tu auras moins mal à la poitrine, tu verras.

Tant d'émotions bouillonnaient en elle que Nicole était à deux doigts de hurler de rage et de désespoir. Son amour pour Riker. La peine de l'avoir fait souffrir. La colère parce qu'il avait mis si longtemps à accepter ses sentiments. Et la joie, car il lui avait permis de trouver un véritable foyer parmi les personnes les plus improbables qu'elle aurait pu imaginer.

Elle lui devait beaucoup. Non pas à cause des atrocités que sa famille lui avait fait endurer, à lui ainsi qu'à sa race. Mais parce qu'il l'aimait en dépit des horreurs perpétrées par les Martin.

À présent, elle n'avait plus qu'à espérer qu'il ne soit pas trop tard.

Riker n'avait pas vu Nicole, sauf de manière furtive, depuis quatre jours.

Ça le tuait. Il lui avait avoué qu'il était tombé amoureux d'elle alors qu'elle était encore humaine. À elle de décider si elle pouvait le croire. La balle était dans son camp.

Apparemment, elle ne le croyait pas.

Il continua de jouer avec les animaux en origami qu'elle avait confectionnés, et sourit, car ils lui rappelaient Nicole, délicats et compliqués, comme elle, beaux tout en étant capables d'infliger de profondes blessures. Le dragon en papier lui avait coupé le pouce, mais Nicole lui avait tailladé le cœur.

— Nicole m'a appris à faire des oiseaux.

Assis au comptoir de la cuisine, Bastien effleura du doigt l'aile d'un papillon que Nicole avait laissé près du grille-pain.

Pour la troisième journée d'affilée, il était venu dans la chambre de Riker après qu'ils se furent exercés dans la salle d'entraînement. Myne l'avait bien formé. Le gamin apprenait vite, et il commençait à maîtriser son aptitude à se rendre brièvement invisible. Lorsqu'il la contrôlerait à la perfection, son habileté à se volatiliser face à une attaque contrebalancerait son manque d'expérience au combat. Un jour, Bastien constituerait un sacré atout pour le clan.

— J'aimerais beaucoup que tu me fasses un oiseau un de ces quatre, dit Riker.

— Je t'en sculpterai un dans le bois. Baddon m'a montré comment faire.

Riker dut se retenir d'arborer un large sourire tandis que Bastien descendait du tabouret de bar. Il avait tellement grandi ! Pas seulement physiquement, mais émotionnellement.

— Je vais me doucher et aider Grant au labo. Tu m'apprendras à lire le vent, demain ?

— Et comment ! D'ici peu, tu décocheras des flèches dans le mille en pleine tempête !

On frappa à la porte, puis Myne entra avec un pack de bières.

— Je l'ai piqué sous la tente d'un chasseur. (Il fit signe à Bastien.) Si vous êtes occupés, je peux repasser.

— Je partais. (Bastien se dirigea vers la porte, mais se tourna vers Riker une fois sur le seuil.) À plus, papa !

Bastien disparut, laissant Riker la bouche sèche et le cœur battant.

— Tu as entendu ? demanda-t-il à Myne, priant pour que son ami ait entendu lui aussi et qu'il ne soit pas en train de délirer.

Hilare, ce dernier lui lança une bouteille.

— Ouais. C'est cool ! Il faut croire qu'il n'est plus en conflit avec l'image paternelle.

Riker n'osait pas en espérer tant, mais c'était un bon début.

— Il paraît que tu n'as pas réussi à retrouver Chuck.

— L'enculé vit pratiquement reclus depuis l'enlèvement de Nicole. (Myne s'affala dans le fauteuil moelleux à la diagonale du canapé.) Ce ne sera pas demain la veille qu'on pourra le décapiter et rendre un fier service à la planète.

Riker baissa les yeux sur sa bière, se demandant comment réagirait Nicole. Elle avait beau clamer que le sort de son frère ne lui importait plus, être confrontée à son assassinat, c'était une tout autre histoire.

— Et Bastien ? Sais-tu ce qu'il en pense ?

— Il affirme se ficher pas mal de ce qui pourrait arriver à Chuck. (Myne choqua sa bouteille contre celle de Riker.)

Personnellement, je serai d'avis de capturer ce salopard, de le balancer dans la chambre à proie et de laisser Bastien se défouler. Ça fera office de « thérapie alternative ».

Riker avait toujours souscrit aux vertus de la thérapie alternative. Même quand il était humain, il savait qu'une balle bien placée dans la poitrine d'un terroriste pouvait guérir l'esprit et l'âme.

— Comment va Lucy ? (Il se posa sur le canapé, songeant qu'ils étaient partis pour causer pendant un moment.) Je ne l'ai pas vue depuis mon retour.

— Bastien et elle se sont liés d'amitié. Il lui lit des histoires comme un grand frère. (Myne se cala dans son fauteuil, étreignant sa bière comme une femme. Les psychologues de Myne s'étaient toujours appelés Budweiser ou Jack Daniels.) Que se passe-t-il avec Hunter ? Personne ne l'a vu depuis plusieurs jours. Il s'est cloîtré dans sa chambre. Il refuse même de laisser entrer des femelles.

— Pas de femelles ? (Riker fronça les sourcils.) Voilà qui est déroutant.

Presque aussi déroutant que le changement qui s'était opéré en Hunter alors qu'il s'entretenait avec Kars. Les deux chefs avaient rayonné d'une espèce d'énergie lugubre qui avait donné la chair de poule à Riker. Sans oublier la lueur écarlate dans leurs yeux. On aurait dit qu'ils puisaient dans une source de pouvoir si puissante que leurs corps ne parvenaient pas à le contenir.

Myne haussa mollement l'épaule.

— Je suis content de ne pas le croiser tous les jours. (Il but une gorgée de bière.) As-tu parlé à Nicole ?

Son prénom lui fit l'effet d'une lame dans la poitrine.

— J'espérais qu'elle souhaiterait discuter maintenant. J'ai dû sous-estimer ses sentiments à mon égard.

— Alors tu as envie de la voir ?

Riker inspira, le souffle saccadé.

— Je vendrais mon âme pour qu'elle franchisse le seuil de la porte.

— Ah ! (Myne vida sa bouteille d'un trait et la reposa violemment sur la table basse.) Faut que j'y aille.

Riker resta à le dévisager bouche bée tandis que son ami bondissait sur ses pieds et filait vers la sortie. Avant même que Riker se soit rendu compte de son départ, Myne revenait, tirant Nicole par le bras.

— Qu'est-ce que tu fous ?

Alors que le symbole en forme de plume le picotait, Riker se leva, se demandant si Nicole avait besoin d'aide ou si se faire traîner ainsi dans ses appartements ne la gênait guère.

— Elle faisait le pied de grue dans le couloir. (Myne la poussa dans la pièce.) Elle ne souhaitait pas entrer si tu n'étais pas disposé à lui parler. Mais comme tu as dit que tu vendrais ton âme, j'ai pris ça pour un signe positif. Maintenant, si vous voulez bien m'excuser, je me taille !

— Eh bien, dit-elle une fois la porte fermée, je ne m'étais pas attendue à ça.

— Je suis certain que Myne souffre d'un problème médical qui le rend totalement négligeant des convenances sociales.

— Mmmh. (Nicole esquissa un sourire ironique.) Je l'ai remarqué dès notre première rencontre. Ce n'était pas poli de sa part de tuer M. Altrough alors qu'il venait à peine de faire sa connaissance.

Riker gémit presque. Cette conversation ne se déroulait pas bien. Du tout.

— Euh, ouais. Il y a des événements de notre passé qu'on ferait mieux de laisser derrière nous.

— Je suis d'accord. (Nicole glissa un regard vers la chambre à coucher.) Mais si tu n'es pas prêt à vraiment tourner la page, je peux m'en aller...

— Non !

Il l'interrompit, refusant qu'elle s'éloigne à présent qu'elle était là. Bordel ! Il ne perdrait pas une minute de plus à attendre qu'elle se ravise. Il avait commis une erreur monumentale en la laissant partir une première fois, et il comptait bien y remédier. Il voulait s'emparer d'elle. L'attirer contre lui et ne plus jamais la lâcher.

— Tu es sincère ?

Il s'empara d'elle. L'attira contre lui. Et il ne la lâcherait plus jusqu'à ce qu'elle l'y oblige.

— Seigneur, Nicole ! murmura-t-il contre ses cheveux. J'ai envie de te voir depuis des jours ! Je n'en mange plus. Je n'en dors plus.

Il inspira profondément, puisant du réconfort dans son parfum, qui semblait plus intense, plus épicé qu'auparavant. L'effet de l'imprégnation, peut-être ? Quoi qu'il en soit, tandis que ces fragrances féminines pénétraient ses poumons, une chaude sérénité le gagna, comme si tout allait bien de par le monde.

Les bras serrés autour de lui, elle enfouit le visage dans sa poitrine.

— Je suis désolée, Riker. Je m'en veux tellement !

— Pourquoi ?

Les sanglots dans la voix de Nicole lui brisèrent le cœur.

— Pour avoir douté de toi.

Il recula pour la regarder dans les yeux.

— Qu'est-ce que tu veux dire ?

— Tu m'as dit que tu m'aimais, je te crois et je ne veux plus jamais qu'on soit séparés. (Elle se racla la gorge.) Et il ne m'a fallu que vingt *shots* de sirop aux arômes qu'on ne devrait jamais mélanger, une douleur thoracique imaginaire, et une discussion avec une vampire et un vampire qui joue à la belote alors que tout le monde joue au poker.

— Je ne comprends rien à ce que tu racontes mais, si ça t'a amenée à venir ici, c'est l'essentiel.

Il glissa la main vers sa nuque pour caresser sa peau chaude et satinée, mais se figea soudain lorsqu'une partie des paroles de Nicole résonna à ses oreilles.

— Attends… une douleur thoracique ?

— Imaginaire, marmonna-t-elle, mais elle semblait bien réelle.

— Quand a-t-elle disparu ?

Elle haussa les épaules.

— Il y a quelques minutes, je crois. Pourquoi ?

Il n'était pas encore prêt à partager sa théorie, alors il opta pour une manœuvre de diversion tirée tout droit de son manuel de tactiques préféré.

Capturant son visage entre ses paumes, il l'embrassa passionnément. En à peine deux minutes, son corps durcit et s'embrasa. Poussant un grognement rauque, il la souleva de terre et la porta jusqu'à la chambre.

Dans ses bras, elle se crispa.

— Es-tu sûr que ce ne sera pas un problème pour toi ? chuchota-t-elle.

— Ta place est ici. Dans mon lit et dans ma vie. Dans tous ses aspects. (Il la posa délicatement sur le matelas.) Mais j'ai une confession à te faire.

Elle esquissa un sourire timide.

— Moi aussi.

Il se laissa tomber à son côté et l'allongea tendrement sur le dos.

— À toi l'honneur.

Il glissa un oreiller sous sa tête et s'étendit à son tour. Ce qui le démangeait, en réalité, était de se coucher sur elle, mais ils se trouvaient à un tournant crucial de leur relation, et il n'avait aucune envie de tout faire foirer en précipitant les choses.

L'anxiété suinta des pores de Nicole, et la nervosité gagna aussitôt Riker.

— Nicole ? Qu'y a-t-il ?

— Je suis enceinte.

Voilà, elle l'avait dit.

Riker sentit son corps entier se contracter.

— Tu es… (Il déglutit. Se racla la gorge. Se souvint de respirer. Ne parvint plus à réfléchir.) Quand ?

— À ShadowSpawn.

ShadowSpawn ? Les ténèbres l'enveloppèrent et il suffoqua.

Nicole… Oh, Seigneur…

Elle se redressa, s'appuyant sur le coude.

— Non. Oh, Riker ! ajouta-t-elle d'une voix éraillée. Ce n'est pas ce que tu crois. Personne ne m'a touchée. Je te le jure. (Elle prit sa joue en coupe dans sa main chaude.) C'est arrivé la nuit où je me suis rendue dans ta cellule. Fane m'avait forcé à boire le stimulateur de fertilité. Apparemment, il est efficace.

— On va avoir un bébé ?

Son cœur s'emballa, cognant comme un forcené contre sa cage thoracique. L'excitation et la peur vidèrent l'air de ses poumons. Il n'y avait rien qu'il ne désirait plus qu'une famille, mais l'accouchement était extrêmement dangereux, et, sans l'assistance d'une sage-femme, il risquait de perdre Nicole et le bébé.

— Je sens ta peur. (Elle l'embrassa tendrement sur les lèvres.) Mais n'aie crainte, je t'en prie. Quand j'ai effectué mes recherches pour élaborer ce traitement, j'ai découvert que les accouchements pratiqués dans les labos de Daedalus n'avaient entraîné la mort d'aucune femme ni d'aucun enfant. Je crois que fertilité et accouchement sont liés. J'ai neuf mois pour tirer tout ça au clair. Le moment n'est pas vraiment idéal, mais… (Il l'étreignit de toutes ses forces, l'empêchant presque de respirer.) OK, OK, dit-elle en riant. C'est quoi, ta confession ?

Doucement, il se libéra de sa prise. La curiosité qu'il lisait sur son visage lui noua les entrailles. Elle se trouvait dans cette pièce parce qu'elle l'aimait, mais croirait-elle encore qu'il l'aimait quand il lui annoncerait son imprégnation ? Il hésita, s'efforçant de prolonger l'instant le plus possible, car c'était peut-être la dernière fois qu'ils partageaient un tel moment de bonheur et d'intimité.

— Eh bien ? le pressa-t-elle, et l'angoisse lui serra la poitrine.

Il se racla la gorge, essayant de gagner encore un peu de temps. Enfin, quand elle commença à taper du pied contre le matelas, il déclara :

— Je me suis épris de toi avant ta transformation. Tu le crois, n'est-ce pas ?

— Oui.

— Tu en es sûre ?

Elle recula, l'observant avec méfiance, et il se détesta de lui infliger ça.

— De quoi s'agit-il ?

Il saisit le bas de son tee-shirt et le passa par-dessus sa tête. Le regard de Nicole se porta aussitôt sur son torse, et il dut reconnaître que la façon dont elle le dévorait des yeux le mit en joie. Il ouvrit sa braguette et en descendit un rabat pour lui révéler le nouveau symbole qui battait sur sa peau.

Perplexe, Nicole se pencha vers lui avant de se redresser si vite qu'elle manqua de tomber du lit. Fort heureusement, Riker la rattrapa.

— Oh, Seigneur ! (Elle fut incapable de prononcer un mot pendant plusieurs minutes.) Est-ce que c'est… une marque d'imprégnation ?

— Elle est apparue la nuit où tu es tombée enceinte, s'empressa-t-il de répondre, ce qui était stupide, car quand aurait-ce pu arriver sinon ?

Ils n'avaient couché ensemble qu'une fois depuis qu'elle était devenue vampire. S'efforçant de paraître moins embrouillé, il ajouta :

— Je pense qu'elle est à l'origine de tes douleurs thoraciques. Les vampires perçoivent les émotions grâce aux odeurs ou à certaines manifestations physiques, mais ils doivent se trouver près de la personne… à moins que le mâle soit imprégné. C'est rare, mais parfois la femelle peut sentir les émotions de ce dernier même si des kilomètres les séparent.

— En fait, ce que tu dis, c'est que je ressentais…

— … ma douleur.

Ses longs cils fauves battirent quand elle écarquilla les yeux.

— Mon Dieu ! si j'avais su à quel point tu souffrais, je serais venue plus tôt !

Il se pencha vers elle et l'embrassa, optant de nouveau pour la tactique de diversion maintes fois éprouvée.

— Dans ce cas, on a encore plus de temps à rattraper.

— Je suis en train de me faire manipuler, n'est-ce pas ?

Il rit, et s'allongea sur le matelas, l'attirant contre lui, impatient de la débarrasser de ses vêtements. Elle tendit la main vers sa braguette, lui indiquant que ce plan lui convenait à la perfection. Mais, au lieu d'aller là où il le pensait, elle trouva les lignes en relief de l'empreinte écarlate et les effleura du bout des doigts. Un courant électrique intense, presque orgasmique, se répandit à l'entrejambe de Riker et il siffla de plaisir. Un sourire diabolique retroussa les lèvres de Nicole.

— Je crois que je pourrais bien m'amuser avec ça, murmura-t-elle.

Il était d'accord.

— Aussi souvent que tu le voudras.

Elle lui mordilla la lèvre inférieure tout en suivant le contour de la marque, l'amenant à respirer plus vite chaque fois qu'elle lui frôlait la peau. Entre ses jambes, l'érection de Riker se fit douloureuse, désirant la même attention.

— Je crois aussi, ajouta-t-elle d'une voix rauque, que ton imprégnation et ma grossesse sont un signe.

— Un bon ?

Elle glissa la main vers sa queue et il gémit.

— À ton avis ?

Son avis ? Sa capacité de réflexion venait de s'absenter. Aspirant de l'air dans ses poumons compressés, il lui enleva son sweat-shirt. Elle ne portait pas de soutien-gorge, et il combla de baisers chacun de ses seins avant de décrire une ligne sur son ventre, là où leur enfant grandissait.

— Je suis tellement heureux de t'avoir trouvée, dit-il contre la douce peau entre ses hanches. J'avais tiré un trait sur la vie à la mort de Terese, mais tu me l'as rendue. Tu m'as également rendu mon fils, et à présent tu vas m'offrir un autre enfant. Je ne te remercierai jamais assez.

— Tu ne vas pas recommencer ! le taquina-t-elle. (Elle enfonça les doigts dans ses cheveux et le força à redresser la tête afin de plonger le regard dans ses yeux.) Je t'autorise à me remercier plusieurs fois par jour. (Son sourire se fit espiègle.) Peut-être même que je l'exigerai.

— Ah oui ?

— Oh, oui !

C'était au tour de Riker de devenir polisson, et d'un geste brusque il lui déboutonna son jean. Elle ne portait rien en dessous.

— Je me suis lassée de la culotte de grand-mère, expliqua-t-elle. Je me suis dit que tu n'y verrais pas d'inconvénients.

Il poussa un grognement d'appréciation et tira sur son pantalon pour l'en débarrasser.

— Prête pour des remerciements de folie ? lui demanda-t-il alors qu'il la surplombait au pied du lit.

— Oh oui ! haleta-t-elle. Remercie-moi ! Remercie-moi fort et vite. Puis fort et doucement.

Il s'exécuta. Et recommença. Plusieurs fois de suite. Et après, alors qu'ils étaient étendus dans un enchevêtrement de membres, il sut, sans aucun doute possible, qu'il ne la remercierait jamais assez.

Cependant, il s'y emploierait de toutes ses forces.

Épilogue

Hunter se tenait devant le tipi cérémoniel qu'il avait dressé près du quartier général du clan des décennies plus tôt, le cœur battant à cent à l'heure. Chaque année, à son anniversaire, il se rendait dans cette crique rocheuse pour solliciter les conseils du démon à l'origine de tout. Et, chaque année, il ressortait de la tente en peau de buffle sans la moindre réponse. Il n'avait jamais vu le démon légendaire, et, petit à petit, le doute érodait sa foi.

Cette fois, ce devait être différent. Ce n'était pas le jour de son anniversaire. Et il ne s'agissait pas d'obtenir des réponses ou de prouver l'existence du démon. Il s'agissait d'une malédiction qui s'activerait dès l'instant où il prendrait une compagne. Une malédiction à laquelle, il le savait, il ne survivrait pas, car il n'était pas assez puissant.

Baddon et Myne l'accompagnaient, poignards tirés, attendant son signal. Myne était l'enfoiré le plus obstiné, le plus indiscipliné de la planète, mais même lui n'esquivait pas le devoir cérémoniel. C'était un vampire de naissance jusqu'au bout des ongles, et l'honneur des Nez-Percés coulait en abondance dans ses veines. Il respectait les traditions et les rituels.

Il aimait aussi faire saigner Hunter. Alors, oui, ces occasions lui procuraient toujours un plaisir inouï et c'étaient les seuls moments où Hunter pouvait compter sur lui pour obéir aux ordres et se présenter à une convocation.

Hunter, qui venait de célébrer l'union de Riker et Nicole, redressa les épaules et laissa tomber la tunique cérémonielle à ses pieds, restant nu dans la nuit glacée. Le signal donné, Baddon surgit devant lui en décrivant un arc de cercle. Sa lame d'argent étincela au clair de lune lorsqu'il incisa de part en part le torse de Hunter. La piqûre fut fugace, mais il n'en irait pas de même avec celle de Myne.

Baddon s'écarta et l'autre vampire prit sa place ; un rictus impatient lui retroussa les lèvres quand il planta la pointe de sa dague dans le sternum de Hunter. Ce dernier serra les dents pour supporter la douleur tandis que Myne creusait lentement une profonde entaille jusqu'à son nombril.

Quel enculé !

Lorsqu'il estima que Hunter saignait assez, Myne recula.

— Que ta quête de vision t'apporte bonne fortune, murmura-t-il, et l'authentique sincérité qui se dégageait de ses paroles laissa Hunter quelque peu sans voix.

Baddon inclina la tête.

— Que les esprits t'accompagnent.

Hunter les remercia d'un hochement de tête. Cependant, il n'était pas là pour parler à son animal totem ou pour contacter un esprit. En tant que vampire de naissance de troisième génération, Baddon et Myne ne savaient rien du démon, et Hunter ne pouvait rien leur dire. De toute manière, ils ne le croiraient sûrement pas.

Parfois, Hunter lui-même se demandait quoi croire.

Il entra dans le tipi, ses pieds nus foulant les douces peaux de bêtes qui couvraient le sol. Au centre, le petit feu allumé par Baddon crépitait, ses flammes invitant Hunter à avancer.

La main tremblant de nervosité, il passa la paume sur son torse sanglant, puis ramassa une poignée de plantes de la boîte en bois placée à côté du feu.

Il s'agenouilla et jeta les herbes, enrobées de son sang, dans les flammes. Presque aussitôt, un brouillard odorant emplit la tente et lui chatouilla les narines. Hunter ferma les yeux et inspira profondément, s'imprégnant les poumons de fumée.

— Viens à moi, murmura-t-il.

Une brume grisâtre lui voila l'esprit et le sol se déroba sous ses pieds. L'angoisse lui étreignit la poitrine, une sensation oppressante, étouffante, qui transformait chaque inspiration en coup de fouet cinglant. Au même instant, un intense bourdonnement fit vibrer toutes les cellules de son corps. Il lui sembla qu'il pouvait exploser à tout moment. Il haïssait cette partie du rituel, quand il était tiraillé entre l'envie de vomir et de hurler d'extase. C'était souvent à ce moment précis que son animal totem, un grizzly, lui apparaissait, mais ce n'était pas l'objet de sa visite, et, à travers le tourbillon de couleurs qui s'était formé dans sa tête, il répéta son invocation.

— Samnult. Montre-toi.

Maudit démon, si tu existes, c'est le moment de le prouver !

Une voix s'éleva dans le vrombissement de ses oreilles. Il l'appela, puis rugit lorsqu'une puissante vague d'euphorie le submergea. Il avait l'impression de flotter, bercé de chaleur tandis qu'un million de mains le caressaient dedans et dehors. Il était sexe. L'air qui le touchait était sexe. La fumée qu'il respirait était sexe.

— Hunter. (La voix d'outre-tombe le parcourut tel un orgasme, et il gémit de plaisir.) Ouvre les yeux.

Hunter obéit et se trouva debout de l'autre côté de la tente face à un homme drapé dans de duveteuses fourrures. Des bracelets de fer entouraient la riche peau cuivrée de ses bras. De la peinture rouge vif zébrait son visage à partir de la commissure de ses lèvres pour disparaître sous des cheveux si noirs qu'ils absorbaient la lumière des flammes, le laissant nimbé d'une ombre tournoyante et palpitante.

Hunter se sentit vaciller.

Un démon. Et pas n'importe lequel. Il s'agissait du démon suprême.

Comme si une porte secrète dans le crâne de Hunter venait de se déverrouiller, des siècles d'histoire défilèrent dans son cerveau comme un film sur avance rapide. Les origines mêmes de la race vampire prirent soudain vie dans son esprit. Tout ce qu'il avait appris sur les douze chefs originels était exactement tel qu'on le lui avait raconté.

Les chefs, guidés par des visions de guerres tribales et d'une invasion par l'homme blanc, avaient invoqué un démon qu'ils prenaient pour un dieu. Samnult leur avait promis une force inégalée, la célérité et l'immortalité en échange de leur allégeance, de leur obéissance et du premier-né de chaque vampire de première et deuxième générations accouplé.

Des flammes vacillèrent dans les yeux ébène du démon. D'authentiques flammes qui roussirent tout ce qu'elles touchèrent. Y compris la peau de Hunter.

— Tu m'as évoqué.

Ce n'était pas une question.

Dans les tréfonds de son esprit, Hunter savait qu'il devrait être plus stupéfait et terrifié qu'il ne l'était. Se demander si tout cela était vrai devrait le tourmenter. Mais, alors que la fumée aux herbes tourbillonnait autour de lui, rien ne lui semblait extraordinaire.

— Je t'ai évoqué, répondit Hunter, inclinant la tête d'un demi-centimètre. Comme j'ai essayé de le faire tous les ans depuis mon vingtième anniversaire, Samnult.

— Appelle-moi Sam. (Le démon révéla deux pleines rangées de dents qui auraient mieux convenu à une orque.) Et, à l'avenir, évite les reproches. Si tu veux garder tes organes à l'intérieur de ton corps.

Exact. Sam. Et OK pour la suite. Hunter préférait ne pas se faire retourner comme une couette.

— Noté. Je t'ai évoqué parce que je vais prendre une compagne…

Sam l'interrompit d'un geste sec.

— Je suis au courant. Une union avec ShadowSpawn. L'aînée des jumelles de Karshawnewuti. (Il bâilla comme si tout cela était bien trop ennuyeux pour qu'il s'en soucie.) Tu connais l'accord.

Les premiers frétillements de peur et de colère percèrent le brouillard de souffrance et d'extase du rituel.

— Je ne te donnerai pas mon premier-né.

Hunter se trancherait la gorge plutôt que de livrer un bébé aux mains d'un démon.

La voix de Sam se transforma en un grondement bestial.

— Dans ce cas, ta compagne et toi regarderez votre enfant souffrir avant qu'il ne succombe à une mort horrible, effroyable.

Hunter brûlait d'infliger « une mort horrible, effroyable » à Sam.

— Pas si tu lèves la malédiction.

— Rares sont ceux qui m'adressent cette requête.

Sam croisa les bras. Les fourrures, dont certaines ne semblaient appartenir à aucun animal connu de Hunter, s'écartèrent, révélant les écailles noires qui lui couvraient la poitrine.

— Pourquoi, d'après toi ? ajouta-t-il.

— Parce que tous ceux qui n'exigent pas que tu lèves la malédiction sont des connards qui ne méritent pas d'avoir une progéniture. (Hunter s'avança vers lui, résolu à faire comprendre au démon qu'il ne plaisantait pas.) Je ferai n'importe quoi.

Sam arbora un sourire carnassier digne des plus grands psychopathes du cinéma et Hunter était le personnage demeuré persuadé que la négociation était une bonne idée.

— Alors, répondit Sam d'une voix qui donna la chair de poule à Hunter, si je te demandais de t'agenouiller devant moi et de prendre ma queue dans ta bouche, tu le ferais ?

Hunter se laissa tomber à genoux. Il devrait se noyer dans la vodka plus tard, mais il n'avait pas menti quand il avait affirmé qu'il ferait n'importe quoi pour sauver la vie de son rejeton.

Le sourire de Sam s'évanouit lorsqu'il reporta son regard sur le feu, qui flamba soudain comme si on venait d'y verser de l'essence.

— Si tu veux être libéré du pacte que j'ai conclu avec les douze chefs, tu dois d'abord réussir une série de tests. (Sam fit signe à Hunter de se relever.) Et sucer ma queue n'en fait pas partie.

Loués soient les esprits !

Hunter n'aurait pas à se remettre d'une cuite à la vodka et à la pipe. Il se redressa.

— J'accepte.

— Imbécile. (L'ombre qui enveloppait le démon bouillonna littéralement, et Hunter se demanda si cela indiquait l'ampleur de son irritation.) Tu ignores encore ce qu'impliquent ces tests.

— Et je m'en fous pas mal !

Sam tendit le bras vers Hunter et fit courir un ongle verni de noir affreusement long sur l'entaille infligée par Myne. Hunter hoqueta quand du sang frais s'écoula de la plaie rouverte.

— Avant le début de l'épreuve, tu dois choisir une des jumelles pour t'accompagner. Tu ne peux pas franchir le voile vers mon royaume sans ta promise ou sa sœur. L'une ou l'autre fera l'affaire, puisqu'elles sont du même sang. Mais réfléchis bien à ceci. (Il suspendit le trajet de son doigt juste au-dessus du nombril de Hunter.) Peu importe celle que tu choisiras, tu mourras.

Hunter eut un mouvement de recul, et s'écarta du démon. Mourir ? Il avait le choix entre ne jamais avoir d'enfants avec sa compagne ou mourir ?

— Si je dois mourir au cours de cette putain de quête, quel est l'intérêt de passer ces tests ?

Le feu gronda, atteignant dix fois sa taille originale. Les flammes léchèrent les piliers en bois de la tente. La chaleur frappa Hunter, lui boursouflant la peau et lui carbonisant les cheveux. L'odeur de chair brûlée emplit l'air, mais Hunter tint bon, supportant l'atroce douleur en serrant les dents.

— L'intérêt c'est que, même si tu n'entreprends pas cette quête, tu mourras.

La main de Sam surgit soudain pour empoigner Hunter par la gorge. De la salive gouttait de ses dents d'orque, qui semblaient beaucoup plus grandes que quelques secondes auparavant.

— Avant la fin de l'hiver, reprit-il, tu seras mort.

— Je répète ma question, répondit Hunter sans desserrer les mâchoires, pourquoi devrais-je entreprendre ta stupide quête ?

Samnult gloussa, un son sinistre, retentissant, qui glaça les os de Hunter.

— Parce que partir avec l'une des femelles de ShadowSpawn est ton unique espoir de survivre. Les jumelles entraîneront ta mort.

Dans un tourbillon, il se transforma en brume, sa silhouette se fondant dans le panache de fumée. Tandis que les flammes s'éteignaient et la fumée se dissipait, la voix du démon résonna dans la tête de Hunter.

« Mais seule l'une d'elles décidera de te ramener. »

Achevé d'imprimer en février 2016
Par CPI France
N° d'impression : 3015985
Dépôt légal : février 2016
Imprimé en France
81121370-2